그 많던 싱아는 누가 다 먹었을까

그 많던 싱아는
누가 다 먹었을까

박완서 장편소설

소설로 그린 자화상 1

유년의 기억

웅진 지식하우스

싱아

마디풀과의 여러해살이풀. 높이는 1미터 정도로 줄기가 곧으며, 6~8월에 흰 꽃이 핀다. 산기슭에서 흔히 자라고 어린잎과 줄기를 생으로 먹으면 새콤달콤한 맛이 나서 예전에는 시골 아이들이 즐겨 먹었다.

다시 책머리에

이 책을 처음 내면서 쓴 서문을 다시 읽어 보니 말미에 "나는 지금 지쳐 있고 위안이 필요하다."고 쓰고 있다. 진이 다 빠지고 빈 껍풀만 남은 것처럼 허탈해지는 건 소설을 끝내고 나서 어김없이 돌아오는 대가여서 으레 그러려니 해 왔건만, 이 소설에서 그걸 특별히 강조한 건 아마 순전히 기억에 의지한 소설이기 때문일 것이다. 기억을 환기시키기란 덮어 둔 상처를 이르집는 것과 같아서 힘들고 자신이 역겹기까지 하다. 그래서 그 일에서 놓여나면서까지 위안을 구했었는데, 다행히 지난 10년이란 오랜 동안을 꾸준히 독자와 만나는 행운을 누렸으니 그만하면 충분히 위안을 받은 셈이다.

게다가 꾸준하게 청소년 독자가 많았다는 건 나에게 큰

행복이기도 하고 어쩌면 기적 같은 일이기도 하다. 요즘도 싱아가 어떻게 생겼는지 알고 싶다는 독자 편지를 받으면 내 입 안 가득 싱아의 맛이 떠오른다. 그 기억의 맛은 언제나 젊고 싱싱하다.

나의 생생한 기억의 공간을 받아 줄 다음 세대가 있다는 건 작가로서 누리는 특권이 아닐 수 없다.

이런 새로운 독서 운동을 통해 많은 사람들이 종이 책과 가까워지는 것만도 즐거운 일일 텐데 그 수익금이 좋은 일에 쓰인다니 어깨가 더욱 으쓱해진다.

2002년 1월
박완서

# 작가의 말

자화상을 그리듯이 쓴 글

 이런 글을 소설이라고 불러도 되는 건지 모르겠다. 순전히 기억력에만 의지해서 써 보았다.
 쓰다 보니까 소설이나 수필 속에서 한두 번씩 우려먹지 않은 경험이 거의 없었다. 그러나 그때그때의 쓰임새에 따라 소설적인 윤색을 거치지 않은 경험 또한 없었으므로, 이번에는 있는 재료만 가지고 거기 맞춰 집을 짓듯이 기억을 꾸미거나 다듬는 짓을 최대한으로 억제한 글짓기를 해 보았다. 그러나 소설이라는 집의 규모와 균형을 위해선 기억의 더미로부터 취사선택이 불가피했고, 지워진 기억과 기억 사이를 자연스럽게 이어 주기 위해서는 상상력으로 연결 고리를 만들어 주지 않으면 안 되었다.

 더 큰 문제는 기억의 불확실성이었다. 나이 먹을수록 지난 시간을 공유한 가족이나 친구들하고 과거를 더듬는 얘기를 하는 경우가 많은데 그럴 때마다 같이 겪은 일에 대한 기억이 서로 얼마나 다른지에 놀라면서 기억이라는 것도 결국은 각자의 상상력일 따름이라는 것을 깨닫게 된다.

 종전과는 좀 다른 방법으로 글짓기를 해 봤다고 해서 내 소설 기법에 어떤 변화의 계기를 삼아 보려는 의도가 있었던 것은 아니다. 화가가 자화상 한두 장쯤 그려 보고 싶은 심정 정도로 썼다. 여태껏 내가 창조한 수많은 인물 중 어느 하나도 내가 드러나지 않은 이가 없건만 새삼스럽게 이게 나올시다, 라고 턱 쳐들고 전면으로 나서려니까 무엇보다도 자기 미화의 욕구를 극복하기가 어려웠다.

 교정을 보느라 다시 읽으면서 발견한 거지만 가족이나 주변 인물 묘사가 세밀하고 가차 없는 데 비해 나를 그림에 있어서는 모호하게 얼버무리거나 생략한 부분이 많았다. 그게 바로 자신에게 정직하기가 가장 어려웠던 흔적이라고 생각했다.

 소설이 점점 단명해지다 못해 일회적인 소모품처럼 대접받는 시대건만 소설 쓰기는 손톱만치도 쉬워지지 않는구나. 억울하면 안 쓰면 그만이지만 그래도 억울하다. 웅진에서 성장소설을 써 보라는 유혹을 받았을 때, 성장소설이란 인물이나 줄거리를 새롭게 창조할 부담 없이 쓸 수 있는 자서전 비슷한 거려니 했기 때문에 솔깃하게 들었다. 요컨대 좀 쉽게 써 보자는 배짱이었다. 그러나 자신을 바로 보기처럼 용기를 요하는 일은 없었고, 내가 생겨나고 영향받은 피붙이들에 대한 애틋함도 여간 고통스럽지가 않았다.

뼛속의 진까지 다 빼 주다시피 힘들게 쓴 데 대해서는 아쉬운 것투성이지만 1940년대에서 1950년대로 들어서기까지의 사회상, 풍속, 인심 등은 이미 자료로서 정형화된 것보다 자상하고 진실된 인간적인 증언을 하고자 내 나름으로는 최선을 다했다는 걸 덧붙이고 싶다.

잘난 척하는 것처럼 아니꼽게 들릴지도 모르지만 나는 지금 지쳐 있고 위안이 필요하다. 기껏 활자 공해나 가중시킬 일회용품을 위해서 이렇게 진을 빼지는 않았다는 위안이.

오랫동안 기다려 준 웅진에 감사한다. 웅진 덕으로 처녀작 이후 처음으로 연재에 의하지 않고 긴 글을 쓸 수 있었음도 아울러 고맙게 생각한다.

1992년 9월
박완서

차례

다시 책머리에 —— 5
작가의 말 —— 7

야성의 시기 —— 13
아득한 서울 —— 42
문밖에서 —— 57
동무 없는 아이 —— 82
괴불 마당 집 —— 125
할아버지와 할머니 —— 145
오빠와 엄마 —— 163
고향의 봄 —— 182
패대기쳐진 문패 —— 200
암중모색 —— 217
그 전날 밤의 평화 —— 238
찬란한 예감 —— 264

작품 해설—김윤식(서울대 명예교수, 문학평론가) —— 310
지금 다시 박완서를 읽으며—정이현(소설가) —— 340

야성의 시기

늘 코를 흘리고 다녔다. 콧물이 아니라 누렇고 차진 코여서 훌쩍거려도 잘 들어가지 않았다. 나만 아니라 그때 아이들은 다들 그랬다. 어른들이 아이들을 싸잡아서 코흘리개라고 부른 것만 봐도 알 수가 있다. 여북해야 내가 엄마가 되고 나서 내 아이들에 대해 제일 이상하게 생각한 것은, 감기가 들지 않고는 절대로 코를 안 흘린다는 것이었다. 우리 아이들뿐 아니라 딴 아이도 안 흘렸다. 그래서 학교나 유치원 갈 때 가슴에 손수건 매다는 습관까지 없어져 버렸다. 나도 이제는 요즘 아이들이 코를 안 흘리는 걸 이상해하는 대신 그땐 왜 그렇게 코를 흘렸는지를 이상하게 여기게 되었다.

종이나 헝겊이 귀했다. 손수건 같은 게 이 세상에 있다는 것도 몰랐다. 코가 흘러서 입으로 들어갈 때쯤 되면 소매로 쓱 씻었다. 그래서 한겨울을 나고 나면 소맷부리에 고약이 엉겨 붙은 것처럼 새카만 더께가 앉았다. 둥덩산같이 솜을 둔 저고리 하나면 겨울을 났다. 엄마가 동정을 갈아 줄 때마다 소맷부리의 더께도 쓱쓱 비벼서 털어 내주건만도 그러했다. 아랫도리는 솜바지 위에다 어깨허리가 달린 통치마를 입었다. 옷감은 무명에다 울긋불긋 물을 들여 풀을 먹여 반들반들하게 다듬이질한 것이었다.

시골에서 물감은 아주 귀물이었다. 할아버지가 송도에서 사 오셨다. 내가 태어난 고장은 개성에서 남서쪽으로 이십 리가량 떨어진 개풍군 청교면 묵송리 박적골이라는 이십 호가 채 안 되는 벽촌인데 마을 사람들은 개성을 송도라고 불렀다. 어린 나에게 송도는 꿈의 고장이었다. 물감뿐 아니라 고무신이나 참빗이나 금박댕기나 식칼이나 호미나 낫도 다 송도에 가야만 살 수가 있었다.

딴 집에선 여자들이 송도에 다녔다. 우리 집에선 할아버지하고 삼촌들만 송도에 다닐 수가 있었다. 그게 딴 집하고 우리 집하고의 차이였다. 여자가 송도에 못 가는 집이 박적골에서 우리 집 말고 또 한 집이 있었다. 두 집 다 박가였고 서로 친척이었다. 그 밖에 집들은 홍가였고 그들끼리 친척이었다. 근데도 마을 이름은 박적골이었다. 할아버지는 우리는 양반이고 그들은 상것이라고 했다.

마을 사람들이 할아버지의 양반 노릇을 어떻게 평가했

는지는 잘 모른다. 개성 지방은 전통적으로 양반 따위를 대수롭게 여기지 않는다. 그러니까 할아버지는 독불장군이셨을 것이다. 할아버지 때문에 송도 나들이가 자유롭지 못한 우리 집 여자들도 마음으로부터 할아버지에게 승복하고 산 것은 아니었다. 언젠가 할머니에게 양반이 뭐냐고 물어보았더니 픽 웃으시면서 "개 팔아 두 냥 반이란다."라고 대답하셨다. 할머니는 입이 걸었다. 우스운 소리도 잘하였다. 그러나 할아버지 앞에선 설설 기는 시늉을 했다.

할아버지는 집안 여자들을 송도에만 안 보낸 게 아니고 논이나 밭에도 안 내보냈다. 그것도 딴 집과 우리 집의 다른 점이었다. 할아버지는 그것도 양반 노릇이라고 여기시는 듯했다.

박적골엔 이렇게 두 양반집과, 열여섯인가 열일곱 호의 양반 아닌 집이 있었지만 지주와 소작인으로 나누어져 있진 않았다. 바위라고는 하나도 없이 능선이 부드럽고 밋밋한 동산이 두 팔을 벌려 얼싸안은 듯한 동네는 앞이 탁 트이고 벌이 넓었다. 넓은 벌 한가운데를 개울이 흐르고, 정지용의 시 말마따나 '옛 이야기 지줄대는 실개천'은 아무 데나 있었다. 우리 집에서 뒷간에 가려도 실개천을 건너야 했다. 실개천은 흐르다가 논을 만나면 곧잘 웅덩이를 만들곤 했는데 우리는 그걸 군우물이라고 해서 먹는 우물과 구별했다. 지금 생각하니 소규모의 저수지가 아니었던가 싶다. 거의 흉년이 들지 않는 넓은 농지는 다 우리 마을 사람들 소유

야성의 시기

였다. 땅을 독차지한 집도 땅을 못 가진 집도 없었다. 다들 일 년 먹을 양식 걱정은 안 해도 될 자작농들이었고 부지런했다.

그런 고장에서 여덟 살까지 자라는 동안 이 세상에 부자와 가난뱅이가 따로 있다는 걸 알 기회가 없었다. 동무들과 손잡고 딴 동네를 가 볼 기회도 그리 많지 않았다. 넓은 앞벌로는 아무리 멀리 나가도 딴 마을이 나오지 않았다. 뒷동산을 넘어야만 이웃 마을이 나왔고, 이웃 마을의 풍경도 별로 신기할 게 없었다. 옆구리에 텃밭을 낀 집들이 산기슭에 안겨 있었고, 넓은 벌을 풍성한 치맛자락처럼 거느리고 있었다. 사람들은 다들 그렇게 사는 줄만 알았다.

아무리 고개를 넘고 내를 건너도 조선 땅이고 조선 사람밖에 없는 줄 알다가 처음 들은 딴 나라 이름은 덕국德國이었다. 아주 오랜 훗날에야 덕국이 우리가 독일이라고 부르는 나라라는 걸 알게 되었지만 그걸 모를 때도 내가 들은 최초의 외국은 나에게 충분히 신비로웠다. 할아버지가 송도에서 물감을 사 오시는 것은 대개 추석이나 설을 앞둔 무렵이었는데, "이건 덕국 물감이다."라고 따로 꺼내 놓는 물감은 네모난 봉지에 들어 있어서 빨간 물감에는 빨간 종이로 파란 물감에는 파란 종이로 표시가 돼 있었다. 우표딱지를 대각선으로 접은 것만 한 세모난 표시는 빤들빤들하고 선명해서 꼭 진한 꽃잎을 문 것 같았다. 나는 아무것도 모르면서 그 덕국 물감만 보면 가슴이 울렁거렸다. 그건 아마도 내가 최초로 맡은 문명의 냄새, 문화의 예감이었다.

우리 집 여자들은 할머니도 엄마도 숙모들도 다들 덕국 물감에는 사족을 못 썼다. 그걸 사 온 할아버지는 그 어느 때보다도 위엄에 넘쳤고 그런 할아버지에 대한 며느리들의 존경은 비굴과 아부에 가까웠다. 언제나 며느리들이 시아버지를 마음으로부터 공경한 건 아니었다. 웃음거리로 삼을 때도 있었다. 할아버지는 걸음이 재고, 화가 날 때는 무엄한 말로 하면 방정맞다 싶을 정도였는데, 안채로 그렇게 급하게 들어오신다는 것은 불호령이 떨어질 징조였다. 며느리들은 황황히 일손을 놓고 또 무슨 벼락이 떨어지나 기다리는 순간에도 슬쩍슬쩍 농담들을 했다.

그런 농담은 우리 엄마가 제일 잘했다. "여보게 부엌에서 밥이 타나 보이."라고 엄마가 숙모 귀에 대고 소곤대면 숙모는 웃음을 참느라 사색이 되곤 했다. 부엌에서 진짜 밥이 타고 있어서가 아니라 그건 주걱턱이라는 할아버지의 별명과 관계가 있었다. 수염이 길게 자라지 못하고 고슬고슬 엉겨 붙어서 약간 튀어나온 듯한 턱을 더욱 밥주걱처럼 만들고 있었다. 그러니까 며느리들이 덕국 물감을 사 오신 할아버지에게 표한 최대의 경의는 실은 할아버지의 인격과는 무관한, 요샛말로 하면 외제 선호 같은 게 아니었을까.

나는 속으로도 겉으로도 할아버지를 두려워하지 않았다. 세 살 때 아버지를 여읜 나에 대한 할아버지의 자애는 각별했다. 나를 볼 때의 할아버지는 봉의눈이 살짝 저지면서 그

안에서 뭔가가 자글자글 끓고 있다는 것을 어린 마음에도 느낄 수가 있었다. 아마도 그건 애간장이 녹도록 불쌍히 여기는 마음이었을 테지만 나는 중대한 약점이라도 잡은 것처럼 여겼다. 아무리 고약한 짓을 해도 역성들어 주겠거니 믿었다. 할아버지를 믿고 일부러 말썽을 부리진 않았지만 안 계실 때는 현저하게 풀이 죽었다.

언젠가 할머니가 할아버지한테 당신이 너무 오냐오냐하니까 쟤 버릇이 저 모양이라고, 당신만 안 계시면 쟤가 얼마나 고분고분해지는지 아시느냐고 타박을 하신 일이 있다. 그때 할아버지는 무섭게 화를 내셨다. "애가 믿는 데가 없어서 풀이 죽은 게 그렇게 보기 좋습디까? 으응, 그렇게 보기 좋아?" 하고 버럭 역정을 내시면서 할머니 면전에 삿대질까지 하셨다.

그러나 할아버지는 나들이가 잦으셨다. 송도뿐 아니라 친척이나 친구의 대소사에 가족을 대표해서 빠지지 않고 참석하시는 듯했다. 늘 흰옷만 입으셨기 때문에 집안 여자들은 그 수발이 큰일이었다. 특히 버선을 기워 대는 일이 여간 아니었을 것이다. 자다 깨면 엄마와 숙모들이 흐릿한 등잔불 밑에 둘러앉아 버선볼을 대면서 두런거리는 소리를 들을 수 있었다. 할아버지 버선은 내가 종종 머리에 써 볼 정도로 컸다.

한 번 출타하시면 며칠 만에 돌아오실 적도 있었지만 할아버지를 기다리는 것은 어린 나에게 가장 큰 낙이었다. 사랑마루는 울타리 없는 바깥마당에 면해 있었다. 아래윗간으로 나누어진 사랑채는 마루도 길어서 가운데 기둥이 있었다. 그 가운데 기둥을 한 팔로 안거나 기대고 앉아 있으면 동구 밖으로 난 달구지 길이 저 멀리 산모롱이로 아스라이 사라지는 지점까지 바라볼 수가 있었다.

흰옷이란 얼마나 좋은 것인지, 초가지붕마다 뿜어 올린 저녁연기가 스멀스멀 먹물처럼 퍼져 길과 논밭과 수풀과 동산의 경계를 부드럽게 지워 버려, 마침내 잿빛 하늘을 인 거대한 한 덩어리가 되었을 때도 흰 옷 입은 사람이 산모롱이를 돌아오는 것은 잘 분간이 되었다. 그러나 마을 사람들은 다들 흰옷을 입었다. 특히 송도 나들이를 갈 때는 때도 안 묻은 고운 흰옷으로 호사를 했다. 그래도 나는 할아버지와 딴 사람이 헷갈리지 않았다.

할아버지의 독특한 걸음걸이는 말로 표현할 수는 없었지만 강렬한 빛처럼 직통으로 나에게 와 박혔다. '우리 할아버지다!'라고 생각하자마자 나는 총알처럼 동구 밖으로 내달았다. 단 한 번도 착각 같은 건 하지 않았다. 숨을 헐떡이며 열렬하게 매달린 할아버지의 두루마기 자락은 다듬이질이 잘 돼 늘 칼날처럼 차게 서슬이 서 있었다. 그리고 송도의 냄새가 묻어 있었다. 나는 그 냄새가 좋았다. 그러나 할아버지는 곧 오냐, 오냐, 내 새끼, 하면서 나를 번쩍 안아 올렸고, 그의 품은 든든하고 입김은 훈훈했다. 할아버지의 입김에선 언제나 술 냄새가 났다. 나는 할아버지의 훈훈함과 함께 그 술 냄새 또한 좋아했다.

할아버지는 나를 내려놓고 나서 두루마기 주머니에서 먹을 것을 주섬주섬 꺼내 손에 쥐어 주는 것을 잊으신 적이 없었다. 노란 편지 봉투에 싼 미라사탕 아니면 잔칫상에서 염치 불구하고 집어넣었음직한 약과나 다식 따위였다. 그런 것들을 맛보느라 할아버지 손목을 놓고 깡충깡충 앞장서 뛸 때는 얼마나 의기양양했던지, 집에 들어가면 할머니한테 눈꼴이 시다는 핀잔을 들을 지경이었다. 할머니 눈엔 요샛말로 백이 생긴 내가 다소 밉살스러워도 보였으리라. 그러나 그때의 내 기분은 기다림의 성취감 같은 것이었다.

기다림이 번번이 성취된 것은 아니었다. 기다려도 기다려도 산모롱이에 딴 사람만 나타나거나 아무도 안 나타날 적엔 서러움이 목구멍까지 복받쳤다. 계절에 따라서는 추워서 오들오들 떨 때도 있었다. 안에서 몇 번이나 부르러 나와도 막무가내였다. 어른들은 그런 나를 청승 떤다고 했다. 엄마는 청승 좀 작작 떨라고 혀를 찼고, 할머니는 머리를 쥐어박기도 했다. 할아버지한테 일러 줄 테다, 일러 줄 테다, 나는 이렇게 벼르면서 그 모든 구박을 견디었다. 그러나 진짜로 이른 적은 없었다. 그건 그냥 기다리는 재미였다.

기다리는 재미는 그 밖에도 또 있었다. "우리 할아버지가 시방 소리개고개까지 오셨으면 내 엄지손가락이 가운뎃손가락에 척척 붙어라." 안 붙으면 "우리 할아버지가 시방 농바위고개까지 오셨으면 내 엄지손가락이 가운뎃손가락에 척척 붙어라."로 바꾸면 되었다. 내가 아는 고개나 내의 이름은 많았지만 어디 있는지는 잘 몰랐기 때문에 아무 데나 붙는 게 안 붙는 것보다는 나았다. 붙으면 그 자리로부터 할아버지를 몰래몰래 뒤쫓아 고개를 넘고 벌을 지나고 내를 건넜다.

할아버지가 걷는 길은 깜깜한 밤일 적도 있었고 휘영청한 달밤일 적도 있었다. 별빛밖에 없는 그믐밤일지라도 표표히 나부끼는 할아버지의 두루마기 자락은 너무도 새하얗고 당당해서 놓칠 염려가 없었다. 걸음이 빠른 할아버지는 순식간에 동구 밖까지 왔다. 나는 할아버지를 숨 가쁘게 뒤쫓으며 한편 마음을 졸이며 기다렸다. 산모롱이에 할아버지는 안 나타나고 뒤쫓던 나는 제자리걸음만 하는 할아버지를 안타깝게 지켜보다가 정신의 긴장이 몽롱하게 이완되곤 했다. 기다리다 지쳐 잠든 나를 어른들이 안고 들어갈 때, 나는 반밖에 잠들지 않았으면서도 일부러 곯아떨어진 시늉을 했다.

내 유년기의 기억의 첫 장을 꽉 채우다시피 한 기다림은 그리 오래가지 않았다. 할아버지는 어느 날 뒷간에서 넘어지신 채 못 일어나고 고래고래 소리를 질러 사람을 불렀다. 뒷간은 사랑채에서 세 벌이나 되는 댓돌을 내려와 꽤 넓은 바깥마당을 가로질러 마당을 에워싼 뽕나무 밑을 지나 실개천을 넘어 텃밭머리에 있었다. 누군가 지나가던 사람이 연통을 해서 식구들이 온통 황황히 달려 나가 할아버지를 간신히 사랑채에다 뉘었다. 동풍이라고 했고, 동풍은 못 낫는 병이라고 했다. 특히 뒷간에서 걸린 동풍에는 약이 없다는 걸 아무도 의심하지 않는 듯했다.

할아버지는 그 시절의 선비가 흔히 그랬듯이 한방에 대한 소양이 상식 이상이어서 자식들 약방문도 손수 내고, 약초를 수집해 환약 같은 걸 만들어서 약장에 보관하고 있다가 동네에 급한 환자가 생기면 내주곤 하셨건만 자신의 병에 대해선 일찌거니 단념하고 화만 냈다. 할머니는 사랑에서 똥요강을 가지고 나올 때마다 할아버지의 역마살을 비롯해 술 좋아하고 친구 좋아한 것까지 온갖 비행을 중얼중얼 나열해 가며 꼴좋다는 식으로 비아냥거렸다. 집안에 먹구름이 끼고, 특히 나는 죽지 떨어진 새처럼 초라해졌다. 아버지를 여읜 것은 세 살 때라 아무것도 생각나지 않지만 할아버지가 동풍으로 무력해지신 걸 보는 것은 나에게 두 번째의 아버지 상실이었다.

설상가상으로 같은 해 엄마가 서울로 오빠 뒷바라지를 하러 떠났다. 오빠는 면 소재지에 있는 사년제 소학교를 졸업하고 송도로 가서 이 년을 더 다녀 그때 개정된 학제로 육년 동안의 초등 교육과정을 마쳤다. 숙부들은 다 사년제 소학교만 나왔는데도 마을에서 유일하게 신학문을 한 청년이었기 때문에 할아버지는 오빠가 송도에서 이 년 더 배운 걸 굉장한 고학력으로 여기셨다. 서울의 더 높은 학교에 간다는 것은 집안 형편에도 벅찼지만 장손에 대한 기대에도 어긋났다.

그때 두 숙부는 다 혼인을 해서 한집에서 같이 살았건만 이상하게도 그때까지 자녀 간에 소생이 없었다. 할아버지는 우리 남매를 장중보옥에 비유하곤 하셨는데 덜컥 동풍까지 걸리셨으니 장손이자 유일한 손자인 오빠를 너른 세상으로 내보내기보다는 옆에 끼고 집안의 대를 잇고 선영을 지킬 의무를 훈도하고 장가도 일찍 들이고 싶으셨을 것이다.

그러나 엄마는 어른들하고 한마디 상의도 없이 오빠를 서울의 상업학교에 보냈다. 상업학교는 송도에도 있는데 서울에까지 보낸 것은 엄마의 중대한 반란이었다. 그 사건으로 집안이 한바탕 난리를 치렀다. 혼자된 맏며느리가 아들 공부를 핑계로 시부모 모시는 걸 포기한다는 것은 당시로서는 있을 수 없는 일이었다. 노인들의 심적 타격도 컸고 무엇보다도 집안 망신이었다. 할아버지가 그 작은 동네에서나마 양반 노릇을 제대로 하려면 양반의 체통에 어긋나지 않게 집안을 다스려야 했다. 누가 알아주건 말건 할아버지는 우리 집안은 그 마을에서 모범적으로 살아야 할 책임이 있다고 믿고 계셨다. 할아버지는 몹시 노했고 엄마는 의무를 포기한 대가로 더 많은 것을 포기해야만 했다.

그러나 자식을 어떡하든지 서울에서 길러야 되겠다는 것은 아무도 못 말릴 엄마의 숨은 신앙이었다. 엄마는 우리가 도회지에서만 살았어도 아버지가 그렇게 일찍 세상을 뜨지 않았다고 굳게 믿고 있었다. 그런 엄마의 생각엔 나도 훗날 철들고 나서 동의할 수밖에 없었다. 아버지는 형제 중 가장 체격이 좋고 잔병 한 번 치른 일 없는 건강체였다고 한다. 그런 분이 어느 날 갑자기 복통으로 데굴데굴 구르는 것을 할아버지는 당신의 약방문에 의한 생약 한약 등으로만 다스리고, 할머니는 무당 집에서 푸닥거리를 하는 사이에 마침내 기지사경에 이르렀다.

그때서야 엄마는 단호히 아버지를 달구지로 송도까지 싣고 갈 수가 있었다. 이미 아버지의 맹장염은 복막염을 일으켜 배 속 가득 고름이 찬 것을 뒤늦게 수술을 했지만 항생제도 없을 때라 결국은 덧나서 죽음에 이르렀다고 한다. 엄마가 그걸 팔자소관으로 돌리지 못하고 시골의 무지몽매 탓으로 단정하고, 자식들이라도 어떡하든 그곳에서 빼내고자 한 것은 처녀 적의 엄마의 서울 체험과 무관하지 않다.

엄마의 친정 역시 시골이었지만 엄마의 외가 쪽은 서울에서 꽤 잘살고 있어서 박적골로 시집오기 전 처녀 시절의 한때를 서울에서 외사촌들과 보낸 적이 있었다고 한다. 그때 외사촌들은 진명 숙명 등에 다니고 있었는데 그게 무척 좋아 보이고 부러웠었나 보다. 엄마는 통치마 입고 구두 신고 신식 교육 받은 여자들을 '휘뚜루 신여성'이라고 칭했고, 나도 그렇게 만들고 싶어 했다. 그러나 나는 아직 어렸고 또 형편상 딸까지는 엄두를 못 내고 우선 아들을 서울 학교에 집어넣고 자기도 뒷바라지를 핑계로 맏며느리 자리를 훨훨 박차고 서울로 가 버렸다. 나는 할머니 할아버지는 물론 숙모들까지 수군대며 엄마를 비난하는 소리를 듣지 않으면 안 되었다. 그러나 여전히 하나밖에 없는 손녀여서 숙모들에게 상전 노릇을 톡톡히 했고 할아버지의 반신불수와 엄마의 부재로 보다 많은 자유를 누리게 되었다.

개성 지방과 그 근교의 주거 양식의 특색으로는 바깥채를 낮고 소박하게, 안채는 높고 정결하게 꾸미는 것과 함께 마당치레의 유난함을 꼽을 수가 있다. 사랑채에 면한 바깥마당은 앞이 트이게 하고 양쪽에 뽕나무나 빗자루를 만드는 댑싸리나무로 둘러치고 함박꽃이나 국화를 몇 그루 심는 정도지만 뒤란치레는 공이 들고 화려했다.

우리 집 뒤란도 한겨울 빼놓고는 줄창 꽃을 볼 수 있는 작은 동산이요 넉넉한 놀이터였다. 장독대도 뒤란에 있었고 터줏대감을 모신 터줏자리도 뒤란에 있었다. 울타리는 개나리로 치고, 열매 맛은 별로지만 꽃이 장한 돌배나무와 개살구나무가 한 그루씩 있었고, 앵두나무가 여러 그루, 그리고 바닥에선 딸기가 해마다 저절로 자랐고 터줏자리 근처는 부추가 자생해서 저절로 음침한 분위기를 만들고 있었다. 개나리 울타리 밑에선 꽈리가 지천으로 자랐고 장독대로 올라가는 둔덕은 층층의 단을 만들어 일년초를 심도록 돼 있었다.

혼자 쓸쓸히 놀던 뒤란에 이제 동무들을 끌어 들이거나 동무들하고 온 동네를 휘젓고 다니거나 내 마음대로였다.

할아버지가 무력해진 것은 곧 집안의 법도에 구멍이 뚫린 거라는 것을 누가 가르쳐 준 것도 아니건만 알아차리고 그것을 최대한으로 누렸다. 하다못해 뒷간까지도 놀이터로 만들었다. 할아버지가 뒷간에서 넘어져서 반신불수가 되셨기 때문에 뒷간에서 넘어지면 어떡하나 겁을 먹은 것도 잠시고, 뒷간은 내 유년기의 추억 어린 여러 놀이터 중에서도 가장 환상적인 놀이터였다.

우리 고장에 내려오는 뒷간 얘기는 다 도깨비 얘기였지만 무서운 도깨비는 아니고 조금은 못나고 유쾌한 도깨비였다. 코가 막혀 냄새를 못 맡는 도깨비가 뒷간에서 밤새도록 똥으로 조찰떡을 빚는다고 했다. 재를 콩고물이나 팥고물인 줄 알고 맵시 있게 빚은 조찰떡을 재에다 굴리기를 되풀이하면서도 아까워서 한 입도 맛을 안 보다가 새벽녘에 다 빚고 나서 비로소 맛을 보고는 퉤퉤, 욕지기하면서 홧김에 원상대로 휘젓고 간다는 것이다. 만일 한창 그 일에 열중하고 있을 때 기침을 안 하고 뒷간 문을 열면 도깨비는 들킨 게 무안해서 얼른 "조찰떡 한 개만 잡수." 하면서 그중에서 제일 큰 걸 내놓는데 안 먹으면 무슨 해코지를 할지 모른다는 것이었다.

도깨비 얘기 말고 이런 것도 있었다. 동짓날 팥죽을 맛있게 쑨 며느리가 한 그릇 먹는 것만으로는 감질이 나서 식구 몰래 한 그릇을 더 퍼 가지고 뒷간으로 갔더란다. 며느리보다 앞서 팥죽을 몰래 먹으려고 뒷간에 와 있던 시아버지가 며느리가 들이닥치자 놀라서 팥죽 그릇을 얼른 머리에다 썼다고 한다. 며느리 또한 임기응변으로 "아버님 팥죽 잡수세요." 하면서 가져온 팥죽 대접을 앞으로 내밀자 시아버지 왈 "애야, 난 팥죽을 안 먹어도 이렇게 팥죽 같은 땀이 흐르는구나." 했다는 것이다. 두 이야기는 다 뒷간에 갈 때는 반드시 문 앞에서 인기척을 내라는 걸 훈계하기 위해 어른들이 흔히 해 주던 얘기였다.

시골 뒷간에 대해 공포감부터 갖고 있는 요즘 아이들이 들으면 구역질이 날 소리지만 실제로 우리 고장 뒷간은 팥죽을 먹어도 좋을 만큼 청결했다. 칸살도 서너 칸은 되게 넓었고, 어른이 일을 보는 데는 한 켠에 나무로 된 틀이 따로 있었지만 아이들은 땅바닥에 앉아서 보게 돼 있었다. 아이들이 똥을 누는 헛간 같은 흙바닥은 뒤쪽이 낮아서 똥이 자연히 낮은 데로 떨어지게 돼 있지만 깊지는 않았고, 그 낮은 곳은 아궁이의 재를 갖다 버리는 곳을 겸하고 있었다. 물색없이 키만 큰 사람을 똥 친 막대라고 하듯이 아주 긴 나무막대기 끝에 네모난 나무판자가 달린 똥 치는 막대기가 준비돼 있어 아이들도 자기가 눈 것을 잿더미 속으로 밀어 넣을 수가 있었다. 뒷간의 그런 구조를 모르면 도깨비가 조찰떡에 콩고물 팥고물을 묻힌 얘기도 물론 이해하지 못하리라.

어른들은 어른들대로 조석으로 뒷간 바닥을 쓸어 선명한 싸리 빗자루 자국을 내 놓았다. 퇴비와 함께 인분을 거름으로 쓸 때였다. 농토에 비해 인구가 적어 늘 인분이 달렸다.

뒷간에 재를 갖다 버리는 것도 인분을 안 보이게 하려는 목적과 함께 인분의 거름으로서 효용 가치와 분한을 늘리려는 목적도 있었을 것이다.

어떤 때는 송도까지 나가서 인분을 사 오는 수도 있었다. 그럴 때마다 개성 깍쟁이들은 오줌똥에다 물을 타서 똥지게 수효를 늘려서 팔았다고 욕들을 하곤 했다. 그렇게 욕하는 마을 사람 또한 개성 깍쟁이여서 마실 갔다가도 오줌이 마려우면 제 집 밭머리에 와서 누지 남의 밭에 누는 법이 없었다.

어려서 그런 계산까지 한 것은 아니건만도 뒷간에 갈 때는 동무들하고 떼로 몰려서 갔다. 소꿉장난을 하다가 한 아이가 술래잡기를 할래? 하면 우르르 따라 하듯이 누군가가 뒷간에 가자 하면 똥이 안 마려워도 다들 따라가서 일제히 동그란 엉덩이를 까고 앉아 힘을 주곤 했다. 계집애들도 치마 밑에 엉덩이를 쉽게 깔 수 있는 풍차바지를 입을 때였다. 대낮에도 뒷간 속은 어둑시근해서 계집애들의 흰 궁둥이가 뒷간 지붕의 덜 여문 박을 으스름달밤에 보는 것처럼 보얗고도 몽롱했다.

엉덩이는 깠지만 똥이 안 마려워도 손해날 것은 없었다. 줄느런히 앉아서 똥을 누면서 하는 얘기는 왜 그렇게 재미가 있었는지, 가히 환상적이었다. 옥수수 먹고 옥수수같이 생긴 똥을 누면서 갑순네 누렁이가 새끼를 여섯 마리나 낳았는데 누렁이는 한 마리도 없고 검둥이하고 흰둥이하고 흰 바탕에 검정 점이 박힌 것밖에 없으니 참 이상하다는 따위 하찮은 얘기가 그 어둑시근하고 격리된 고장에선 호들갑스러운 탄성을 지르게도 하고, 옥시글옥시글 재미난 상상력을 불러일으키게도 했다.

그러나 무엇보다도 뒷간에서는 잘생긴 똥을 많이 누는 게 수였다. 똥은 더러운 것이 아니라 땅으로 돌아가 오이 호박이 주렁주렁 열게 하고, 수박과 참외의 단물을 오르게 한다는 것을 우리는 알고 있었다. 그래서 본능적인 배설의 기쁨뿐 아니라 유익한 것을 생산하고 있다는 긍지까지 맛볼 수가 있었다.

뒷간도 재미있지만 뒷간에서 너무 오래 있다 나왔을 때의 세상의 아름다움은 유별났다. 텃밭 푸성귀와 풀숲과 나무와 실개천에서 반짝이는 햇빛이 너무도 눈부시고 처음 보는 것처럼 낯설어 우리는 눈을 가느스름히 뜨고 한숨을 쉬었다. 뭔가 금지된 쾌락에서 놓여난 기분마저 들었다. 훗날 학생 입장 불가의 영화를 교복의 흰 깃을 안으로 구겨 넣고 보고 나와 세상의 밝음과 낯섦에 접할 때마다 나는 유년기의 뒷간 체험이 되풀이되고 있는 것처럼 느끼곤 했다.

그로부터 더 오랜 훗날 이상李箱의 「권태」라는 수필을 읽을 기회가 있었다. 놀이 기구라고는 없는 오륙 명의 시골 아이가 무얼 가지고 어떻게 놀아야 될지 몰라 돌멩이로 풀 짓이기다가 곧 싫증이 나서 하늘을 향해 두 팔을 벌리고 괜히 기성을 지르다가 맨 나중에는 나란히 앉아서 대변을 한 무더기씩 누더라는 얘기였다. 이상은 그것을 속수무책의 그들 최후의 창작 유희라고 묘사해 놓고 있었다. 그런 설명이 없더라도 그의 뛰어난 글솜씨 때문에 돌파구 없는 권태의 극치가 섬뜩하도록 실감되는 글이었다.

그러나 그건 어디까지나 뼛속까지 서울내기인 이상의 감수성이 만들어 낸 관념의 유희일 뿐 정말은 그렇지 않다. 시골 애들은 심심해서 어떻게 살까 불쌍하게 여기는 건 서울내기들의 자유이지만, 내가 심심하다는 의식이 싹트고 거기 거의 짓눌리다시피 한 것은 서울로 오고 나서였다. 서울 아이들의 장난감보다 자연의 경이가 훨씬 더 유익한 노리갯감이었다고 말하는 것도 일종의 호들갑일 뿐, 그 또한 정말은 아니다.

우리는 그냥 자연의 일부였다. 자연이 한시도 정지해 있지 않고 살아 움직이고 변화하니까 우리도 심심할 겨를이 없었다. 농사꾼이 곡식이나 푸성귀를 씨 뿌리고, 싹트고 줄기 뻗고 꽃피고 열매 맺는 동안 제아무리 부지런히 수고해 봤자 결코 그것들이 스스로 그렇게 돼 가는 부산함을 앞지르지 못한다.

아이들도 마찬가지였다. 우리는 어려서부터 삼시 밥 외의 군것질거리와 소일거리를 스스로 산과 들에서 구했다. 삘기, 찔레 순, 산딸기, 칡뿌리, 메뿌리, 싱아, 밤, 도토리가 지천이었고, 궁금한 입맛뿐 아니라 어른을 기쁘게 하는 일거리도 많았다. 산나물이나 버섯이 그러했다. 특히 항아리

버섯이나 싸리버섯은 어찌나 빨리 돋아나는지 우리가 돌아서면 땅 밑에서 누가 손가락으로 쏘옥 밀어 올리는 것 같았다.

 마을 도처에 흐르는 실개천에서 물장구치며 놀 때도 누가 해진 체 하나만 가지고 나오면 오두방정 떨기 선수인 보리새우를 얼마든지 건져 올려 저녁의 된장국을 구수하게 만들어 줄 수가 있었다. 가지고 놀 것도 다 살아 있는 것들이었다. 왕개미의 새큼한 똥구멍을 핥아 보다가 불개미 떼한테 종아리를 뜯어 먹히기도 했고, 잠자리를 잡아서 날씬한 꽁지를 자르고 대신 더 긴 밀짚 고갱이를 꽂아서 날려 보내기도 했다.

 풀로 각시를 만들어 쪽 찌어 시집보낼 때, 게딱지로 솥을 걸고 솔잎으로 국수 말고 새금풀로 김치를 담갔다. 마지막으로 쇠비름 뿌리를 뽑아 열심히 "신랑 방에 불 켜라. 각시 방에 불 켜라." 주문을 외면서 손가락으로 비벼서 새빨갛게 만들어서 등불을 밝혀 주었다. 가지고 놀 것은 무궁무진했고 우리는 한 번도 어제 놀던 걸 오늘 또 가지고 놀 필요가 없었다.

 뙤약볕이 내리쬐는 한여름에는 실개천이 합쳐져서 냇물이 된 동구 밖까지 원정을 나갈 때도 있었다. 그럴 때 만나는 소나기는 실로 장관이었다. 서울 아이들은 소나기가 하늘에서 오는 줄 알겠지만 우리는 저만치 앞벌에서 소나기가 군대처럼 쳐들어온다는 걸 알고 있었다. 우리가 노는 곳은 햇빛이 쨍쨍하건만 앞벌에 짙은 그림자가 짐과 동시에 소나기의 장막이 우리를 향해 쳐들어오는 것을 볼 수가 있었다. 우리는 아무도 이해할 수 없는 기성을 지르며 마을을 향해 도망치기 시작한다. 그 장막이 얼마나 빠르게 이동하나를 알고 있기 때문에 우리는 죽자꾸나 뛴다.

불안인지 환희인지 모를 것으로 터질 듯한 마음을 부채질하듯이 벌판의 모든 곡식과 푸성귀와 풀들도 축 늘어졌던 잠에서 깨어나 일제히 웅성대며 소요를 일으킨다. 그러나 소나기의 장막은 언제나 우리가 마을 추녀 끝에 몸을 가리기 전에 우리를 덮치고 만다. 채찍처럼 세차고 폭포수처럼 시원한 빗줄기가 복더위와 달음박질로 불화로처럼 단 몸뚱이를 사정없이 후려치면 우리는 드디어 폭발하고 만다.

아아, 그건 실로 폭발적인 환희였다. 우리는 하늘을 향해 미친 듯한 환성을 지르며 비를 흠뻑 맞았고, 웅성대던 들판도 덩달아 환희의 춤을 추었다. 그럴 때 우리는 너울대는 옥수수나무나 피마자나무와 자신을 구별할 수가 없었다. 환희뿐 아니라 비애도 자연으로부터 왔다.

내가 최초로 맞본 비애의 기억은 앞뒤에 아무런 사건도 없이 외따로인 채 다만 풍경만 있다. 엄마 등에 업혀 있었다. 막내라 커서도 어른들에게 잘 업혔으니 다섯 살 때쯤이 아니었을까. 저녁노을이 유난히 새빨갰다. 하늘이 낭자하게 피를 흘리고 있는 것 같았다. 마을의 풍경도 어둡지도 밝지도 않고 그냥 딴 동네 같았다. 정답던 사람도 모닥불을 통해서 보면 낯설 듯이.

나는 참을 수가 없어서 울음을 터트렸다. 엄마는 내 갑작스러운 울음을 이해하지 못했다. 나 또한 설명할 수가 없었다. 그건 순수한 비애였다. 그와 유사한 체험은 그 후에도 또 있었다. 바람이 유난히 을씨년스럽게 느껴지는 저녁나절 동무들과 헤어져 홀로 집으로 돌아올 때, 홍시 빛깔의 잔광이 남아 있는 능선을 배경으로 텃밭머리에서 너울대는 수수 이삭을 바라볼 때의 비애를 무엇에 비길까.

그때만 해도 엄마 등에 업혔을 때하고는 달리 서러움을 적당히 고조시키고 싶어 꾀까지 썼다. 어떡하면 저 수수 이삭의 건들댐이 더 슬프고 쓸쓸하게 보일까, 그 적당한 시점을 잡느라 키를 낮춰 보기도 하고 고개를 요리조리 돌려 보기도 하다가 풀숲에 아예 누워 버리기도 했다. 그리고 가슴에 고인 슬픔이 눈물이 되어 흐르길 가만히 기다렸다.

할아버지가 동풍이 들어 집안이 우울하고 기강이 해이해진 동안은 나의 전성시대였다. 할아버지가 정정하셨을 때 집안 여자들을 송도 나들이도 들일도 안 시켰던 것처럼 내가 동무들과 어울려 싸돌아다니는 것도 질색이었다. 할아버지는 다행히 왼쪽 팔다리만 마비가 되었다. 동풍 초기에는 출입을 못 하게 된 울화증으로 식구들을 들볶았지만 차츰 그 불편한 상태를 받아들이고 그 한도 내에서 소일거리를 찾게 되었다.

그건 동네 아이들을 모아서 글을 가르치는 거였다. 우리 집 사랑이 서당이 되었다. 숙부들이 사년제 소학교를 나온 걸 인근에서는 신학문 한 걸로 쳐줄 만큼 개화가 더딘 고장이었기 때문에 한문을 진서眞書라고 믿고 숭상하는 풍조가 남아 있었다. 한글은 언문이라고 해서 낮게 쳤는데 배우기가 쉽다는 것도 업신여기는 까닭 중의 하나였다.

할아버지의 서당은 잘되었다. 박적골 사람들뿐 아니라 고개 너머 마을에서도 아들들을 우리 서당으로 보냈다. 사랑에선 온종일 글 읽는 소리가 그치지 않았고, 할아버지가 괜히 잘난 척할 때보다 마을 사람들이 우리 식구를 대하는 태도도 훨씬 달라졌다. 나는 노인들까지 나한테 굽실댄다고 느낄 정도였다.

어느 날 할아버지가 나도 사랑으로 불러냈다. 나는 그날부터 천자문을 배우지 않으면 안 되었다. 다행히 할아버지가 내 몫으로 준 천자문 책엔 언문으로 토가 달려 있었다. 언문이 우리글인 한글이라는 것도 모를 때였지만 나는 그때 이미 언문을 반쯤 깨친 상태였다. 엄마가 가르쳐 주었는데 가르치는 방법이 매우 우격다짐이었다. 자기는 하룻밤 새에 배웠으니까 나도 그래야만 한다는 식이었다.

엄마는 동네 여자들의 편지를 도맡아 대필해 줄 만큼 그 마을 부녀자들 중에서는 그래도 유식한 편이었다. 마을 부녀자들이 엄마한테 편지를 써 달라고 오는 건 대개 밤늦은 시간이었다. 자다 깨서 흐릿한 등잔불 밑에서 두루마리 종이를 풀어 가며 붓을 잡는 엄마의 모습을 본 적이 있었다. 한 사람씩 오기가 뭣해서 엄마가 한가한 시간을 타서 그렇게 한꺼번에 일을 보러 오는 것 같았다.

엄마가 다 쓴 편지를 읽어 줄 때면 여자들은 옷고름으로 눈물을 찍어 내기도 하고, 넋 나간 것처럼 입을 벌리고 있기도 했다. 그런 여자들한테 둘러싸인 엄마의 표정은 딴사람처럼 으리으리했고, 목소리는 장중했다. 그럴 때 나는 우리 엄마하고도 달라 보이고, 딴 여자들하고도 달라 보이는 엄마가 두렵고 자랑스러워 가슴이 울렁거렸고 다음 날 아침에 깨면 꿈을 꾼 것 같았다.

그러나 엄마는 자신이 언문을 읽고 쓸 수가 있기 때문에 마을에서 그만큼 잘난 척을 할 수가 있으면서도 언문의 내력에 대해선 여간 무식하지가 않았다. 무식하다 못해 무지막지했다. 세종대왕이 만든 글이라는 것까지는 알고 있었는데, 대왕이 뒷간에 앉아 뒤를 보는 동안 문살을 보고 생각이 떠올라 당장에 만든 글자라는 것이었다.

글자 모양이 문살로 대강 뜯어 맞출 수 있게 생겨서 그런 말이 생겨났는지도 모르지만, 엄마는 그렇게 쉬운 글을 깨치는 데 오래 걸리면 바보 취급을 하려고 그걸 특별히 거듭거듭 강조하는 것 같았다.

나는 정말 그런 줄 알다가 해방이 되고 나서야 비로소 그 글이 언문이 아니라 자랑스러운 우리 한글이고 세종대왕과 학자들이 얼마나 오랜 세월 노심초사해서 만들었나를 알게 되었다.

 금방 깨치지 못하면 바보가 된다는 강박관념 때문에 엄마가 써 준 가갸거겨를 줄줄 외기는 했지만 깨친 건 아니었다. 그걸 이용해서 어떻게 뜻이 있는 낱말이나 문장을 만드나도 몰랐고, 그걸 시험해 볼 만한 읽을거리도 집 안에 없었다. 엄마가 손수 베낀 이야기책이 안방에 여러 권 있었지만 그건 한 줄 한 줄이 처음부터 끝까지 물 흐르는 것처럼 흘려서 쓴 것이어서 엄마가 또박또박 써 준 가갸거겨하고는 생판 다른 나라 글자 같았다. 깨치기는커녕 내 눈엔 단 한 자도 아는 글자가 들어오지 않았다.

 엄마가 서울 간 후 할머니가 때때로 "가에다 기역 하면 각, 니은 하면 간." 하는 식으로 뚱겨 주시지 않았으면 그나마 아주 까먹었을 것이다. 엄마는 무슨 배짱인지 혹은 교만인지 아주 조금밖에 안 가르쳐 주고도 다 알기를 바랐고, 또 그렇게 믿으려 들었다. 나로서는 깨쳤다기보다는 깨친 척할 수밖에 없었다. 그렇게 어중간하던 언문이 하늘 천, 따지 하고 할아버지가 하시는 대로 천자문을 따라 읽으면서 비로소 문리가 텄다. 한자 밑에 붙은 언문 토가 바로 그 소리라는 걸 알게 되자, 한문보다 언문 읽는 데 재미를 붙이게 되었다.

 그건 일거양득이었다. 두 상이한 문자끼리 서로 커닝을 할 수가 있었기 때문에 할아버지로부터는 한 번 가르쳐 주면 안 잊어버리는 아이라는 칭찬을 들을 수가 있었다. 당시로서는 장가가게 생긴 다 큰 머슴애가 글을 안 외워 왔다고 종아리를 치실 때도 나의 총명을 예로 들어 가면서 호령을 하셨다. 나는 의기양양했지만 천자문 다음에 배우는 책에는 언문 토가 없는 게 은근히 겁이 났다. 내 총명의 허구가 드러나고 말 테니까.

그러나 할아버지의 서당은 그리 오래가지 못했다. 다시 한번 동풍이 드신 것이다. 이번 동풍은 뒷간에서 넘어지는 것 같은 극적 사건 없이 왔는데도 할아버지의 할아버지다운 마지막 위풍까지 꺾어 버린 참담한 것이었다. 오른쪽 수족까지 떨려서 간신히 회복됐던 뒷간 출입도 못 하게 되었고 수저질도 어줍어서 국 국물을 줄줄 흘리셨다. 말씀을 할 때도 침이 흘러 그런 것들을 닦아 낼 베수건을 늘 무릎에 놓고 앉아 계셨다.

할아버지는 하루에도 몇 번씩 어눌해졌지만 여전히 쨍쨍한 음성으로 나를 불러 잔심부름을 시키거나 말벗을 삼으려 드셨다. 어린 마음에도 그런 할아버지가 불쌍해서 안 보고 싶은데도, 우두커니 있다가 지치거나 울화가 치밀면 나를 부르시는 것 같았다.

먹을 갈게 하고 편지를 쓰실 적도 있었다. 떨리는 손으로 아주 오래 걸려서 삐뚤삐뚤한 필적을 남겼다. 도저히 누가 알아볼 것 같지 않은 글씨여서 나는 속으로 나한테 먹을 갈게 하려고 일부러 심술을 부리고 있다고 생각했다. 할아버지는 편지를 쓰기도 했지만 받기도 하는 유일한 분이셨다.

엄마나 오빠도 문안 편지를 올렸고 딴 데서 오는 편지도 꽤 있었다.

자연히 우리 사랑은 사흘에 한 번씩 오는 우체부가 쉬어 가는 장소였다. 전할 편지가 없을 때도 부칠 편지가 있나 하고 들렀다. 그때는 편지 부칠 일이 있으면 우체부한테 맡기면 되었다. 할아버지도 우체부를 기다리고 반가워하고 붙들고 얘기시키기를 좋아했는데 이차로 동풍이 들고 나선 더욱 그랬다.

우체부는 가방 속에 든 편지보다 여러 동네를 돌면서 보고 들은 소문이 훨씬 더 풍부했다. 할아버지가 그를 쉬어 가라고 사랑마루에 붙들어 앉히면 나는 냉큼 안에다 연통을 해서 입맛 다실 걸 내오도록 했다. 그건 할아버지와 나 사이의 묵계 같은 거였다. 그런 나를 할아버지는 "요, 입의 혀 같은 거." 하면서 예뻐하셨다.

그러나 할아버지가 베수건에 싸서 감춰 놓았던 삶은 밤이나 떡 쪼가리 같은 걸 상으로 주실 때는 정말 싫었다. 음식 국물과 침을 닦아 내는 데 쓰는 베수건은 늘 눅눅하고 시척지근한 냄새가 났다.

심부름을 잘못해 꾸중을 들을 적도 있었다. 한번은 급한 소리로 부르시기에 달려갔더니 화롯불이 사위어 담뱃불을 붙일 수가 없으니 성냥을 켜 달라는 것이었다. 나는 그때까지 성냥불을 켜 본 적이 없었다. 며느리가 불씨를 꺼트리면 쫓겨날 정도의 옛날은 아니었지만 더울 때도 집 어디엔가

화로가 있어서 성냥이 그다지 필요하지 않았다. 어쩌다 남이 켜는 걸 본 적은 있어도 내가 직접 그걸 할 수 있을 것 같지는 않았다. 내가 울상을 짓자 할아버지는 나더러는 성냥갑만 잡고 있으라고 하시곤 당신이 성냥개비를 그으려고 하셨지만 손이 떨려 번번이 실패로 돌아갔다.

그 모습이 어찌나 불쌍하던지 차마 바로 보기 민망했다. 딴 일도 아니겠다 그까짓 담배 피우는 일 그쯤 해서 단념을 하셨으면 좋으련만 이번에는 당신이 성냥갑을 잡고 있을 테니 나더러 성냥개비를 그어 보라고 했다. 만일 내가 힘껏 그어 내 손끝에서 확 불이 일어나면 나는 그걸 내던지고 말 것 같았다. 그러면 움직이지 못하는 할아버지는 그 자리에서 그냥 타 죽고 말 것이 아닌가. 생각만 해도 소름이 끼쳤다. 나는 마치 내가 그 일을 저지른 것처럼 공포에 질려 큰 소리로 울면서 사랑을 뛰쳐나왔다. 나는 그때 참 잘 우는 아이였다.

그러나 불에 대한 내 무섬증은 그럴 만한 내력이 있었다. 나는 그전부터 불을 낼 뻔한 계집애란 소리를 들어 온 바가 있었다. 오빠가 개성에 있는 북부소학교 다닐 때였는데 언젠가 집에 다니러 올 때 화경을 가지고 온 적이 있었다. 까만 테를 두르고 손잡이가 달린 그 작은 화경은 아마 이과 시간의 실습 교재였을 것이다.

그 동그란 유리로 비춰 보면 오빠의 눈이 황소 눈깔처럼 커 보이기도 하고, 내 손가락이 엄마 손가락처럼 굵어 보이기도 하는 걸 내가 하도 재미나하니까 오빠는 더 신기한 걸 보여 주었다. 화경으로 햇빛을 모아 종이를 태우는 게 왜 그렇게 신기했던지.

동그란 유리를 통과한 햇빛이 점점 도타워지고 오므라들면서 꼭 칠흑 속에 숨은 고양이 눈깔처럼 요괴롭게 빛나다가, 마침내 종이에서 모락모락 연기를 뿜어 올리고, 구멍을 내고, 구멍이 실고추처럼 가늘고 새빨갛게 종이를 먹어 들어가는 걸 지켜보는 동안 나는 숨이 막히고 배창자가 쪼글쪼글 오그라들면서 오줌이 마려웠다.

그날 밤 나는 정말 오줌을 쌌다. 그래서 요즘도 나는 아이들이 불장난을 하면 오줌 싼다는 항간의 속설을 믿는다. 거기까지는 기억이 선명한데 그 후에 내가 불을 낼 뻔했다는 사건은 전혀 생각나지 않는다. 어른들한테 들은 얘기대로라면 추수하고 나서 이엉을 엮으려고 헛간에 쌓아 놓은 짚단 사이에서 몰래 화경 장난을 하다가 그만 지푸라기에 불이 붙었다는 것이다.

사랑마루에서 대문을 중심으로 반대쪽은 마당에 널어놓은 곡식이나 고추 따위가 소나기를 만났을 때 얼른 거둬들일 수 있도록 지붕만 있고 문은 없이 바깥으로 열린 헛간이었다. 불을 처음 발견한 이웃집 새댁은 마침 우물에서 물을 길어 가던 중이어서 이고 있던 물동이를 곧장 쏟아부어 쉽게 불을 끌 수가 있었다고 한다.

하마터면 집을 태울 뻔한 불상사인데도 왜 기억에서 깨

끝이 지워져 버렸는지, 내 기억력 중 특히 어릴 적 기억력에 자신이 있다가도 그 대목에선 고개가 갸우뚱해지면서 어른들이 혹시 내 불장난을 막아 보려고 꾸미거나 과장한 얘기가 아닐까 하는 의심까지 하게 된다. 그래도 불을 낼 뻔한 계집애란 소리는 오랫동안 내 의식을 짓눌렀다.

국민학교를 졸업할 때까지도 성냥불 켜는 걸 두려워해서 불편할 적도 많았지만, 할아버지 담뱃불을 못 붙여 드렸을 때가 가장 슬펐다. 할아버지를 위해서 무언가 내 속의 한계 같은 걸 박차 보려고 허둥대면서도 그렇게 안 되던 조바심과, 난 왜 이렇게 못났을까 싶은 자기혐오 등, 복잡한 심리적 갈등까지를 아직까지 기억하고 있다.

아득한 서울

할아버지의 두 번째 동풍으로 집안엔 더욱 먹구름이 끼고 가세가 기우는 걸 어린 마음에도 느낄 수가 있었다. 작은 숙부 내외도 서울로 떠났다. 엄마에게 고무된 바가 컸다. 엄마가 먼저 서울을 개척했으니 과연 잘나기는 잘난 엄마였다. 엄마를 괘씸하게만 여기던 어른들의 마음도 많이 누그러진 것 같았다. 그건 누그러졌다기보다는 굽 잡히고 있는 건지도 몰랐다.

엄마는 지난 방학에도 교복을 말쑥하게 차려입은 오빠를 데리고 내려와 방학을 보내는 동안 몹시 당당했고 오빠가 얼마나 들어가기 어려운 공립학교에 들어갔나 은근히 자랑을 했다. 거기만 나오면 총독부나 부청에 취직하는 건 문제도 없다고 했다.

우리 집안은 겨우 까막눈이나 면한 시골 선비 집안이었다. 부끄럽지만 할아버지도 양반 타령만 유별났지 민족적 자부심이나 역사의식이 있는 분은 못 되셨다. 할아버지의 양반 노릇은 오직 우리보다 낮은 양반을 무시하는 것이었고, 양반으로서의 책임감이 있다면 자식들 혼사를 맺을 때 우리와 걸맞은 양반 중에서도 우리하고 같은 노론 집안하고만 맺어야 한다는 고집 정도였다. 남을 높이 보거나 우습게 볼 때 할아버지가 가장 잘하시는 말씀도 다 속여도 뼈다귀만은 못 속인다는 단정이었다.

이 정도의 알량한 양반 의식밖에 없었으니까 일본 관청이라도 관청에만 다니면 벼슬인 줄 알고, 장손이 장차 집안을 일으킬 만큼 출세하는 꿈에 부풀 수가 있었다. 할아버지까지 그 정도였으니 식구 중 누가 감히 출세가 보장된 아들을 둔 엄마를 깔볼 수 있단 말인가. 더군다나 작은숙부까지 엄마를 언덕 삼아 서울로 간 마당에.

그때까지도 두 숙부가 다 아이가 없었다. 막내숙부까지 떠나자 집 안이 더욱 휑해졌다. 그 집은 내가 태어나기 전에 아버지가 지었다고 했다. 삼 형제가 한집에서 양친 부모 모시고 자식을 많이 낳아 길이길이 화목하게 번성하자고 널찍널찍하고도 오밀조밀하게 지은 집이었다.

식구가 주니까 괜히 청승을 떨 만한 구석도 많아졌다. 그러나 뭐니 뭐니 해도 사랑마루 가운데 기둥에 오도카니 기대앉아 하염없이 동구 밖을 바라보는 것만큼 마음에 드는 청승 떨기도 없었다. 그러고 있다가 식구들한테 들키면 누구든지 내 쓸쓸하고 외로운 마음을 알아주었다. 특히 할머니는 황망히 당신의 품 안에 포옥 싸안기부터 하면서 잠긴 소리로 "불쌍한 내 새끼." 소리를 되뇌었다.

식구들은 내가 그러고 앉아 엄마를 기다린다고 생각하는 것 같았다. 남들이 그러니까 그런 것도 같았다. 그러나 할아버지를 기다릴 때와 같은 감미로운 설렘이 조금도 섞이지 않은 기다림은 나로서는 처음 맛보는 생소한 느낌이었다. "우리 엄마가 농바위고개까지 왔으면 내 엄지손가락이 가운뎃손가락에 척척 붙어라." 이런 점을 골백번 쳐 봤댔자 들어맞지 않을 게 뻔한 기약 없는 기다림을 내가 하고 있다고 믿고 싶지도 않았다. 그래서 누구 입에서라도 쟤가 엄마 생각이 나서 저렇게 풀이 죽었단 소리만 나오면 발광을 하듯이 울어 댔다. 그러나 온몸으로 아니라고 부정할수록 그건 점점 확실해졌다.

손가락 점보다 더 강력한 게 통한 것처럼 어느 날 엄마가 홀연히 나타났다. 방학 때도 아닌데 사전에 아무런 연락도 없이 돌아온 엄마를 보자 나는 무엇보다도 엄마도 나를 보고 싶은 걸 참을 수가 없었다는 걸 확인한 것 같아 마음이 놓였다. 그러나 엄마는 단지 내가 보고 싶어서 온 게 아니라 서울로 데려가려고 왔다고 했다.

"너도 서울 가서 학교에 가야지."

엄마가 말했다. 나는 좋은지 싫은지 알 수가 없었다. 서울이란 데를 동경한 것도 같지만 거기서 학교를 다닌다는 일은 상상해 보지 않았다. 엄마의 의도를 안 할머니가 먼저 "세상에, 계집애를 소학교부터 서울에서?" 하고 기함하는 소리를 내셨다. 다시 집안에 분란이 일어났다.

"네가 무슨 짓을 해서 서울서 돈을 얼마나 벌었기에 계집애를 다 서울서 공부를 시키겠다는 게냐, 응? 누가 들을까 봐 겁난다."

할머니는 이런 막말까지 하셨다. 엄마가 아무런 대꾸도 안 하자

"느이 아버님 저 모양 되셔 갖고 순전히 재 하나 들락날락하고 슬하에서 고물고물하는 거 바라보는 낙으로 사신다. 그래도 네가 쟬 데려가야 옳겠냐? 증말 너무한다 너무해."

이렇게 애걸로 바꾸어도 엄마의 마음이 돌아선 것 같지 않자 할머니는 작전을 바꾸어 나한테 종주먹을 댔다.

"너 할미가 좋으냐? 에미가 좋으냐? 후딱 대답해 봐, 요년아. 할미가 좋으면 엄마한테 할미하고 살겠다고 말해. 후딱."

그럴 때 나는 "몰라, 몰라." 하고 우는 게 수였다. 어린 나이에 도무지 이해할 수 없는 궁지였다. 어른 된 후에도 나는 엄마가 좋으냐? 아빠가 좋으냐? 따위 질문을 어린애한테 하는 사람을 보면 싫은 생각이 들곤 했다.

소용없는 분란에 먼저 종지부를 찍은 건 엄마였다. 실상

엄마에겐 마냥 그러고 있을 시간도 없었으리라. 엄마는 아무에게도 상의 안 하고, 심지어 나한테도 안 물어보고 내 머리를 빗겨 주는 척하면서 싹둑 잘라 버렸다. 나는 그때까지 우리 동네 계집애들이 다 그랬듯이 종종머리를 땋고 있었다.

종종머리란 계집애들이 댕기를 드려 길게 머리꼬랑이를 땋을 수 있게 되기 전까지 빗는 머리로, 정수리로부터 머리칼을 바둑판처럼 나누어 가닥가닥 땋다가 색실이나 헝겊 오라기를 드려 끝마무리를 하는 머리였다. 손이 많이 가고 매일 손질해 주지 않으면 두억시니같이 돼 버리기 때문에 머리만 봐도 집에서 위해 기르는 아인지 아닌지 알아볼 수가 있었다.

내 머리는 고모가 시집가기 전서부터 취미 삼아 가꾸며 길들여 놓은 걸 숙모가 이어받아 늘 단정하고 반들반들하게 빗겨 놓아, 난 그게 은근히 자랑스러웠다. 어려서부터 혹시 누가 나한테 예쁘다든가 앙증맞다는 소리를 하면 내 머리를 가지고 그러는구나, 알아차릴 만큼 내가 가진 것 중에서 가장 자신 있는 거기도 했다.

그런 머리를 엄마는 싹둑 잘라 냈을 뿐 아니라 뒤를 높이 치깎고 뒤통수를 허옇게 밀어 버렸다. 서울 애들은 다들 그런 머리를 하고 있다고 엄마는 내가 앙탈할 새도 없이 윽박지르기부터 했다.

"세상에, 망측해라."

할머니는 벌린 입을 못 다물었고 나도 이마에서 일직선

으로 자른 앞머리보다 뒤통수의 허전함이 이루 말할 수 없이 고약했다. 시험적으로 밖에 나가 본 나는 곧 아이들의 놀림감이 됐다.

"알라리꼴라리, 누구누구는 뒤통수에도 얼굴이 달렸대요."

당시의 단발머리는 뒤를 너무 높이 깎아 정말 뒤에도 얼굴이 달린 형상을 하고 있었다. 나는 동무들의 놀림을 받으면서도 믿는 데가 있어서 그다지 기죽지 않았다.

"서울 아이들은 다 이런 머리를 하고 있단다. 너희들은 모르지만."

나는 재빨리 그것도 모르는 동무들을 얕잡고 있었다. 내 단발머리는 할머니를 단념시켰을 뿐 아니라 내 마음도 시골에서 뜨게 했다. 어서 엄마하고 떠나고 싶었다.

할아버지께 하직 인사를 드리러 사랑에 들어갔다. 할아버지는 나를 바로 보지 않고도 모든 걸 다 아시는 듯 "어허, 망측한지고." 하고 한 번 크게 꾸짖으셨다. 그러고는 쌈지를 뒤적여 오십 전짜리 은전 한 닢을 던져 주셨다. 이왕 주실 거 던져 주실 게 뭔가, 자존심이 상했지만 나는 장판을 데구루루 구르는 은전을 손바닥으로 덮쳐서 꼭 쥐고 고맙습니다,라고 인사를 올렸다. 나의 굴욕감보다는 할아버지의 상심에 더 위로가 필요할 것 같았다. 할아버지가 약한 마음을 내보이시면 울어 버릴 것 같았다. 할아버지는 어서 물러가라고 역정을 내셨다.

엄마는 이렇게 어른들의 노여움 살 짓만 했지만, 맏며느리에다 손 귀한 집 장손의 엄마이기도 했다. 그리고 맨손으로 서울이라는 눈 감으면 코 베어 간다는 대처에다 집안 최초로 말뚝을 박은 담대한 여자였다. 어른들이 미워하면서도 무시하지 못한다는 것은 밖에 싸 놓은 짐만 봐도 알 수가 있었다. 사람까지 사서 곡식이랑 고춧가루랑 올망졸망한 자루들을 한 지게 실어 놓고 있었다. 할머니도 나들이옷을 떨쳐입고 우리를 따라나섰다.

개성까지의 이십 리 길은 멀고도 멀었다. 고개를 넘고 들을 지났다. 들과 산이 있으면 마을도 있었다. 박적골보다 큰 마을도 있고 작은 마을도 있었지만 마을이 앉은 자리나 집의 생김새가 비슷해서 조금도 낯설거나 신기하지 않았다. 마을도 그냥 늘 봐 온 자연의 일부였다. 네 번째로 당도한 고개가 마지막 고개인 농바위고개라고 했는데 유난히 가팔랐다. 아마 다리가 아파서 더 그랬을 것이다. 그 고개만 넘으면 송도니까 힘내라고 엄마가 말했다. 허위허위 숨을 몰아쉬는 나를 엄마가 뒤에서 밀어 주었다. 입속이 바싹 마르게 힘들여 드디어 정상에 올랐다.

발아래 생전 처음 보는 풍경이 펼쳐졌다. 말로만 듣던 송도였다. 나는 탄성을 질렀다. 은빛으로 빛나는 아름다운 도시였다. 길도 집도 왜 그렇게 새하얗게만 보이던지. 나중에 안 것이지만 송도고보, 호수돈고녀를 비롯한 신식의 큰 건물들은 모두 화강암으로 지었고, 토지도 사질砂質이어서 길이나 바위가 유난히 흰 게 개성 지방의 특징이었다. 사람이 저렇게도 살 수 있는 거로구나, 나는 벌린 입을 못 다물고 그 인공적인 정연함과 정결함에 오직 황홀한 눈길을 보냈다.

그때였다. 네모난 건물 한 귀퉁이에서 눈부신 불덩이 같은 게 이글거리는 게 내 눈을 쏘았다. 여태껏 내가 본 어떤 빛하고도 달랐다. 불길이 치솟지는 않았지만 불길보다 더 강렬한 빛이었다. 나는 두려워하면서 엄마에게 매달렸다. 엄마는 바보처럼 굴지 말라고, 저건 유리창에 햇빛이 비친 거라고 말했다. 그러고 보니 해가 뭐하고 부딪쳐 박살이 난 것 같은 빛이었다. 엄마는 내가 유리창을 못 알아듣자 송도나 서울 같은 대처에서는 집집마다 유리로 들창을 만든다고 했다.

박적골 집에도 유리로 만든 게 있긴 있었다. 어른들은 정종병이라고 했는데 유리로 된 투명한 병을 툇마루 밑에다 두고 석유 초롱에서 석유를 조금씩 덜어다 두는 데 썼다. 그렇게 비치는 걸로 들창을 만든 집에서 사람이 살다니. 신기하고도 불안했다. 아까 송도를 처음 보고 느낀 황홀감도 반은 실은 불안감이었다. 나는 농바위고개 위에 서 있는 게 아니라 전혀 이질적인 두 세계의 경계에 서 있는 것처럼 느꼈다. 미지의 세계에 덮어놓고 이끌리면서 한편 뒷걸음질치고 싶었다.

가슴이 두근대는 소리가 들리는 것 같았다. 그것은 내 마음속에서 평화와 조화가 깨지는 소리였고, 순응하던 삶에서 투쟁하는 삶으로 가는 갈림길에서 본능적으로 감지한 두려움이었다.

내리막길은 쉬웠다. 중간에 육면체의 큰 바위들이 마치 장롱을 한 바리 부려 놓은 것처럼 제멋대로 모여 있는 데가 있었다. 그래서 농바위고개였다. 바위 사이에선 달콤한 약수까지 샘솟고 있었다. 기다란 돈궤처럼 누워 있는 바위에 걸터앉아 샘물로 목을 축였다.

마침내 송도로 진입했다. 철길을 건너고 반듯한 기와집들이 붙어 있는 골목길을 지났다. 길바닥이 딱딱하고 유리창이 달린 이층 삼층의 네모난 집들이 늘어선 한길로 접어들었다. 처음 보는 것 천지였지만 기죽지 말고 두리번거리지도 말아야겠다고 생각했다. 엄마가 그러했으므로.

송도 거리에서의 엄마의 당당함이 어딘지 부자연스러워 보이는 게 되레 나더러 닮기를 바라는 본보기처럼 보였다. 만나는 계집애마다 나처럼 뒤통수를 하얗게 민 단발머리를 하고 있는 것도 엄마에 대한 존경심을 불러일으켰다. 한 가닥으로 땋아 댕기를 드린 처녀들은 더러 있었지만 종종머리 딴 계집애는 한 번도 못 만났다.

드디어 당도한 개성역은 웅장하고 그 안은 복잡하고 시끌시끌했다. 여기서 어른을 놓치면 어떻게 될까? 여태껏 한 번도 할 필요가 없었던 상상이어서 그 공포감은 더욱 낯설고도 생생했다. 엄마가 그 많은 보따리를 개찰구 가까이 포

개 놓고 표를 사러 가고 하는 동안 나는 엄마의 치맛자락을 움켜쥐고 놓지 않았다. 표를 내고 나가니까 엄청나게 큰 사닥다리가 공중에 걸려 있었다. 엄마는 그게 구름다리라고 했다. 그 와중에도 서울역의 구름다리는 여기 댈 것도 아니게 크고 복잡하다는 서울 자랑도 잊지 않았다.

그러나 짐이 많은 우리에겐 여간 힘든 길이 아니었다. 엄마도 이고 들고, 입장권을 사 가지고 따라온 할머니도 이고, 나도 뭔가를 들고 열심히 뛰었다. 엄마가 뛰니까 남들도 다 뛰었다. 나도 죽자꾸나 뛰었다. 유리창이 많이 달린 엄청나게 큰 구렁이 같은 기차에 얼떨결에 올라탔다. 할머니도 따라 올라와 짐을 선반 위에 얹는 걸 도와주고 혼자서 밖으로 나갔다. 그리고 내가 앉은 자리에 달린 유리창 밖에 섰다. 할머니가 뭐라고 그러는 것 같았지만 잘 안 들렸다.

유리창 밖에는 전송하는 사람들이 참 많았다. 그중에서도 할머니는 제일 작고 초라해 보였다. 그 초라함이 나를 잡아당기는 것 같았다. 유리창이란 얼마나 신기한가. 할머니 눈에 눈물이 고이는 걸 말갛게 바라볼 수가 있었다. 나는 할머니에게 안겨 '아이고 내 새끼.' 하고 쓰다듬는 손길을 느끼며 따라 울고 싶었다.

나는 온몸으로 유리창에 달라붙었다. 얼굴만 얼음장에 눌리듯 사정없이 퍼졌을 뿐 한 치도 할머니에게 다가갈 수 없었다. 기차는 크고 구슬픈 소리를 내지르고 나서 움직였다. 전송객도 따라 움직이다가 점점 안 보였다. 나는 할머니도 따라 움직였는지 그냥 서 있었는지 보지 못했다. 펑펑펑 눈물이 마구 나왔다. 눈물이 안 나오는데도 소리 내어 운 적은 많아도 그렇게 눈물이 많이 나오는데 엉엉 소리를 내지 않기는 생전 처음이었다. 가슴이 쪼개지는 것처럼 힘들었다.

마침내 서울이었다. 과연 개성역보다 몇 배나 더 넓고 복잡한 구름다리를 우리 모녀는 맨 나중에 처져서 헉헉대며 올랐다. 많은 보따리 때문이었다. 딴 사람들은 웬만한 짐도 빨간 모자 쓰고 곤색 양복 입은 짐꾼한테 맡기는데 엄마는 우리 보따리를 죄다 한 몸에 주렁주렁 매달고 고약한 꿈속에서처럼 허우적대고 있었다. 아주 오래 걸려서 표 받는 데를 지나 역전의 너른 마당까지 나올 수가 있었다. 엄마는 그 한가운데다 보따리를 쏟아붓듯이 내던지고 주저앉았다. 수많은 사람들이 지나가고 모이고 흩어지는 가운데 나도 얼이 빠져서 여기가 서울이라는 생각도 나지 않았다.

각설이 떼처럼 너덜너덜하고 더러운 옷을 입은 지게꾼들이 우리 곁으로 우르르 몰려왔다. 서로 우리 짐을 지겠다고 난리였다. 물어보지도 않고 짐 먼저 실으려는 사람도 있었다. 서울에도 박적골에서 개성역까지 나올 때처럼 지게에 짐을 싣는 방법이 있다는 걸 알자 살 것 같았다. 그러나 엄마는 전차 타고 갈 거라고 그들을 물리쳤다.

기차의 한 토막보다도 짧고 파란 전차가 등에다 뿔을 달고 한길 한가운데를 달리는 게 보였다. 뿔하고 공중에 걸린 줄하고 사이에서 파란 불꽃이 튀는 걸 보니까 전차를 타는 게 호기심보다는 겁이 났다. 말만 그렇게 하고 엄마가 마냥 그 자리에 퍼더버리고 앉아 있으니까 흩어졌던 지게꾼이 다시 하나둘 모여들었다.

엄마가 그중 한 사람을 지목해서 흥정을 시작했다. 엄마가 어떤 기준으로 그를 골라잡았는지 그건 나의 이해력 밖의 일이었다. 엄마는 턱짓으로 길 건너를 가리키며 조오기 서대문밖까지 가는 데 얼마냐고 물었다. 그가 얼마라고 말하자 그렇게는 안 하겠다고 벌써 싣기 시작한 짐을 끌어 내리려고 했다. 그럼 얼마나 주실 거냐고 그쪽에서 물었다. 서로 한참 에누리를 하고 나서 마침내 우리 모녀는 보따리에서 해방되어 지게꾼을 앞서갔다.

번잡하고 시끄럽고 더러운 거리를 지났다. 사람들이 입은 입성도, 땅바닥도 꾀죄죄한 먼지 빛깔을 하고 있었다. 전차가 지나가는 큰 네거리를 지나자 행인도 좀 줄고 길도 개성의 한길가 비슷해졌다. 저만치 길을 가로막고 큰 문이 서 있는 게 보였다.

"독립문이란다."

엄마가 말했다. 뒤따라오던 지게꾼이 거진 다 왔느냐고 숨찬 소리로 물었다.

"조금만 더 갑시다."

엄마의 얼굴에 느닷없이 비굴한 웃음이 떠올랐다.

"아아, 조금이 어디냐니까요?"

"조오기, 현저동……."

엄마 말이 채 떨어지기도 전에 그는 그 자리에 딱 버티고 서더니 누굴 놀리냐고, 그 산꼭대기를 누가 그 돈 받고 가냐고 눈을 부라렸다. 엄마도 지지 않고, 평지면 전차를 타고 편안히 가지 뭣 하러 전차 값 몇 곱절이나 주고 품을 샀겠느냐고 따지고 나서, 막걸리 값은 더 생각하고 있으니 어서 가자고 달래기 시작했다. 지게꾼은 오늘 재수 옴 붙었다고 투덜대면서도 따라오기 시작했다. 엄마 입에서 현저동이라는 말이 떨어지고 나서 그는 눈에 띄게 불손해졌다. 우리를 넘보고 있음이 분명했다. 도대체 현저동이 어딘데 저러는 걸까. 나는 눈치로 감을 잡은 것만으로도 주눅이 들었다.

 줄기차게 우리를 따라오던 네 줄의 전찻길이 끊긴 지점에서 엄마는 골목으로 접어들었고, 골목은 곧 깎아지른 듯한 층층다리로 변했다. 집들도 층층다리처럼 비탈에 다닥다닥 붙어 있어서 곧 쏟아져 내릴 것 같은 이상한 동네였다. 층층다리 양쪽도 다 그런 집들이었다. 집집마다 널빤지로 된 일각대문은 있으나마나 하게 살림살이를 거리로 발랑 드러내고 있었다. 오줌과 밥풀과 우거지가 한데 썩은 시궁창 물까지 층층다리 양쪽 가장자리의 파인 데를 흥건히 적시고 있었다.

 허위단심 꼭대기까지 올랐는데도 동네는 계속됐다. 사람들이 겨우 비비고 지날 만한 실 같은 골목을 한참이나 더 꼬불대며 오르다가 다시 첫 번째 층층다리보다 더 불규칙하고 가파른 오르막길을 만나고 그 중간에 비켜선 층층대 위

초가집 앞에서 엄마는 비로소 걸음을 멈추었다. 그 동네서도 초가집은 드물었다. 그 집이나마 우리 집이 아니었다. 엄마는 그 집 문간방에 세 들어 살고 있었다.

 작은 쪽마루가 달린 문간방은 옹색하고 을씨년스러웠다. 사슴, 거북, 불로초 따위를 울긋불긋 원색적으로 그린 종이로 싸 발라 놓은 반닫이가 유일한 세간이었다. 우리 집 여자들은 들일을 안 하니까 장에 걸레 칠 시간이 많아서 그랬겠지만, 시골집 윗목의 장롱들은 유난히 반질반질했다. 할머니가 시집오실 때 해 가지고 오셨다는 삼층장은 백통 장식이 떨어져 나가 문짝을 건성으로 붙여 놓았건만도 나뭇결은 깊고 은은한 윤기를 지니고 있었다.

 장롱이 있는 윗방 한 귀퉁이에 있는 배가 부르고 목이 긴 초병은 또 얼마나 보기 좋았던가. 불투명한 청회색 병에 너무 오래 초만 담아 놓아서 독한 신 기운이 배어 나와 얼룩이 진 게 자연스러운 무늬처럼 보였다. 뒤란의 터줏자리와 함께 윗방의 초병은 나에겐 신령한 무엇이었다. 약주술이나 막걸리 같은 게 남으면 거기다 부어서 초를 만드는 것 같았는데 작은 나방이 날아 나올 때도 있었다. 할머니는 우리 집 초 맛이 동네에서 제일간다고 그 초병을 아주 소중하게 여겼지만 누가 초를 좀 달라고 하면 우리 초 맛을 따라가면 어떡하냐고 안 주셨다. 아주 엄숙하게 그렇게 말하셨기 때문에 인심이 나쁘단 생각은 안 들고 그 안에 신비한 힘이 깃들어 있는 것처럼 여기곤 했다.

모가지가 긴 초병과 나뭇결이 고운 장롱과 이 조화롭던 윗방이 잃어버린 낙원의 한 장면처럼 가슴 뭉클하게 떠올랐다. 천 년을 내려온 것처럼 안정된 구도에 익숙해진 나의 심미안에 조악한 원색으로 처바른 반닫이는 너무도 생급스러웠다.

문 밖 에 서

"여기가 서울이야?"

나의 항의 섞인 물음에 엄마는 뜻밖에도 아니라고 대답했다.

"여기는 서울의 문밖이란다. 느이 오래비가 이담에 취직해서 돈 많이 벌면 우리도 그때 가선 버젓이 문안에서 살아 보자꾸나."

엄마가 이렇게 좋은 말로 달랬다. 그날 밤 늦도록 창밖으론 사람이 외치는 소리가 가까워졌다가는 멀어지곤 했다.

"만주나 호야 호오야."

뭘 사라는 소리 같았지만 그게 뭔지 엄마한테 물어보지 않았다. 별로 궁금하지 않았다.

시골집에서도 가끔 울 밖에서 들리는 짐승의 울음소리에

잠을 깬 적이 있었다. 그럴 때는 어른들도 깨 있다는 걸 느낄 수가 있었다.

"저놈의 승냥이가 왜 또 내려왔나."

이렇게 중얼대며 할머니가 일어나 앉으실 적도 있었다. 승냥이한테 닭이 물려 갈까 봐 근심이 되시는 것 같았다. 울음소리는 들었어도 한 번도 승냥이를 본 적은 없었다. 나는 다시 승냥이 울음소리를 들으며 잠들고 싶은 강한 충동을 느꼈다.

다음 날부터 나는 서울서 사는 법도를 익히지 않으면 안 되었다. 그건 실상 서울살이의 법도라기보다는 셋방살이의 법도였다. 눈뜨자마자 뒷간이 어디냐고 묻는 나에게 엄마는 변소는 안집 식구들이 다 다녀 나온 다음에 가는 거라고 했다. 뒷간을 변소라고 한다는 것은 기차간에서 이미 배운 바가 있고, 한 사람씩밖에 못 들어가게 돼 있는 안집 변소도 어제 한 번 다녀오긴 했어도 똥 마려운 것까지 안집한테 양보해야 된다는 건 그날 처음 알았다.

엄마는 한술 더 떠서 "너를 데려오면서 안집한테 얼마나 눈치가 보인 줄 아니? 방 얻을 때 두 식구라고 했거든. 주인집도 네 또래들이 있으니까 싫어할 것 같아서." 이러는 게 아닌가. 속일 게 따로 있지, 어떻게 있는 자식을 없는 척할 수가 있을까. 그 잘난 우리 엄마가? 오냐오냐 떠받드는 대우만 받다가 갑자기 천덕꾸러기로 전락을 하고 보니 엄마가 싫고 다시 보였다. 나야말로 속았다는 기분이 들었다. 할아버지한테 일러바치고 할머니한테 구원을 청하고 싶었지만 두 분은 너무 멀었다.

셋방살이의 법도는 똥 마려운 걸 참는 데 그치지 않았다.

"안집 애하곤 안 노는 게 수다. 까딱하단 애 싸움이 어른 싸움 된다."

"안집 애가 뭐 먹을 땐 쳐다보지도 마라."

"안집 애가 가지고 노는 걸 탐내거나 만져 보지 마라."

"안집엔 들어가지 않을수록 좋다."

숫제 새끼줄로 발목을 매 기둥에 매달아 놓는 게 낫지, 도대체 나더러 어쩌라는 것인지 알 수가 없었다. 엄마는 내가 있어도 없는 아이처럼 굴길 바라고 있었다. 박적골이 좁다라고 천방지축 망아지처럼 뛰놀던 여덟 살짜리에게 그게 얼마나 못할 노릇인지 엄마는 이해하려 들지 않았다. 셋방살이에 적응하는 것도 힘들어 죽겠는데 엎친 데 덮친 격으로 학교 갈 날이 임박하고 있었다.

엄마는 우리가 가난하니까 사는 건 문밖에서 살아도 할 수 없지만 학교는 문안에 있는 좋은 학교에 가야 한다고 했다. 그건 이미 엄마가 그렇게 다 정해 놓은 일이었다. 내 의견 같은 건 듣고 말고 할 것도 없었다. 그때는 국민학교도 의무교육이 아니어서 시험을 쳐야만 들어갈 수가 있었다. 그러나 아무 학교나 제 맘대로 시험을 칠 수 있는 건 아니어서, 지금의 학구제처럼 사는 동네에 따라 갈 수 있는 학교가 정해져 있었다. 그걸 모를 리 없는 엄마가 벌써 지금의 주민

등록에 해당하는 기류계를 사직동에 사는 친척 집에 옮겨 놓은 뒤였다.

문안에 있는, 엄마 마음에 드는 학교 중에서 다시 나의 통학 거리를 감안해서 골라잡은 학교가 매동국민학교였다. 현저동에서 그 학교엘 가려면 산을 하나 넘어야 했다. 인왕산 자락이었다. 현저동 중턱에서 성터가 남아 있는 근처까지 더 올라가면 사직공원으로 통하는 꽤 평탄한 길이 나 있었다. 길이 험하진 않았지만 거의 사람의 왕래가 없는 휑한 길이고, 길에서 조금이라도 벗어나면 숲속에 문둥이들이 득시글댄다고 알려져 있었다. 시험 칠 날이 임박해서 엄마는 나를 데리고 그 길을 답사하면서 문둥이에 대해 세상에 떠도는 끔찍한 말을 일소에 부쳤다.

문둥이가 애들을 잡아다가 간을 빼 먹는다는 말을 믿지 마라. 그 사람들도 우리하고 같은 사람이다. 사람이 차마 못 하는 건 그 사람들도 못 한다. 있지도 않은 걸 만들어서 무서워하는 것처럼 바보는 없다. 문둥이 같은 사람을 만나도 놀라지도 도망가지도 말고 천연스럽게만 굴어라. 좋은 거고 나쁜 거고 한눈팔지 말고 앞만 보고 걷는 게 수다.

엄마의 말투는 늘 너무도 자신이 옳다는 확신에 차 있어서 정말 옳은 소리도 우격다짐으로 들렸다. 나는 그게 싫었다. 그러나 문둥이 얘기를 할 때는 엄마의 마음도 흔들리고 있다는 걸 알 수가 있었다. 그래도 나는 엄마가 타일러 준 여러 가지 중에서 그게 제일 마음에 들었다. 나는 왠지 문둥이를 만나는 게 겁나지 않았다. 학교 길을 답사하고 나서 본격적으로 시험공부가 시작됐다. 넌 다 잘할 수 있을 거야. 그러면서도 엄마는 하루에도 몇 번씩 예상 문제를 만들어 가지고 나를 못살게 굴었다. 이름 쓰기, 수 세기, 시계 보기, 더하기, 빼기 따위였다.

다 잘했지만 내가 제일 싫은 건 주소를 두 개 외는 거였다. 엄마가 처음 가르쳐 준 주소는 마땅히 기류계를 옮긴 사직동 주소였다. 나는 그까짓 거 금방 외웠다. 그걸로 끝났으면 좋았으련만 엄마는 갑자기 내가 길을 잃었을 때 그 주소를 대면 큰일이다 싶었나 보다. 현저동 집 주소도 외울 수 있도록 훈련을 시켰다. 번지에다 호수까지 달린 긴 거였지만 나불나불 뭐든지 암기를 잘할 나이였으니 그 또한 어려울 게 없는데도 엄마의 걱정은 좀 지나쳤다. 필시 주소를 속여서 입학원서를 낸 게 양심에 걸리는 순박함 때문이었겠지만, 두 주소를 금방 외자 이번엔 또 시험을 칠 때 헷갈려서 잘못 말할까 봐 근심을 하기 시작했다. 엄마는 순전히 당신이 안심하기 위해 나를 들볶았다. 가만히 있다가 불시에

"너 어디 살지? 느이 집 어디야? 넌 지금 길을 잃은 거다."

그러면 난 현저동 주소를 대야 했다. 반대로

"느이 집 어디냐? 넌 지금 선생님 앞에서 시험을 치고 있는 거야."

이렇게 물어보면 사직동의 가짜 주소를 대야 했다. 엄마

는 내가 행여나 이 두 개의 주소를 헷갈릴까 봐 전전긍긍했다. 나는 문제없이 안 헷갈릴 텐데도 엄마가 자꾸 그러니까 머릿속이 멍해지면서 헷갈릴 것처럼 조마조마해지곤 했다. 그러곤 모든 게 뒤죽박죽이 돼 버렸다. 엄마의 기습적인 질문에 잘못 대답하는 빈도가 늘어났다.

엄마는 저 맹추한테 괜히 주소를 두 개씩 가르쳐 주었다고 들입다 후회를 하면서, 시험 날짜까지 현저동 주소는 아주 잊어버리고 있으라고 했다. 그러나 잊어버리란다고 잊어버려지는 게 아니었다. 엄마가 그럴수록 그 주소는 내 머릿속에 눌어붙었다. 사직동 주소는 물론이고 서울에서 그 후에 거친 수많은 집의 주소를 거의 다 잊어버렸지만 현저동 46번지의 418호란 내 최초의 주소는 여태껏 안 잊어버리고 있다.

시험에 나올지 안 나올지도 모르는 주소 때문에 머릿속이고 암기력이고 엉망이 된 채 시험 날짜가 됐다. 엄마가 박적골로 데리러 올 때 해 가지고 온 연두색 수단 두루마기를 입고 이발소에 가서 머리도 새로 깎고 시험을 치러 갔다. 주소 같은 건 물어보지도 않았다. 바둑알을 네 개와 세 개로 따로 놓고 모두 몇 개냐고 물었고, 신사와 학생이 서 있는 그림과 중절모와 학생모가 있는 그림을 각각 보여 주면서 각자에게 맞는 모자를 골라 보라고 했다. 그리고 굴뚝에서 연기가 나는 그림을 놓고 지금 바람이 어디서 어디로 불고 있느냐고도 물었다. 문제를 세 개 내줬는데 나는 그중에서 두 개밖에 못 맞혔다. 바람이 연기가 나부끼는 반대 방향으로 분다고 대답했던 것이다.

엄마는 주소를 안 물어봤단 소리에 일단 안심을 하고 나서, 그래도 틀린 문제가 나오자 실망이 여간이 아니었다. 그 자리에서 떨어졌다고 단정을 했으면 그만이지, 바람에 나부끼는 머리카락, 두루마기 자락, 운동장 깃대 맨 꼭대기에 꽂힌 일본 국기 등을 맹렬하게 손가락질하면서

"시방 바람이 어디로 부냐? 응, 어디로 불어? 시상에, 그것도 모르다니 떨어져 싸다 싸."

이러면서 분해했다. 운동장이 엄청나게 넓고 주위에 인가가 없었던 매동학교 운동장엔 그날따라 왜 그렇게 바람이 세찼던지. 그날 저녁에 엄마는 오빠를 붙들고도 내가 떨어진 걸 분해했다.

"뚜껑은 열어 봐야 알죠."

소학교를 열 살이나 돼서 보내서 아직 중학교에 다니고 있지만 나하고 나이 차이가 많이 지는 오빠는 과묵하고 사려 깊었다.

합격이 됐나 안 됐나는 엽서로 통지가 오게 돼 있었다. 물론 사직동 가짜 주소로 오든지 안 오든지 할 것이었다. 엽서가 오고도 남을 만큼 넉넉하게 기다리고 나서 엄마는 시험 보던 날처럼 나에게 수단 두루마기를 입혀 가지고 사직동 친척 집으로 갔다. 주소 때문에 지긋지긋하던 집을 나는 그때 처음 가 보았다. 가면서 엄마는 여기가 바로 문안이라는

것을 누누이 강조했다.

과연 현저동보다 훨씬 정돈되고 아늑한 동네였다. 무엇보다도 집이 비탈에 붙어 있지 않고 평지에 자리 잡은 게 마음에 들었다. 친척 집은 길게 바깥채가 길로 면해 있고 안채는 중문 안에 따로 있었다. 바깥채도 기와집이긴 한데 시골집의 사랑채하곤 딴판이었다. 너절하고 구질구질하고 냄새가 났다. 나중에 안 일이지만 거긴 사랑채가 아니라 행랑채라고 했다. 행랑채에 딸린 골목 같은 마당에서 빨래를 하고 있던 행랑어멈이 엄마를 보자 반색을 하면서 일어섰다.

"아씨, 좋으시겠어요. 아가씨가 붙었대요."

그러면서 연방 굽실거렸다. 우리가 아씨니 아가씨니 하는 높임말로 대접받기도 처음이었지만 엄마가 그렇게 거만하게 구는 걸 보기도 처음이었다.

"웬 수선인가, 그까짓 소학교 붙은 걸 가지고."

엄마는 갑자기 도도하게 굴었다. 중문을 들어서니까 딴 세상 같았다. 어른어른 비치는 유리문이 달린 대청마루는 깨끗한 화강암 댓돌 위에 높이 솟아 있고, 정갈하게 비질한 마당가엔 수도꼭지와 양회로 싸 바른 네모난 물확이 보였다. 물통을 들고 따라 들어온 행랑어멈이 물확에서 넘치는 물을 길어 담았다. 물이 콸콸 나오는 수도꼭지가 제일 신기하고 부러웠다.

현저동엔 수도 있는 집이 없었다. 집집마다 물을 사 먹거나 길어다 먹었다. 그 높은 층층다리 밑 평지에 있는 공동 수도에는 언제나 두 개씩 짝을 지은 물통 행렬이 끝도 없이 줄 서 있곤 했다. 물통들은 다 생철통으로 만든 거고 물지게에 늘어진 쇠고리가 잘 걸리도록 홈이 파인 나무 손잡이가 달린 거였지만, 물장수 물통과 손수 길어 먹는 집 물통이 달랐다. 직업적 물장수 물통은 석유 초롱하고 같은 규격의 네모난 통이었고, 손수 길어 먹는 집 물통은 물장수 물통의 갑절은 들어가게 생긴 원통형이었다. 통의 크기에 관계없이 물값은 한 지게에 일 전씩이지만 하루아침에 몇십 집씩 물을 공급해야 하는 물장수는 될 수 있으면 힘을 덜 들이고 싶었을 것이고, 제 집 물은 같은 값이면 많이 가지고 싶었을 것이다.

엄마도 물지게를 질 줄 몰라 하루 한 지게씩 물장수 물을 대 먹고 있었다. 먹는 물만이 아니라 씻고 빠는 모든 걸 그 물 두 초롱에 의지해야 했다. 서울 오고 나서 달포 남짓 동안에 셋방살이 법도 다음으로 많이 들은 잔소리가 물 아껴 쓰는 법이었다. 세숫물 버리지 말고 거기다 발 닦아라. 발 닦은 물 버리지 말고 거기다 걸레 빨아라. 걸레 빤 물도 버리지 말고 놔둬라. 이따가 마당 쓸 때 뿌릴 거니까. 이런 식이었다. 집 앞 골목을 엄마는 마당이라고 했고 제 집 마당도 안 쓰는 동네 사람들을 흉보기 위해서 엄마는 매일매일 마당을 쓸었다. 엄마가 아까워하면서 퍼 준 세숫물이 만약 내 실수로 최종 단계까지 못 가고 찍 버려지기라도 하면 엄마는 중대한 손재수라도 당한 것처럼 혀를 차곤 했다.

우리가 부엌으로 쓰는 대문간 한 귀퉁이엔 물독이 땅에 묻혀 있었다. 물장수는 어스름 새벽에 왔다. 안집도 물장수 물을 먹으니까 누가 미리 빗장을 따 놓는지 훔쳐 갈 것도 없는 집구석이니까 밤새도록 따 놓고 자는지 대문 여는 소리는 못 듣고 철썩하고 독에 물 붓는 소리에 잠이 깨곤 했다. 철썩, 철썩 하고 두 번 나는 물소리는 어떤 궁핍감보다도 실감 나게 나를 비참하게 만들었다. 두 바가지의 물로 하루를 살아야 하다니. 물을 다 아껴야 한다는 건 시골선 상상도 못 했었다.

사랑 마당과 뒷간이 있는 텃밭 사이를 흐르는 개울은 뒤란 개나리 울타리 밖을 휘돌아 내려오는 거였다. 뒤란은 또한 안방 머리맡이기도 해서 장마철엔 물소리가 콸콸 시끄럽게 들렸다. 보통 때는 조잘대는 것처럼 유쾌하게 들릴 적도 있고, 졸졸졸 귀 기울여도 들릴락 말락 할 적도 있었다. 그러나 물이 넘치거나 마른 적은 없었다. 겨울에도 가장자리만 얼고 가운데는 쉬지 않고 흘렀다. 가장자리의 얼음장은 별의별 신기한 무늬로 아롱거렸다. 추운 줄도 모르고 환상적인 모양의 살얼음을 깨트려서 입속에 넣고 아삭거리면 핏줄까지 씻겨 내려가는 것처럼 상쾌했다.

먹는 물은 따로 엄마나 숙모가 마을 한가운데에 있는 우물에서 길어 왔지만 놀다가 목마르면 개울물을 손바닥으로 길어 먹길 잘했다. 빨래도 거기서 하고 감자나 고구마도 거기서 깎고, 푸성귀도 거기서 씻었다. 물론 뒷간에 갔다 오다

손도 거기서 닦았다. 무슨 짓을 해도 새 물이란 걸 의심하지 않았으니까 더럽다는 생각도 없었다. 어디를 가나 물 흐르는 소리가 따라다녔다.

물도 아껴야 한다는 걸 배우는 건 겨울에 더운물로 세수할 때뿐이었다. 큰 가마솥에다 한 솥씩 물을 데우면서도 대야로 하나 가득 물을 퍼내면 야단을 맞았다. 그렇게 헤프게 세수해 버릇하다 죽으면 이담에 저승에서 물을 대야로 하나씩 들이마시는 벌을 받는다는 좀 독한 야단이었다. 이불 속에서 하루에 단 한 번 철썩 하고 나는 물소리를 들을 때마다 나는 내 속에서도 물기가 말라, 명태가 말라 북어가 되듯이 나 아닌 다른 게 돼 가는 것 같은 황당한 공포감에 사로잡히곤 했다.

수돗물이 콸콸 나오는 사직동 집 안주인은 엄마를 대모大母라고 부르면서 반갑게 맞아 주었다. 엄마만큼 나이가 들어 보이는데도 자주 고름이 달린 미색 저고리를 입고 있었고, 나한테도 "아주머이 학교 붙어서 얼마나 좋우." 하고 말을 놓지 않았다. 나중에 안 거지만 우리가 항렬이 높아 그 여자가 엄마한테는 손자며느리뻘이 된다고 했다. 엄마는 하게를 했고, 그 여자는 존댓말을 했다. 그 여자는 행랑어멈을 불러 더운점심을 지으라고 이르고 학교에서 왔다는 입학 통지서를 엄마 앞에 꺼내 놓았다. 엄마는 그 엽서를 쉰떡 보듯 제대로 거들떠보지도 않으면서

"띨어지길 바랐는네 붙었시 뭔가."

달갑잖은 얼굴로 말했다. 나는 엄마가 왜 그렇게 속 다르고 겉 다르게 구는지 이해할 수가 없었다. 사직동 친척은 펄쩍 뛰면서 그 동네서는 유치원까지 나온 아이 중에서도 떨어진 애가 수두룩하다고 나를 치켜세워 주었다. 그 소리를 기다렸다는 듯이 엄마는, 그까짓 거 떨어지면 공부할 팔자가 아니거니 하고 시골로 내려보내면 짐도 가벼워지고 여한도 없을 것 같아 아무것도 안 가르쳐서 보냈는데도 붙었다고 또 한 번 속 들여다뵈는 거짓말을 했다. 그 법석을 떨고도 마치 떨어지라고 고사라도 지낸 듯한 표정을 짓는 엄마를 나는 착잡한 마음으로 바라보았다.

행랑어멈이 반듯하게 점심상을 차려 들여왔다. 상에 하나 가득 놓인 하얀 그릇들은 하나같이 뚜껑이 덮여 있었다. 그러나 뚜껑을 열면 반찬은 조금밖에 들어 있지 않았다. 콩자반도 여남은 알갱이, 조개젓이나 북어무침도 딱 한 젓가락씩이었다. 배가 고픈데도 밥맛이 나지 않았다. 그 여자가 엄마한테 바느질거리를 한 보따리 싸 주었다. 그 집 바느질뿐 아니라 그 여자가 여기저기 엄마의 바느질 솜씨를 선전해 모아 놓은 거였다.

"자네 신세가 많네그려."

엄마는 간단하게 인사치레를 하면서도 당당하려고 애쓰는 게 눈에 보였다. 나는 그런 어른들 사이에서 비켜나 있고 싶었지만, 엄마는 그 여자와 여러 말을 했다.

"아이고, 대모. 그런 걱정 마시고 제가 저번에 말씀드린

거나 생각해 보시라니까요."

"기생 바느질 말인가? 그 짓까진 안 하려고 했는데 올해부터 식구랑 학비가 늘어날 생각을 하니 더운밥 찬밥 가릴 형편도 못 되네. 말이 난 김에 자네가 그쪽에 연줄을 좀 터 주게."

"대모, 잘 생각하셨어요. 말이야 바른대로 말이지, 여염집 바느질이 좀 까다로워요. 그것들은 맨 진솔 바느질에다 입어서 편하고 동정이나 맞으면 그만이지 깃이나 섶이 어떻게 생겨 먹은 게 잘한 바느질인지도 분간을 못 한대요. 타박 안 하고 품삯 후하면 그만이지 망설일 게 뭐 있어요."

"서울서 무슨 짓을 하길래 계집애까지 데려다 공부를 시키냐는 시골 어른들 소리가 듣기 싫어서 그 어른들한테 책잡힐 짓은 근처에도 가기 싫었다네."

"아니, 기생질이라면 모를까, 기생 바느질이 왜 책잡힐 일이래요?"

"워낙 그런 양반들 아닌가."

"염려 마세요. 못할 소리 하시면 제가 증인 설 테니까요."

"천상 자네가 일거리를 알아봐 줘야겠구먼. 큰 덤터기 썼네."

"오늘 가져가는 바느질 중에도 이 동네 사는 소실 게 있거든요. 소실 근본이 다 그렇고 그렇잖아요. 기생 알음알이가 많으니까 알아봐 달랠게요. 대모 바느질 솜씨를 마음에 들어 하니까 잘 될 거예요. 심부름은 행랑어멈 시키면 되니까 대모가 기생집까지 드나들진 않아도 될 거예요."

어른들의 이런 뒷공론을 엿들은 덕에 합격 통지서 받은 날은 우울했다. 하나만 더 틀렸어도 떨어져서 엄마에게 그렇듯 어려운 짐을 지우진 않았을걸 후회가 됐지만 돌이킬 수 없는 일이었다.

엄마는 그전서부터도 바느질품을 팔고 있었다. 울긋불긋한 반닫이 말고 작은 질화로와 반짇고리 또한 방 안의 중요한 세간이었다. 한두 단씩 사다 때는 장작으로 겨우 밥을 짓고 나서는 다 사위기 전에 얼른 화로에다 담고 인두로 꼭꼭 눌러놓았다가 온종일 썼다. 인두질 안 하고는 바느질을 할 수 없었다.

기생 바느질을 하기 전에도 삯바느질로 들어오는 옷감들은 시골서 입던, 무명에다 물감을 들인 것과는 댈 것도 아니게 부드럽고 고운 본견이었다. 엄마는 조각보에다 마름질하고 남은 예쁜 헝겊들을 가득 싸 놓고 있었다. 내가 심심해서 그런 걸 가지고 조각보 모으는 흉내라도 내려고 하면 엄마는 질색을 하고 빼앗았다. 시골선 내 나이에 홈질이나 감침질 정도는 다 했다. 제 치마허리를 달 줄 아는 애도 드물지 않았다. 그러나 엄마는 그까짓 건 배워서 뭐 하냐고 했다.

"너는 공부를 많이 해서 신여성이 돼야 한다."

오로지 이게 엄마의 신조였다. 나는 신여성이 뭔지 이해하지 못했다. 엄마도 마찬가지였을 것이다. 신여성이란 말은 개화기 때부터 생긴 말이지만 엄마에겐 그때까지도 해

득되지 못한, 그러나 매혹적인 그 무엇이었다. 구식 여자들이 살아온 것과는 전혀 딴 운명을 살 수 있는 가능성에 대한 엄마의 한 맺힌 매혹을 내가 이해하는 것은 불가능했다. 나는 엄마의 피를 받고 성질을 닮았는지 모르지만, 여자의 삶을 미처 살아 보기 전이었다. 나에겐 당장의 자유가 더 아쉬웠다. 엄마는 안집 애하고만 못 놀게 하는 게 아니라, 나가서 동네 아이들하고 어울리는 것도 질색이었다.

"너는 근지根地 있는 집 자식이다. 본데없이 자란 이 동네 아이들하고 어울려 봤댔자 못된 물만 든다. 나가 놀지 마라."

엄마는 기생 바느질이나 하면서도 근지만 따졌다. 근지가 뭔지 잘은 모르지만 신여성보다는 쉬웠다. 시골에서 행세깨나 하는 집안, 체면 존중하면서 살아온 우리 집안의 생활 방식을 말한다는 걸 대강 눈치챌 수가 있었다. 나도 내가 살던 생활 방식이 그리웠고, 내가 이 동네 아이들하고는 다르다는 느낌 때문에 그 뜻이 알기가 쉬웠는지도 모른다. 그러나 엄마는 왜 저럴까? 하고, 자기가 하는 일은 무조건 다 옳다고 믿는 엄마를 은근히 한심하게 여길 꼬투리가 되기도 했다. 시골에 두고 온 우리의 뿌리와 바탕을 자랑스러워할 때의 엄마는 시골 와서 식구들에게 자기의 서울 사람됨을 은근히 과시하며 으스댈 때하고 똑같았기 때문이다. 시골선 서울을 핑계로 으스대고, 서울선 시골을 핑계로 잘난 척할 수 있는 엄마의 두 얼굴은 나를 혼란스럽게도 했지만 나만 아는 엄마의 약점이기도 했다.

 엄마가 나를 줄창 반짇고리 옆에 붙들어 두는 건 불가능했다. 삯바느질거리는 그치지 않았지만 다 된 걸 사직동 친척 집까지 가지고 가는 것은 엄마의 일이었다. 행랑어멈은 기생집까지만 심부름을 해 주는 것이지 현저동까지 와 주는 건 아니었다. 사직동 친척 집이 중간 지점이었다. 엄마는 입버릇처럼 그 친척의 신세가 태산 같다고 했다.

 엄마가 없는 사이에 여덟 살 먹은 아이가 방구석에만 처박혀 있을 순 없었다. 차츰 바깥 맛을 알게 되었다. 이웃엔 땜장이 집도 있고, 아버지는 지게꾼이고 엄마는 체 장수인 집도 있고, 굴뚝장이 집도 있었다. 체 장수 엄마는 키가 작았다. 구멍이 굵은 어레미로부터 가는 체까지 이삼십 개는 돼 보이는 체를 쳇바퀴에 달린 고리로 둥글게 연결한 무수한 동그라미 사이에 파묻혀 그녀의 머리는 보였다 안 보였다 했다. 그 집 딸은 나보다 큰데 학교에 안 다녔다.

 체 장수는 말없이 나가는데 굴뚝장이는 대문간을 나설 때부터 징을 쳤다. 그도 어깨에다 연장을 메고 다녔는데, 둘둘 말았다가 펼 수 있도록 대나무를 길게 쪼갠 것이었다. 그 끝엔 사람 머리통만 한 다박솔이 달려 있었는데, 얼마나 여러 번 굴뚝에서 아궁이까지 드나들었는지 솔이라기보다는 그을음 덩어리처럼 보였다. 굴뚝장이는 또 그 다박솔을 한 줌 뚝 떼어다 붙인 것처럼 새카만 수염을 달고 있어 입이 잘 보이지 않았다. 그래서 그가 입 대신 징을 사용하는 게 자연스러워 보였다.

그 말고도 그 동네는 굴뚝장이가 잘 지나다녔는데 버젓이 입이 달린 굴뚝장이도 역시 말없이 징만 치고 다니는 게 참 이상해 보였다. 온통 새까만 그들의 몸에서 놋쇠로 된 징은 유일하게 빛나는 물건이었다. 그들이 솜방망이 같은 걸로 치는 징 소리는 공통적으로 은은하고도 여운이 길었다. 아무도 조급하게 치지 않고 여운이 하늘까지 닿을 때까지 기다렸다가 무디게 한 번씩 쳤다. 나는 그 소리를 들을 때마다 시골 밭머리에서 가을바람에 너울대는 수수 이삭을 바라보았을 때와 같은 비애를 맛보곤 했다. 굴뚝장이 집엔 아이가 많았다. 그 밖에 뭘 해 먹고사는지 모르겠는 집 아이들도 골목에 나가면 많았다.

어느 날 어떤 아이가 나보고 "시골떼기 꼴때기."라고 놀리자 다른 아이들도 일제히 따라서 같은 소리를 합창했다. 나는 그 애들이 나를 놀릴 수 있는 근거가 되는 시골이란 데와 그 애들이 현재 살고 있는 형편을 비교하면서 참 별꼴 다 본다고 가소롭게 생각했다. 나도 어느 틈에 엄마의 속 들여다보이는 교만을 그대로 닮아 가고 있었다. 그러나 그 애들 앞에서 울긴 싫고 울지 않으려면 엄마한테 들은 근지의 도움이 필요했다. 나는 시골의 명예를 지키기 위해서라도 뻔뻔스러워지지 않으면 안 되었다.

여럿이 모이면 괜히 나를 따돌리고 놀려 먹고 하던 아이도 하나씩 만나면 "노올자."라고 말을 시켰다. 서울 아이들의 노올자 소리는 참으로 듣기 좋았다. 우리 시골 말은 어미가 좀 다를 뿐 억양은 서울말과 거의 같건만도 그렇게 달콤하고 감칠맛 있게 노올자 소리를 발음할 수는 없었다. 그러나 노올자에 동의하고 동무가 됐다고 해서 할 만한 놀이가 있는 건 아니었다. 사방치기를 할 만한 평지조차 없었다.

어느 날은 길에서 주운 석필 조각으로 땅바닥이나 남의 집 담벼락에다 뭔가를 그리면서 같이 놀던 동무가 이상한 제안을 했다. 엉덩이를 까고 앉아 서로의 성기를 땅바닥에다 그리는 일이었다. 왜 그런 기상천외의 놀이를 했을까. 너무 심심해서였다. 좀 커서 공중변소 같은 데서 성기를 비롯한 이상한 그림을 볼 때마다 나는 그때 생각이 나면서 호기심이나 혐오감보다는 아아, 얼마나 심심했으면, 하고 안쓰러워지곤 했다.

우리는 서로 사생하듯이 성기를 그리다가 익숙해진 솜씨를 우리 집 담벼락에까지 써먹다가 엄마한테 들켜 지독하게 얻어맞았다. 다시는 그 아이하고 놀지 않겠다고 맹세를 했지만 나는 다시 엄마 몰래 그 아이하고 놀았다. 엄마는 나를 때리면서 그 아이 탓만 했다. 나는 그 아이하고 같이 논 것이지 그 아이가 시키는 대로 한 게 결코 아니었다. 나는 매보다도 내 동무뿐 아니라 동무네 부모까지 싸잡아 엄마한테 욕을 먹는 게 참을 수가 없었다.

하루는 엄마 없는 사이에 몰래 그 아이하고 동네를 벗어났다. 그 애가 끄는 대로 복잡한 골목과 층층다리를 지나 전차 소리가 들리는 데까지 오자 나는 갑자기 불안해져서 물었다.

"넌 느이 집 주소 아니?"

"그까짓 건 알아서 뭐 하게?"

"집 잊어버릴까 봐."

"걱정 마, 나만 놓치지 마. 알았지?"

그러면서 그 아이가 나하고 어깨동무를 했다. 어깨동무도 시골선 못 해 본 거였다. 나보다 한 뼘은 큰 아이하고 어깨동무를 하니까 마음이 저절로 활발해졌다. 그 아이는 믿음직스러웠다. 엄마는 알지도 못 하고 그 아이를 못된 애 취급하고 아직도 같이 노는지 가끔 물어보곤 했다.

우리는 발을 맞춰 씩씩하게 걸었다. 전찻길을 건넜다. 너른 마당이 나오고, 십 리나 되게 긴 붉은 담장이 너른 마당보다 한 단 높은 지대에 바라보였다. 그 담장은 끝이 안 보이게 길기도 했지만 또한 높기도 해서 담장 안에 무엇이 있는지 엿본다는 건 엄두도 안 났다.

담장을 둘러싸고 큰길이 나 있고 너른 마당은 그 큰길보다 몇 길 아래여서 계단을 통해 오르내리게 돼 있었다. 계단은 현저동 집 올라가는 계단보다 넓고 반듯하고 양쪽엔 빗물이 흘러내리도록 홈이 파져 있었다. 아이들 궁둥이가 들어가기 알맞은 너비의 양회로 싸 바른 홈은 반들반들했다. 아이들이 여럿 미끄럼을 타고 있었다.

나도 같이 간 동무와 신나게 미끄럼을 타고 놀았다. 얼마나 재미난지 해 저무는 줄도 몰랐다. 여북해야 처음으로 서울 온 보람을 느낄 만큼, 시골에 있었으면 맛보지 못했을 새로운 재미였다. 미끄러져 내려오기 위해선 올라가지 않으면 안 되었고 올라가면 붉은 담장을 에워싼 큰길 건너로 바로 높다란 철문이 보였다. 아무도 넘을 엄두를 못 낼 것처럼 높고도 무섭게 생긴 철문이건만 양쪽에 칼 찬 순사가 지키고 서 있었다. 내가 순사를 보고 주춤할 때마다 내 동무는 안 잡아갈 테니 겁내지 말라고 했지만, 미끄러져 내려올 때마다 순사가 덜미를 잡는 것처럼 등골이 오싹오싹했는데 그 맛이 미끄럼 타는 재미를 더했다.

한번은 아무도 안 다니던 그 넓은 길을 휘돌아 한 무리의 이상한 사람들이 가까이 오는 게 보였다. 앞뒤를 칼 찬 순사가 지키는 그 행렬은 모두 같은 옷을 입고 있었는데, 불그죽죽한 게 꼭 핏자국이 말라붙은 것 같은 기분 나쁜 빛깔의 옷이었다. 가까이 보니 발에다 쇠사슬까지 차고 있었다. 쇠사슬을 보자 나는 그만 그 자리에 얼어붙고 말았다. 내 동무도 현저하게 두려워하는 얼굴이 되더니 발로 세 번 땅을 탕탕탕 구르고 나서 침을 퉤 뱉었다. 그러곤 나더러도 빨리 지가 하는 대로 따라 하라고 말했다. 그렇게 안 하면 부정을 탄다는 것이었다. 나는 엉겁결에 따라 했다.

그리고 지금 우리가 본 건 전중이고, 전중이를 봤으니까 부정을 탄 거고, 부정을 탔으니까 그런 방법으로 풀어야 한다는 설명은 그 자리를 피해 빨리 집으로 오는 도중에 들었다. 전중이가 뭔지에 대해선 그 아이도 저 높은 담장 안에 사는 나쁜 사람이라는 것밖엔 몰랐다. 발목에서 철커덕 소리를 내던 쇠사슬을 생각하면 그걸 본 것도 나쁜 짓 같은 생각이 들었다. 동무가 가르쳐 준 대로 침도 뱉고 발도 굴렀지만 두렵고 께름칙한 마음은 가시지 않아 엄마에게 전중이를 본 얘기를 했다. 미끄럼 재미에 팔려 풍차바지 대신 엄마가 사 준 신식 내복 궁둥이가 해지는 줄도 몰랐다는 건 매 맞을 짓이라는 각오가 돼 있었다.

그러나 엄마는 메리야스 해트린 것보다 감옥소 마당에서 논 걸 더 큰일로 여기는 듯했다. 노발대발하고 나서 감옥소 앞 동네에 사는 처지를 장탄식하는 눈물까지 비치는 게 아닌가. 그러고 나서 다시 감옥소 마당에서 놀면 당장 시골로 쫓아 버리겠다고 위협을 했다. 나는 다시는 거기서 안 놀겠다고 맹세를 했다. 시골로 쫓겨 가는 건 무섭지 않았지만 엄마가 운다는 건 보통 일이 아니었다.

엄마는 기가 셌다. 시어머니한테 같은 잔소리를 듣고도 숙모들은 부뚜막에서 눈물을 짰지만 엄마는 웃기는 소리로 단박 분위기를 바꿔 버렸다. 딸을 감옥소 마당에서 놀릴 수밖에 없는 처지를 엄마가 그렇게까지 수치스럽고 비참하게 여긴다는 것은 나에게도 충격이었다. 그 아이하고 다시는 동무하지 않겠다는 약속도 고분고분하게 했다. 할아버지가 시골서 동네 사람들을 상것들이라고 업신여긴 것보다 엄마는 한술 더 떠서 바닥 상것들이라는 표현을 썼다.

쌈박질이 그치지 않는 동네였다. 내외간에도 이년, 저놈 하고 싸우다가 나중엔 길거리로 싸움판을 옮겨 "아이고, 나 죽소. 이놈이 사람 잡네. 이 동네엔 사람도 안 사나?" 하면서 동네 사람까지 참여를 시키려 들었다. 그럴 때 엄마는 인두판 위에서 기생 저고리의 간드러진 선을 자신 있게 인두질하면서 "저런 바닥 상것들 봤나, 언제나 이 숭한 동네를 면할꼬." 나직하게 탄식하곤 했다. 엄마는 그럴 때, 우리야말로 겨우 기생들 덕에 먹고산다는 걸 잠시 깜박한 것일까.

엄마의 모순은 그뿐이 아니었다. 체 장수네, 굴뚝장이네, 미장이네, 땜장이네 등 동네 사람들을 대하는 엄마의 태도는 속으로는 무시하면서 겉으로는 지나치게 예절 발라, 깊은 상종은 안 하겠다는 게 은연중 나타났지만 그들보다 조금도 나을 것이 없는 물장수한테만은 예외적으로 굴었다.

물장수는 밤새도록 일하고 대낮에는 자는지 아무튼 밝은 날 그들을 본 적이 없었다. 그들도 공동 수도에서 물을 길으니까, 손수 길어 먹는 사람들의 긴 줄을 피해 능률적으로 일을 하기 위해 그렇게 된 것 같았다. 물장수 물을 대 먹는 집에서 의무적으로 해야 하는 일이 다달이 품삯 주는 것 말고 또 한 가지가 있었는데, 그건 돌아가면서 저녁밥을 한 끼씩 먹이는 일이었다. 단골이 차례로 먹이는 거니까 대개 한 달에 한 번꼴로 돌아왔다.

엄마는 그날 물장수를 완전히 상객上客 취급을 했다. 그전에도 엄마는 물장수한테만은 바닥 상것이라는 소리를 안

했지만 상객 취급은 좀 유난스러워 보였다. 물장수만은 하대하면 안 된다는 관례가 있는 것도 아니라는 것은 안집에서 물장수 밥 먹이는 걸 봐도 알 수가 있었다. 일부러 잡곡을 많이 둔 밥을 고봉으로 퍼 담고 짠지 쪼가리에다 된장 뚝배기면 다였다. 그것도 마루나 방에 차려 주는 법이 없이 마당이나 부엌 바닥에 거적을 깔고 먹었다.

엄마는 남이야 그러건 말건 장을 봐다가 이것저것 나물을 무치고 고소한 기름 냄새를 풍기며 부침질을 했다. 그 궁색한 살림에 고기가 다 들어왔다. 그러고는 이밥을 한 솥 지어서 큰 밥그릇에 푸는데, 아주 정확하게 밥그릇 위에다 밥그릇을 하나 더 엎어 놓은 것만큼 펐다. 그건 아마 아무도 흉내 낼 수 없는 엄마만의 솜씨일 듯싶었다. 그렇게 차리려니 아침부터 잔칫집 같은 기분이 났다.

하긴 시골집 가풍도 남을 툭하면 무시하긴 잘했어도 음식 층하는 질색이었다. 음식을 층하해서 먹이는 집치고 안 망하는 것 못 봤다는 식의 심한 말로 할아버지가 안식구들을 경계하는 소리를 여러 번 들었다. 그러나 물장수 상을 오빠의 생일상보다 더 차린다는 것도 뒤바뀐 것이긴 하지만 음식 층하였다.

그렇게 잘 차린 상이면 우리가 부엌으로 쓰는 대문간에서 먹여도 좋으련만 방에다 방석을 깔고 불러들여 물장수를 몸 둘 바를 모르게 했다. 엄마도 마루쯤이 적당한 대접이라고 생각했겠지만 툇마루는 상도 놓을 수 없이 좁았다. 늘

수그레하지만 건강한 물장수가 들어앉으면 방 안이 가득 찼다. 내외법이 지엄할 때였으므로 어린 눈에도 망측해 보였다. 밥뿐만 아니라 뭐든지 푸짐하게 담은 반찬을 물장수는 다 먹지 못하고 남겼다.

그러면 엄마는 그 그릇들을 말끔히 비워 딴 그릇에 담아 목판에 받치고 조각조각 모은 상보를 덮어서 그가 가져가게 했다. 물장수 상은 워낙 그렇게 하는 거라고 했다. 배불리 먹고도 많이 남겨 갈 수 있도록 일부러 그렇게 넉넉하게 장만하는 것 같았다. 그러면 물장수는 황송해서 어쩔 줄을 모르면서 물 많이 쓸 일이 생기면 미리 말해 달라고 했다. 거저로 한 지게 더 부어 주겠다는 뜻인데 엄마는 안 그럴 게 뻔했다.

내가 보기에도 엄마는 물장수를 너무 좋아하는 것 같았다. 쥐뿔도 없이 거만하기만 한 엄마가 물장수만은 대등하게 대하는 것 이상이었다. 존경까지 하고 있는 것 같아 나는 여간 기분이 나쁘지 않았다. 그래서 나가 놀라는 엄마 말까지 곡해를 하고 방구석에서 꼼짝 않고 물장수가 밥 먹는 걸 빤히 노려보았다. 나는 내 영역이 중대한 도전을 받고 있다고 생각했으므로 온몸으로 그 도전에 대항하고 있는 거였다.

그러나 말도 안 되는 내 의혹은 곧 풀렸다. 엄마가 무슨 말 끝엔가 물장수를 존경할 뿐 아니라 부러워하고 있는 까닭을 말했다. 그는 물장수 노릇 해서 아들을 전문학교까지 보낸다고 했다.

"그 영감이 그래 봬도 아들을 사각모까지 씌운 생각을 하면 난 절로 우러러뵈더라."

그러면서 한숨을 쉬었다. 상고商高가 엄마가 죽도록 바느질품 팔아 시킬 수 있는 한계라는 게 그렇게 한심스러웠나 보다. 나는 이상한 의혹이 풀려 홀가분했지만 한편 우리 엄마는 참 꿈도 크다고 딱한 생각이 들었다.

반찬 하나 안 남기고 깨끗이 먹어 치운 상을 보고 물장수 상이라고 말하는 걸 요새도 흔히 듣게 되는데, 그런 비유가 물장수는 워낙 먹성이 좋은 데서 유래한 건지, 먹다 남은 걸 다 싸 가지고 가던 관습에서 유래한 건지, 별것도 아닌 걸 궁금해하는 버릇이 있다. 그거야말로 나의 가장 현저동 출신다운 의문인지도 모르겠다.

동무 없는 아이

　국민학교 입학식은 4월이었다. 나는 또 수단 두루마기를 입고 엄마 손잡고 산을 넘어 학교에 갔다. 점잖은 동네 아이들이라 과연 우리 동네 아이들하고는 달라 보였다. 예쁘장하고 깡똥한 양복으로 차려입은 애가 대부분이었다. 학부형은 일주일 동안만 따라오라고 했다. 한 달가량을 교실에는 들어가지 않고 운동장에서 노래도 하고 유희도 하고 선생님 뒤를 졸졸 따라다니면서 학교 시설물의 이름을 일본말로 익히는 연습도 했다.

　제일 먼저 배운 일본말은 호안덴奉安殿이었다. 호안덴은 운동장 우측 꽃나무를 잘 가꾸어 놓은 화단 속에 있는 회색빛 작은 집이었다. 교문에 들어설 때, 반드시 그쪽을 향해 절을 해야 하고 그 절은 선생님한테 하는 절보다 더 많이 굽혀 몸을 직각으로 만드는 최경례라야 된다는 것도 배웠다. 그 집은 창도 없고 문도 굳게 닫혀 있다가 경절慶節 날만 열렸다. 수업이 없이 식만 있는 경절 날이면 우리는 식을 하기 전에 먼저 황금빛 술이 달린 검정 비로드 책상보로 장식한 단상으로부터 호안덴까지 양쪽으로 늘어서서 기다렸다.

이윽고 까만 양복에 흰 장갑을 끼고 훈장까지 단 교장 선생님이 빛나는 얼굴로 앞장을 서고 그 뒤로는 내빈이 몇 명 따라서 마침내 그 집 앞에 이른다. 그 엄엄한 행렬이 그 집으로 갈 때까지는 우리가 그냥 서 있어도 되지만, 그 집을 돌아 나올 때는 벼락같이 "최경례."라는 구호가 떨어지고 우리는 머리를 깊이 조아리고 그 높은 사람들의 구두 끝이나 겨우 바라보고 있어야 했다.

나는 마치 시골집 터줏자리 속을 몰래 들여다볼 때처럼 옥죄는 마음으로 살짝 머리를 들고 교장이 새카맣게 옻칠한 상자를 자기 눈높이로 받들고 걸어가는 걸 훔쳐보았다. 식을 할 때 교장은 그 상자 안에 든 걸 펼쳐 떨리는 목소리로 읽어 내려갔다.

그러니까 호안덴은 천황의 칙어를 넣어 두는 데였다. 천황의 칙어는 일본말을 익힌 후에도 한마디도 못 알아듣게 어렵고 길었으며, 교장의 식사는 더 길었다. 여기저기서 쓰러지는 아이가 생길 정도로 지루한 식이었지만 끝나면 모찌를 두 개씩 나누어 주었다. 그 재미로 주리 참듯 영문 모를 식을 참아 냈다.

동무 없는 아이

호안덴 다음으로 우리가 꼭 알아 둬야 할 일본말은 변소였다. 그리고 선생님, 학교, 교실, 운동장, 동무, 몇 학년 몇 반 따위를 일본말로 익히면서 한 달 동안을 운동장에서 선생님을 졸졸 따라다녔다. 입학하자마자 조선말은 한마디도 못 쓰게 하고 눈에 보이는 사물과 행동을 일본말로 반복해서 주입시켰다. 모든 사물이 거듭 태어났다. 나처럼 일본말에 대한 사전 지식이 하나도 없는 아이에겐 여간 힘든 시기가 아니었다.

그러나 엄마는 글씨만 공부인 줄 알았다. "오늘도 글씬 안 썼냐?" 하고 물어보고는 비싼 월사금 받고 아무것도 안 가르친다고 불만스러워했다. 월사금은 팔십 전이었다. 아이들은 거의 다 일 원짜리 한 장하고 저금통장하고 가지고 가서 거스름돈 이십 전은 저금을 했다. 엄마는 팔십 전씩만 주다가 내가 다달이 저금하는 아이들을 부러워하자 가끔 구십 전씩 줄 때도 있었다. 엄마가 월사금을 아까워한 동안은 그러나 선생님이 조선말을 안 쓰고도 아이들을 통솔하고, 서로 최소한의 의사소통이 가능할 수 있도록 길들이는 중요한 기간이었다.

선생님은 예쁘고 향기로웠다. 엄마가 말하는 신여성이란 바로 저런 여성이로구나, 딱 들어맞는 본보기를 보는 느낌이었다. 아이들은 누구나 선생님을 따랐다. 운동장에서 반별로 우르르 몰려다니는 동안 서로 선생님 손을 잡으려고 아우성이었다. 예쁜 선생님은 마음씨도 고와 어미 닭을 종종종 따라다니는 병아리 같은 아이들에게 그의 관심과 애정을 공평하게 분배하려고 무척 신경을 썼다. 그래서 손잡은 아이, 치마꼬리 잡은 아이를 자주 바꾸어 멀리 있는 아이를 가까이 부르곤 했다.

왠지 나는 선생님의 그런 세심한 안배에도 끼지 못하고 늘 가장자리에 처져 있었다. 가장자리에선 중심부에서 일어나는 일이 잘 보였고, 선생님이 아무리 공평하려고 노력해도 선생님 손이나 치맛자락을 잡을 수 있는 아이는 정해져 있다는 것도 알 수가 있었다. 그런 애들은 대개 예쁘고 똑똑하고 잘 까불었다. 시골이나 현저동에서 사귄 동무들하고는 다른 진짜 서울 아이들이었다.

나는 중심부의 그런 애들을 입을 헤벌리고 침을 흘릴 정도로 부러워하고 시기도 했지만 닮을 자신은 없었다. 사람에겐 누구나 죽었다 살아나도 흉내 못 낼 것 같은 게 있는 법인데 나에겐 그게 집단의 중심이 되는 것이었다.

교실에 들어와 교과서에서 제일 먼저 배운 건 "봄이 왔네, 봄이 왔네, 어디에 왔나? 산에 왔네, 들에도 왔네." 하는 일본말이었다. 교과서엔 벚꽃이 활짝 피어 있었고, 노래로도 배웠다. 사직공원에선 이미 벚꽃이 지고 있었고, 나는 매일 산을 넘어 학교에 다니고 있었지만 진짜 산과 진짜 봄에 갈증을 느꼈다.

내가 넘어 다니는 인왕산 자락엔 쑥 하나 돋아나지 않았고, 바위가 부스러진 것처럼 메마른 흙에선 겨우 아카시아가 악착같이 자라고 있었다. 아카시아는 우리 시골에선 한 번도 못 보던 새로운 수종이어서 도무지 정이 들지 않았다.

게다가 그 나무 그늘에선 아무것도 자라고 있지 않아 뻔한 길을 벗어나 숲으로 들어가 보고 싶은 유혹을 조금도 느낄 수가 없었다. 산의 독특한 향기도 없었고 새의 지저귐도 없었다. 문둥이도 만나지 못했다. 몰래 나무를 해 가다 들킨 여자들은 틀림없이 현저동 여자들일 거라고 생각하면서 나는 두려움과 수치감을 느꼈다.

통학 길은 늘 혼자일 수밖에 없었다. 엄마는 나를 문안에 있는 학교에 밀어 넣을 생각만 했지 같은 또래를 사귈 수 없는 게 얼마나 큰 불행감이 된다는 걸 이해하려 들지 않았다. 나는 외로울 때마다 동무보다는 시골의 뒷동산을 더 많이 그리워했다. 오래 가뭄이 든 것처럼 생기 없는 나무가 듬성듬성 있을 뿐 맨땅을 드러낸 산이 너무도 이상했다.

나는 산도 들과 마찬가지로 무진장한 먹을 것을 생산한다고 믿었고, 아이들하고 친한 먹을 것은 역시 나무 위보다는 그 그늘에 있다고 알고 있었다. 우리 시골 동산엔 소나무도 있었지만, 밤나무, 오리나무, 도토리나무, 상수리나무, 느티나무 등 갈잎나무가 우거져 있어서 가을이면 집집마다 겨울 땔감으로 마당에다 집채만 한 갈잎 가리를 몇 동씩 만들어 놓을 수가 있었다. 그래도 그 많은 잎들을 박박 긁어내지는 못하는지 해마다 쌓여 썩은 흙은 부드럽고 습기 차 온갖 풀과 나물과 버섯과 들꽃을 키웠다. 물론 다 쓸 만한 풀만 자라는 건 아니었다.

뒷간 모퉁이에서 뒷동산으로 난 길엔 달개비가 쫙 깔려 있었다. 청아한 아침 이슬을 머금은 남빛 달개비꽃을 무참히 짓밟노라면 발은 저절로 씻겨지고 상쾌한 환희가 수액처럼 땅에서 몸으로 옮아오게 돼 있다. 충동적인 기쁨에 겨워 달개비잎으로 피리를 만들면 여리고도 떨리는 소리를 낸다.

그러나 동산으로 진입하기 전 등성이의 풀숲은 아이들 머리통이 겨우 남실댈 만큼 극성스럽게 자랐다. 그런 풀숲에서 벗어 놓은 뱀의 허물을 발견하는 일도 드물지 않았다. 보잘것없는 허물도 있었지만, 혹시 산속의 신선이 내려왔다가 뒤가 마려워 끌러 놓은 허리띠가 아닐까 싶게 새하얀 바탕에 무늬가 섬세한 허물도 있어서 나도 모르게 그 근처를 두릿두릿 인적을 찾을 적도 있었다. 실상 신선이 살 만큼 거하거나 수려한 산도 아니건만 그랬다.

일단 허물을 발견하면 집으로 걸어 가야 했다. 뱀 허물을 옷장 속에 간직하면 재수가 좋다는 미신이 우리 마을엔 있었기 때문에 어른들한테 산나물이나 버섯보다 더 환영을 받았다. 잘 자란 풀밭엔 으레 날카롭게 날이 선 고약한 풀이 숨어 있게 마련이어서 뱀 허물을 얻는 대신 종아리를 난도질당하는 수가 있었다. 그럼에도 불구하고 우리 마을 뒷동산은 아기처럼 부드럽고 만만하면서도 신비와 생명력이 넘치고 있었다.

서울 아이들이 알기나 할까, 쫙 깔린 달개비꽃의 남색이 얼마나 영롱하다는 걸. 그리고 달개비 이파리엔 얼마나 고운 소리가 숨어 있다는 것을. 달개비 이파리의 도톰하고 반질반질한 잎살을 손톱으로 조심스럽게 긁어내면 노방보다도 얇고 섬세한 잎맥만 남았다. 그 잎맥을 입술에서 떨게 하면 소리가 나는데, 나는 겨우 소리만 냈지만 구슬픈 곡조를 붙일 줄 아는 애도 있었다.

나는 숨넘어가는 늙은이처럼 헐벗고 정기 없는 산을 혼자서 매일 넘는 메마른 고독을 스스로 위로하기 위해 추억을 만들고, 서울 아이들을 경멸할 구실을 찾았다. 사직공원에 벚꽃이 지고 나면 이윽고 온 산에 비릿한 젖내를 풍기며 아카시아꽃이 피어났다. 아카시아꽃이 만개하자 사내아이들이 산에 떼를 지어 다니면서 사냥질하듯 모질게 탐스러운 가장귀를 꺾어서 꽃을 따 먹었다.

너무 큰 가장귀를 꺾으면 산림 감독이 뛰어나와 아이들 손목을 비틀어 비명을 내지르게 했다. 그런 애들도 주로 못사는 현저동 아이들이었다. 세 끼 밥만으로는 온종일 입이 궁금할 나이이기도 했지만 감독한테 들켜서 도망 다니고 야단맞는 재미에 더 그러는 것 같았다. 아이들이 한바탕 휩쓸고 지나가면 꽃들이 넝마처럼 시든 아카시아 가장귀가 여기저기 널브러져 있었다.

아카시아꽃도 처음 보는 꽃이려니와 서울 아이들도 자연에서 곧장 먹을 걸 취한다는 걸 알게 된 것도 그 꽃을 통해서였다. 잘 먹는 아이는 송이째 들고 포도송이에서 포도를 따 먹듯이 차례차례 맛있게 먹어 들어갔다. 나도 누가 볼세라 몰래 그 꽃을 한 송이 먹어 보았더니 비릿하고 들쩍지근했다. 그리고는 헛구역질이 났다. 무언가로 입가심을 해야 들뜬 비위가 가라앉을 것 같았다.

나는 불현듯 싱아 생각이 났다. 우리 시골에선 싱아도 달개비만큼이나 흔한 풀이었다. 산기슭이나 길가 아무 데나 있었다. 그 줄기에는 마디가 있고, 찔레꽃 필 무렵 줄기가 가장 살이 오르고 연했다. 발그스름한 줄기를 꺾어서 겉껍질을 길이로 벗겨 내고 속살을 먹으면 새콤달콤했다. 입 안에 군침이 돌게 신맛이, 아카시아꽃으로 상한 비위를 가라앉히는 데는 그만일 것 같았다.

나는 마치 상처 난 몸에 붙일 약초를 찾는 짐승처럼 조급하고도 간절하게 산속을 찾아 헤맸지만 싱아는 한 포기도 없었다. 그 많던 싱아는 누가 다 먹었을까? 나는 하늘이 노래질 때까지 헛구역질을 하느라 그곳과 우리 고향 뒷동산을 헷갈리고 있었다.

초여름에 가정방문이 있었다. 엄마는 우리 남매에게 완벽한 정직을 요구했고, 자신에 대해서도 그렇게 믿고 있었다. 학교에서도 정직 교육에 가장 역점을 두는 듯했다. 수신 교과서에 일관되게 흐르는 것도 천황에 대한 충성 다음이 정직이었다. 거짓말을 시킨 아이가 선생님에게 가장 큰 수모를 받았다. 물건이나 돈을 주웠을 때 학교에선 선생님에게, 학교 밖에서는 파출소에 갖다주어야 한다는 것도 반복적으로 교육을 받았다. 엄마한테 그 얘기를 했더니 엄마는 비웃는 것처럼 말했다.

"너는 떨어진 물건을 보고도 못 본 척해라. 줍긴 왜 주워. 떨어트린 사람은 되짚어 오게 마련이니까 그 사람이 찾아가게 그냥 놔두면 될걸. 잘난 척하고 싶은 사람이나 파출소나 선생님한테 갖다 바치는 거란다."

아주 그럴듯한 말이었지만 주인이 찾으러 오기 전에 딴 사람이 집어 가면 어떻게 하냐고 당연한 걱정을 하면, 엄마는 그건 남의 것 가져가는 사람의 잘못이니까 우리가 그것까지 상관할 거 없다고 잘라 말했다. 엄마가 꿈꾼 건 황금 보따리를 떨어트렸다가도 제자리에서 도로 찾을 수 있는 이상 사회였을까? 아니면 선행의 이기주의였을까? 여기선 그게 중요한 게 아니라, 정직의 완벽주의가 거짓말까지도 완벽하게 하려는 게 문제였다.

엄마는 내 기류계를 가짜로 옮겨 원하는 학교에 집어넣었으면 그만이지, 그걸 가정방문 때까지 밀고 나가려고 했다. 아마 중간에라도 탄로가 나면 쫓겨날지도 모른다는 촌사람다운 고지식한 우려 때문에 그런 거겠지만, 나는 엄마의 그런 이중성에 맞장구치기가 지겨웠다. 그만하고 싶었다. 엄마는 학교생활에 대해 뭘 너무 모르면서 그날 하루만 때우면 그만이라고 생각하는 것 같았다. 사직동 방면을 도는 날은 미리 정해졌기 때문에 엄마는 그날만 그 집 안주인 노릇을 하기로 친척 집의 양해를 구했다.

그날은 사직동 방면 아이들만 교실에 남아 있다가 선생님하고 같이 하교를 했다. 그 애들은 이웃해 살거나 등하굣길에 만나는 아이들이라 서로 누구 집이 어디라는 것도 대강 알고 있었다. 학교에서 가까운 순서로 순번을 짜는데 나는 나서지 않았기 때문에 나중으로 처졌다. 교실에서도 존재 없는 아이라 아무도 눈여겨보지 않다가 어떤 아이가 쟤는 우리 동네서 처음 보는 아이라고 하자, 딴 아이들도 그래그래 하면서 나를 이상한 눈으로 흘끗거렸다. 그 아이들과는 딴판인 내 촌스러운 복장이 그 말 한마디로 이단시당하기에 충분했다. 그래도 나는 재빨리 시골서 이사 온 지 얼마 안 돼서 그럴 거라고 꾸며 댔다.

그 고비는 그렇게 얼버무렸는데 맨 나중까지 남은 애가 우리 친척 집 바로 이웃이었다. 그 애는 영악하고 상냥하게 생긴 애였는데 내일서부터 학교 갈 때 서로 불러서 같이 가자고 했다. 나는 "안 돼, 우린 내일모레 또 이사 갈 거야."라고 거짓말에다 거짓말을 덧칠했다.

아무것도 모르는 엄마는 친척 집 대청마루에 높이 앉아 선생님을 맞았고 행랑어멈이 화채를 은빛으로 닦은 놋쟁반에다 받쳐 내왔다. 그날을 무사히 넘긴 엄마는 안도의 숨을 쉬었지만 친척 집 옆에 산다는 아이는 나에게 오랫동안 화근이 되었다.

그날 이후 나는 그 애 앞에서 기를 못 폈다. 그 애가 시키는 심부름은 뭐든지 했다. 고무줄을 나더러는 잡고만 있게 하고 혼자서만 깡충깡충 뛰어넘는 건 약과였다. 신을 괜히 벗어 던지고 나보고 주워 오라고 명령하면 별수 없이 주워 왔다. 그 애는 그걸 즐겼고 아이들 사이에선 내가 그 애의 꼬붕이라고 소문이 났다. 그 애가 정말 내가 주소를 속인 걸 큰 약점이라고 생각하고 나에게 군림한 건지, 내 자격지심으로 괜히 주눅이 들었기 때문에 그 애한테 만만하게 보인 건지, 어느 것이 먼저인지는 분명하지 않다.

그러나 아이들 사회에서 그런 주종 관계가 일단 성립되면 그걸 뒤바꾸기는 쉽지 않다. 나는 학교생활이 지옥 같았고, 집에 와도 심심해서 몸이 비비 꼬였다. 우리 동네 아이들은 자연히 우리 동네 학교 다니는 아이들끼리만 몰려다녔다. 산까지 넘어 문안에 있는 학교에 다니는, 중뿔난 시골뜨기를 이단시했다.

매동학교로 넘어가는 방향 말고, 우리 동네가 뻗어 올라간 쪽으로 비탈을 더 올라가면 인가가 끝나고 바위산이 나온다. 사람들은 거기를 선바위라고 했고, 선바위에서 물 없는 계곡을 따라 올라가면 계곡 오른쪽으로는 굿당이 나오고 건너쪽엔 사람들이 신령한 바위라고 믿는 형제바위가 보였다. 형제바위는 누가 보기에도 신령해 보였다. 뒤에 있는 절벽과는 따로 두 사람이 나란히 어깨를 맞대고 있는 형상의 거대한 바위였다.

그 앞에는 뭔가를 비는 사람이 그치지 않았고, 굿당에 큰

굿이 들었을 때도 거기다 먼저 고수레를 했기 때문에 그 앞엔 떡 부스러기가 늘 널려 있었다. 언제부터랄 것도 없이 자지러진 풍악 소리만 나면 엉덩춤을 추면서 굿당으로 치닫는 게 취미랄까, 심심한 나날에 돌파구가 되었다.

나에겐 굿 구경은 신기한 게 아니라 익숙한 거였다. 박적골은 유명한 무속의 본산인 덕물산德物山과 멀지 않았다. 최영 장군을 모신 사당이 있었고, 거기서 삼 년에 한 번씩 타 지방 무당까지 모여서 하는 큰굿은 유명했다. 그런 전국적인 굿 말고도 무당 집이 많이 모여 있는 산이니까 개성 부자들이 재수를 비는 크고 작은 굿이 그치지 않았다.

최영 장군이 생전에 황금을 보기를 돌같이 하라고 가르쳤건 말건 부자들은 최영 장군에게 돈 더 벌게 해 달라고 성대한 굿으로 아첨하고 빌었다. 큰굿이 든다는 소문은 상관없는 사람까지 들쑤시는 마력이 있었다. 남자들이 장사하러 외지에 나가 있는 집이 많기 때문에 무꾸리들도 잘 다녔다.

농가에서도 설 쇠고 나서 보름 안에 일 년 신수를 보러 가는 건 기본이었다. 정확하게 담당 구역이 정해진 건 아니지만 몇 개 동네에 한 집씩 동네 사람들의 길흉화복을 건사해 줄 무당 집이 있게 마련이었다. 박적골엔 무당 집이 없었기 때문에 딴 동네까지 가야 했다.

새해에 신수점 보러 갈 때는 쌀을 두어 됫박씩 자루에 담아 이고 갔다. 서로 연통을 해서 같이 갔기 때문에 그만그만

한 쌀자루를 인 여자들이 부옇게 동구 밖으로 몰려 나가는 걸 보면 무당 집에 간다는 걸 알 수가 있었다. 우리 집에선 할머니가 그 일을 담당했고 나는 해마다 따라다녔다.

무당 집엔 아래윗방에 신수점 보러 온 여인네들이 꽉 들어차 있었고, 무꾸리에 나오는 일 년 신수도 엇비슷했다. 아무리 상상력이 풍부한 무당이라 해도 어찌해 볼 도리가 없는 단순한 생활을 하는 사람들이었다. 할머니는 식구들 신수를 다 보고 나서 맨 꼴찌로 나를 넣었다. 오뉴월엔 물가에 가지 말고 동지섣달엔 불을 조심하라는 따위 어느 아이한테나 할 수 있는 소리를 했다.

어른들의 점괘 또한 특별한 사연이 있는 사람 아니면 심각하게 믿는 것 같지 않았다. 그보다는 오랜만에 만난 타동네 사람들끼리 이야기꽃을 피우는 게 더 신이 나 보였다. 무당 집은 여자들의 스트레스 해소와 정보 교환의 장이었고, 혼담이 오갈 때도 있었다. 자기 신수를 다 봤다고 해서 일어나는 사람은 아무도 없었다.

정초 무꾸리 끝에는 으레 떡국 상이 나오게 돼 있었다. 무당 집은 농사를 안 짓기 때문에 정초에 들어온 쌀로 일 년의 기본 양식을 삼는다니 그 사례로 떡국을 대접할 만했다. 그러니까 거기는 나눔의 자리이기도 했다. 무당 집 조랑이떡국은 유난히 맛있었다. 그 맛에 따라다녔다.

엄마는 내가 그런 데 따라다니는 걸 말리진 않았지만 무당이나 무꾸리에 대해서 매우 냉소적이었다. 할머니가 집에 와서 무꾸리에 나타난 식구들 신수를 일러 줄 때도 귀담 아듣는 것 같지 않았다. 할머니가 무당 말만 믿고 일각을 다투는 아버지의 병을 푸닥거리로 고치려 한 데 대한 엄마의 통한은 여간 집요하지 않았다. 잘 모르는 일을 아는 척하고 덤볐다가 그르쳤을 때 흔히 쓰는 "선무당이 사람 잡는다."는 속담도 엄마가 말하면 가시가 느껴졌다.

그러나 나는 나였다. 나는 무당에 대해 친밀감과 함께 외경심까지 갖고 있었다. 딱 한 번 덕물산에 가 본 적이 있는데 그때도 할머니를 따라서였다. 우리뿐 아니라 동네 사람이 구름처럼 몰려갔으니까 아마 몇 년 만에 한 번씩 볼 수 있는 대제大祭 때였을 것이다. 큰굿이란 그 신명이 며칠씩 계속되게 마련이지만 그중에도 천명을 다하지 못한 최영 장군의 원혼을 위로하기 위한 장군놀이는 어린 마음에 지울 수 없는 인상을 남겼다.

굿판 한가운데 거적을 깔고 그 위에다 물을 하나 가득 길어 담은 물동이를 놓는다. 물동이에다 나무 뚜껑을 덮고는 그 위에다가 다시 쌀자루를 놓고 쌀자루 위에다가 시퍼렇게 간 작두를 두 개 나란히 올려놓는다. 그때가 낮이었는지 밤이었는지 잘 생각나지 않지만 작두의 시퍼런 날을 떠올릴 때마다 휘황한 횃불에 괴기하게 번득였던 것처럼 느끼곤 한다.

장군의 복색에 벙거지까지 쓴 무당이 버선을 벗는다. 늘 버선에 옥쇠여서 말가락이 섭져진 부낭의 작고 흰 발바닥이 작두를 탄다. 나비처럼 자유롭고 무게 없이, 평행으로 선 작두날 위를 훨훨 난다. 그 순간에는 풍악 소리도 극도로 자지러져 마침내 정적의 경지에 이르고 무당의 몸도 소멸하여 흰 나비 두 마리만 남는다. 그건 굿 구경이라기보다는 내 생애를 통틀어 유일한 신비체험이었다. 단 한 번 본, 이론으로는 설명할 길 없는 입신入神의 경지였다.

거기 비하면 인왕산 굿당에서 본 서울 굿은 어린애 장난 같았다. 칼을 휘두르는 무당은 있어도 칼 위에 올라타는 무당은 보지 못했다. 그럼에도 불구하고 나는 굿 구경을 좋아했다. 남색 쾌자 자락을 휘날리며 길길이 뛰는 무당의 외씨 같은 버선발을 보고 있노라면 아슬아슬하도록 팽팽한 긴장감을 맛보았다.

그러나 무당이 오색의 기를 휘휘 말아 구경꾼들한테 내밀어 뽑게 하고 공수를 주는 소리는 알아듣지도 못하면서 거짓말이라고 여겼다. 그래서 무당이 아무렇게나 던지는 한마디 한마디에 희비가 엇갈리는 어른을 속으로 은근히 딱하게 여겼으니, 그 점은 나도 모르게 엄마를 닮았다 하겠다.

큰굿이 들었을 때는 구경꾼에게 어른 아이 가리지 않고 떡이나 알록달록한 색사탕 같은 걸 노느매기해 줄 때도 있었다. 실은 그 기대가 없었다면 굿 구경이 그렇게 신바람 나지 않았을지도 모른다. 한참 입이 궁금할 나이였다. 삼시 밥을 주리진 않았지만 군것질할 만한 것이 전무한 긴긴 여름날 오후의 권태를 무엇에 비길까.

그러나 바로 그런 쏠쏠한 실속 때문에 굿 구경 또한 금지당하지 않으면 안 되었다. 여름 교복은 흰 반소매 윗도리에 어깨허리가 달린 청색 치마였는데, 어느 날 그 치마 앞에다 굿 음식을 받아먹었다는 게 탄로가 나고 말았다. 색사탕의 물이 들어 얼룩덜룩해졌기 때문이다.

엄마는 형무소 앞마당에서 미끄럼 탄 것을 적발했을 때와 다름없이 화를 내고 야단을 치고 나서, 이놈의 동네를 언제 면하냐는, 그 판에 박은 한탄을 또 했다. 엄마는 아마 맹자의 엄마처럼 당장 여봐란듯이 그 동네를 뜨고 싶었겠지만 우린 맹자의 시대에 살고 있지 않았다. 엄마는 돈이 없었고, 나는 맹자보다 똑똑하게 굴었다. 다시는 안 그러겠다고 빌었고 곧 다른 소일거리를 찾아냈다.

날씨가 더워지면서 엄마의 바느질거리도 깨끼나 적삼으로 바뀌어 필히 재봉틀이 있어야 했다. 재봉틀 살 돈이 있을 리 없는 엄마는 그것까지 사직동 친척의 신세를 지기로 했다. 우리를 학교에 보내고 나서 친척 집에 가서 온종일 바느질을 하고 점심까지 신세를 지고 나서 저녁을 지으러 부랴부랴 돌아오는 날이 계속됐다.

일학년 수업은 왜 그렇게 금방 끝나는지 오정도 치기 전에 하학을 해서 돌아와 어두컴컴한 셋방 구석에서 오도카니 나를 기다리고 있는 점심 밥그릇을 보면 쓸쓸하고 쓸쓸한 분노가 치밀었다. 시골서 가져온 주먹만 한 내 놋바리는 방 안의 궁기와 어울리지 않게 늘 깊고 은밀하게 빛났다.

엄마는 어울리지 않는 짓 하는 데는 선수였다. 근지 있는 집 아이라는 엄마의 세뇌가 먹혀들어 갔는지 나도 동네 아이들이나 안집 아이들이 뜨악했고, 그 애들 또한 즈이들이 다니는 학교를 우습게 보고 타동네 학교를 다니는 내가 눈꼴이 시었을 것이다. 해는 길고 집 안에서고 집 밖에서고 도무지 마음 붙일 데가 없었다.

딴 아이들은 그럴 때 뭘 하고 놀까? 나는 엄마의 세간과 오빠의 서랍을 뒤졌다. 그리고 울긋불긋한 색종이로 싸 바른 궤짝 속, 엄마의 버선 갈피에서 지갑을 찾아냈다. 그건 지갑이라기보다는 쌈지였다. 할아버지 쌈지는 기름종이로 만든 거였는데 엄마의 쌈지는 헝겊으로 만든 거였다.

엄마는 나에게 콩나물이나 파 심부름을 시킬 때, 거기서 일 전짜리나 오 전짜리를 꺼내 주었다. 나는 엄마가 거기다 돈을 둔다는 걸 알고 있었다. 그러니까 심심해서 세간을 뒤진 게 아니라 확실한 목표를 가지고 뒤진 거였다. 엄마는 온종일 방을 비울 때나 지갑을 그렇게 깊이 찔러 넣지 보통 때는 아무 데나 굴렸고, 심부름하고 거스름돈을 가져와도 지갑에 넣으렴, 하면 그만이지 자세히 챙겨 보는 것 같지 않았다. 월사금이나 집세 등 큰돈 쓸 때나 꼬깃꼬깃한 지전까지 다 꺼내서 헤아려 보고, 꼭 도둑맞은 것 같다니까, 하고 한숨을 쉬었지만 아무리 아껴 써도 모자라는 쏨쏨이에 대한 탄식일 뿐 정말 누굴 의심해서가 아니라는 것쯤은 알고 있었다.

나는 쌈지 속에서 누런 일 전짜리를 한 닢 꺼냈다. 엄마의 허술한 돈 관리를 아는지라 탄로가 날 걱정도 안 했지만 나쁜 짓이란 생각도 들지 않았다. 비탈을 더 올라가 모퉁이 집이 구멍가게였다. 내가 곧잘 심부름을 다니는 평지의 반찬가게와는 달리 이 가게는 순전히 아이들 코 묻은 돈을 노리고 일 전에서 오 전짜리 군것질거리를 파는 가게였다. 거기서 뭘 사 보는 게 나의 소원이었기 때문에 나는 곧장 그리로 갔다.

눈깔사탕이 일 전에 다섯 개였다. 시골서도 단것에 굶주리진 않았었다. 겨울에 곤 엿을 몇 달씩 두고 먹었고 조청이나 꿀 같은 것은 일 년 내내 벽장 속에 두고 긴요할 때 썼다. 나는 서울 아이보다 더 새까맣게 썩은 이를 가지고 있었다. 그럴건만도 할아버지가 송도 갔다 오실 때 사다 주시는 과자나 사탕의 맛은 별미였다. 엿보다 세련된 단맛이라고나 할까, 징건해지지 않아 자꾸자꾸 더 먹고 싶었다.

하물며 몇 달 만에 맛보는 단맛은 황홀했다. 다섯 알의 눈깔사탕으로 하여 주체할 수 없이 심심하던 오후가 한없이 달콤하고 짜릿짜릿한 시간이 되었다. 엄마는 하루 일 전씩 없어지는 걸 알아보지 못했다. 나는 며칠에 한 번씩은 가운데에 구멍이 뚫린 오 전짜리도 집어내게 되었다. 오 전이면 훨씬 다양한 미각을 즐길 수가 있었다.

그 무렵이었을 것이다. 엄마가 집에 있을 때였는데 손님이 왔다. 더위가 시작될 무렵이어서 아이스케키 장수가 그 비탈 동네에도 심심찮게 다녔다. 손님은 아무것도 못 사 온 걸 미안해하다가 아이스케키 장수 소리를 듣더니 오 전짜리를 한 닢 주면서 아이스케키를 사 오라고 했다. 다요? 엄마가 물으니까 손님은 우리도 하나씩 먹읍시다, 하면서 땀을 닦았다. 엄마는 내가 다섯 개나 되는 아이스케키를 제대로 간수할 수 없을 줄 알고 냄비를 주었다. 냄비를 들고 뛰어나갔을 때는 장수는 온데간데없었다. 어디선가 외치는 소리가 들리는 것도 같았지만 불확실했다.

그렇다고 그 좋은 기회를 놓칠 수는 없었다. 나는 냄비를 들고 전차 종점 쪽으로 뛰어내려 갔다. 종점엔 큰 아이스케키 가게가 있다는 걸 알고 있었다. 오 전어치를 사니까 덤까지 한 개 주었다. 그러나 오르막길은 쉽지 않았다. 그 지긋지긋한 층층다리를 헉헉대며 오르는 동안도 뙤약볕은 사정없이 내리쪼였다. 허덕이며 집에 당도했을 때는 아이스케키는 거의 막대기만 남고 냄비 속엔 불그죽죽한 물만 고여 있었다. 손님이 기가 막히다는 듯이 끌끌 혀를 찼다.

"아니, 너라도 빨아 먹을 것이지, 어쩌자고 몽땅 물을 만들어 가지고 오냐?"

손님의 한심해하는 말투에 엄마는 단호하게 반박했다.

"우리 애는 그렇게 고지식하답니다."

엄마가 이렇게 철석같이 정직성을 믿는 딸이 매일 한 푼 두 푼 엄마의 지갑을 축내고 있었다. 잘못한다는 죄의식조차 없이. 그러나 꼬리가 길면 잡힌다던가. 당시의 구멍가게

100

는 좌판 위에 줄느런히 늘어놓은 나무 상자에다 사탕이나 과자를 종류별로 넣어 놓고 팔고 있었다. 일정 규격의 상자에는 유리로 된 뚜껑이 달려 있었는데, 어느 날 나는 앞쪽에 있는 유리를 손으로 짚고 안쪽에 있는 상자 뚜껑을 열려다가 그만 유리를 깨트리고 말았다.

가게에 달린 껌껌한 방에 죽치고 앉아서 말없이 코 묻은 돈을 챙기기만 하지 한 번도 손수 꺼내 준 적이 없는 무뚝뚝한 주인 남자는 내가 놀라서 울상이 되어도 무표정한 채 어서 사탕이나 가지고 가라고 했다. 사탕은 안 주고 돈만 받아도 그만이라고 생각했는데 사탕을 가져가라니까 나는 용서받은 줄 알고 얼른 그 자리에서 도망을 쳤다.

저녁때 엄마가 돌아와 문간에서 밥을 짓고 오빠는 방에서 공부를 하고 있을 때였다. 갑자기 바깥이 소란스러워지더니 엄마가 대꾸하는 소리도 들렸다. 나는 어떤 예감으로 가슴에서 마구 콩콩 소리가 났다. 아니나 다를까, 엄마가 나를 불렀다. 나가 보니 가겟집 남자가 마누라와 아이들까지 데리고 엄마에게 삿대질을 하며 서 있었다. 그 집 식구들이 다 행패를 부리기로 작정을 한 얼굴을 하고 있었다. 나보다 좀 큰 아이는 테만 남은 상자 뚜껑을 들고 있었다.

네가 정말 깨트렸느냐고 엄마가 나에게 조용히 물었고 나는 고개를 끄덕여 시인했다. 나는 유리를 깨트린 잘못보다 돈을 훔친 게 탄로 난 게 더 무섭고 수치스러웠다. 수치감으로 정신이 다 아득해지면서 당장 죽고 싶었다. 엄마는 그 자리에서 선선히 유리 값을 물어 주겠다고 말했다. 그 정도로 끝냈으면 워낙 없이 살아 반 푼을 가지고도 사생결단을 하려 드는 동네에서는 보기 드문 점잖은 결말이었을 것이다. 그러나 엄마는 오늘 해 안으로 당장 유리를 끼워다 달라고 뻥 뚫린 뚜껑을 놓고 가는 일가족의 뒤통수를 향해 한마디 하고 말았다.

"살다 살다 별꼴을 다 보겠네. 내 자식이 깨트린 유리 어련히 물어 줄까 봐, 사내가 변변치 못하게 식솔까지 거느리고 와서 얻다 대고 행패야, 행패. 자식들 자알 가르친다. 자알 가르쳐."

엄마는 유리 값 물어 주는 것보다 대수롭지 않은 일에 부부가 합세해서 나타난 게 더 자존심이 상했을 것이다. 그들 또한 엄마가 들으라는 듯이 한 말을 못 들은 척할 사람들이 아니었다. 조금은 머쓱해하면서 가던 그들이 기다렸다는 듯이 돌아서면서 싸움은 걷잡을 수 없이 커졌다. 사내가 먼저 엄마의 멱살을 잡았고 엄마는 대항하지 않고 오빠를 불렀다. 엄마는 나도 아들이 있다는 걸 과시하고 싶었겠지만 사려 깊고 말수 적은 오빠는 자기가 끼어들지 않고 이 싸움이 끝나길 바랐을 것이다.

그러나 엄마의 구원 요청에 뛰어나온 오빠는 얼떨결에 우선 사나이를 엄마로부터 뜯어낸다는 것이 저만치 메다꽂는 결과를 가져왔다. 그쪽 여편네가 사내를 일으키면서 저 후레자식이 어른을 친다고 악을 썼다. 구경꾼이 더 많이 모이고 신이 난 여편네는 엄마에게 너는 자식 참 잘 가르쳤다, 잘 가르쳤어라고 당장 앙갚음을 했고 엄마는 그때부터 아무 소리도 하지 않았다. 오빠도 고개를 숙였고, 세 식구가 끽소리도 못 하고 먼저 철수함으로써 싸움은 어이없이 끝났다.

방으로 철수한 우리 식구는 침통한 심정으로 아직도 남은 가겟집 여편네의 푸념이 끝나기를 기다렸다. 나는 그동안에 다음에 시킬 거짓말을 준비했다. 엄마는 의당 돈이 어디서 나서 군것질을 했느냐고 물을 테고, 그러면 길에서 주웠다고 대답할 작정이었다. 죽으면 죽었지 훔쳤다고는 말 못 할 것 같았다.

그러나 엄마는 나에게 군것질한 돈의 출처를 묻지 않았다. 엄마는 아주 오랫동안 침울해했는데 그건 오빠가 후레자식이란 욕을 먹은 데 대한 충격이었다. 엄마는 오빠에게 미안하다고 사과까지 했고 오빠도 엄마에게 몇 번이나 머리를 조아려 죄송하다고 사죄했다. 두 사람 다 입에 담지는 않았지만 후레자식 소리를 듣게 된 데 대한 사과였다.

엄마는 아들이 후레자식 소리를 들은 것을 너무나 상심한 나머지 왜 그런 일이 생겼는가 자초지종을 따져 보는 것까지 잊어버린 것 같았다. 덕택에 나는 엄마의 문초를 모면했다. 그날 당장만 모면한 게 아니라 다음 날 전차 종점까지 가서 유리를 끼워 오면서도 그 얘기는 꺼내지 않았고, 영영 안 꺼냈다.

엄마는 빈틈없이 깐깐한 것 같으면서도 그렇게 허술한 데가 있었다. 엄마가 셈이 바른 것은 자타가 인정하는 바이나 막상 자신의 가난한 돈지갑이 새는 것도 모르는 것이 엄마의 또 다른 면이었다. 나는 지금까지도 엄마에게 그런 허술한 일면이 있었음을 감사하고 또한 그로 인해 엄마를 사랑한다.

엄마가 만일 그때 나를 의심하고 따지고 들었으면 어떡하든지 진상을 규명했을 테고 그때 내가 맛볼 수밖에 없었을 수치감을 생각하면 지금도 아찔하다. 나는 그 후 다시는 엄마 돈을 훔치지 않았다. 남의 물건에 대해서도 마찬가지였고 엄마의 소원대로 지금까지 길에 떨어진 돈도 주운 적이 없다.

하긴 욕심이 날 만큼 큰돈이나 물건이 떨어진 걸 본 적도 없긴 하지만, 적은 돈을 아무런 갈등 없이 안 줍고 지날 때면 엄마를 생각하고 괜히 웃음이 난다. 그것이 선행이란 생각 같은 건 물론 손톱만큼도 없다. 육친의 손때 묻은 물건처럼 나만 아는 애착 반 싫증 반으로 어쩔 수 없이 간직하게 된 습관일 뿐이다.

그러나 만약 그때 엄마가 내 도벽을 알아내어 유난히 민감한 내 수치심이 보호받지 못했다면 어떻게 되었을까? 민감하다는 건 깨어지기가 쉽다는 뜻도 된다. 나는 걷잡을 수 없이 못된 애가 되었을 것이다. 하여 선한 사람 악한 사람이 따로 있는 게 아니라, 사는 동안에 수없는 선악의 갈림길에 있을 뿐이라고 생각하고 있다.

여름에도 인왕산의 살벌함은 변하지 않았다. 계곡은 장마가 져야만 물이 조금 흘렀고 굿당으로 올라가는 길은 온통 암벽이었고, 오른쪽으로 잡목 숲이 좀 남아 있는 곳에선 어스름 녘이면 개를 때려잡는 처절한 비명이 들리곤 했다. 사내애들은 그 소리만 들리면 눈빛을 번득이며 떼를 지어 숲속으로 치닫곤 했는데, 개를 때려잡기 위해 매단다는 나무도 정해져 있었다. 그 나뭇가지엔 새끼줄이 매달려 있었고 주위엔 개를 그스른 누릿한 냄새가 늘 남아 있었다. 그때문에 가뜩이나 헐벗은 숲이 무섭고 구역질이 났다.

더위가 심해지면서 진중한 오빠도 방에서 견디기가 힘든지 저녁만 먹고 나면 내 손을 잡고 선바위까지 바람을 쐬러 올라갔다. 나는 그때가 가장 즐거웠다. 선바위에 바람을 쐬러 나온 많은 사람들 중에서 오빠가 제일 잘나 보이는 것이 그렇게 자랑스러울 수가 없었다.

나는 오빠와의 친밀감을 과시하기 위해 멀리까지 가서 조리풀을 따다가 오빠한테 붙들게 하고 조리를 엮었다. 조리풀을 뜯을 때마다 습관적으로 먹을 만한 풀을 찾았지만, 선바위 주위 척박한 땅에는 모질고 억센 잡풀밖에 자라지 않았다. 가끔 나는 손을 놓고 우리 시골의 그 많던 싱아는 누가 다 먹었을까? 하염없이 생각하곤 했다. 말수 적은 오빠도 내 향수를 알아차리고는 여름방학이 며칠 안 남았다는 걸 손가락으로 헤아려 보여 주곤 했다.

방학이 다섯 손가락 안으로 임박하고 나서 엄마는 나를 데리고 야시장夜市場으로 나갔다. 영천서부터 서대문 네거리까지 밤이면 야시장이 섰다. 식칼이나 요강, 빗자루 등 일회용 잡화도 팔았지만 주로 포목전이 많았다. 차일을 치고 포목을 삼면에 커튼처럼 늘이고 파는 장수들은 입심도 좋아 타령조로 외치는 소리가 흥을 돋웠고, 전깃불 빛에 보는 옷감은 하나같이 화려하고 하늘하늘해 보여 나는 반쯤 넋이 나갔다. 사람들도 포목전 앞에 가장 와글와글 붐볐다.

엄마는 여러 가게에서 흥정을 하다가는 값이 안 맞아 그만두곤 했다. 나에게 내리닫이를 해 줄 모양이었다. 내 몸에 옷감을 대볼 때마다 장수들은 참 잘 어울린다고 허풍을 떨었고 나는 가슴이 울렁거렸지만 엄마의 흥정은 그렇게 호락호락하지 않았다. 겨우 흰 바탕에 남색 물방울무늬가 있는 자투리를 끊을 수가 있었다. 엄마는 꼭 내리닫이 할 만큼만 끊으려고 했고, 야시장은 옷감을 피륙으로 갖다 놓지 않고 치마저고리 한 벌 단위로 떼어다 팔고 있었기 때문에 흥정이 그렇게 어려웠던 것이다.

고향에 돌아간다는 게 비로소 실감이 났다. 마음이 설레어 잠이 다 잘 안 왔다. 일학년 첫 원족遠足 때도 못 느껴 본 느낌이었다. 일학년 첫 원족은 총독부 뒷마당으로 갔다. 총독부는 시골뜨기가 주눅 들기에 충분한 어마어마한 집이었다. 드넓은 뒤뜰에 당도한 우리는 담임 선생님으로부터 그 안에서 절대로 하면 안 되는 수많은 금기 사항을 반복해서 듣고 나서 해산하자마자 따라온 엄마하고 점심을 먹었다. 담 대신 안이 훤히 들여다보이는 드높은 쇠창살을 둘러치고 문마다 칼 찬 순사가 지키는 그 큰 집이 바로 엄마가 장차 아들을 취직시키고 싶어 하는 집이라는 걸 확인하고 질린 것밖에는 아무런 기쁨도 없는 원족이었다.

엄마는 자로 내 키와 품을 대강 재서 옷감을 어설프게 마름질하고 나서 다시 내 몸에 걸쳐 보고는 시침질을 했다. 그건 다음 날 친척 집 재봉틀에서 그럴듯한 내리닫이로 완성됐다. 요샛말로 하면 원피스를 우리는 그때 내리닫이라고 불렀다. 엄마의 바느질 솜씨는 소문이 나 기생 바느질 말고도 부잣집 혼인 바느질 일습이 들어온 적도 있었지만 양장 바느질엔 자신이 없었나 보다. 자꾸 입혀 보고 앞뒤로 뜯어 보며 불안해했고 과히 어색하진 않다는 오빠의 인색한 평에도 기뻐했다.

방학식 날엔 선생님이 방학 동안에 시골에 가는 아이는 손들어 보라고 했다. 방학 기간에도 두 차례의 소집일이 있는데 시골에 가는 아이는 미리 신고하면 결석 처리를 하지 않겠다는 것이었다. 그때 비로소 방학을 시골에서 지낼 수 있는 아이가 한 반에 불과 두세 명밖에 없다는 걸 알았고, 여름내 서울에서 지낼 수밖에 없는 토박이 서울 아이들한테 마음으로부터 연민을 느꼈다.

너희들이 온종일 답답한 골목에서 공기나 고무줄을 하다가 기껏 어른을 졸라 일 전씩 까먹는 동안 나는 모든 것이 살아 숨 쉬고 너울대는 들판에서 강아지처럼 뛰어놀 것이다. 내일이면 고개를 넘고 들을 지나고 개울을 건널 것이다. 풀과 들꽃과 두엄 냄새가 어울린 공기를 마음껏 들이마실 것이다.

상상만으로도 초여름 첫새벽에 달개비가 깔린 푸른 길의 이슬을 맨발로 밟을 때처럼 순수한 희열을 느꼈다. 그건 향수라기보다는 짐승 같은 굶주림이었고, 서울 아이에 대한 최초의 우월감이었다. 서울 아이를 불쌍하게 여길 수 있다는 것은 말할 수 없이 기분 좋은 일이었다. 그러나 너무 일찍 기분 좋아할 것은 아니었다.

방학식 날 통신부를 받았다. 일학년 일학기건만 6에서 10까지의 점수로 성적을 표시할 때였다. 나는 평균은 8점이었지만 사사오입한 8인 듯 9가 둘이고 나머지는 온통 7이었고 창가唱歌는 최하점인 6이었다. 엄마는 나한테 공부하라고 성화한 적도 없고, 숙제 한 번 제대로 봐 준 적이 없었다. 학군까지 어긴 극성 엄마이면서도 학교 보내는 것 외엔 공부에 따로 신경을 써 준 적이 거의 없었다. 그런 엄마가 내 통신부를 보고 기함을 하게 놀란 걸 보면 무관심조차도 내 자식은 안 가르쳐도 잘하려니 믿은 엄마식의 교만이 아니었던가 싶다. 그런 식으로 내버려 둬도 오빠는 늘 우등만 했고 시골 소학교에선 월반까지 한 일이 있다는 건 엄마의 큰 자랑거리였다. 내 통신부를 본 엄마의 탄식은 특이했다.

"아이구머니, 이 망신을 어쩔꼬. 내 자식 통신부도 기러기가 날아갈 줄 뉘 알았을꼬."

 엄마가 7을 기러기라고 하는 데는 까닭이 있었다. 바느질 다니는 사직동 친척 집 행랑어멈 아들도 소학교엘 다니는데 공부를 곧잘 한다고 어멈이 줄창 자랑을 한 모양이다. 그러나 언젠가 그 아이 통신부를 본 적이 있는데 모조리 7이었고 한문으로 흘려 쓴 七 자가 나란히 늘어선 게 흡사 기러기가 날아가는 형상이더라는 것이었다. 엄마는 심각한 상황을 웃음으로 눙치는 재주가 뛰어났지만, 그 아이 통신부의 기러기는 유머 감각이라기보다는 내 자식만 제일로 치고 남의 자식을 얕잡아 보기 잘하는 엄마의 교만의 좋은 예가 아니었던가 싶다. 그걸 다 뉘우칠 만큼 엄마의 낙담은 심각했다.

 나는 엄마가 어른들 뵐 낯이 없어 시골도 안 가고 말 것처럼 말했을 때에야 비로소 발버둥질 치며 울었지만 잘못했단 생각 같은 건 안 들었다. 앞으로 잘할 것 같은 자신도 없었다. 오빠가 가장 적절하게 엄마의 상한 자존심을 위로했다. 국어, 산수가 9점이니 나머지는 좀 못해도 상관없다고 했다. 오빠의 이런 통신부 보는 법을 엄마는 여간 마음에 들어 하지 않았다. 뿐만 아니라 창가나 체조, 도화 따위는 공부 못하는 애나 잘할 수 있는 것으로 당장 비약을 시켰다.

 우리 남매가 통신부를 받아 온 날이기도 하고 다음 날이 시골 가는 날이기도 해서 밤늦게 작은숙부 내외가 찾아왔다. 그때도 엄마는 조금도 기죽지 않고 내 통신부를 내보이며 오빠한테 배운 통신부 보는 법에다 살을 붙여 설명했다. 창가나 체조 점수 잘 받는 아이치고 공부 잘하는 아이 못 봤다는 식이었다. 못된 것은 조상 탓이라고, 나는 그 후 지금까지 음치 신세를 못 면한 걸 엄마 탓으로 여기고 있다.

숙부 내외는 엄마의 강변에 무조건 동의했다. 같은 서울에 사는 유일한 집안이고, 또 당시의 풍습으로는 아버지 없는 조카자식에 대해서는 아버지의 형제가 아버지와 동등한 책임을 느낄 때라, 두 집은 늘 서로 왕래하고 염려하고 의논하며 살았다. 숙부네는 소생이 없었기 때문에 두 집 간의 이런 관계는 의무를 넘어서는 진국스러운 우애였다.

숙부네는 염천교 너머 봉래동에 살았는데 숙부는 일본인 생선 도매상의 배달꾼으로 나가고 숙모는 잡화 도매상에서 나가고 들어오는 물건의 전표를 떼는 일을 하고 있었다. 숙부한테서는 늘 생선 냄새가 나고 막노동꾼티가 박여 가는 데 비해, 쪽을 갈라 히사시가미(앞머리와 살쩍을 쑥 내밀게 빗은 머리 모양)를 하고 살짝 화장도 해서 날로 하이칼라가 돼 가는 숙모는 나의 동경의 대상이었다.

엄마하고 숙모의 직장에 가 본 적도 있었다. 엄청나게 큰 창고 같은 건물 안에는 물건이 가득 든 상자들이 산적해 있었고, 등에 상표가 붙은 일본 하오리 비슷한 윗도리를 걸친 소년들이 여럿 일하고 있었다. 숙모도 치마저고리 위에다 푸른 사무복을 입고 소년들을 군(君) 자를 붙여 부르면서 이것저것 지시하는 게 여간 그럴듯해 보이지 않았다.

나중에 안 일이지만 숙모가 맨 처음 들어간 데는 일본 집 식모였다고 한다. 숙모가 식모 살 동안은 숙부도 생선 도매상 얼음 창고 위 다락방에서 자면서 고생이 이만저만이 아니었는데, 일본말도 곧잘 하고 눈썰미도 있는 숙모는 불과 몇 달 안에 주인의 신용을 얻어 주인이 경영하는 잡화 도매상 일을 보게 해 비로소 부부가 합쳐 살 수 있게 된 것이었다.

숙부 내외가 같이 노는 날을 잡아 우리 식구를 다 초대해서 고기니 생선이니를 푸짐하게 먹여 준 적도 몇 번 있었는데, 차린 걸로 봐서는 돈을 잘 버는 것 같았지만 사는 환경은 우리 집만도 못한 것 같았다. 셋방만 십여 가구가 양쪽으로 길게 붙은 골목 같은 마당은 하늘을 함석으로 가려서 생전 볕이 들지 않았고 바닥은 울퉁불퉁하고도 습했다.

막다른 집처럼 맨 끄트머리에 있는 숙부네까지 가려면 여간 조심하지 않고는 구정물이 고인 웅덩이를 밟기 일쑤였다. 현저동처럼 물이 귀하지 않은지는 몰라도 더 비위생적인 동네였다. 엄마는 사대문 안을 일률적으로 문안이라고 부르며 문안만 사람 살 동네처럼 여기고, 언젠가는 문안에 살아 보는 게 소원이었지만 문안에도 이런 빈민굴은 있었다.

마침내 개성역이었다. 엄마는 여름 교복을 산뜻하게 차려입은 아들과 물방울무늬 내리닫이로 양장을 한 딸을 자랑스럽게 앞세우고 역에 내렸다. 할머니와 큰숙부 내외가 다 마중을 나와 있었다. 할머니는 나를 안아 보고 나서 등을 들이대면서 자꾸만 업히라고 했다. 나는 싫다고 했다.

고향 산천은 온통 푸르고 싱그러웠다. 고개를 넘고 들꽃을 꺾고 개울물에 땀을 닦으며 여름내 서울을 못 벗어날 서울 아이들은 참 불쌍하다고 생각했다. 들판의 싱아도 여전히 지천이었지만 이미 쇠서 먹을 만하지는 않았다.

그러나 텃밭에는 먹을 게 한창일 때였다. 당장 따서 쪄 낸 옥수수의 감미를 무엇에 비길까. 더위가 퍼지기 전 이른 아침 이슬이 고인 풍성한 이파리 밑에 수줍게 누워 있는 애호박의 날씬하고도 요염한 자태를 발견했을 때의 희열은 또 어떻고. 못생긴 걸 호박에 비기는 건 아무것도 모르는 도시 사람들이 지어낸 말이다. 늙은 호박에 비한 거라고 해도 그건 불공평하다. 사람도 의당 늙은이하고 비교해야 할진대 사람의 노후가 늙은 호박만큼만 넉넉하고 쓸모 있다면 누가 늙음을 두려워하랴.

어른들은 한창 바쁠 때였다. 그래서 더욱 아이들의 천국이었다. 윗도리를 안 입거나 아예 고추까지 내놓고 사는 아이들의 맹꽁이처럼 부른 배 위로 참외 국물이 줄줄 흘러 그 위로 파리가 성가시게 엉겨 붙으면, 개울로 풍덩 뛰어들면 그만이었다. 우리 집 뒷간 가는 길에 건너야 하는 실개천은 뛰어들 만큼 깊지는 않았지만 개울가에 당개나리가 한창이었다. 뒤란 안팎의 살구나무, 앵두나무, 돌배나무가 다 꽃이 진 뒤여서 주황색 꽃잎에 자주색 점이 박인 당개나리의 만개 상태가 유난히 화려해 보였다.

나는 이 모든 것들이 반가웠고, 나를 가장 반겨 주신 분은 역시 할아버지였다. 사랑의 할아버지는 반년 전보다 훨씬 더 고적하고 추비해 보였다. 불수가 된 왼쪽 뺨이 깎아지른 듯이 야위고 가끔 경련까지 일고 있었다. 오십 전짜리 은화를 던져 줄 때만큼의 노여움도 남아 있지 않은 할아버지가 불쌍해서 눈물이 날 것 같았다. 오빠를 따라 절을 하면서 방학 동안 할아버지의 심부름을 지성껏 해야지 하고 별렀다.

그해 여름방학에 처음으로 사촌 동생을 보았다. 여동생이었다. 시골집을 지키고 있는 큰숙모가 낳았으니까 숙모가 배부른 것도 보았을 테고 삼십을 넘은 후의 초산이었으니 그전에 어른들이 기뻐하면서도 순산을 바라는 소리도 꽤 했으련만 어떻게 된 게 내 기억으로는 사전 지식 없이 돌연 동생이 태어난 걸로 돼 있다.

밤이었는데 옆에 아무도 없어서 깼는지 두런두런하는 기색에 눈을 떴는지, 아무튼 잠이 달아나고 보니 안방이 아니고 건넌방이었고, 곁에 아무도 없었다. 할머니 옆으로 가려고 마루로 나가니까 안방에 불이 켜졌기에 문을 열었더니 어서 문 닫으라고 엄마는 뒷손질을 하고 할머니는 대야에서 뭔가를 주무르고 계셨다. 나는 잠이 덜 깬 소리로 할머니 닭 잡아? 하고 물었다. 엄마가 웃음을 참는 얼굴로 나를 내몰아 건넌방으로 돌아와 다시 잠이 들었다.

쇠고기, 돼지고기는 설하고 추석 때나 썼고 생일이나 손님이 올 때는 닭을 잡았기 때문에 닭 잡는 것은 어려서부터 봐 왔다. 아무리 그렇기로서니 아기를 씻기려면 의당 우는 소리도 났으련만 어떻게 닭을 잡는 것처럼 보였을까. 그때 나의 기상천외한 물음은 두고두고 어른들의 웃음거리가 되었다.

오랜만에 아기가 생기니까 집안이 훨씬 활기 있어졌다. 조그만 목숨 하나가 집안에 드리운 죽음과 우환의 어둑신한 그림자를 몰아내고 밝은 웃음을 가져왔다. 할아버지도 기뻐하시면서 '서' 자 항렬자에다 '밝을 명' 자를 넣어 명서라고 이름을 지으셨고, 대문에 써 붙이는 '산후기부정産後忌不淨'이라는 방도 떨리는 필적으로 손수 쓰셨다. 우리 고장에선 해산집에 금줄을 거는 대신 이렇게 방을 써 붙였다.

이웃이나 친척으로부터 이왕 낳을 거 아들이면 더 좋았을걸 하고 섭섭해하는 소리가 나와도 아기집이 열린 것만도 고맙지, 더 바라면 죄받는다고 완곡하게 윽박지르셨다. 나도 아기 근처를 맴도느라고 거의 나가 놀지 않았다.

같이 놀던 동무들을 만나도 그전 같지가 않았다. 엄마가 애써 만들어 붙인 서울티도 동무들과의 사이를 서먹하게 했지만 문제는 내 마음이었다. 나는 서울 생활 반년 만에 벌써 내가 시골 아이들과는 격이 다른 것처럼 느꼈고, 의식적으로 그렇게 행동하려 했으니 그 애들 보기에 얼마나 눈꼴이 시었을까.

그해 겨울방학 때의 귀향은 한층 가관이었다. 겨울 교복은 따로 없었고 될 수 있으면 곤색 가운을 입도록 했다. 나는 검정 치마저고리 위에다 두루마기 대신 가운을 입고 한쪽 어깨에다 스케이트를 메고 귀향을 했다. 오빠가 언제부터 스케이트를 탔는지 확실하지는 않지만 상을 타 온 걸 본 적도 있었고 창경원 연못에서 스케이트를 타는 걸 구경한 적도 있었다. 그래서 서울 사람들이 하는 운동 중 가장 낯설지 않은 운동이긴 했지만 나는 그걸 하고 싶어 한 적도 그걸 신어 본 적도 없었다.

엄마는 그걸 어디서 얻어 왔는지 나에게 신겨 보고는 발에 꼭 맞으니 시골 가서 논에서 타면 되겠다고 했다. 발에 잘 맞기는 했지만 그걸 신고는 방바닥에 따로 설 수도 없었다. 엄마는 방에서는 못 서도 얼음판에서는 다 타게 돼 있다고 했다. 나는 오빠가 여러 사람들과 섞여 유연하게 스케이트를 타는 걸 본 경험이 있는지라 아마 그런 신발만 신으면 저절로 그렇게 되는 거로구나 여겼다.

무엇보다도 시골 아이들은 한 번도 구경한 적이 없는 신발을 여봐란듯이 메고 귀향할 일이 마음에 들었다. 엄마와 이심전심으로 죽이 맞았달까, 서울 문밖에서 궁색하기 짝이 없이 사는 주제에 시골 가면 어떡하든 뻐길 궁리부터 했다. 모녀가 합심해 여름엔 내리닫이로, 겨울엔 스케이트로 어렵사리 금의환향의 꿈을 엉군 일은 지금 생각해도 무슨 코미디 같다.

스케이트를 시골 동무들이 부러워했는지 신기해했는지는 생각나지 않지만 충분한 구경거리는 되었으리라. 그때만 해도 겨울이 지금보다 훨씬 추웠다. 귀향한 다음 날로 즉시 매끄럽게 얼어붙은 논으로 그걸 가지고 나갔다. 썰매를 타고 있던 아이들이 호기심 가득한 시선으로 지켜보는 앞에서 그걸 신고 끈을 매는 데까지는 잘됐지만 저절로 타질 리가 없었다. 일어섰단 넘어지고 일어섰단 넘어지기만을 되풀이했다. 타고나기를 무디게 타고난 운동신경에다가 뭔가 보여 줘야 할 것 같은 강박관념까지 겹친 내 몸짓이 얼마나 필사적이었던지 아이들은 웃지도 못했다. 다행히 사랑에서 할아버지가 내다보고 계셔서 곧 그 악몽 같은 스케이트 쇼에서 놓여날 수가 있었다.

그 논은 우리 논은 아니었지만 바로 우리 사랑 마당에서 실개천과 동구 밖으로 통하는 달구지 길을 사이에 두고 있었다. 언제부턴지 할아버지는 창호지에다 작은 유리 조각을 붙여 놓고 바깥을 내다보는 걸 취미로 삼고 계셨다. 내 이상한 몸짓을 본 할아버지는 안에다 대고 고래고래 악을 쓰셔서 그 사실을 알리고 나를 당장 사랑으로 잡아들이도록 했다. 할아버지는 연유도 묻지 않고 다짜고짜 그 긴 장죽으로 내 정수리를 세차게 내리치시면서 호통을 치셨다.

"아니 계집애가 집안 망신을 시켜도 분수가 있지, 무슨 흉내를 못 내 하필이면 덕물산 무당의 작두춤 흉내를 내느냐?"

나는 정수리에서 불이 나는 것처럼 아프면서도 복받치는 웃음을 참기가 어려웠다. 나는 그때 이미 스케이트가 뭔지도 모르고 고작 덕물산 무당의 작두춤이 상상력의 한계인 할아버지를 경멸할 수 있을 만큼 앙큼해져 있었다. 그러나 그 후 오늘날까지 다시는 스케이트라는 걸 신어 본 적도 배웠으면 해 본 적도 없다. 처음 얼음판에 섰을 때, 이건 안 되겠구나 싶어 당황스럽고 부끄러웠던 느낌이 평생 갔다.

그 사건 빼고는 겨울방학도 여름방학 못지않게 즐거웠다. 여름에 태어난 사촌 동생은 한창 예쁠 때였고, 할아버지 명령으로 양력 과세를 했기 때문에 맛있는 음식이 지천이었다. 양력 정초를 일본 설, 음력 정초는 조선 설이라고 부를 때였다. 일제는 물론 일본 설을 권장했고, 조선 설엔 학교나 관공서가 평일과 마찬가지로 문을 열었다. 그러나 아직 단속까지는 안 할 때였다. 도시에선 더러 이중과세도 했지만 시골에선 일본 설날이 어느 날인지도 모르고 지냈다.

시골의 설 기간은 유난히 길었다. 설빔 바느질로부터 시작해서 엿 고고 떡 치고 두부 하고 몇 집이 어울려 돼지 잡고 편수 빚느라 눈코 뜰 새 없는 준비 기간과, 설날 차례 지내고부터 대보름까지 세배, 성묘, 덕담, 새해 무꾸리, 연령·성별에 맞는 각종 놀이 등 먹고 마시고 즐기고 화합하는 기간을 합치면 거의 달포는 걸렸다. 일 년 중 가장 길고도 느긋한 농사꾼의 축제 기간이었다.

할아버지가 일본 설을 쇠면서까지 방학 기간과 설 기간을 일치시키고자 한 것은 손자들이 빠진 설을 무의미하게 여긴 애틋한 손자 사랑 때문이었을 테지만 그전부터도 할아버지는 양력이 더 옳다는 생각을 갖고 계셨다. 할아버지한테는 누가 부쳐 주는 건지 측후소에서 나온 책력이 해마다 왔다. 거기엔 음력, 양력뿐 아니라 이십사절기, 일진, 월건 등이 나와 있어 달력도 귀한 때라 마을 사람들이 장 담그는 날, 고사 지내는 날, 먼 길 떠나는 날 등을 할아버지한테 물으러 왔다.

할아버지는 심지어 올겨울 추위가 심할까 견딜 만할까, 장마가 질까 가물까 등도 책력을 보고 예언하시곤 했다. 특히 반신불수가 되신 후엔 책력 들추어 보는 걸 취미처럼 일삼으시더니 마침내 어떤 깨달음에 이르신 듯했다. 음력을 안 쓰면 농사를 지을 수 없다는 농사꾼들의 일반적인 상식이 옳지 않다고 여기시자 그걸 참지 못하고 기회 있을 때마다 마을 사람들을 계도하려 드셨다.

"아니, 입춘이 섣달에 들었나, 정월에 들었나 물으러 올 게 뭐 있나? 양력으로 치면 해마다 같은 날인데. 생각해 보게나. 절기가 딱 정해져 있어서 밤낮의 길이가 같거나, 밤이 제일 길거나, 낮이 제일 긴 날이 해마다 같은 날로 정해진 달력이 옳겠나, 그게 해마다 들쭉날쭉하다가 툭하면 윤달이 한 달씩이나 드는 달력이 옳겠나? 아무리 왜놈의 것이라도 옳은 건 옳다고 해야지, 왜놈이 흰 것을 희다고 했다고 해서 우리는 검다고 우겨야 옳겠나?"

이렇게 답답히 여기시고 흥분하셨지만 이십사절기가 정해져 있는 것보다 해마다 달라지는 데 따라 여러 가지 증후를 예견하는 묘미에 익숙해진 농민들에겐 먹혀들어 가지 않았다. 할아버지로서는 스스로 터득한 유일한 개화사상이었지만 일본 설이라는 뿌리 깊은 고정관념의 벽을 허물기에는 역부족이었다. 그래서 우리 집 설은 그 후 마을 공동체에서 소외된 독불장군의 설이 되고 말았다.

돼지도 두 박씨 집이 어울려서 한 마리를 잡았는데 직접 잡는 일은 마을에서 사람을 사서 시켰다. 섣달그믐께의 얼어붙은 밤, 안마당에서 뒤란으로 돌아가는 머릿방 모퉁이에 불을 환히 밝히고, 장정들이 웅성거리고, 이어서 돼지 목따는 소리가 처절하게 들렸다. 엿을 고느라 후끈후끈한 안방 이불 속에서 나는 죽어 가는 돼지가 불쌍하단 생각보다는 창호지에 너울대는 불빛과 일꾼들의 활기찬 목소리와 어우러진 돼지 목 따는 소리에서 흥겨운 축제 분위기를 느꼈다.

그러나 돼지 잡는 걸 직접 목격한 오빠는 돼지고기도 순대도 일절 입에 대지 않아 어른들을 당황하게 만들었다. 오빠는 장손이자 유일한 아들 손자였다. 오빠가 입에 대지 않는 음식은 아무리 진수성찬이라도 차린 의의를 잃고 말았다. 할아버진 사내가 그렇게 심약해서 무엇에 쓸 거냐고 몹시 언짢아하시다가 억지로라도 먹이라고 역정을 내셨다. 심지어는 나를 지목하시면서 손자와 손녀가 바뀌었더라면, 하는 억지 말씀까지 하셨다. 그건 오빠에게뿐 아니라 나에게도 상처가 되는 심한 말씀이었다.

차례 지낼 때 탕에만 겨우 쇠고기를 쓰고 편수나 누름적, 녹두지짐 등 돼지고기 안 들어가는 음식이 거의 없는지라 오빠에겐 따로 게장이 나왔다. 오빠가 숟가락, 젓가락을 다 동원해 깨끗이 파먹은 게딱지를 물려받아 그 안에다 게장 간장을 조금만 치고 밥을 비벼도 그렇게 맛있을 수가 없었다. 나는 전에도 할아버지 상에서 곧잘 그 짓을 했었다. 아무것도 안 남아 있는 게딱지라 해도 그 안에다 비벼 먹으면 밥그릇에다 비벼 먹는 것보다 훨씬 맛있었다.

게는 전국적으로 파주 게가 유명하다지만 우리 고장 게 맛도 그에 못지않았다. 민물 게는 씨가 말라 게장 맛을 모르는 요새 사람하고는 안 통하는 얘기지만 내가 이 세상에 나와서 먹어 본 음식 중에서 가장 잊을 수 없는 진미를 대라면 서슴지 않고 게장을 대리라. 논에서 벼가 누렇게 익을 무렵이면 암게는 딱지 속에 고약처럼 검은 장이 꽉 찬다. 이때 담아 오래 삭혔다 먹는 게장 맛은 아무리 극찬을 해도 모자라 열이 먹다 아홉이 죽어도 모르는 맛이라는 좀 야만적인 표현을 써야만 성이 찬다.

오빠가 돼지고기를 못 먹게 된 사건은 할아버지 심기를 오래도록 불편하게 했다. 장손으로서 못 미덥게까지 여기신 듯했다. 방학이 끝나고 돌아올 때 사내자식은 이러저러해야 된다는 훈계를 길고도 간절하게 하셨다. 할머니는 나에게 담임 선생님 갖다 드리라고 깨강정을 한 보따리 싸 주셨다.

우리 고장의 설음식 중 엿을 고아 강정을 만든 것도 빼놓을 수 없다. 튀밥이나 볶은 콩, 땅콩 따위로 만든 강정은 생긴 것도 두루뭉실하고 먹음직스럽게 만들어 주로 아이들 주전부리거리로 썼지만, 흰깨와 흑임자를 따로따로 볶아 만든 깨강정은 얇고 모양도 긴 마름모로 반듯반듯하고 일정하게 썬 공든 것이어서 주로 손님상에나 올렸다. 할머니는 그런 깨강정을 싸 주시면서 이건 만들 때부터 우리 담임 선생님을 염두에 두고 특별히 정성 들여 만든 거라고 하셨다.

그러나 나는 속 알맹이는 어찌 됐든지 간에 누렇고 꾸깃꾸깃한 양회 봉지 종이에다가 노끈으로 싸맨 그 보따리를 선생님한테 갖다드릴 일이 난감했다. 선생님은 변소에도 안 갈 것처럼 여길 때였다. 예쁘고 상냥한 선생님 둘레에는 늘 아이들이 어미 닭 곁의 병아리처럼 모여들어 어떡하든지 손을 잡아 보려고 암투를 벌였고, 선생님은 선생님대로 미소와 손길을 공평하게 분배하려고 애썼다.

그러나 나는 왠지 그런 공평한 애정의 분배에서조차 처음부터 제외된 것처럼 느끼고 있었다. 새삼스럽게 그 촌스러운 보따리로 나를 알리는 것보다는 선생님이 내 이름도 알고 있을 것 같지 않은 존재 없는 아이의 소외감과 열등감에 안주하는 게 훨씬 속 편했다. 나는 학교 갈 때 강정 보따리를 가져가긴 했지만 선생님한테 드리진 않았다. 하굣길에 양지바른 사직공원에 아이들을 불러 모아 그 달고도 고소한 깨강정을 다 나눠 먹어 없애 버렸다.

그 보따리를 감쪽같이 없애 버리긴 아주 쉬웠다. 만만해 보이는 한두 아이한테 먼저 맛을 보이고 나서 더 먹고 싶은 사람은 여기 붙으라고 놀리면서 숨차게 사직공원까지 달려가는 기분이 껍질을 깨고 날아오르는 것만치나 상쾌했다. 별안간 비굴하게 구는 아이를 일부러 못 본 척하기도 하고 촌스러워 보이는 아이한테 더 주기도 했다. 그 일을 기화로 친한 애가 생긴 건 아니지만, 서울 애들을 거느려 본 것 같은 기분과 함께 나를 알아주지 않는 선생님한테 복수한 것 같은 느낌까지 맛보았다. 그러나 뒷맛은 말할 수 없이 쓸쓸했다.

초가을부터 엄마가 다시 집에서 삯바느질을 하기 시작한 게 큰 위안이 되었다. 집에 가면 엄마가 방에 있겠거니 생각만 해도 산을 넘는 발걸음에 힘이 났다. 엄마한테 들어오는 바느질거리는 거의가 노랑 빨강 분홍 자주 초록 남색 등 곱고 진한 비단이어서 우중충한 방 안을 딴 세상처럼 화려하게 만들었다. 겨울방학이 지나고 음력설이 임박해지자 밤을 새도 모자랄 만큼 바느질거리가 밀렸다. 그럴 때 엄마는 자신의 시름도 달랠 겸 잠도 쫓을 겸 옛날 얘기 하나 해 줄까 하고 나에게 말을 시켰다.

엄마가 알고 있는 이야기는 무궁무진했다. 할멈 할멈 떡하나 주면 안 잡아먹지, 혹 팔아먹은 얘기, 단 방귀 장수 얘기, 콩쥐 팥쥐, 장화 홍련 등은 할머니한테도 여러 번 들은 거였지만 엄마한테 들으면 새 맛이 났다. 엄마는 그 밖에도 모르는 이야기가 없었다. 박씨부인전, 사씨남정기, 구운몽, 수호지, 삼국지 등 내 나이엔 어려운 이야기까지 엄마는 내 수준에 맞게 꾸며서 이야기하는 특이한 재주를 가지고 있었다.

나는 그중에도 박씨부인전이 어찌나 재미있던지 몇 번씩 졸라서 또 듣고 또 듣곤 했다. 처음엔 심심풀이 삼아 자진해서 해 주던 이야기에 내가 흠뻑 빠지자 엄마는 "이야기를 바치면 가난하다는데." 하고 걱정을 하면서도 못 이기는 척 다시 이야기보따리를 풀곤 했다.

세상에 우리 엄마만큼 삼국지를 재미있게 말할 수 있는 사람이 또 누가 있을까? 엄마가 "옛다 조조야, 칼 받아라." 하면서 그 동작까지 흉내 내느라 바느질하던 손을 높이 쳐들었을 때 엄마의 손끝에서 번쩍이는 바늘 빛은 칼 빛 못지않게 섬뜩하고도 찬란했고, 나는 장검을 휘둘러도 시원치 않을 우리 엄마가 겨우 바느질품밖에 못 파는 게 안타까워 가슴속에 짜릿하니 전율이 일곤 했다.

가장 궁핍했던 시절 엄마의 이야기는 나에게 큰 위안이 되고, 힘이 된 것은 사실이나 나쁜 영향도 없지 않았다고 생각한다. 소학교 다니는 동안 동무 없이도 심각한 불행감 없이 그 외톨이 상태를 거의 즐기다시피 했는데 그건 내 머릿속에 잔뜩 들어 있는 이야기가 나에게 그런 건방진 능력을 준 것이 아니었을까.

훗날 돌이켜 보며 해 본 공 없는 생각이다. 육 년 동안 서울에서는 드물게 산을 넘어 통학을 하면서도 무섭다거나 심심하다는 생각이 조금도 안 들었고 어쩌다 길동무가 생기는 경우도 서로 무슨 말이든지 해야 할 것 같은 부담감이 귀찮아서 혼자 다니는 걸 그중 편하고 자유롭게 여겼다. 어린 나이에 그럴 수 있었다는 것도 이야기에서 촉발된 공상하는 재미 때문이었는데 그 또한 정상적인 정서 발달이라고는 여겨지지 않는다.

괴불 마당 집

 오빠가 드디어 졸업을 하고 취직을 했다. 할아버지와 엄마의 소원대로 총독부에 취직이 된 것이었다. 그보다 앞서 혼자 짓는 농사를 벅차하던 시골의 큰숙부가 면서기로 취직을 했다. 텃밭만 남기고 몇십 석 정도의 논은 소작을 주었다. 마을에 소작만 부쳐 먹는 집이 따로 있었던 것은 아니고 우리 정도의 농토를 가진 자작농 중 일손이 넉넉한 집에 부탁하여 부쳐 먹도록 한 것이다.

 마을 사람들보다 더 배웠다 자부하고, 툭하면 마을 사람들을 상것들이라고 무시하고 싶어 하는 할아버지의 양반 의식이란 것도 실은 얼마나 비루한 것이었던지, 자손이 총독부고 면사무소고 그저 관청에 취직한 것만 대견해하셨다. 내 나라야 어느 지경에 가 있든지 간에 땅 파먹는 것보다는 붓대 놀려 먹고사는 걸 더 낫게 치고, 이왕 붓대를 놀리려면 관청에서 놀리는 걸 더 높이 여긴 걸 보면, 양반 의식 중에서 선비 정신은 빼 버리고 아전 근성같이 고약한 것만 남아난 게 우리 집안의 소위 근지가 아니었나 싶다.

숙부가 면서기로 취직하는 데도 백이 필요했는데 백이 돼 준 분은 할아버지와 같은 항렬의 먼 친척이었다. 그분의 아버지는 역사책에도 나오는, 나라 팔아먹는 문서에 도장 찍은 역적이라 그분도 일본의 작위爵位까지 가지고 있었다. 면서기 정도에는 과람한 백이었고, 면서기 정도를 출세라고 생각하는 할아버지이고 보니 그분에게 설설 기는 건 차마 눈 뜨고 못 볼 정도였다.

그분이 시골에 내려오는 일이 어쩌다가 있었는데 할아버지는 같은 항렬의 친척을 마치 신하가 상전 대하듯 하셨고, 분수에 넘치는 최상급의 대접을 하기 위해 여자들을 며칠 전부터 들들 볶아 댔다. 여북해야 할머니는 며느리들한테 그놈의 자작子爵 영감이 일 년에 두 번만 내려왔다간 우리들 다 콩가루 되고 말지 싶다고 농담을 하시곤 했다.

솔직히 말해서 이렇게 천격스러운 하치 양반 집안에서 총독부에 취직이 된 자식은 가문의 영광이었다. 엄마가 더욱 당당해진 것은 말할 것도 없다. 그러나 오빠는 반년 만에 총독부를 그만두었다. 오빠의 다음 취직자리는 와타나베철공소라는 일인의 개인회사였다.

엄마는 철공소라는 소리에 대경실색을 했다. 기껏 공부

를 시켜 놓았더니 대장간이 웬 말이냐는 것이었다. 오빠는 그 회사가 큰 대장간과 다름없는 건 사실이나 자기는 사무직이고 총독부보다 월급도 배가 넘는다고 엄마를 위로했다. 엄마는 할아버지나 시골 사람들한테 회사 다닌다고 말하지 행여 철공소 소리는 입 밖에도 내지 말라고 당부하면서 총독부에 대한 미련을 못 버렸다.

오빠가 철공소에서 처음으로 타 온 상여금이 백 몇십 원이었다. 서울 사는 작은숙부네까지 함께 모여 우리는 울렁이는 가슴으로 푸르스름한 백 원짜리를 돌아가며 구경을 했다. 숙부 내외는 어땠는지 모르지만 엄마와 나는 생전 처음 보는 백 원짜리였다. 자루 같은 걸 어깨에 멘 복스럽게 생긴 노인 그림이 들어 있었다. 우리는 진지하게 그게 쌀자루일까 돈 자루일까 궁금하게 여겼다.

오빠는 엄마가 삯바느질을 그만두고 편히 지내길 바랐지만 엄마는 집 살 때까지는 안 그만두겠다고 선언을 했다. 사십여 원의 월급과 백 원이 넘는 상여금으로 앞당겨진 엄마의 집 살 꿈은 총독부를 그만둔 서운함을 달래고도 남을 만한 것이었다. 삯바느질은 여전히 밀렸지만, 간간이 틈을 내서 집을 보러 다니는 게 엄마의 취미였다.

집을 보러 갈 때 엄마는 제일 좋은 옷을 입고 표정도 거만하게 꾸몄다. 돈도 없이 연습 삼아 보러 다니는 거니까 복덕방한테 그런 속사정을 들킬 것 같은 자격지심 때문이었을 것이다. 그렇다고 분수에 넘치는 큰 집을 보러 다니는 것 같진 않았지만 문안의 점잖은 주택가를 골라 다니는 것만은 확실했다. 가끔 문안과 문밖의 현격한 집값의 차이를 한탄하곤 했다. 그래서 나는 우리가 집을 사게 되는 날이 현저동을 면하는 날이거니 믿고 있었다.

그러나 엄마는 너무 일찍 집을 샀고, 역시 현저동이었다. 차근차근 집 살 계획을 세우던 엄마가 별안간 무리를 해서 집을 사게 된 것은 순전히 나 때문이었다. 엄마는 내가 주인집 아이하고 노는 게 질색이었지만 이태씩 한집에서 살면서 무슨 원수가 졌어도 전혀 상종을 안 하고 살 수는 없는 일이었다. 더군다나 아이들 세계엔 그 나름의 끄는 힘이랄까 친화감이 있는 데다가 하지 말라면 더 하고 싶은 심보까지 있어서 은근히 친한 사이였다.

골목에서 석필을 가지고 뭔가를 그리면서 놀다가 싸움이 붙었는데, 마침 퇴근하던 오빠가 보고 싸움을 말리려고 했지만 나는 든든한 백이 생긴 김에 그 애에게 마지막 일격을 가한다는 게 얼굴을 할퀴었고 드디어 아이 싸움이 어른 싸움이 되고 말았다.

내가 동네 아이를 할퀴거나 꼬집은 건 그때가 처음이 아니었다. 삐쩍 마르고 허약해 보인다는 열등감 때문이었는지 싸우다가 몸싸움만 됐다 하면 나도 모르게 손톱을 사용했다. 남한테 맞으면 대신 한 대 쥐어박고 말지 제발 손톱자국만은 내지 말라고 엄마가 누누이 타일렀건만 또 그 짓을 하고 만 것이다.

주인집 여자에게는 자기 자식 얼굴에 손톱자국 난 것도 분했지만, 평소 누구하고 잘 어울릴 줄 모르는 아이가 툭하면 그런 해코지를 하니 요샛말로 하면 심각한 문제아로 보였을 것이다. 엄마한테 나중에 무슨 꼴을 보려고 자식을 그 따위로 가르치느냐고 동정 어린 악담을 했다. 그걸 옆에서 보고도 안 말렸다고 오빠까지 싸잡아 욕을 먹었다.

엄마는 자신이 옳다고 믿으면 어떡하든 밀고 나가는 강한 성격인 데다가 교만하기도 해서 안집 식구를 은근히 경멸하고 있었다. 안집의 여러 식구의 관계는 복잡해서 첩도 있고 전실 자식도 있었다. 수입이 일정치 않은 가난뱅이 주제에 씀씀이가 헤픈 것도 엄마는 기회 있을 때마다 비웃었다. 가끔 주인집 여자가 엄마한테 돈을 꾸러 올 적이 있었는데 엄마는 그 여자 앞에서는 흔쾌히 꿔 주고 나서 가고 나면 중얼중얼 욕을 했다.

"살다 살다 별꼴을 다 보지. 쌀이나 장작이 떨어졌다면 돈을 꿔서라도 사야지만, 암 사야구말구. 그렇지만 어떻게 소증 난다고 곰국거리 사게 돈을 꿔 달래누. 내가 세 사는 죄로 꿔 줬지 딴 집 여편네가 그 따위 수작했다간 망신을 줘서 보내지 안 꿔 준다."

아마 곰국거리 사게 돈을 꿔 달란 모양이었다. 이렇게 얕보던 여자한테 천금 같은 자식들이 욕을 먹고 훈계까지 당했으니 엄마 심정이 오죽했을까. 그러나 엄마는 우리 남매는 별로 야단치지 않았고 주인 여자 욕도 하지 않았다. 그런 엄마가 나는 더 무서웠다. 꼭 무슨 일을 저지를 것 같았다. 그 후 현저동에 처음으로 집을 산 경위를 《경제정의》지에 소상하게 소개한 적이 있어 여기 그중 몇 대목을 인용한다.

다음 날 어머니는 당장 집을 사러 나섰고, 며칠 안 돼 정말 집을 계약하고 말았다. 같은 빈촌의 더 꼭대기의 여섯 칸짜리 작은 집이었지만, 어디 가서 도둑질을 하지 않은 바에야 우리가 집을 산다는 건 있을 수 없는 일이었다. 어린 마음에도 그동안 어머니는 제정신이 아니었다. 솔직히 말하면 어머니는 그동안 정말 도둑질을 한 것이었다.

그 무렵 우리 집은 그나마 먼저 서울에 자리 잡았다고 해서 시골 사람들이 심심찮게 드나들었었다. 마침 그중 한 사람이 서울서 장사를 시작해보겠다고 땅을 팔아 목돈을 만들어 가지고 와 며칠 우리 집에서 신세를 지다가 시골 그의 집에 일이 생겨 어머니에게 그 돈을 맡기고 내려간 사이에 그 일이 생긴 것이었다. 그러니까 우리 어머니는 남의 돈을 슬쩍 유용해서 집을 계약한 것이었다. 일부러 저질러 놓고 나서야 시골 조부모님과 숙부한테 자초지종을 알리고 도움을 청해 급히 땅도 좀 팔고 급전을 끌어대는 등 우선 남의 돈을 메우는 데 힘을 합쳤기 때문에 남에게 손해도 안 입히고 망신도 면할 수가 있었다.

그러나 그 후 한동안 어머니는 집안 어른들과 동기간 앞에서 죽어지내야 했고, 내가 보기에도 어머니는 참 이상한 분이었다. 어쩜 우리 엄마가 그럴 수가 있을까. (중략) 그때만 해도 어머니를 도덕적으로 완벽한 분이라고 여길 때였으므로 어머니가 죄인처럼 굴던 상황은 동심에 심한 혼란을 가져왔다. 굶주린 자식을 위해 찬밥을 훔친 거나 다름없는 비장하고 맹목적인 모성애였다는 걸 이해하기에는 아직 이른 나이었다.

어머니의 성품으로 보아 광기에 가까운 용단과 차마 견디기 힘든 곤욕을 치르고 서울에 최초로 장만한 내 집은 그래도 기와집이었다. 여섯 칸짜리 집에 방이 세 개나 되고도 부엌과 마루와 대문간을 갖추고 있었으니 이 모든 구색이 공평하게 한 칸씩이었다. 어찌나 반지빠른 자투리땅에다 지은 집인지 명색만 있는 마당은 삼각형이었고 축대가 높았다.

그때나 이때나 하루 벌어 하루 먹는 날품팔이꾼에게 집치장을 기대할 순 없는 일이나 전 주인이 땜장이고 식구가 많던 그 집의 형편은 더 심한 편이었다. 빈대가 없으면 서울 집이 아니라는 말이 있을 정도로 집집마다 빈대가 들끓을 때였지만 언제 적에 도배를 했는지 찌들고 해진 벽지에 빈틈없이 찍힌 빈대 핏자국은 정말 끔찍했다. 오빠나 내가 뜨악해하건 말건 어머니는 급한 돈 문제가 해결되자 신바람이 나서 온 집 안의 문짝을 다 떼어 내어 양잿물로 닦고 기둥과 서까래까지 손 닿는 데는 온통 양잿물로 닦아 냈다.

어머니 말로는 집이 뼈대가 좋기 때문에 좀 험하게 쓴 것은 문제가 되지 않는다는 것이었다. 뼈대란 기둥과 서까래가 얼마나 실하냐를 뜻했다. 과연 몇 날 며칠을 쓸고 닦고 도배하고 나니 한결 집 꼴이 되어 가긴 했지만 어머니가 왜 오직 뼈대 하나만 보고 그 귀살스러운 집을 샀나를 이해한 것은 나중이었다. 우리 몫의 약간의 토지를 처분한 것 말고 숙부한테 신세 진 것은 그 집을 은행에 저당을 잡혀서 갚을 작정이었던 것이다.

그 무렵 서민들이 손쉽게 이용할 수 있는 금융기관은 금융조합이었다. 융자 신청을 하고 나면 조합에서 감정하는 사람을 내보내 그만한 액수를 융자해 줘도 되나를 감정토록 하는데 그 사람은 나오도록 규정된 날 틀림없이 나왔고, 어머니는 그날 학교에서 선생님이 가정방문 오는 날처럼 집 안팎을 깨끗이 청소하고 기다렸다.

감정인은 어머니의 예상대로 과연 도배장판보다는 뼈대를 주의 깊게 보았고, 어머니에게 얼마나 융자받고 싶은가를 물었다. 어머니는 이만한 집이면 팔백 원은 받을 만하지 않겠느냐고 되레 배짱을 부렸고, 그는 아무 말도 아무런 언질도 안 주고 갔다. 그러나 어머니는 별로 걱정하지 않았고, 냉수 한 모금 담배 한 대 대접하지도 않았고 굽실대거나 아부하지도 않았다.

그러나 얼마 안 있어 곧 팔백 원의 융자가 나왔고 어머니는 그걸로 모든 문제를 깨끗이 해결할 수가 있었지만 융자에 대해 특별히 고마워하거나 운이 좋았다고 여기는 것 같진 않았다. 당시 그 정도의 서민금융 혜택은 절차만 밟으면 누구나 쉽게 누릴 수 있는 당연한 권리였다.

그때 어머니는 현저동 꼭대기에 그 여섯 칸짜리 기와집을 천오백 원에 사서 반이 조금 넘는 팔백 원을 융자받은 것이었다. 금융조합에 아는 사람이 있었던 것도 아니고 어머니에게 남다른 교제술이 있었던 것도 아니다. 관청이나 파출소 앞에서 괜히 안색이 조금 달라지는 평범한 촌부에 지나지 않았다. 그런 촌부가 은행 문은 겁 없이 두드릴 수가 있었고, 원하는 만큼의 혜택도 받아 낼 수가 있었다.

이건 틀림없는 사실이건만 남들이 안 믿어 줄까 봐 걱정이 되는 건 무슨 까닭일까? 아마 해방 후에 비뚤어진 금융 풍토 때문에 융자라면 특혜나 특권 등 비리 아니면 남다른 수완이 있어야만 인연이 닿는다는 우리 모두의 선입관을 의식해서일 것이다.

면서기나 동서기만 되어도 반말을 일삼던 하급 관리들, 멀리서 그 번쩍거리는 칼 빛만 보아도 오금이 저려 죄 없이도 뺑소니칠 궁리부터 하게 하던 순사들, 쇠사슬을 발목에 찬 죄수들을 짐승처럼 잔혹하게 다루던 간수들, 살기와 오기가 충천하던 일본 병정들, 가정방문 와서 일본말을 한마디도 못 하는 어머니를 야만인 보듯 경멸과 연민의 시선으로 바라보던 일본인 선생 등등, 유년기와 소녀기의 의식을 짓누르던 일제의 지긋지긋한 악몽을 열거하자면 한이 없다.

그러나 그때뿐 아니라 그 후에도 어머니가 집을 늘려 갈 때 손쉽게 도움을 받곤 했던 금융기관만은 그 지겨운 관료주의와 별도로 생각이 되어서 거의 적의가 남아 있지 않다. 물론 일제시대 때 은행 문이 낮았기 때문에 함부로 꾸어 쓰고 갚지 못하여 얼떨결에 재산을 수탈당하는 주요한 원인이 된 사실을 묵과하려는 건 아니다.

우리는 그 집을 괴불 마당 집이라고 불렀다. 마당이 괴불처럼 세모였기 때문이다. 우리는 다 같이 그 집에 만족했고 또한 사랑했다. 오빠는 건넌방을 혼자 쓸 수가 있었고 문간방은 세를 주었다. 기역자집의 양 끝인 건넌방과 대문간을 직선으로 이으면 마당이 삼각형이 된다. 집이 들어앉지 않은 삼각형의 한쪽 변은 높은 축대고 축대 밑은 그 아랫집 뒤꼍이었다. 엄마는 축대 밑에 있는 집의 양해를 구하고는 우리 마당을 추녀처럼 그 뒤란으로 내물렸다. 그리고 늘어난 마당을 꽃밭으로 만들었다. 밑의 집에선 뒤꼍에 지붕이 생겼다고 좋아하고 나는 꽃밭을 가질 수가 있어서 좋았다.

나무로 기둥을 세우고 널빤지를 깔고 흙을 부은 꽃밭에서도 분꽃과 금잔화가 어찌나 잘 퍼졌는지 볼만했다. 가을에 고사도 푸짐하게 지내 이웃과 넉넉히 나누어 먹었다. 세 살던 집보다 더 꼭대기였지만 엄마는 이사 간 동네를 마음에 들어 했다. 나가 놀지 말란 소리도 안 했다. 엄마가 진저리를 치면서 싫어한 것은 안집 사람과 안집의 사는 방법이었지 동네 사람 다는 아니었나 보다.

괴불 마당 집 바로 앞집은 구장 집이었는데 집도 반듯하고 화초를 많이 길렀다. 특히 옥잠화가 여러 분이어서 꽃이 피어날 어스름 녘이면 감미로운 향기가 우리 집까지 끼쳐 왔다. 골목이 좁고 다들 대문을 열어 놓고 살 때였으니까. 우리는 그 집을 구장 집이라 부르지 않고 옥잠화 집이라고 불렀다. 그 집엔 나보다 두 살 위인 언니도 있어서 옥잠화 알뿌리를 몇 번씩 우리한테 찢어 주었지만 우리 집에선 그게 잘되지 않았다. 우리 다음 집은 일각대문 집이라고 불렀다. 엄마는 옥잠화 집하고도 일각대문 집하고도 친했다.

방세도 들어오고 오빠가 월급도 많이 타 와 엄마는 삯바느질을 덜 했다. 오빠 몰래 꼭 엄마의 솜씨를 원하는 사람한테만 해 주는 것 같았다. 오빠는 효성이 지극해서 엄마가 남의 바느질 하는 것만 보면 슬픈 얼굴로 골을 냈다. 내 집에서 산다는 것과 월급을 타서 한 달을 설계하고 식구끼리 서로 화목한 것이 얼마나 좋은 건지 어린 마음에도 느껴졌다. 비록 현저동은 못 면했지만 정신적으로나 물질적으로나 도시 생활에 적응하고 조화를 이루기 시작한 시기였다.

방학을 하기가 무섭게 시골에 내려가는 건 전과 다름없었다. 귀향을 앞두고는 가슴이 설레고 방학 내내 서울서 지낼 수밖에 없는 서울내기들을 참 안됐다고 여기는 것도 여전했다. 그러나 시골에 눌러살라면 못 살 것 같았다. 침침한 등잔불이 제일 갑갑했다. 개학해서 서울로 돌아올 때면 대낮 같은 전깃불이 반가워 고향의 싱그러운 풀 냄새를 맡을 때 못지않은 기쁨을 맛보았다.

취직한 오빠는 방학 동안 서울에 혼자 남아 숙부네서 출퇴근을 했다. 숙부는 험한 고생 끝에 남대문통에 자기 가게를 가질 만큼 돈을 모았다. 그래서 우리가 집 살 때도 적지 않은 돈을 돌려줄 수가 있었던 것이다. 생선 도매상에 다닐 때의 연줄인지 숙부가 처음 시작한 장사는 얼음 장사였다. 깨끗한 식료품상이 밀집한 상가에 있는 숙부네 얼음 가게는 늘 바쁘고 활기가 넘쳤다.

 숙부네 놀러 갈 수 있다는 것도 서울 생활의 즐거움 중의 하나였다. 숙부네는 그때까지도 아이가 없어서 우리 남매에 대한 애정이 극진했다. 방학해서 시골 갈 때도 먼저 숙부한테 통신부를 보이고 칭찬도 받고 기차 안에서 먹을 것도 듬뿍 받았다. 내 성적은 삼사 학년이 될 때까지 중간에서도 약간 처지는 편이었다. 그러나 숙부 또한 국어 산수만 잘하면 창가나 체조는 못할수록 좋다는 엄마의 통신부 보는 법을 무조건 따랐기 때문에 조금도 기죽을 필요가 없었다. 숙부네 가면 귀여움을 받을 수 있는 것도 좋았지만 조선 사람과 일본 사람이 반반씩 섞인 상가의 독특한 분위기가 현저동과는 딴 세상 같은 것도 마음에 끌렸다. 숙부네 가게는 큰 얼음 창고가 있었고 그때만 해도 아주 귀한 전화도 가지고 있었다. 겨울에는 숯도 팔았지만 그 상가에선 '고리야氷屋상'으로 통했다.

 숙부네가 서울서 장사로 성공했단 소리는 실제보다 과장되게 시골에 알려진 듯했다. 장삿길을 터 보려고, 혹은 남의 상점에 고용살이라도 들어가 보려고 숙부를 믿고 상경하는 고향 사람들이 심심찮게 있었다. 그런 사람들은 숙부로부터 장장한 숙부의 입지전을 들어야 했다. 무작정 상경해서 일본인 생선 도매상 얼음 창고 위 다락방에서 겨울을 나면서 고생한 이야기였다. 숙부가 그런 사람들한테 실컷 으스댄 것밖에 그다지 큰 도움을 준 것 같지는 않고, 또 그럴 처지도 못 됐건만 숙부네 집에 항상 시골 사람들 발길이 그치지 않았던 것은 숙부네 상점이 바로 경성역 코앞이라는 것과도 무관하지 않았을 것이다.

결국은 그런 연줄로 숙부는 고향 마을 소년을 한 사람 부리게 되었는데 자기의 입지전과 똑같은 방법으로 소년을 훈련시키려 들었다. 자기가 당한 것처럼 얼음 창고 천장에다 다락방을 들이고 소년을 기거하게 했다. 그러나 깔끔하고 상냥한 숙모가 꾸며 놓은 다락방은 내가 보기엔 여간 근사하지 않았다. 한창 이층집을 동경할 때였다. 사닥다리를 타고 올라가야 하는 게 이층집 기분이 났다. 바닥에 다다미가 깔린 것까지 그럴듯해 보였다. 나는 어쩌면 막연히 일본식 생활 방식을 동경하고 있었는지도 모르겠다.

그 다락방에서 나는 처음으로 만화책을 접하게 되었다. 일본 사무라이가 칼싸움하는 만화였는데 숙부한테 들키자 호된 꾸지람을 들었다. 나뿐 아니라 소년까지 불러다가 야학 갈 공부 한다기에 밤늦도록 전깃불을 켜 놓고 있어도 봐주었더니 이따위 못된 책을 보느라고 전기 값을 죽냈더냐고 만화책으로 소년의 빡빡머리를 탁탁 때리며 야단을 쳤다. 나는 소년에게 괜히 미안했고 읽다 만 만화책의 재미도 여간 감질이 나지 않았다. 덮어놓고 못된 짓 취급을 당하니까 더욱 그 재미를 잊을 수가 없었다.

오랫동안 만화 속의 그림이 눈에 삼삼하고 다음 줄거리가 궁금해서 어디 가서 훔칠 수 있는 거라면 훔쳐서라도 마저 보고 싶었다. 요즈음 세상의 상식으로는 믿을 수 없는 얘기나 내가 교과서 외의 읽을거리를 접해 본 것은 그때가 처음이었다. 우리 집이 가난한 탓도 있었지만 동무들 중에도 동화책 같은 걸 가지고 있는 아이를 보지 못했다.

엄마는 당신의 이야기 재주로 딸을 이야기를 좋아하도록 길들여만 놓고, 의당 그다음에 나타날 욕구에 대해서는 전혀 무책임했다. 학기 초에 새 교과서를 받으면 국어나 수신책을 뒤져서 미리 재미있는 얘기를 골라 놨다가 심심할 때면 소리를 높여 읽고 또 읽는 게 기껏 내 나름의 갈증의 해소 방법이었다. 큰 소리로 책을 읽고 있으면 엄마는 내가 공부하는 줄 알고 좋아했다. 그러면 나는 혀를 낼름대며 엄마를 속여 먹고 있다는 묘한 쾌감을 맛보곤 했다.

오빠 방엔 얼마 안 되는 오빠의 책이 따로 있었지만 거의가 조선말로 된 소설책이어서 나는 조금도 흥미를 느낄 수가 없었다. 학교에서 조선말을 가르치지 않았기 때문에 한글을 읽고 쓸 줄 아는 내 또래는 아주 드물었다. 나는 그런 드문 아이 중의 하나였지만, 그걸 긍지로 여기기엔 너무 철이 없었다.

시골서 어렸을 때 배운 거니까 잊어버릴 법도 한데 안 잊어버린 것은 한글을 써먹을 기회가 종종 있었기 때문인데 나는 그 기회가 돌아오는 게 그렇게 싫을 수가 없었다. 그 기회란 시골에 계신 조부모님께 문안 편지를 쓰는 일이었다. 나는 할아버지 할머니를 마음으로부터 좋아했다. 나에게 고향과 조부모님은 따로따로가 아니라 한 덩어리였다. 만약 고향에 그분들이 안 계신다면 일 년에 두 차례의 귀향이 그렇게 가슴 설레는 희열일 까닭이 없었다. 그러나 만약 그분들이 박적골 아닌 딴 데 계시다면 그분들이 그렇게 그리울 것 같지가 않았다.

나는 할아버지가 반신불수인 것까지도 박적골의 터줏대감답다고 생각했다. 방학이 가까워 오면 할아버지의 침에 절어 시척지근한 냄새가 밴 베수건에 싸 둔 곶감이나 밤 따위가 다 절절히 그리워지곤 했다. 그건 먹고 싶다는 것하고는 달랐다. 핏빛 저녁노을을 배경으로 건들대는 수수 이삭을 보고 싶은 것과 같은 감미롭고도 쓸쓸한 정서였다. 할아버지 화로에 불이 꺼졌을 때 누가 담뱃불 붙이는 걸 도와드릴까. 사촌 동생은 아직 어리고. 아아, 이번 방학에 내려가면 할아버지 말씀대로 입의 혀처럼 심부름을 잘해야지. 내가 쓰고 싶은 편지는 그런 내 마음을 나타내는 것이었다.

그러나 엄마는 내가 내 마음대로 편지를 쓰도록 내버려두지 않았다. 엄마는 편지에는 일정한 틀이 있다고 믿고 있었고 거기에 어긋나는 편지를 딴 사람도 아닌 웃어른에게 드린다는 건 말도 안 된다는 생각을 가지고 있었다. 그래서 엄마는 나를 불러 앉히고 마치 받아쓰기처럼 편지를 쓰게 했다.

편지는 늘 비슷한 말로 시작했다. "할아버님 전 상사리. 할아버님 기체후 일향 만강하옵시고……." 대강 이런 식이었다. 항렬 순서로 온 집안 식구 안부를 다 묻고 나서 이쪽도 하념하옵신 덕택으로 몸성히 잘 있다는 것을 식구마다 따로 아뢰고 나서, 다시 춘하추동 계절에 따라 말만 약간 바꾸어, 일기가 이만저만 불순한 계절에 행여 옥체 미령하실까 봐 문안 여쭙는다는 사연으로 끝맺게 돼 있었다.

나는 이런 받아쓰기가 어찌나 따분하고 재미가 없는지 쓸 때마다 몸이 비비 꼬이고 조선글만 쓸 줄 몰랐더라면 이런 고역을 안 치르는 건데 하는 생각이 들곤 했다. 나는 내가 알고 있는 조선글의 유일한 쓸쓸이가 이렇게 지겹기만 한 나머지 조선말로 된 읽을거리에도 관심이 없었다. 으레 재미없고 따분하려니 했다.

이차대전을 맞은 것도 괴불 마당 집에서였다. 일본 사람들은 대동아전쟁이라고 했다. 무언지도 모르고 신이 났다. 우리는 그전부터 이미 호전적으로 길들여져 있었다. 일본은 벌써부터 지나사변이라 부르는 전쟁(중일전쟁)을 하고 있었고, 우리는 중국을 '짱꼴라', 장개석을 '쇼오가이세끼'라고 부르면서 덮어놓고 무시할 때였다. 동무들하고 싸울 때도 짱꼴라라고 놀려 주는 게 가장 심한 모욕이 되었다. 아침에 운동장에서 조회를 할 때마다 황국신민의 맹세를 하고 나서 군가 행진곡에 발을 맞춰 교실에 들어갈 때면 괜히 피가 뜨거워지곤 했는데 그건 뭔가를 무찌르고 용약해야 할 것 같은 호전적인 정열이었다.

짱꼴라한테는 줄창 이기고 있다고만 들어서 적으로는 시시했다. 우리는 우리도 모르게 더 큰 적에 대한 기대감에 부풀어 있었다. 쇼오가이세끼에다 '루스벤또', '짜아찌루'가 무찔러야 할 악의 괴수로 추가되고, 매일매일 승전의 소식이 전해졌다. "깨어졌다 싱가폴, 물러서라 영국아." 하는 노래를 조선의 유명한 소프라노 가수가 불러 단박 유행을 시켰고, 남양군도를 하나하나 함락시킨 걸 뽐내고 자축하기 위해 밤엔 등불 행렬이 장안을 누볐다. 고무가 무진장 나는 남양군도가 다 일본 땅이 됐다고 전국의 국민학생에게 고무공을 하나씩 거저 나누어 주기도 했다.

그러나 자랑 끝에 불붙는다고 그 후 얼마 안 돼 쌀이 배급제가 되더니 운동화와 고무신까지 배급제가 되었다. 쌀은 식구에 따라 배급 통장을 만들어 주었지만 고무신은 애국반을 통해 한 반에 한두 켤레씩 나오면 제비를 뽑아서 차례를 정했다. 반상회 때마다 꽝밖에 못 뽑고 나서 엄마는 우리는 제비에는 소질이 없나 보다고 한탄을 하곤 했다. 생활필수품이 하루하루 귀해졌다.

창씨개명創氏改名령은 그보다 앞서 내렸는데 살기가 각박

해지면서 그 강제성도 심해져 더욱 시국을 흉흉하게 했다. 우리는 창씨를 하지 않았다. 할아버지가 내 눈에 흙이 들어가기 전엔 그것만은 안 된다고 완강하게 나오셨기 때문이다. 호주의 권한은 그만큼 절대적이었다. 남대문통에서 장사하는 숙부는 성을 안 갈아서 장사가 잘 안 된다는 식으로 할아버지를 원망했다. 엄마는 엄마대로 오빠의 사회생활이나 내 학교생활에 지장이 있을까 봐 할아버지가 마음을 돌이키시길 고대했다.

사오 학년 이 년 연속해서 담임이 일본 사람이었다. 엄마는 자주 나에게 그 일본 선생이 너 성 안 갈았다고 뭐라지 않더냐고 물어보곤 했다. 내가 그런 일 없다고 하면 엄마는 네가 눈치가 없어서 그렇지 왜 구박을 안 하겠느냐고 당신 편한 대로 넘겨짚곤 했다. 내가 운수가 좋아 좋은 선생님을 만나서 그랬는지는 몰라도 한 반에 창씨 안 한 애가 서너 명밖에 안 남았을 때도 그런 애들을 선생님이 특별히 구박하거나 무언의 압박을 가한 것 같은 기억은 전혀 없다.

불령선인으로 낙인이 찍힌 특별한 집안이라면 모를까, 우리네 같은 보통 집안 사정은 대개 비슷했으리라고 생각한다. 그런데도 단시일 내에 창씨가 그렇게 급속히 확산됐던 것은 너무 내 경험 위주로만 생각하는 건지는 몰라도 아직까지도 이해가 잘 안 되는 부분이다. 박적골 사람들도 두 박씨 집만 빼고 나머지 홍씨들은 초기에 일찌거니 도쿠야마德山로 성을 갈았다. 성을 안 갈아서 실질적인 불이익이 우려되는 건 면서기인 큰숙부련만, 면서기 정도의 관직도 출세한 것처럼 여기는 할아버지가 창씨 문제에 있어서만은 이상하도록 줏대 있게 구셨다.

그게 할아버지의 모순이라면 음력설만이 조선 설이라고 온갖 장애를 무릅쓰고 지켜 나가면서도 성 가는 건 알아서 간 건 마을 사람들의 모순일 터였다. 우리 엄마도 물론 알아서 기는 대표적인 케이스였지만 나는 그와는 좀 다른 까닭으로 역시 창씨하기를 간절하게 바랐다. 내 이름을 일본말로 부르면 '보쿠엔쇼'가 되는데 비상시국이 되면서 방공연습을 매일같이 했는데 방공연습을 일본말로 하면 '보쿠엔슈'가 되었다. 발음이 비슷해서 방공연습 때마다 아이들이 나를 놀렸다. 창씨개명을 하면 한자를 음으로 읽지 않고 뜻으로 읽게 되는데 하나코니 하루에니 하는 여자 이름이 그렇게 듣기 좋고 부러울 수가 없었다.

집에서도 일본말로 생활한다고 자랑하는 아이도 있었다. 그런 애의 엄마는 대개 젊고 멋쟁이였다. 우리 처지로는 꿈도 꿀 수 없는 얘기였다. 엄마는 그런 소리를 들으면 쓸개 빠진 것들이라고 격분을 했다. 학부형회가 있으면 엄마는 꼭 참석을 했는데 담임 선생님이 일인이고 학부형이 일본말을 모르는 경우에는 반장을 불러서 통역을 시켰다. 일본인 선생님 앞에 풀을 세게 먹인 뻣뻣한 무명옷을 뻗쳐 입고, 쪽에 흑각비녀를 꽂은 머리를 꼿꼿이 세우고, 꼬마 통역에 대한 배려라곤 조금도 없이 당신 하고 싶은 말을 엄숙하게 하고 있는 엄마를 바라본다는 것은 고문처럼 괴로운 일이었다.

그러나 그건 어디까지나 엄마의 개인적인 자존自尊이었을 뿐 민족의식과는 상관이 없지 않았나 싶다. 왜냐하면 엄마는 창씨 안 한 게 자식들에게 행여 어떤 불이익이 되어 돌아올까 봐만 지나치게 걱정했을 뿐, 만약에 불이익이나 박해를 받을 경우 자식들이 떳떳하게 견딜 수 있도록 도와줄 준비가 돼 있는 건 아니었기 때문이다. 엄마가 바라는 지식의 출세도 물론 일제의 그늘 아래에서의 일일 뿐, 엄마는 조선의 자주적인 운명에 대한 바늘구멍만 한 예감도 갖고 있지 않은 범용한 아낙에 지나지 않았다.

할아버지와 할머니

 학부형회 때마다 엄마가 빠지지 않고 참석하는 것도 창피해 죽겠는데 어느 날 수업 중에 엄마가 느닷없이 나타났다. 그리고 고무신도 벗지 않고 교실 문을 드르륵 열었다. 일본인 남자 선생님이 담임할 때였는데 엄마는 마치 그가 일본인이라는 걸 모르는 것처럼 예절 바른 어려운 조선말로 시골의 조부님이 위독하다는 전보가 와서 딸애를 데리러 왔다는 뜻의 말을 했다.

 선생님도 뭔가 심상치 않은 낌새를 챘는지 반장한테 시키지 않고 나를 불러 통역을 시켰다. 나는 그때 엄마가 쓴 장엄하기까지 한 고급의 우리말을 그대로 옮길 수 없는 게 억울하고 초조한 나머지 울상이 되어 형편없는 통역을 했다. 아무튼 뜻은 전달이 됐으므로 선생님은 어서 가라고 허락을 했다.

그러나 엄마는 그 경황 중에도 할아버지가 돌아가실 경우 장례를 치르는 동안은 결석 처리를 하지 않는 게 교칙인 줄 아는데 그게 맞지요? 하는 확인까지 통역을 시키고서야 내 손을 잡고 교실을 물러났다. 엄마는 시골 갈 준비를 다 해가지고 학교에 들렀는지라 나는 책가방을 멘 채 경성역으로 직행을 해 기다리고 있던 오빠와 숙부 숙모와 합류했다.

방학 때 귀향할 때는 토성土城행 완행열차를 탔었는데 그날 처음으로 신의주행 급행열차를 탔다. 기차는 한 번도 안 쉬고 달리다가 처음으로 개성역에 잠시 정차했다. 깜깜한 밤이었지만 우리 다섯 식구는 쉬지 않고 이십 리 길을 달려갔다.

사랑엔 불이 환하고 사람들이 웅성웅성했다. 할아버지는 의식은 없지만 아직 생존해 계신다고 했다. 세 번째 동풍이어서 다들 임종을 각오하고 있었다. 사랑에 모인 사람들이 나는 어리다고 들어오지 못하게 했다. 나도 죽음의 그림자가 드리운 할아버지를 뵙는 게 무서웠기 때문에 얼른 그 자리를 피했다.

안채에도 불을 밝히고 아무도 자는 사람이 없었지만 나는 깊은 잠에 빠졌고 곡하는 소리에 깨어났다. 새벽녘이었다. 할아버지가 돌아가셨다는 소리를 듣고도 나는 눈물이 나오지 않았다. 오일장을 치르는 동안 당시의 풍습에 따라 한시도 곡이 그치지 않았지만 호상답게 집안 분위기가 침울하지는 않았다.

 박적골 사람들은 물론 인근 마을 사람들이 아이들까지 안동하고 와 상가에서 침식을 해결했고, 그 비상시국에 그런 일을 넉넉하게 치렀기 때문에 모두 돌아간 분의 복을 기리고 부러워했다. 다 할아버지를 끝까지 모신 큰숙부 덕이었다. 막상 큰일을 당하니까 '서울 가서 돈도 벌고 출세도 한걸로 알려진 작은숙부나 오빠보다도 면서기의 세도가 더 빛을 발휘했다. 그때 큰숙부는 면의 총무부장이었다.

 상중에 할아버지의 죽음을 가장 슬퍼한 이는 오빠였다. 오빠는 아버지가 돌아가셨을 때도 애통이 지나쳐 한때 몸을 다 해쳐 엄마의 애간장을 태웠다고 한다. 내가 세 살 때였으므로 내 기억 속에 아버지의 죽음은 없다.

 이번에도 오빠가 맏상주였으므로 오빠는 굴건제복을 했다. 지금 오빠는 늠름한 청년이지만 아버지의 상중에는 열 살 남짓한 소년이 굴건제복을 하고 서럽게 울었을 생각을 하면 나는 그런 일이 나와는 상관없는 오빠만의 운명인 양 애틋한 슬픔을 느꼈다. 그건 어쩌면 오빠의 약하고 어린 면에 대한 연민이었다. 집에서 잡은 돼지고기를 끝내 못 먹고만 오빠를 어른들이 걱정하던 생각까지 나면서 나도 비슷한 걱정이 되기도 했다.

 출상하는 날은 선산이 가깝기 때문이기도 했지만 만장輓章의 행렬이 집 앞에서 산까지 연달았다. 상여도 그렇고 서울서는 좀처럼 볼 수 없는 호사스러운 광경이었다. 당시의

할아버지와 할머니

풍습이 그러했는지, 우리 집안만의 가풍이었는지 안상제들은 상여 채를 부여잡고 서럽게 울기만 하다가 슬그머니 물러나고 장지까지 따라가지 않았다.

숨이 넘어간 후에 오히려 많은 사람을 불러들이고, 복잡하고도 밑도 끝도 없는 절차와 격식으로 닷새 동안의 시간을 밤낮없이 지배하던 유해가 떠난 후의 공허함은 많은 뒤치다꺼리가 남아 있음에도 불구하고 안상제들을 어쩔 줄을 모르게 만들었다. 채울 길 없는 공허함은 어린 마음에도 크나큰 공포감으로 다가왔다. 툭 건드리면 울음이 터질 것 같은 절박한 상황에서 엄마가 느닷없이 나에게 모진 말을 했다.

"툭하면 울기 잘하는 년이 어쩌면 할아버지가 돌아가셨는데도 눈물 한 방울을 안 흘리냐 안 흘리길? 저깐 년을 그렇게 귀애하시다니, 기르던 강아지도 그만큼 귀애했으면 며칠 끼니라도 굶겠다. 그저 딸년이고 손녀고 계집애 기르는 일은 말짱 헛일이라니까."

엄마는 말만 그렇게 모질게 했을 뿐 아니라 나를 바라보는 눈길도 오만 정이 다 떨어진 것처럼 뜨악하고 냉랭했다. 그때부터 나는 울기 시작했다. 정신이 가물가물하고 온몸이 탈진할 때까지 몸부림을 치며 통곡을 했다. 할머니와 숙모들은 내가 그동안 참았던 설움을 폭발시킨 줄 알고, 속 모르는 말을 한 엄마를 나무라며 나를 다독거려 주었다.

그러나 아직까지도 분명한 것은 그때의 내 울음은 슬픔 때문이 아니라 모욕감 때문이었다. 그렇다고 엄마가 내 마음의 정곡을 찌른 것도 아니었다. 나는 비록 상중에 울진 않았지만 누구보다도 오래 할아버지를 여읜 상실감과 할아버지에 대한 자잘한 기억들을 간직하고 있었다. 사진을 남기지 않은 할아버지 신관의 섬세한 부분까지, 그리고 다들 잊어버린 사소한 버릇이나 일화까지를 어른 되고 시집간 후에도 기억하고 있어서 기억력 좋다는 소리를 들었지만 나는 그게 기억력의 문제가 아니라 애정 때문이라고 생각한다.

사랑마루엔 서까래로부터 삼으로 탄탄하게 꼰 새끼줄 굵기의 줄이 사람들이 붙들고 오르내리기 알맞은 높이에 늘어져 있었다. 동풍이 들기 전에도 할아버지는 그 줄을 가볍게 잡고 오르내리셨지만 일차 동풍 후 어느 정도 회복이 되어 뒷간이나 마당출입이 가능했던 시기엔 그 줄에 매달려 다리를 부들부들 떠는 것을 몇 번이나 본 적이 있었다.

할아버지가 돌아가신 후에도 그 줄은 거기 늘어져 있었고 나는 방학에 귀향할 적마다 멀리서도 텅 빈 사랑채에 늘어져 있는 그 줄만 눈에 띄면 심장에 균열이 가는 것처럼 가슴에 진한 아픔이 왔다. 그래서 오래 기다리고 있는 사람에게 달려가듯이 제일 먼저 그 줄을 향해 달려가 어루만져 보곤 했다. 할아버지의 손때에 절어 그 줄은 찐득찐득했고 그게 그렇게 좋을 수가 없었다. 나는 자주 그 줄에 매달려 할아버지 품에 안겼을 때와 같은 감동을 맛보곤 했지만, 그 짓을 누가 눈치챌세라 은밀하게 하곤 했다.

전쟁이 점점 불리해지면서 방공연습도 잦아지고 처음으

로 '몸뻬'라는 걸 교복처럼 의무적으로 입게 되었다. 학교에서 하라는 건 어기면 큰일 나는 줄 아는 엄마인지라 곧 검정물을 들인 광목을 끊어다가 몸뻬를 손수 만들어 주었지만 입혀 보고는 한탄을 금하지 못했다.

"세상에, 왜놈 훈도시만 망측한 줄 알았더니 여자 가랭이 드러나는 꼴은 더 못 봐 주겠네. 더 살면 무슨 꼴을 볼꼬."

엄마가 일본 풍습을 얕잡는 것 중에 복식이 제일 유별났다. 옛날에 맨발에다 겨우 아랫도리만 기저귀 같은 천으로 가리고 살던 일인이 조선에 와서 그들에게 알맞은 옷과 신발 짓는 법을 하교해 달라고 애걸하여 옷은 우리의 상복喪服을, 신발은 우리의 도마를 가르쳐 준 게 지금의 일본 하오리와 게다짝이 됐단 얘기를 엄마는 역사적 사실처럼 우리에게 얘기해 주곤 했다.

그건 마치 세종대왕이 문살에서 힌트를 얻어 하룻밤 새에 한글을 만들었다는 터무니없는 얘기를 역사적 사실처럼 믿는 것만큼이나 아무도 못 말릴 엄마의 고정관념이었다. 밤이 으슥한 한여름의 남대문통이나 본정통에는 아직도 훈도시만 차고 어슬렁거리는 일인이 있는 것까지도 엄마는 우리가 상복이나마 의복을 하교해 주기 전의 풍습이 남아 있는 산 고증처럼 얘기하곤 했다.

그러나 엄마의 반일 감정은 믿을 만한 것이 못 됐다. 할아버지 장례를 치르고 상경하자마자 엄마는 오빠와 숙부에게 우리도 창씨개명을 하자고 재촉했다. 그건 나도 은근히 바라는 바였고 또 으레 그럴 수 있으려니 했다. 그러나 이번엔 오빠가 반대를 하고 나섰다. 여태껏도 견뎌 왔는데 좀 더 견뎌 보자는 것이었다. 좀 더 견뎌 보자는 것은 그때의 비상시국의 어떤 끝장을 바라보는 말 같아서 좀 섬뜩하게 들렸다.

오빠의 태도는 평소의 심약한 오빠답지 않게 강경하고 어딘지 비장해 보였다. 나는 어려서 그러했겠지만 꽤 잘난 엄마도 일본을 미워하고 얕잡기는 잘했어도 일본의 끝장은 곧 우리의 끝장이란 생각이 굳어져 있어 일본의 끝장이 우리에게 새로운 갈림길을 열어 주리라는 생각 같은 건 꿈에도 안 해 본 듯했다.

엄마보다 더 놀란 건 작은숙부였다. 창씨를 안 하고 일본인 상가에서 장사해 먹기는 앞으로 점점 쌀의 뉘처럼 껄끄러워지리라고 하소연했다. 오빠는 정 그러면 숙부네가 따로 분가해서 성을 가는 게 어떻겠느냐는 제안을 했다. 할아버지 다음으로 오빠가 호주를 승계했고 그때만 해도 호주의 권한이 막강했다. 오빠의 이 새로운 제안은 숙부를 노엽게도 슬프게도 했다. 내가 자식이 없어도 느이 남매를 친자식이나 다름없이 여겨 섭섭한 줄 몰랐거늘 호적을 파 가라는 수모를 당하다니, 하면서 탄식했고 엄마가 중간에서 사죄와 화해를 시키느라 쩔쩔맸다.

성을 안 갈아서 곤란하기는 작은숙부보다는 말단 공무원인 시골의 큰숙부가 더했으련만 역시 오빠 때문에 뜻을 이루지 못했다. 엄마는 엄마대로 생전 어른 속이라고는 썩일 줄 모르던 오빠가 왜 별안간 객쩍은 자기주장을 하게 되었는지 모르겠다고 걱정이 이만저만이 아니었다. 한 번도 뜻이 안 맞아 본 일이 없는 세 집이 창씨 문제로 처음으로 옥신각신했다. 그러나 다들 오빠의 뜻을 따르기로 무언의 합의가 이루어진 걸 보면 숙부들은 그래도 오빠의 주장을 단순한 객기로만 보지 않은 듯하다.

나는 처음으로 오빠를 딴 사람과는 다르다고 생각했고 거기에 대해 묘한 긍지를 느꼈다. 나야말로 무엇을 알아서라기보다는 전형적인 속물의 세계에서 별안간 우뚝 솟은 어떤 정신의 높이를 본 것 같은 환각이었다. 그런 건방진 느낌은 그 무렵 왕성해진 독서 체험과도 무관하지 않을 듯하다.

오학년 때였는데 처음으로 친한 친구가 생겼다. 전학생이었는데 선생님이 나하고 짝을 시켰다. 전학해 온 아이가 새로운 환경에 적응할 동안 마음이 순한 아이하고 짝을 시키는 게 선생님들의 공통된 버릇이었다. 나는 반에서 존재 없는 아이여서 아무 일에도 뽑힌 적이 없건만 그런 일엔 단골로 뽑혔다. 나는 속으로 모욕감을 느꼈지만 드러내 놓고 싫은 눈치도 못 했다. 나는 내가 착하지도 친절하지도 않다는 걸 알고 있었지만 선생님이 나에게 바라는 유일한 기대를 배반할 용기가 없어 그런 척할 수밖에 없었다. 그 애는 성만 일본식으로 갈고 이름은 복순이라는 촌스러운 본명 그대로였다. 생긴 것도 촌스럽고 의복도 남루한 편이었다.

그 애하고 짝이 된 첫 시간에 배운 국어가 도서관에 대한 거였다. 도서관에 가서 책을 대출해서 읽고 반납하는 과정이 자세히 나오는데 선생님은 너희들도 실제로 도서관을 한번 이용해 보면 좋은 경험이 될 거라고 도서관의 위치를 가르쳐 주었다. 그런 일은 흔한 일이었다. 근면해서 성공한 이야기가 나오면 너희들도 그렇게 하라고 했고, 정직에 대해서 나오면 정직이야말로 가장 가치 있는 도덕이라고 강조하는 것과 마찬가지로 그런가 보다 들어 넘기면 그만이었다.

그런데 그 촌스러운 복순이가 다음 일요일 날 같이 도서관에 가 보자고 나를 꼬였다. 선생님이 가르쳐 준 공립도서관의 위치를 잘 들어 두었는데 찾아갈 수 있을 것 같다면서 국어책에 나온 대로 거기서 보고 싶은 책을 실컷 빌려 보면 얼마나 신나겠느냐는 것이었다. 그 애는 책 보는 재미에 대해 나보다 뭔가를 더 알고 있었다. 그 애에 비해 나는 처녀지와 다름이 없었다. 선생님이 가르쳐 준 도서관은 지금의 롯데백화점 자리였다. 그때 그 도서관을 우리는 공립도서관이라고도 했고 총독부도서관이라고도 했다. 해방되고 나서 국립도서관이 된 바로 그 건물이었다. 일요일 날 같이 가기로 하고 먼저 그 애 집을 알아 놓기로 했다.

그 애 집은 누상동이었다. 문안에도 그런 집이 있다는 게 놀라웠다. 초가집 추녀가 어찌나 낮게 땅으로 드리웠는지 문자 그대로 기어 들어가고 기어 나오게 생긴 집이었다. 평지라 수돗물이 나오는 것만 빼면 우리 집보다 훨씬 못했다. 삼 남매에다 부모님 할머님까지 여섯 식구가 코딱지만 한 방 두 칸에서 기거한다는 것도 안돼 보였다. 게다가 하나밖에 없는 남동생은 온종일 침을 흘리며 외마디 소리를 지르는 박약아였고, 엄마는 홧김에 그렇게 됐는지 시어머니 앞에서 무표정한 얼굴로 줄담배를 피우고 있었다.

나는 그런 환경에서도 구김살 없이 명랑한 그 애가 불쌍하면서도 존경스러웠다. 그 애는 손수 부엌에 들어가 감자 껍질을 몽당숟가락으로 박박 벗기더니 쪄서 나에게 대접했다. 그런 꾸밈없는 태도도 나에게 깊은 감동을 주었다. 나는 나에게도 드디어 동무가 생겼다는 걸 느꼈다. 그때까지 놀 애가 아주 없었다는 얘기는 아니다. 그러나 내 우정에 대한 갈망을 채워 준 건 그 애가 처음이었다.

도서관 가는 게 학교 숙제라고 했더니 단박 엄마의 허락이 떨어졌다. 공일 날 아침, 그 애네 집에서부터 도서관까지의 길은 나에겐 멀고도 낯설었다. 그 애도 처음이어서 겁 없이 이 사람 저 사람에게 길을 물어 간신히 당도한 곳은 아이들이 만만하게 이용할 수 있게 생긴 건물이 아니었다. 붉은 벽돌 건물엔 권위주의적인 정적이 감돌고 있었고 감히 어디로 어떻게 들어가 책을 빌리는 절차를 밟아야 하는지 도무지 감을 잡을 수가 없었다.

안에 충충하게 고여 있는 어둡고도 서늘한 정적을 훔쳐보는 것조차 두려워서 가슴을 졸이며 열려 있는 문을 이 문

저 문 조심스럽게 엿보고 다니는데 정복을 입은 수위가 달려왔다. 나는 나쁜 짓을 하다가 들킨 것처럼 어쩔 줄을 몰라 하는데 내 동무는 또박또박 교과서에서 배운 도서관 이용법을 직접 해 보려고 왔노라고 말했다. 당장 몰아낼 듯이 눈을 부라리며 달려온 수위였지만 내 동무의 똑똑함에는 감동을 한 듯했다. "허, 고것들 참." 하면서 이 도서관에는 아이들 열람실이 없으니 딴 도서관엘 가 보라고 했다.

수위 아저씨가 가르쳐 준 딴 도서관은 거기서 가까웠다. 지금의 조선호텔 정문 바로 건너편에 있는 부립府立도서관이었다. 해방 후엔 서울대 치대도 됐다가 여러 번 용도가 바뀌었지만 그때는 총독부도서관 다음으로 큰 도서관이었다. 그 도서관 역시 우리 같은 촌뜨기가 만만하게 이용할 수 있을 것 같지 않게 당당하고 음침한 분위기의 건물이었지만 아이들 열람실은 본관에서 따로 떨어진 단층의 학교 교실만 한 별관이었다.

들어가는 데 아무런 수속 절차가 필요 없었고 아저씨 한 사람이 선생님처럼 앞의 책상에 앉아 있고 아저씨 뒷면 벽이 온통 책장이었는데 아무나 자유롭게 꺼내다 볼 수 있는 개가식이었다. 교과서에서 배운 것 같은 열람을 위한 수속 절차가 따로 있는 게 아니었다. 제 집 서가의 책처럼 마음대로 꺼내다 보고 재미없으면 갖다 꽂고 딴 책을 가져오기를 아무리 자주 되풀이해도 그만이었다. 실제로 읽지는 않고 그렇게 촐싹거리기만 하는 아이도 있었다. 아저씨는 어린

이들을 향해 앉아 있을 뿐 이래라저래라 말이 없었다. 그 또한 온종일 책을 읽고 있었다. 그런 곳이 있으리라고는 꿈도 못 꿔 본 별천지였다.

그날 처음 빌려 본 책이 『아아, 무정』이라는 제목으로 아동용으로 쉽게 간추려진 『레 미제라블』이었다. 물론 일본말이었고 삽화가 이루 말할 수 없이 아름다워 읽는 재미에다 황홀감을 더해 주었다. 간추려졌다고는 하지만 상당한 두께의 책이어서 도서관을 닫을 시간까지 속독을 했는데도 다 읽지 못했다. 대출은 허락되지 않았다. 못다 읽은 책을 그냥 놓고 와야 하는 심정은 내 혼을 거기다 반 넘게 남겨 놓고 오는 것과 같았다. 숙부네 다락방에서 만화책을 빼앗겼을 때와 비슷하면서도 그것과는 댈 것도 아니게 허전했다. 미칠 것 같다고 해도 과장이 아니었다. 내 동무가 읽은 건 『소공녀』였고 끝까지 다 읽었다고 했다. 우리는 몹시 흥분해서 서로가 읽은 책 얘기를 주고받았고 다음 공일에도 또 가자고 약속했다.

엄마는 내가 공일마다 도서관에 가는 것을 덮어놓고 기특해했고 오빠는 내가 공부하러 가는 게 아니라 동화책을 읽으러 간다는 걸 알았지만 도서관에 비치된 책에 대해 신뢰감을 갖고 있었기 때문에 말리지 않았다. 그날 이후 공일 날마다 도서관에 가서 책 한 권씩 읽는 건 내 어린 날의 찬란한 빛이 되었고, 복순이와 나는 더욱 단짝이 되었다.

매일 밤 꿈에서 왕이 되는 행복한 거지와, 매일 밤 꿈에서 거지가 되지 않으면 안 되는 불행한 왕 얘기도 그때 읽었고, 복순이가 먼저 읽은 『소공녀』도 물론 따라 읽었다. 소공녀 세라도 하녀로 전락한 후 어느 때부터인가 문득 밤마다 그의 귀가를 기다리는 따뜻하고 맛있는 음식과 훈훈한 난로를 꿈처럼 경험하게 된다. 나에게 부립도서관의 어린이 열람실은 바로 그런 꿈의 세계였다.

내 꿈의 세계 창밖엔 미루나무들이 어린이 열람실의 단층 건물보다 훨씬 크게 자라 여름이면 그 잎이 무수한 은화(銀貨)가 매달린 것처럼 강렬하게 빛났고, 겨울이면 차가운 하늘을 향해 쭉쭉 뻗은 힘찬 가지가 감화력을 지닌 위대한 의지처럼 보였다. 책을 읽는 재미는 어쩌면 책 속에 있지 않고 책 밖에 있었다. 책을 읽다가 문득 창밖의 하늘이나 녹음을 보면 줄창 봐 온 범상한 그것들하곤 전혀 다르게 보였다. 나는 사물의 그러한 낯섦에 황홀한 희열을 느꼈다.

육학년이 되자 상급 학교 입시 준비가 요새 같지는 않았어도 담임도 무서운 선생님이 맡게 되었고 정규 수업이 끝난 후에도 남아서 늦게까지 공부도 하고 시험도 쳤다. 그러나 복순이하고 나는 여전히 일요일이면 도서관에 가서 책 읽는 일을 그만두지 못했다. 숙제도 많이 내주었지만 토요일 날 둘이서 같이 후딱후딱 해치웠다. 복순이와 나는 늘 붙어 다녀 선생님이나 반 애들이 다 알아주는 단짝이 되었다. 복순이는 공부도 아주 잘했다. 나도 복순이와 단짝이 된 후 성적이 좀 올랐다. 단짝을 잃고 싶지 않은 마음이 되레 단짝과의 경쟁의식이 되지 않았나 싶다.

사학년 때부터 원족이 수학여행으로 바뀌는 건 모든 국민학교의 정해진 관례였다. 사학년 땐 인천, 오학년 땐 수원, 육학년 땐 개성으로, 목적지까지 일률적으로 정해져 있었다. 여행이라지만 자고 오는 건 아니고 단지 기차를 타고 갔다 온다는 걸로 그렇게 불렀다. 나는 우리 고향으로 수학여행을 가는 게 싫고 은근히 근심이 되었다. 개성에 대해 다 알아서 시들하기 때문이 아니었다. 실상 개성은 귀향할 때마다 거치는 고장일 뿐 변변히 구경한 적은 없었다. 내가 걱정이 되는 건 엄마가 미리 편지를 해 놨기 때문에 할머니나 숙모가 마중을 나오면 어쩌나 하는 거였다.

우리는 식구들이 고향에 오갈 때마다 역까지 가서 전송하고 마중하는 게 유난스러웠다. 방학 때 시골 가는 것도 오빠를 숙부네 맡기고까지 꼭 엄마가 데리고 가고 오건만도 양쪽 숙부 숙모들의 떠들썩한 전송과 마중을 받았다. 나는 나이 들수록 그게 싫었다. 작은집, 큰집 사이가 딴 집의 한 식구끼리보다 더 강하고 끈끈하게 엉켜 사는 것도 마땅찮았고 엄마나 할머니가 나를 마냥 어린애 취급하는 것도 싫었다.

개성 가는 표를 사려면 같은 경의선京義線인 봉천奉天행 표 파는 데 바로 옆에 줄을 서곤 했다. 개찰할 때도 마찬가지였다. 시간이 비슷했는지 아닌지까지는 생각나지 않지만 덮어놓고 일찍 나가서 오래 줄 서서 기다리는 걸 고달픈 운명처럼 감수할 때였다. 가까이서 바라본 봉천으로 가는 여객은 국내 여객하고는 전혀 달라 보였다. 이불 보따리 등 짐이 많았고, 바가지가 올망졸망 매달린 보따리에 기대어 조는 노인네가 있는가 하면 개떡이나 조밥 따위를 펼쳐 놓고 아귀아귀 먹는 아이들도 있었다. 남녀노소가 고루 섞인 솔가해서 떠나는 일가족이 많아 시끄럽고 구질구질했다.

봉천은 우리나라 지도에는 없는 땅이었다. 하룻밤 하루 낮도 더 걸리는 먼 만주 땅이라고 했다. 봉천은 내가 아는 외국 땅 이름 중 유일하게 내가 한 발자국만 옆으로 비켜서면 도달할 수 있는 고장이었다. "호텐, 호텐 유키." 하고 봉천행 개찰을 알리는 방송이 나오고 그 줄이 웅성거리면 나는 가슴이 마구 뛰었다. 그 무질서한 행렬로 슬쩍 끼어들어 가족들의 보호로부터 행방불명이 돼 보고 싶은 마음 때문이었다. 그러니까 미지의 고장에 대한 동경이 아니라, 다만 가출의 꿈이었다. 이렇다 할 까닭도 없이 그냥 가족들의 간섭이 지긋지긋할 때였다. 그럴수록 복순이하고의 우정은 점점 더 배타적으로 돼 갔다.

개성으로 수학여행 떠나는 날 엄마는 경성역까지 배웅을 나와서 혹시 개성역에 누가 마중을 안 나오더라도 너무 섭섭해하지 말고 잘 놀다 오라고 타이르고 들어갔다. 제발 아무도 안 나왔으면 얼마나 좋을까마는 꼭 나올 것 같아 마음이 영 개운치 않은 채 기차가 개성역에 도착했다. 육학년은 총 다섯 반이었다. 개성역 앞 광장에 반끼리 줄을 서서 인원을 점검할 때였다. "완서야, 완서야." 하고 내 이름을 크게 부르는 소리가 났다. 저만치서 할머니가 무법자처럼 아이들 사이를 마구 헤집고 다니면서 목청을 높이고 있었다. 숙모도 아니고 할머니였다. 어찌나 창피한지 잠시 꺼질 수 있는 거라면 꺼지고 싶었다.

할머니는 풀을 세게 먹여 다듬은 옥양목 치마저고리를 뻗쳐 입고 머리에는 베 보자기에 싼 커다란 임을 이고 있었다. 수치감과 분노로 화끈해진 얼굴을 깊이 숙이고 모르는 척하기로 마음을 정하고 복순이의 손을 꼭 붙들었다. 내 조선말 이름은 복순이밖에 누가 알랴 싶었다. 할머니한텐 좀 안됐지만 눈 딱 감고, 귀먹은 셈 치고 이 고비를 넘기자, 그런 속셈이었다.

그러나 웬걸, 아무리 소리쳐 불러도 이 애 저 애 붙들고 물어봐도 소용이 없자 할머니는 어디서 배워 왔는지 이번엔 일본말로 내 이름을 부르기 시작했다. 그건 아무도 못 알아들을 혀 꼬부라진 어눌한 소리에 불과했지만 나는 더는 참지 못했다. 할머니한테 그 어려운 발음을 시킨 자신에 대한 혐오감으로 진저리가 쳐졌다. 그럴 땐 우는 게 유일한 내 재주였다. 나는 "할머니!" 하면서 그 뻣뻣한 치마폭으로 달려들어 서럽게 울기 시작했다. 할머니도 울먹이는 목소리로 "아이고 내 새끼, 아이고 내 새끼." 하면서 연방 내 등을 토닥거렸다.

그리하여 우리는 마치 오랫동안 몇천 리 밖에 떨어져 지낸 손녀와 할머니처럼 감격적인 상봉을 했다. 아이들이 빙 둘러서서 우리를 구경했다. 할머니가 베 보자기를 풀었다. 그 안엔 다시 작은 보따리가 세 개 들어 있었다. 송편이었다. 필경 며느리를 닦달질해 밤새 빚어 새벽에 쪄 가지고 달려오신 듯 말랑한 송편에선 솔 내와 참기름 내가 물씬 났다.

그러나 나는 오직 아이들 보기에 창피하단 생각밖에 없었다. 어서 그 고역스러운 시간을 면하고 싶었다. 흐트러진 열을 바로 세우려는 선생님의 호루라기 소리가 나자 할머니는 한 보따리는 선생님 드리고, 한 보따리는 서울로 가지고 가서 작은집과 나누어 먹고, 또 한 보따리는 아이들하고 나누어 먹으라고 송편이 세 보따리인 까닭을 설명해 주고 비로소 작별을 아쉬워했다.

다행히 그때 우리 담임 선생님은 다리를 삐어서 여행에 따라오지 못하고 딴 반 선생님이 우리를 인솔하고 있었다. 나는 할머니가 혹시 담임 선생님과 인사를 하고 싶어 할까 봐 그 얘기를 재빨리 할머니 귀에 속삭이고는 어서 가시라고 밀어냈다. 그리고 할머니가 저만치 떨어져서 우리가 정렬하여 차례로 역 광장을 떠날 때까지 지켜보는 걸 의식하며 참담한 기분에 사로잡혔다. 다행히 복순이가 말없이 나에게 덧붙여진 짐을 같이 들어 주었다.

만월대, 선죽교 등 정해진 코스를 도는 동안 내내 우울했다. 점심을 먹을 때 나는 그 송편을 아무하고도 나누어 먹지 않았다. 물론 선생님한테 드리지도 않았다. 다 큰 나이라 내가 할머니를 창피하게 여긴 데 대해 반성하는 마음도 없지 않았다. 그러나 단지 할머니를 창피하게 여기는 마음 하나로 그렇게 우울하다는 건 정확하지 않았다. 나는 왜 이럴까 싶은 반성과 우리 집안은 왜 이럴까 반발하는 마음이 반반씩이었다. 친족 간의 끈끈한 유대감과 과보호가 점차 나를 옥죄는 것 같아 그게 참을 수 없이 짜증스러웠다.

밤에 도착한 경성역엔 또 오빠가 마중 나와 있었다. 오빠에게 송편 보따리를 인계할 때까지 꾸준하게 그걸 들어 주고 내 배배 꼬인 심보를 이해해 준 복순이에게도 단 한 개의 송편도 맛뵈지 않았다. 오빠와 나는 먼저 남대문통 작은숙부네에 들러서 송편 보따리를 끌러 두 집이 공평하게 노느매기를 하면서, 작은숙부 내외가 큰숙모의 노고와 솜씨를 찬양하는 소리를 들어야 했다. 국민학교 마지막 수학여행은 이렇게 우울하게 끝났다.

오빠와 엄마

 일본의 패색이 짙어지면서 점점 더 살기가 어려워졌다. 조선 청년에 대한 지원병제가 징병제로 바뀌었다. 오빠는 징병엔 걸리지 않을 나이였지만 징용이라는 노무 동원 제도가 따로 있어 언제 징집이 될지 모르는 형편이었다. 엄마는 오빠가 총독부에만 그냥 다녔어도 징용에는 안 걸리는 건데 하면서 아쉬워했다. 오빠는 와타나베철공소가 군수품 공장이 됐으니까 징용 걱정은 말라고 엄마를 안심시켰다. 그러나 오빠 자신이 그걸 다행스러워하는 것 같지는 않았다.

 당시 조선에서 제일 먼저 지원병으로 나가 전사한 이인석이라는 상등병을 영웅 취급하여 그의 일대기를 일본의 창극 비슷한 나니와부시로 엮은 게 있었는데, 조선 청년들을 전쟁터로 내보내는 일에 혈안이 되고부터는 그게 매일

같이 방송이 되었다. 오빠는 그 소리만 나오면 질색을 하고 꺼 버리라고 신경질적인 소리를 내곤 했다.

이학기부터는 아무래도 입시 공부에 전념하지 않으면 안 되었다. 담임 선생님은 다리를 몹시 삐어 집에서 쉬는 동안도 반장과 긴밀히 연락하여 시험문제를 내주고 채점을 해서 보내고 체벌까지도 하달을 했다. 조선 선생님이었고 아기가 하나 딸린 부인이어서 엄마는 여간 마음에 들어 하지 않았다. 그때만 해도 조선인 선생까지도 일본말을 모르는 학부형하고 상담할 때는 통역을 내세우는 짓을 더러 했기 때문에 그러지 않고 상대해 주는 것만으로도 엄마의 호감을 살 만했다.

그러나 그 선생님이 우리에게 가하는 체벌은 매우 독특하고 혐오스러운 것이었다. 육학년 다섯 반 중 두 반이 여자반이었는데, 우리의 성적을 올릴 의도였겠지만 선생님은 끊임없이 다른 반과의 경쟁의식을 부추겼다. 일제 고사 성적이 그 반보다 조금이라도 떨어지면 자기 점수에 상관없이 전체가 벌을 받았는데, 선생님은 손끝 하나 까딱 안 하고 우리에게 가혹한 체벌을 가하는 법을 알고 있었다. 그건 짝끼리 서로 마주 보고 서서 상대방의 뺨을 선생님이 그만하라고 할 때까지 때리게 하는 방법이었다.

우리끼리 때리면 살살 때릴 것 같지만 결코 그렇지가 않다. 살살 때리는 기미가 보이면 선생님이 입가에 비웃음을 띄우고 너희들이 그런 잔꾀를 부리면 마냥 때리게 할 거라고 위협을 하기도 했지만, 내가 때리는 것보다는 상대방이 더 아프게 때리고 있다는 느낌은 피할 길이 없었고, 그렇게 되면 억울해서라도 상대방보다 더 세게 때리고 싶어진다. 생각해 보라. 열서너 살밖에 안 된 계집애들이 마주 보고 서서 서로의 증오심을 무진장 상승시켜 가며 꽃 같은 뺨이 시뻘겋게 부풀어 오르도록 사매질을 하는 광경을. 그거야말로 구원의 여지가 없는 지옥도였다.

복순이와 나는 성적도 비슷하고 키도 비슷해서 성적순으로 앉을 때나 키순으로 앉을 때나 짝이 되는 경우가 많았다. 우리도 별수 없이 이 야만적인 증오심에 씌어 점점 강도가 높게 서로의 뺨을 때렸다. 어느 고비를 지나면 누가 더 아프게 때리냐는 별로 문제 되지 않고 우리의 그 짓을 멈추지 못하게 하는 또 하나의 비인간적인 채찍을 우리의 배후에 느낄 뿐이었다. 선생님의 그만 소리가 떨어지고 나면 우리의 증오심은 곧 수치심으로 변해 서로의 얼굴을 바로 보지 못했다. 생각하기도 싫은 끔찍한 체벌이었다. 엄마의 말에 의하면 여태껏 만나 본 어떤 선생님보다도 수더분하여 마음에 든다고 했지만 그런 분이 왜 우리로 하여금 그 나이에 그런 짐승의 시간을 갖게 했는지 참으로 모를 일이다.

엄마는 나를 경기고녀에 보내고 싶어 했다. 원하면 못 갈 것도 없다는 담임 선생님의 말이 화근이 되었다. 나는 육 년 동안 한 번도 우등을 한 적이 없었고, 내가 생각해도 처음부터 경기고녀감으로 선생님이 지목한 아이들의 실력에 내 성적은 못 미쳤다. 엄마도 그걸 눈치 못 챘을 리가 없었다. 욕심은 있어도 모험을 마다하지 않을 만한 배짱은 없는 엄마였다. 그러자니 엄마에겐 욕심을 낮출 만한 구실이 필요했을 것이다. 엄마는 오빠에게 창씨만 했어도 경기고녀를 보낼 수 있을 텐데 창씨 안 한 게 암만 해도 걸린다고 엉뚱한 원망을 하기 시작했다. 한동안 잠잠했던 창씨 문제가 다시 재연됐다.

엄마는 당신 생각에 확신을 얻기 위해 선생님하고도 그 문제를 의논했다. 선생님은 그런 규정은 없지만 공립학교니까 혹시 동점인 경우 불리할지도 모른다는 정도로 자기 의견을 말했을 뿐 결정적인 회답은 피했건만도 엄마에겐 충분한 구실이 되었다. 나는 뻔히 억지인 줄 알면서 오빠를 괴롭히는 엄마가 싫었고 엄마의 성화를 의연하게 견디는 오빠가 존경스러웠다. 잘은 모르지만 엄마나 내가 헤아릴 수 없는 어떤 신념을 가진 오빠를 나라도 도와줘야 할 것처럼 느꼈다.

나는 엄마를 설득해서 숙명고녀에 지원했다. 그때만 해도 선생님이 성적에 따라 정해 주는 학교는 참고가 될 뿐 각자의 취향과 형편에 따른 자유재량권이 존중될 때였다. 복순이가 경기고녀에 지원한 것도 내가 경기를 피하게 된 원인 중의 하나였다. 너무 붙어 다녀 지쳤다고나 할까, 요샛말로 사랑하기 때문에 헤어져 보고 싶었다고나 할까. 그 애도 우리가 헤어져야 한다는 데 동감이었다. 센티한 소녀소설에 감염된 우리는 편지로 더 많은 사연을 주고받기로 하고 건방지게도 이별을 모의했다.

 엄마는 내가 숙명에 원서를 낸 후에도 여전히 창씨 안 한 걱정을 했고 하나 덧붙여서 신체검사에 떨어질 걱정까지 했다. 나는 엄마의 이런 걱정을 들으며 엄마가 벌써부터 만약에 불합격했을 때의 구실을 마련하고 있다는 걸 느꼈다. 꿈에도 실력이 모자라서 떨어졌다고는 말하고 싶지 않은 엄마였다. 어디서 알아냈는지 엄마는 몸무게가 얼마 이상이 안 되면 불합격시킨다는 불확실한 정보를 입수해 가지고 내 체중을 빨리 늘리려고 갖은 애를 썼다.

 나는 강단은 있었으나 굉장히 말라깽이였다. 복순이는 키는 나하고 비슷했지만 얼굴이 둥글고 몸이 뚱뚱해 반에서 별명이 '오타후쿠多福'였다. 우리는 늘 붙어 다녔고 또 네 것 내 것 없이 나누어 가졌기 때문에 선생님까지도 복순이한테 네 살 좀 재한테 나눠 주라고 농담을 하곤 했다. 엄마가 성화한다고 체질적으로 없는 살이 별안간 찔 리 만무했다. 신체검사 날 엄마는 내 속옷에다가 은반지 등 무게 나갈 만한 것들을 여기저기 찔러 넣어 주었다. 그러나 입시 날 엿이나 찰밥을 먹이는, 그때도 누구나 하던 비방에는 초연한 엄마였다. 만약 엄마가 그런 미신적 비법에도 극성이었다면 어땠을까. 상상만으로도 웃음이 복받친다.

 복순이도 나도 무난히 합격을 했다. 입시가 졸업 전에 있었기 때문에 합격하고 나서도 학교는 그대로 다녔는데 선생님은 수업은 건성으로 하고 신파극 본 얘기도 해 주고 지금의 성교육 비슷한 얘기도 해 주었다. 합격한 아이는 틈을 내어 신사참배를 하란 얘기도 했다. 입시를 앞두고는 합격을 빌기 위해 단체로 신사참배를 했었다.

 어느 날 복순이가 우리 둘이서 신사참배를 가자고 했다. 아무리 선생님이 한 번 일러 준 거라 해도 그건 기발한 제안이었다. 선생님이 지나가는 말로 한 것까지 지켜야 한다고 생각할 정도로 우리가 융통성 없는 모범생이었던 것도 아니었고, 도서관을 찾아갈 때 같은 호기심이 신사에 대해 있을 리도 없었다. 그러나 나는 두말없이 동의했고 복순이가 참으로 적절한 생각을 해 냈다고 생각했다.

 졸업식 날이 며칠 안 남았을 때였다. 우리는 이심전심으로 각기 다른 학교를 지원한 것을 후회하고 있었고 그냥 헤어질 순 없다고 생각하고 있었다. 우리에겐 어떤 형태로든 간에 이별의 의식이 필요했다. 그러나 어디서 어떻게 해야 할지 어쩔 줄을 모르긴 둘 다 마찬가지였다. 마음껏 센티해져서 어른 흉내를 낼 만한 나만의 방을 가지고 있지 않기는 복순이나 나나 마찬가지였다. 그래서 겨우 생각해 낸 집 밖의 장소가 신사였던 것이다.

 하필 그날 진눈깨비가 왔다. 3월인데도 지금의 한겨울 못지않게 춥고 바람 부는 날이었다. 조선 신궁 올라가는 그 높고 높은 계단에 사람의 그림자라곤 거의 없었다. 우리는 질척하게 쌓인 눈 속에 운동화가 푹푹 빠져 양말을 적시고 발

끝이 얼어붙는 것도 상관하지 않고 그 높은 층층다리를, 누구한테 심술이라도 부리는 것처럼 씩씩대며 돌파를 했다. 신궁 앞까지의 자갈이 깔린 길도 아무도 밟지 않은 눈으로 평평해 보였다. 우리는 신궁 쪽은 흘끗 한 번 쳐다만 보고 경성신사 가는 쪽의 완만한 내리막길로 접어들었다. 계절이 좋을 때 그 길은 연인들의 산책로로 유명했다. 우리 사이에 요샛말로 무드가 필요하다고 느꼈을 때 거기를 생각해 낸 것도 아마 그런 까닭이었을 것이다.

그러나 그날은 워낙 날씨가 험해 지나가는 사람도 만날 수가 없었다. 우리는 뭔가 풀어야 할 응어리가 있는 것처럼 느꼈지만 끝내 풀지 못하고 일본 사람들만이 사는 남산정에 이르렀고, 저만치 길 건너로 본정통에 한 집 두 집 불이 들어오는 걸 바라보았다.

눈물이 날 것처럼 참담한 고행 길이었다. 둘이 만났다 하면 그렇게도 죽이 잘 맞아 온종일 수다를 떨어도 미진했었는데 그날은 거의 말을 하지 않았다. 그리고 아주 뜨악한 마음으로 헤어졌다. 서로 마음이 어긋나고 있다는 것을 의식하고 그걸 어떻든지 만회해 보려고 노력했지만 허사였다. 그날 든 감기로 졸업식 날까지 학교를 쉬었다.

그동안에 복순이는 한 번도 문병을 와 주지 않았고, 오빠가 입학 축하로 양식을 한번 사 주겠다며 화신백화점에 데리고 갔다. 오빠로서도 상당히 멋을 부린 생각이었겠지만 나도 양식집에 가 보긴 그날이 생전 처음이었다. 그러나 그때 벌써 일본 사람들이 총후銃後라고 부르는 일반 민간인의 생활은 궁핍할 대로 궁핍해졌을 때였다. 화신백화점 사층인가 오층에 있는 양식부에 한 번 들어가기 위해 아래층에서부터 온종일 줄을 서야만 했다.

오빠가 나를 데리고 나갈 때 엄마는 나더러 오라비 잘 둔 덕으로 별 호강을 다 한다고 말했지만 막상 당해 보니 하나도 호강하는 기분이 안 났다. 그 줄에도 새치기가 있었다는 것과, 오랜 기다림 끝에 당도한 식당의 깨끗한 식탁보와, 접시에 담은 국물과, 주먹만 한 빵 두 개가 생각날 뿐 정작 주메뉴가 뭐였는지는 생각도 나지 않는다.

졸업식 날은 우리 식구는 물론 숙부네까지 다 왔다. 복순이는 우등상도 타고 개근상도 탔지만 나는 아무 상도 못 탔다. 우리 식구는 그것 때문에 섭섭해하는 사람은 아무도 없었다. 엄마의 요지부동한 지론에 의하면 창가하고 체조를 못하니까 우등상 안 주는 건 당연하고, 세상에 공부를 얼마나 잘했으면 창씨도 안 했는데 그 좋은 학교를 붙었겠냐는 것이었다. 엄마가 경기에 미련을 못 버렸을 때는 경기가 '그 좋은 학교'였지만 일단 숙명으로 정하고 합격하고 나서는 숙명이 '그 좋은 학교'가 돼 있었다. 그러나 나는 우울했고 나에게 딸린 가족이 많은 것까지 창피하고 부아가 났다. 복순이는 아버지 혼자만 와 있는 게 그렇게 보기 좋을 수가 없었다.

졸업식이 끝나자 단체로 또 신사참배를 하고 헤어진다는

것이었다. 복순이와 나는 낭패스러운 눈길을 교환했다. 나는 그 애가 나하고 같은 심정이라는 걸 알아차렸다. 우리는 우리가 이미 치른 의식이 모독당한 것처럼 여기고 있었다. 우리가 갔던 날과 며칠 상간이었지만 봄기운이 완연한 화창한 날씨였다. 졸업할 때까지도 우리는 짝이었기 때문에 같이 손잡고 필운동에서 남산 꼭대기까지 걸어가지 않으면 안 되었다. 우리가 허우적댔던 진눈깨비는 흔적도 없었다.

그러나 우리 사이는 더욱 뜨악해져 있었다. 나는 내 느낌이 질투와 열등감이라는 걸 알고 있었기 때문에 더욱 참담했다. 복순이와 나는 그렇게 헤어졌다. 해방 후 그 애가 학교를 중퇴하고 시골 국민학교 선생님이 되어 나를 찾아올 때까지 우리는 편지 한 통이 없이 지냈다. 지금 생각해도 나의 옹졸한 심보에 대해 부끄러움을 금할 수 없는 대목이다.

여고로 진학하면서 비로소 인왕산 자락을 넘어서 통학하는 일을 면하고 전차를 타고 다니게 되었다. 처음에는 서울의 헐벗은 산에 정을 붙이지 못했지만 육 년을 한결같이 걸어 다닌 산길이었다. 사월의 벚꽃, 오월의 아카시아, 겨울의 설경 등이 그립게 회상되고 서울 아이들이 좀처럼 누릴 수 없는 혜택받은 통학 길이었다고 회상하게 되었다. 그러나 육 년 동안을 줄창 혼자 다녔다는 것은 내 성격에도 적지 않은 영향을 미쳤다고 생각한다. 혼자서도 심심하지 않은 법을 터득했다고나 할까. 지금도 걸어가건 무엇을 타고 가건 간에 어디를 가고 오는 길에 누가 옆에 있으면 그가 무척 친해서 전혀 신경을 쓸 필요가 없는 경우를 제외하고는 혼자인 것만 못하다.

상급 학교에 가니까 등하굣길을 꼭 짝지어 다니는 짝꿍들이 정해져 있어서 한쪽이 청소를 하거나 해서 늦은 경우는 기다렸다가 같이 가 주는 등 혼자 다니는 걸 불행하게 여기는 애들이 대부분이었는데 나는 그 반대로 동행이 생길 기회도 일부러 피했다. 그렇다고 어디서나 혼자 있는 걸 좋아하는 성격은 아니고, 다만 나다닐 때 혼자인 게 편할 뿐 아니라 그걸 즐기는 편이고, 그동안을 방심, 한눈팔기, 공상, 구상, 관찰 등 내 나름으로 무척 달콤하게 써먹고 있다는 것은 국민학교 때 길들여진 버릇이 아닌가 생각한다.

여고 생활이 시작되었을 때 시국은 이미 일제 말기였다. 정규 수업을 며칠 받아 보지도 못하고 우리는 군수품 산업에 동원되지 않으면 안 되었다. 오전에 두 시간 수업을 받고 나면 교실이 곧장 공장으로 변했다. 군복에 단추를 다는 작업도 했지만 가장 오래 지속된 작업은 운모雲母 작업이었다. 육각, 오각, 사각 등으로 각이 진 반투명의 운모 조각은 얇게 벗겨지길 잘했다. 우리가 하는 일은 상자로 하나씩 운모를 받아다가 끝이 뾰족한 칼로 얇게 박리剝離를 시키는 일이었다.

그걸 어디다 쓰는지는 누가 알려 주지도 않았고 알려고도 하지 않았다. 떠도는 말로는 비행기 유리창에 쓴다고도 했지만 확실하지 않았다. 유리창으로만 된 비행기가 있다면 모를까 비행기 동체를 만들 물자가 있을지도 의심스러운 때, 우리가 일할 운모는 마냥 공급이 되었다. 대포알을 만든다고 집집의 놋그릇까지 다 걷어 갈 때였다. 궁핍이 극도에 달했고 혹독하게 추운 날 솔방울을 줍는 일에 동원되어 신촌 어딘가의 산을 헤매다가 언 밥을 덜덜 떨며 먹은 적도 있다. 솔방울은 좀처럼 찾아지지 않았고, 도처에 껍질까지 벗겨 가 죽어 버린 나무들을 보고 사람보다 더욱 헐벗고 피폐해진 국토를 느낄 수가 있었다.

방공연습도 자주 했고, 우리 학교의 대피 장소는 기숙사 지하의 석탄도 저장해 두고 아궁이도 있는 데였다. 한 번 거기 들어갔다 나오면 콧구멍이 새까매졌다. 연습이 아닌 진짜 공습경보가 날 적도 있었다. 그럴 때는 집으로 보냈는데 아직도 현저동에 살고 있던 나는 혼자서 집까지 뛰는 동안 도중에서 죽을 듯한 공포감을 맛보곤 했다. 책가방 없이 등교할 수 있는 날도 반드시 휴대해야 하는 게 구급낭이었다. 구급낭 속엔 아주 초라한 구급약과 함께 부상을 당했을 때 지혈을 시킬 수 있는 삼각건이 들어 있었고, 각자의 성명, 주소, 혈액형 등이 명기되어 있었다. 삼각건 매는 법도 되풀이해서 교습을 받았지만 실제 상황에서 그게 유효하리라고는 아무도 생각하지 않았다.

동경, 대판 등이 공습으로 처참하게 파괴됐단 소식은 신문에도 났지만 풍문으로 더 적나라하게 전해졌다. 그렇게 전해지는 소식을 일본 당국은 유언비어라는 죄목까지 만들어 놓고 단속을 했다. 엄마는 어디서 들었는지 미국이 조선은 폭격을 안 할 거라고 자신 있게 말하곤 했다.

어느 날 학교에서 돌아와 보니 엄마가 사색이 돼 있었다. 드디어 오빠에게 징용 영장이 나온 것이었다. 와타나베철공소가 군수공장이 됐기 때문에 징용은 안 나가도 된다더니 그게 아닌 모양이었다. 엄마는 오빠를 어디로 도망시키고 우리 식구도 다 야반도주를 하자고 했다. 엄마는 거의 제정신이 아니었다. 와타나베철공소만 철석같이 믿고 있었기 때문에 만약의 경우에 대한 구체적인 계획은 전혀 없는 상태였다. 배급 통장 없이는 어디 가서 밥 한 끼 제대로 얻어먹을 수 없는 각박한 세상이었다. 제일 만만한 건 박적골이었지만 어디에나 버젓이 명기된 본적지가 피신처일 수는 없었다. 지금 같으면 재까닥 전화로 의논을 했겠지만 일각이 여삼추로 오빠가 들어올 때만 기다리는 수밖에 없었다.

군수공장이라 매일같이 야근을 하는 오빠는 자정이 가까워서나 들어왔다. 엄마는 불안을 용케 감추고 오빠가 저녁밥을 다 먹고 난 후에 비로소 징용 영장을 내놓았다. 오빠는 염려 말라고만 말하고 무덤덤하게 잠자리에 들었다. 어른한테 절대로 걱정을 안 시키는 오빠의 습관적인 말투인지 정말 그렇게 자신이 있는지 도무지 종잡을 수가 없었다. 그건 엄마도 마찬가지였겠지만 도망을 가라는 말은 꺼내지도 못하고 그 밤을 밝혔다.

다음 날 오빠는 회사에서 증명서를 떼 주어 다 잘됐다고

만 말했고 사흘째 되는 날이 징집에 응해야 하는 기한인데 평상시와 다름없이 출근을 하고도 별 탈이 없었으니 정식으로 모면이 되긴 된 모양이었다. 엄마는 두고두고 와타나베철공소의 위력에 감격을 하면서 성도 안 간 고집쟁이를 그 일본 사장이 뭐가 이뻐서 봐줬을까 신통해하곤 했다.

엄마의 생각은 뒤죽박죽이었다. 등화관제로 전깃불을 끄고 깜깜한 방에 죽치고 앉았을 때는 폭격을 맞아 다 죽는 한이 있어도 일본 놈들 폭삭 망하는 꼴이나 좀 봤으면 좋겠다고 폭언을 해서 누가 들을까 봐 겁나게 하다가도 아들이 일본인한테 잘 보이고 중하게 쓰인다는 것은 또 그렇게 자랑스러워할 수가 없었다. 남들한테도 자랑을 하고 싶겠지만 워낙 때가 때이니만치 참고 있는 거였다.

이승만과 김일성의 이름을 들은 것도 방공연습이나 진짜 공습경보로 일찌거니 불을 끄고 자리에 들었을 때 엄마가 옛날 얘기처럼 해 준 비현실적인 정보를 통해서였다. 김일성은 만주 벌판에서 독립운동하는 장순데 기운이 장사일 뿐 아니라 축지법을 써서 하룻밤에 험준한 산길도 천 리 길을 간다고 했고, 이승만은 미국서 독립운동하는 학식 높은 선빈데 조선 땅은 절대로 폭격을 안 할 테니 안심하라고 방송도 하고 비행기에서 삐라도 뿌린다고 했다. 왜놈들이 미국 비행기만 왔다 하면 우리를 방공호로 처넣는 게 우리 살라고 그러는 게 아니라 비행기에서 그런 삐라가 떨어지는 걸 못 보게 하려고 그런다고도 했다. 왜놈들이 그런 삐라를

오빠와 엄마

보면 얼마나 약이 오를까 하면서 장난꾸러기처럼 웃을 때면 나는 엄마가 나보다도 어린 친구처럼 만만해지곤 했다. 엄마는 이렇게 그런 중대한 얘기를 전혀 심각하지 않게 재담처럼 했기 때문에 당시 우리가 처한 단칸방 속에서의 암흑에는 위안이 됐지만, 시대적인 암흑에 어떤 빛이나 용기가 되기에는 역부족이었다. 그게 결국은 우리 엄마의 한계였다.

그러나 오빠는 달랐다. 우리는 오빠가 징용도 빠질 수 있는 회사에 다니고 있다는 사실에 너무 감격해서 오빠가 고민스러워하는 문제를 대수롭게 여기지 않았다.

오빠가 선반 기술자를 한 사람 취직시켜 준 일이 있었다. 오빠보다 나이도 많고 처자식이 딸려 있다고 했다. 그러나 그에게 징용 영장이 나왔을 때 회사에서는 그를 위해 징용을 면제해 줄 만한 증명 서류를 해 주는 걸 거부했다. 오빠는 그것 때문에 사장하고 옥신각신한 모양이었다. 심지어는 회사에 꼭 필요한 사람 순서로 따지자면 나보다는 그 기술자가 우선인데 나는 되고 그가 안 되는 까닭이 뭐냐고까지 따진 모양이었다. 그 기술자는 징용을 나가면서도 그로 인해 오빠에게 고맙다는 인사를 와 그런 얘기를 해서 우리도 알게 되었다. 엄마가 기가 막혀 한 것은 당연했다. 내가 보기에도 그랬다. 자기 보신도 언제 어떻게 될지 모르는 판국에 남 걱정 해 주려고 자기 보신까지 위태롭게 하려는 오빠가 딱하고 유치해 보이기까지 했다. 오빠가 하루하루 회사에 나가는 게 물가에 어린애 내보내는 것처럼 안심이 안 되는 날이 계속됐다.

식량 배급은 줄고 도저히 먹을 수 없는 콩깻묵까지 섞여 나와 엄마의 시골 나들이가 잦아졌다. 쌀을 얻으러 가는 것이었다. 시골집은 숙부가 면서기여서 일정량의 공출만 내면 억울하게 수탈을 당하는 일을 면할 수가 있었다. 그러나 식량 수탈에는 대개 면서기들이 앞장서야 했으니 숙부는 그만큼 원성의 대상이었을 듯했다. 오빠가 아무리 자기가 누리는 작은 특권에 고민해 봤댔자였다. 결국은 시골에서 숙부가 누리는 치사한 특권에 빌붙어 굶주림을 면하고 있었다.

1944년 겨울방학에 귀향했을 때는 박적골 사정도 매우 흉흉했다. 순사와 면서기가 합동을 해서 식량을 뒤지러 나오는데 그때는 온 동네가 발칵 뒤집혔다. 우선 그들이 들고 다니는 기구가 무기보다 더 섬뜩했다. 긴 장대 끝에 창같이 생긴 날카로운 쇠붙이를 꽂고 다니면서 그걸로 천장, 아궁이, 볏짚단, 갈잎 가리 등을 마구 찔러 보았다. 우리 마을은 아니었지만 이웃 마을에서 갈잎 가리 속에 숨었던 소녀가 그 창끝에 옆구리를 찔렸다는 소문은 너무도 끔찍해 백주의 악몽이었다.

소녀가 거기 숨은 까닭은 정신대 때문이었다. 마침 그보다 며칠 전에 딴 마을에서 우물에서 물을 긷던 소녀를 일본 순사가 정신대로 끌고 간 일이 있었다는 소문을 들은 소녀의 부모가 동구 밖에 양복 입은 사람들이 나타나니까 지레 겁을 먹고 딸을 거기다 감춘 것이었다. 사람을 빼앗기는 건 먹을 걸 빼앗기는 것보다 더 무서웠고 사람과 먹을 걸 한꺼번에 빼앗기는 세상은 보나마나 말세였다.

말세의 징후가 도처에 비죽거리고 있었다. 나하고 동갑내기를 멀리 시집보낸 소꿉동무 엄마가 나를 붙들고 눈물을 흘렸다. 내 나이에 시집을 가다니. 그때 나는 겨우 열네 살이었다. 그러나 시골에선 조혼이 유행이었다. 극도의 식량난으로 딸 가진 집에선 한 식구라도 덜고 싶은데 정신대 문제까지 겹치니 하루빨리 치우는 게 수였고, 아들 가진 집에선 병정 내보내기 전에 손이라도 받아 놓고 싶어 했으니까.

시골 숙부네가 심한 수탈을 면할 수 있었던 것은 그나마 면서기라는 알량한 벼슬 덕이었는데 그 방법이 알고 보면 매우 치사했다. 면의 총무부장이니까 직접 뒤지러 다니지는 않았지만 뒤지러 다니는 일선 공출 독려반원들은 말단 면서기와 주재소 순사로 구성돼 있어 그들이 슬쩍 눈감아 주는 거였다. 그렇다고 우리 집만 그냥 통과하는 건 아니었고, 도리어 딴 집보다 더 여기저기를 찔러 보고 구석구석을 뒤지고 다녔다. 그러나 정작 쌀독은 그냥 지나쳐 주었다. 순전히 눈 가리고 아웅 하는 식이었다. 이런 우리의 특권을 눈치 못 챌 마을 사람들이 아니었다. 그 날강도들이 달려들기 전에 황급히 우리 집 울타리 너머로 쌀자루를 넘겨주었다가 나중에 찾아가면서 제사에 쓸 쌀이었다고 변명하는 이

옷도 있었다.

그런 판국이니 숙부네라고 식량이 넉넉할 리가 없었다. 그래도 큰숙부는 우리에게 주는 걸 최우선으로 쳤기 때문에 우리는 시골집 건 다 우리 건 줄 알면서 자랐다. 남 보기에는 별로 많은 농토는 아니지만 오빠가 의당 이어받아야 할 장손이기 때문에 그럴 수 있다고 여길 수도 있겠으나, 그보다는 큰숙부는 아버지 없는 우리에게 아버지 노릇을 대신 해야 된다는 의무감에 철저한 분이었다. 끝내 자기 자식을 낳아 보지 못한 작은숙부에게서 내가 느낀 게 친아버지나 다름없는 자애였다면 좀 늦긴 했지만 자기 자식을 사 남매나 둔 큰숙부에게서 느낀 건 아버지의 권위와 의무였다.

그러나 부뚜막의 소금도 집어넣어야 짜다고 아무리 마음대로 퍼 올 수 있는 쌀이 독독이 있다고 해도 운반을 해 오지 않으면 우리 입에 들어갈 수가 없는데 운반이 쉽지 않았다. 순사가 쌀을 뒤지러 다니는 것은 농가에만 해당되지 않았다. 기차 속에서의 단속은 더욱 그악스러웠다. 야미閣장수 단속반이 수시로 기차간을 돌면서 수상한 보따리는 뒤져 보고 찔러 보고 했다. 들키면 망신당하고 빼앗기는 건 물론이었다. 그들도 사람인지라 그리고 명색이 야미장수 단속인지라 몇 됫박 안 되는 쌀은 팔아먹을 게 아니라 식구들 먹을 거라고 사정하면 봐주었기 때문에 엄마는 조금씩 날라 왔고 그러자니 차비는 차비대로 들고 감질만 났다. 엄마도 차츰 대담해져 옷 보따리에뿐 아니라 배에도 쌀을 차고 다니게 되어 나는 엄마가 시골 가면 무사히 돌아올 때까지 마음을 졸이곤 했다. 후방 경제를 교란시킨다고 해서 암거래 단속이 심했고 특히 쌀 암거래를 혹독하게 다스렸지만 그럴수록 수법도 교묘해져 입은 옷 속에다 쌀 서너 말 정도는 거뜬하게 누벼 넣고 다니는 야미장수도 있다는 소문이었다.

시골서는 그런 고생 하지 말고 차라리 정당하게 반출증을 내서 갖다 먹으라고 했지만 오빠가 질색이었다. 시골에 농토가 있는 지주에게는 반출증이라는 걸 내주어 일정량의 쌀을 서울에 들여오는 걸 허락했지만 그 대신 배급을 탈 수가 없었다. 오빠는 우리가 무슨 지주라고 그들이 주는 쌀을 마다하고 시골 쌀을 축내느냐는 것이었다. 오빠의 말은 옳았지만 오빠는 엄마 덕에 콩깻묵 밥을 먹어 본 적이 없었다.

딸이라고 음식 차별을 해 본 적이 없는 엄마가 그 비상시국 때만은 오빠 밥은 따로 지었다. 콩깻묵 냄새가 워낙 흉해서 같이 지어서 가려 푸기조차 싫었던 것이다. 콩깻묵 둔 밥은 엄마하고 나하고 먹었지만 물론 거기에도 층하가 있었다. 밥그릇 위는 비슷하게 섞인 것 같아도 밑으로 들어갈수록 엄마 밥에서는 콩깻묵이 더 많이 나왔다. 나는 그걸 알고 있었지만 콩깻묵만은 정말 먹기가 싫었기 때문에 모른 척 했다.

엄마가 절대로 아들딸을 음식 층하 안 하는 것은 숙모들 사이에서도 유별난 걸로 알려져 있었다. 그만큼 남자와 여자는 기를 때부터 차별을 두어서 기르는 게 예사로운 시대였다. 여북하면 숙모들로부터 딸을 그렇게 길러서 나중에 어떻게 시집을 보내려고 그러시느냐는 핀잔을 다 들었겠는가.

그러면 엄마는 "나는 내 딸 입만 가지고 시집보내려네." 라고 천연덕스럽게 말하곤 했다. 엄마는 정말로 내가 시집가기 전까지 엄마의 그런 소신을 굽히지 않았다. 딸일수록 맛있는 걸로 입맛을 높여 놔야 음식을 맛있게 만들 수 있지 먹어 보지 않은 음식은 결코 맛있게 만들 수 없다는 엄마의 생각은 "입병 난 며느리는 써도 눈병 난 며느리는 못 쓴다." 는 지독한 말이 아직도 유용하던 당시로서는 너무도 파격적이었다. 오죽해야 나는 시집갈 때까지도 숙모들로부터 "쟤는 입만 가지고 시집갈 아이니까."라는 다소 빈정거리는 투의 별명을 들어야 했다.

고 향 의 봄

 오빠가 와타나베철공소를 그만두었다. 자기는 징용에 빠지고 자기가 취직시켜 준 기술자는 징용에서 못 빼낸 사건은 기어코 회사를 그만두는 데까지 이르렀다. 고향에 내려가 이 꼴 저 꼴 안 보고 농사나 짓겠다고 했다. 자기가 사무직이면서도 기술직이 사무직에 비해 차별 대우 받는 것을 참지 못하고 밥줄을 걸고까지 저항하고 고민한 오빠를 아무도 이해하지 못했다. 때가 어느 때인가. 각자가 자기 보신책에 수단 방법을 가리지 않아도 살아남을까 말까 한 세상이었다.

 그러나 남의 이익을 위해 자신의 이익을 돌보지 않는 행위는 얼핏 보기에는 정의감 같으면서 실은 도피였다. 오빠는 국방복 입고 각반 치고 징 박은 군화 신고 군수공장에 다니는 일을 못 견디어 했다. 그러나 시골의 큰숙부가 면의 노무부장이 되지만 않았어도 오빠가 그렇게 선선히 신분이 보장되는 직장을 그만두지는 못했을 것이다. 면의 노무부장이란 면민 중 노동력이 될 만한 장정을 징용이나 보국대로 뽑아 들이는 일을 관장하는 부서였다. 숙부의 그늘을 믿는 마음이 그러한 용단을 내리게 했다면 그건 용기가 아니라 응석일 터였다.

마침 경성에 소개령疏開令이 내렸을 무렵이었다. 공습과 식량난을 핑계로 경성부민들을 시골로 분산시키는 정책을 그렇게 불렀다. 사람뿐 아니라 일부 도심의 집들을 강제로 헐어 내고 큰길을 만든 것도 바로 그 소개령에 의해서였다. 정말 서울도 동경처럼 불바다가 되려나, 아니면 식량 반입이 끊겨 굶어 죽으려나 내남없이 전전긍긍할 무렵이어서 되레 엄마의 충격을 최소한으로 줄일 수가 있었다.

그렇잖아도 시골의 숙부로부터 우리도 소개를 해서 내려오는 게 어떻겠느냐는 기별이 종종 오고 있는 터였고, 무엇보다도 엄마는 우리가 밥줄이 끊어져 낙향하는 신세로 마을 사람들에게 비칠 염려가 없다는 것이 중요했다. 그럴 만도 했다. 엄마가 어떻게 자리 잡은 서울인가. 금의환향은 아니라도 시국 탓이라도 하면서 귀향하고 싶었을 것이다.

서울의 작은숙부도 얼음 도매상은 거의 폐업 상태였다. 얼음도 사치품이었기 때문에 가게 안에는 숯과 장작이나 몇 단 놔두고 썰렁하게 해 놓고 있었다. 그러나 상업적 감각이 뛰어난 숙부는 벌써부터 '야미도리히키暗取引꾼'으로 짭짤한 재미를 보고 있었다. 통제경제와 물자난은 필연적으로 귀한 물자의 암거래를 유발했고, 위험을 무릅쓰고 그런 지하경제로 높은 이익을 남기는 장사꾼을 그렇게 불렀다. 아버지와 다름없는 숙부네의 이런 숨은 경제력도 오빠가 아니꼬운 직장을 선뜻 그만둘 수 있는 힘이 되었을 것이다. 숙부네도 우리와 함께 소개를 하겠다고 했다. 벌써부터 가게를 걷어치울 구실을 찾고 있었다고 했다. 몰래 사람을 만나서 수군대고 기차로 지방을 오르락내리락하면 되는 야미장수가 꼭 서울에 살 필요는 없었을 것이다.

그 모든 일이 내가 이학년으로 진학할 무렵에 일어났고, 해방되기 반년 전쯤이었다. 소개로 시골 가는 학생은 전학도 편리하게 돼 있었다. 학무국에 가서 소개하는 고장과 그 고장의 학교 중 가고 싶은 학교만 신고하면 되었다. 나는 개성의 호수돈고녀를 신청했고 괴불 마당 집도 팔려고 내놓았다. 박적골에서 개성까지 통학을 할 수는 없는 일이고 집만 팔리면 개성 시내에다 집을 하나 장만해서 숙부네와 같이 쓰자고 합의를 보았다. 야미장수라도 상업 활동을 하려면 대처에 근거를 두어야겠기에 두 집 다 아주 박적골에만 틀어박혀 있을 수는 없는 형편이었다.

오빠는 엄마가 까무러치지 않을 정도로 뜸을 들여 가며 충격을 주었다. 결혼할 여자가 있다고 했다. "그럼, 네가 연애를 걸었다구?" 그런 표현은 나도 듣기 싫었지만 오빠도 듣기 싫었던 모양이다. 눈살을 찌푸리며 왜 그런 식으로 말씀하시느냐고 했다.

지금이야 연애도 못 건다면 바보 취급을 하는 데 남녀 차별이 없지만, 그때만 해도 엄마는 아들이 잠깐 실수로 연애를 거는 건 몰라도 오죽한 여자가 남자가 집적댄다고 거기 걸려들었을까 하는 생각을 가지고 있었다. 연애를 거는 것과 바람이 나는 걸 같이 취급해서 종종 우리한테 처신하는 법을 가르쳐 왔기 때문에 엄마의 그런 말투는 단박 상대방 여자에 대한 멸시로 들렸다.

그러나 엄마 입장에서 보면 오빠의 공손치 못한 태도가 그 여자에 대한 역성으로 들렸을 것이다. 효자 아들로 자타가 공인하는 오빠에 대한 배신감으로 엄마는 눈물까지 보였고 오빠는 자신의 불공을 빌고 또 빌었으나 여자를 한번 보기만 해 달라는 간청을 철회하진 않았다. "내가 졌다. 보기만 하는 거다. 본다고 색시 얼굴이 닳을 것도 아니고 내 체면이 깎일 것도 아니고." 하는 선까지 양보를 했다.

그런데 선을 보러 가라는 곳이 하필이면 적십자병원 입원실이었다. 집이 팔려 짐을 쌀 때였다. 새 학기가 시작되었지만 나는 전학 수속이 끝나 학교도 안 가고 있을 때여서 엄마하고 같이 가기로 했다. 집에서 적십자병원까지는 지척이었지만 나는 미지의 문을 여는 것처럼 흥분해 있었고 엄마는 한꺼번에 밀어닥친 일에 지쳐 보였다. 여자는 넓고 정결한 특실에 들어 있었고 왜 입원했는지 모르게 멀쩡했다.

미리 오빠로부터 연락을 받은 듯 그 여자는 우리를 어머님과 작은아씨로 불렀다. 어디가 아파서 입원까지 했느냐고 엄마가 물었고 그 여자는 감기로 입원을 했는데 다 나았다고 했다. 암만해도 석연치가 않았다.

오빠는 우리가 시골 가기 전에 만나려면 병실로 찾아가야 된다고만 하고 그 여자가 무슨 병으로 입원했는지에 대해선 우물쭈물했기 때문에 곧 퇴원할 수 없는 수술을 받았으려니 했었다. 그래서 병원까지 가는 동안도 엄마는 연애거는 여자도 마땅찮은데 더군다나 몸에 칼자국 있는 여자를 내 집에 들일 수는 없다고 벼르곤 했다. 몸에 칼자국이 있을 것 같지도 않았거니와 상당한 미인이었다. 어디가 특별나게 예쁘다기보다는 요샛말로 하면 세련됐다고나 할까. 풍기는 분위기에 우리가 봐 온 어떤 여자하고도 다른 멋이 있었다.

나는 엄마도 그 여자에게 끌리는 한편 꿀리고 있다는 걸 느꼈다. 안됐지만 엄마가 또 지겠구나 생각했다. 나는 가벼운 질투를 느꼈지만 동경하는 마음 또한 어쩔 수가 없었다. 엄마도 반쯤은 이 혼사를 반대할 수 없다고 체념한 듯했다.

오는 길에 엄마는 오늘이 며칠이냐고 물으면서 오빠의 사직 이후 연달아 일어난 사건들이 며칠 만에 일어났나를 헤아려 보고는 깊은 한숨을 쉬었다. 서울에 애면글면 말뚝을 박은 일이며 외아들에 대한 기대와 자랑이 온통 허망한 눈치였다. 그날 밤 엄마는 오빠에게 그 여자가 무슨 병으로 입원했느냐고 따졌다. 오빠는 그 여자가 엄마 보기에 어떻더냐부터 얘기해 달라고 했다.

"널 호릴만 하더라."

엄마는 악을 썼다. 오빠는 그 여자가 늑막염으로 입원을 했는데 다 나아 곧 퇴원을 할 거라고 했다.

"아아, 예서 더 무슨 소리를 들을꼬."

엄마는 신음했지만 침착을 잃지 않고 차근차근 그 여자의 환경을 따졌다. 천안에 딸만 넷 있는 집 막내딸이라고 했다. 명문 여고 출신이라는 것밖에는 엄마를 실망시키는 조건뿐이었다. 양친은 생존해 계시지만 넉넉한 집안도 아니라고 했다. 꼬치꼬치 따진 끝에 특실에 입원시킨 것도 오빠의 도움이 컸다는 것까지 알아냈다. 새록새록 실망과 분노를 거듭하면서도 엄마는 오빠와 그 여자를 갈라놓을 자신이 점점 없어지는 것 같았다. 나하고 단둘이 되었을 때 엄마는 나에게 "늑막염이라고 다 폐병이 되는 건 아니겠지?" 하면서 한 가닥 위안을 구했다. 늑막염은 대개 폐결핵으로 진행하고 결핵은 패가망신하는 무서운 병으로 인식되어 있을 때였다.

그런 와중에 나는 다니던 학교에 인사를 갈 경황도 없이 개성으로 이사를 했고, 며칠 만에 학무국으로부터 호수돈으로 등교하라는 통지가 나와 저절로 전학이 되었다. 오빠는 서울에 처졌고 그 여자는 완쾌해서 퇴원을 해 고향으로 내려가 몸보신 중이라고 했다.

고향의 봄

우리가 개성에 새로 장만한 집은 농바위고개 밑 남산동에 있었다. 박적골을 자주 드나들 것을 고려해 거기다 산 것 같았다. 호수돈고녀하고도 별로 멀지 않았다. 엄마하고 처음 등교한 호수돈고녀는 지대가 높고 화강암의 장중하고도 아름다운 교사에다가 마당이 넓고 녹지대가 많았다. 마침 벚꽃이 만발해 별천지 같았다. 그러나 왠지 내가 장차 다닐 학교라는 생각이 도무지 나지 않았다. 가뜩이나 붙임성도 없는 데다가 우리 학교라는 생각까지 없으니까 꽁하니 입 다물고 옆에 앉은 짝의 얼굴도 변변히 거들떠보지 않았다. 불과 한 달 남짓한 사이에 나에게 불어 닥친 환경의 변화가 분하고 억울해서 툭하면 눈물이 나오려고 했다.

열흘쯤 다니고 나서 감기를 핑계로 며칠 결석을 했다. 분명히 꾀병을 앓을 작정이었는데 계속해서 미열이 있었다. 가까운 병원에 갔더니 도립병원에 가서 엑스레이를 찍어 보라고 했다. 엄마는 그때부터 지나친 걱정을 하기 시작했다. 도립병원에서 찍어 본 엑스레이 결과는 폐침윤이라고 했다. 폐 소리만 듣고도 질겁을 한 엄마는 혹시 폐병이 되는 병은 아니냐고 했고 요양을 잘 못하면 그럴 수도 있다는 의사의 대답을 얻어 냈다.

나는 한약 보따리를 싸 들고 박적골로 보내졌다. 엄마는 오빠가 좋아하는 여자가 혹시 폐병이 되면 어쩌나 하는 숨은 걱정을 엉뚱하게 나에게다 발산을 하고 있다고 볼 수밖에 없었다. 왜냐하면 그동안 감기 한 번 안 앓아 봤을 리도 없거니와 배탈, 학질, 횟배 등 더 나쁜 병을 앓을 때도 결석 한 번을 제대로 못 해 봤기 때문이다. 죽을병이 들지 않은 바에야 학교를 결석하면 큰일 나는 줄 알았다. 세상에 나서 엑스레이를 찍어 본 것도 그때가 처음이었다. 나는 아무튼 옳다구나 하고 박적골로 갔다.

박적골의 봄이 그렇게 아름다운 줄은 처음 알았다. 서울로 간 후 그 계절에 내려와 보는 게 처음이기 때문이었다. 그 전에는 천방지축 어린 나이였고 이제는 한창 감수성이 피어날 열다섯 소녀였다. 나는 동무 없이 혼자서 몽유병자처럼 산과 들을 누볐다. 올망졸망 어린 사촌 동생들을 거느리고 산나물을 억수로 많이 해 온 적도 있었다. 박적골 여자들처럼 종댕이(종다래끼)를 옆구리에 차고 다니면 그렇게 편할 수가 없었다. 그게 책가방보다 훨씬 나에게 어울렸다. 엄마가 아무리 애써도 나는 공부할 팔자가 아닌가 보다고 생각했다. 그동안 나에게 쏟은 엄마의 정성과 소망을 헛되게 하는 건 참 안되었지만 나는 다시 학교에 갈 생각이 없었다.

그러나 산골짜기에서 은방울꽃의 군생지를 발견했을 때는 그리움으로 가슴이 아렸다. 혼자서 산길을 헤매다가 나도 모르게 음습한 골짜기로 들어가게 되었다. 서늘하면서도 달콤한, 진하면서도 고상한, 환각이 아닌가 싶게 비현실적인 향기에 이끌려서였다. 그늘진 평평한 골짜기에 그림으로만 본 은방울꽃이 쫙 깔려 있었다. 아니 꽃이 깔려 있다기보다는 그 풍성하고 잘생긴 잎이 깔려 있다는 게 맞을 것이다. 밥풀만 한 크기의 작은 종이 조롱조롱 맺힌 것 같은 흰 꽃은 잎 사이에 수줍게 고개를 숙이고 있었지만 앙큼하도록 농밀한 꿀샘을 가지고 있었다.

은방울꽃은 숙명의 교화校花였다. 가슴에 자랑스럽게 달고 다니던 배지도 은방울꽃을 도안한 거였고, 교가도 은방울꽃의 수줍음과 향기를 찬양한 내용으로 돼 있었다. 그러나 하도 각박한 시대에 입학을 해서 그런지 살아 있는 은방울꽃을 본 적은 없었다. 관념적으로 모호하게 미화됐던 은방울꽃의 실체를 발견한 날은 온종일 이상하게 우울하고 마음이 아팠다. 장차 이 세상은 어찌 될 것이며 나는 어찌 될 것인가, 내가 지금의 이 상태에 완벽한 기쁨을 느끼는 것은 이 상태가 영속되지 않을 것을 알고 있기 때문이 아닐까? 나는 막연하게지만 자연과 행복하게 일치된 것 같은 자신을 믿을 수 없는 마음이 생겼고, 나의 중요한 일부를 서울에 남겨 놓고 온 것처럼 느꼈다.

우리와 거의 같은 시기에 개성으로 소개해 온 작은숙부도 며칠에 한 번씩은 박적골에 와서 지내다 갔다. 처음엔 우리가 남산동에 산 집에 같이 있다가 곧 셋방을 얻어서 따로 났다. 오빠는 원하던 여자와의 혼담이 정식으로 급진전이 돼 예식 날을 받아 놓고 있었다. 새 사람이 들어오는데 숙부네가 같이 있으면 거북할 것 같다고 미리 따로난 것이었다. 야미장수로 돈을 굴리는 데 이골이 난 숙부라 집 같은 거 사는 데 돈을 들이고 싶어 하지 않았다. 숙부가 박적골에 올 때는 야미장수를 한탕 하고 오는 길이라 기분이 매우 좋을 때였다.

나도 숙부가 오는 날이 가장 신났다. 그 시절의 보통 아이들이 아버지하고 친한 것보다 우리는 훨씬 더 친했다. 요새 친한 부녀간처럼 스스럼없이 어리광도 부리고 귀여움도 받았다. 가끔 속으로 만약 작은숙부에게도 아이가 생기면 그럴 수 없을 것 같아 생겨나지도 않은 아이에게 은밀한 질투를 다 느낄 지경이었다.

그 숙부의 취미는 고기잡이였다. 낚시질을 하는 게 아니라 그물을 던져서 잡았는데 숙부가 광문을 열고 어깨에 그물을 메면 나는 으레 종댕이를 들고 신이 나서 따라나섰다. 저수지까지는 십 리가 넘었지만 거기까지 안 가더라도 그물을 던질 만한 웅덩이나 개울은 도처에 있었다. 숙부가 수면을 향해 그물을 힘차게 던지는 모습은 그렇게 멋있어 보일 수가 없었다.

우리 고장 말로 그런 그물을 죙이 그물이라고 했는데 공중에서 넓은 원을 그리면서 퍼지고 나서 수면을 덮치면서 무겁게 침몰해 갔다. 그물의 원주에는 일정한 간격으로 무거운 추가 달려 있어서 덮친 수면 아래 물고기들을 쓸어 모으면서 숙부가 끈을 당기는 대로 오므라들었다. 조여진 그물 안에서 비늘을 번득이며 요동치는 물고기를 종댕이에 주워 담을 때면 심장이 터질 듯한 희열을 느꼈다. 가끔 재수 나쁘게 물속에 잠겨 있던 나뭇등걸 같은 것에 그물이 걸려

숙부가 헤엄쳐 들어가 찢긴 그물을 가까스로 빼 올 적도 있었지만, 아주 가끔이긴 하지만 뱀장어가 잡힐 적도 있었다.

뱀장어란 놈은 여간 힘이 세지 않았다. 길길이 날뛰어 내가 종댕이에 간수하는 건 불가능했다. 한번은 꽤 큰 뱀장어가 잡힌 적이 있는데 어찌나 무섭게 날뛰는지 숙부는 그놈을 바위에다 패대기치고 돌로 머리를 짓이기지 않으면 안 되었다. 문자 그대로 사투였다.

뱀장어만 잡히면 숙부는 이건 네 몫이라고 하면서 투망질을 그만두고 서둘러 집으로 돌아갔다. 살아 있을 때 뼈를 바르고 소금을 뿌려 굽기 위해서였다. 날씨가 하루하루 더워 오는데도 부엌에는 늘 불화로가 있었다. 그 위에다 석쇠를 얹고 뼈를 발라낸 뱀장어에다 굵은 소금만 훌훌 뿌려서 구워도 그렇게 맛있을 수가 없었다. 한창 기름이 올랐을 때의 뱀장어는 구워지면서도 맹렬한 불꽃을 일으켰다. 사촌들이 달려들어도 삼촌은 나만 먹이고 싶어 했다. 그때 나는 폐가 나빠 요양 중인 아이로 돼 있었으므로.

나는 어려서부터 강단이 있단 소리는 들어 왔어도 늘 기운이 좀 없는 편이어서 스스로를 건강하다고 느낀 적은 별로 없었다. 그러나 그해 봄부터 여름에 걸쳐서 박적골에서 보낼 때는 삶의 환희랄까, 내 몸에 싱그러운 물이 오르는 것 같은 건강에 기쁨을 만끽할 때였다. 하필 그럴 때 병자 취급을 당하는 기분은 묘했다. 그러나 다 나았다고 떨치고 일어날 마음은 없었다. 호수돈에 다시 가기가 싫었다. 나의 병자 취급은 어쩌면 엄마의 무관심에서 비롯된 것인지도 몰랐다. 엄마는 나를 박적골로 요양만 보내 놓고 오빠의 결혼 준비로 정신이 없었다. 외아들의 외며느리 보는 일이니 경사 중의 경사라 힘닿는 데까지 잘하고 싶은 마음 때문에도 바빴겠지만, 며느릿감의 건강에 대한 석연치 않은 마음 때문에 더욱 경황이 없어 하곤 했다.

"뭘 하려도 손이 예가 뇌고 제가 뇌고, 뭘 사러 가도 뭘 사러 나왔더라 정신이 아뜩해지면서 근심만이 가득해지니 이러고도 이 혼사를 해야 되는지 모르겠네."

이렇게 숙모들한테 하소연하며 한숨짓는 엄마를 보면 나도 막연히 불길한 예감에 사로잡히곤 했다. 숙모들도 비슷한 생각인 것 같았다.

"형님 생각이 정 그러시면 지금이라도 작파를 하시지 그러세요. 아, 아들 가진 쪽이 좋다는 게 뭐예요. 남자야 연애 좀 건 게 뭐가 흉이 된다고 그렇게 호락호락 승낙을 하시고 나서."

"내가 이 혼인 말려서 남의 딸 하나 망쳐 놓는 거라면 왜 처음부터 죽기 살기로 안 말렸겠나. 나도 보는 눈이 있는 사람인데 보아하니 내 아들 먼저 잡게 생긴 걸 어쩌겠나? 다 가운이지 뭐. 하필 그런 병추기가 있는 것도 가운이지만, 누가 아나 또 내 식구가 당할 재앙을 남의 식구가 대신 때워 줄지."

엄마의 이런 소리를 들으면 어쩜 우리 엄마가 저럴 수가 있을까, 자식 사랑의 잔혹한 이기심에 어안이 벙벙해지곤 했다. 나는 병원에서 처음 올케감을 보고 느낀 호감과 아련한 동경심을 그냥 간직하고 있었다. 말은 그렇게 해도 그건 엄마도 마찬가지였을지도 모른다. 엄마는 원래 자식이 좋아하는 것은 다 따라서 좋아하는 버릇이 있었으니까, 오빠가 고른 규수도 너무 마음에 든 나머지 허약할지도 모른다는 한 가지 흠이 유난히 마음에 걸렸을 것이다. 엄마의 근심 때문에 나는 거의 잊혀진 채 받아 놓은 날이 다가왔다. 어찌나 급하게들 볶아쳤는지 신부 쪽에서도 장롱을 목수한테 맞췄는데 그날까지 될지 말지 하니 며칠 늦게 보내더라도 양해해 달라는 기별이 다 왔다.

서울에서 신식으로 예식을 올리고 다시 박적골에서 구식 혼례와 잔치를 하기로 했다. 사랑에 눈이 멀었다고나 할까, 오빠는 평소의 그답지 않게 신부를 한껏 화려하게, 그리고 격식을 고루 갖추어 맞고 싶어 했다. 나는 요양 중이라는 핑계로 서울까지는 안 가고 시골에서 대대적인 잔치 준비를 하는 걸 구경만 했다.

1945년 초여름이었다. 해방을 두어 달 앞둔 어려운 시기였지만 개성에서 성적成赤 잘하기로 이름난 머리 어멈을 불러다가 개성 지방의 전통적인 신부 차림을 재현했다. 화관을 쓴 올케언니는 누구나 숨을 죽이도록 아름다웠다. 피부가 창백한 듯하면서도 볼과 입술에 장밋빛 혈색이 돌아 화관의 화려함을 무색하게 했다. 오빠는 의기양양해서 입을 다물 줄을 몰랐다. 하객에게는 신부가 자랑스럽고, 신부와 후행에게는 개성 풍습이 자랑스러웠을 것이다.

나는 그때 화관을 쓴 올케언니에게서 받은 황홀한 인상을 오랫동안 잊지 못하고 있다가 훗날 『미망未忘』을 쓸 때 여주인공 혼례 장면에서 우려먹은 바가 있다. 혼례를 치르고 신행까지 다녀온 신혼부부는 남산동 집에 정착했다. 올케는 정말 옷 보따리만 가져오고 장도 못 가져왔다. 운송 등 제반 사정이 극도로 어려울 때였다. 세상이야 어찌 됐든지 간에 오빠와 올케는 신혼 재미에 푹 빠져서 세월 가는 줄 모르고 엄마는 아직도 새 며느리의 건강이 못 미더워 될 수 있으면 편하게 해 주려고 남산동 집보다는 박적골에 더 많이 와 있었다.

그런 어느 날이었을 것이다. 내 기억 속에 유난히 길고 화평스러운 여름날이 떠오른다. 할머니는 어디 가셨는지 안 보이고 엄마와 두 숙모가 모처럼 박적골 집에 다 모여 있었다. 점심으로는 메밀로 칼싹두기를 해 먹고 난 후였다. 삼동서가 주거니 받거니 그릇을 만들고 있었다. 큰 함지박만 한 것도 있고 작은 반병두리만 한 것도 있었다.

그때 우리 시골에선 종이로 그릇 만드는 게 크게 유행했다. 책이건 창호지 뜯은 거건 한지로 된 거면 무엇이든지 재료가 되었다. 맹물에 오래 담가 놓는 건지 양잿물 같은 걸 섞은 물에 담가 놓는 건지, 아무튼 헌 한지가 하얗게 될 때까지 담가 놓았다가 꼭 짜서 걸쭉하게 쑨 풀물과 함께 절구에다 잘 찧은 게 재료였다. 그렇게 찧어서 찰흙처럼 찐득찐득해진 걸 집에 있는 큰 함지박이나 작은 동고리짝 같은 기존의 그릇 위에 적당한 두께로 입히기도 하고, 혹은 본 없이 손으로 자유롭게 빚기도 해서 말리면 그릇 모양이 된다. 거기다가 치잣물을 들이고 콩댐을 해서 잘 길을 들이면 견고하고도 미려한 그릇이 된다. 솜씨에 따라서는 깜짝 놀랄 만큼 기발하고도 쓸모 있는 그릇이 나오기도 했다. 서로 솜씨 자랑을 하면서 마른 곡식이나 씨앗, 강정 등을 넣어 두는 데 유용하게 썼다.

그걸 본 시골집의 큰숙모가 옳다꾸나 하고 사랑 골방 속에 있는 할아버지의 서책을 다 꺼내 물에 담가 그릇을 만들 수 있는 재료를 만들어 놓은 것이었다. 할아버지가 골방 하나 가득 남기신 고서 때문에 우리는 마을에서 제일 많은 그릇을 만들 수 있는 그릇 부자가 된 셈이었다. 그걸 부러워하는 마을 사람들에겐 더러 나누어 주기도 해 가며 삼 동서가 그릇을 만드는 모습은 더할 나위 없이 흡족하고도 행복해 보였다. 눈썰미가 있는 작은숙모는 끌 자국이 그냥 남아 있는 큰 나무 함지박 속에다 그 재료를 알맞은 두께로 발라 갔다. 아마 그 투박한 끌 자국이 그대로 옮아 붙기를 바라고 하는 일일 터였다. 큰숙모는 작은 동고리짝 겉에다가 그 종이풀을 입혔다. 엄마는 아무런 본 없이 그냥 만들려다가 자꾸 실패를 하면서 주로 입담으로 한몫을 하고 있었다.

할아버지 책을 그 지경을 만들었으니 주로 할아버지 얘

기였다. 거의 험담이었지만 충분히 애정이 어린 거여서 듣기 싫진 않았다. 날도 새기 전 꼭두새벽에 엄엄한 큰기침과 나막신 소리를 내면서 안뜰로 들어서실 때 자지러지게 놀란 새색시 적 얘기며, 며느리 귀애하신답시고 상에 고깃국이 오르는 날은 수염이 빠졌던 고깃국을 조금 남겨 상머리에서 시중들던 며느리에게 얼른 마시라고 독촉할 적에 안 마실 수도 마실 수도 없었던 얘기가 뭐가 그렇게 재미있는지 말 끝마다 허리를 잡고 웃느라 그릇 만드는 건 건성이었다.

괜히 조마조마하던 오빠의 결혼을 잘 치른 후의 안도감과 허탈감, 그리고 한 치 앞을 내다볼 수 없이 불안한 시국을 의식 안 할 수 없는 감질나는 평화로움 때문이었을까. 아니면 반평생의 며느리 노릇을 짓누르던 권위주의로부터의 당돌하고도 상쾌한 해방감 때문이었을까. 나는 다만 구경꾼에 불과했건만도 그 장면은 언제 떠올려도 선명하고도 정겹다.

먼 훗날, 신문 같은 데에 시골 선비 집에서 귀중한 자료가 될 만한 고서나 국보적 가치가 있는 문헌이 발견됐단 소식이 나면 엄마는 "그때 우리가 참 무지막지한 짓을 했지." 하면서 계면쩍게 웃곤 했다. 할아버지 책 중에도 그런 게 있을 수도 있지 않았나 하는 후회의 뜻이겠으나 나는 별로 그렇게 생각하지 않는다. 할아버지의 장서를 무시해서가 아니라 문헌의 가치도 중요하겠지만 그때 며느리들이 누린 해방감도 그에 못지않게 중요했다고 생각한다.

그때 생각을 하면 지금도 미소가 지어지는 것은 그들이 내 눈에 어린애처럼 자유롭고 귀여워 보였기 때문이다. 나이 든 사람이 티 없는 귀여움으로 인상에 남기는 쉽지 않다. 고서도 남아 있지 않지만 그릇도 남아 있지 않다. 그러나 엄마와 숙모들이 요샛말로 스트레스를 풀고 나서 맛본 건강한 즐거움은 죽는 날까지 그분들의 마음속 어딘가에 남아 있었으리라고 생각한다. 그러나 그건 박적골 집의 마지막 평화였다. 엄마는 개성으로 오빠 내외가 사는 걸 가 보고 오면 근심스러운 듯이 말하곤 했다.

"사돈집에선 여태 세간도 안 보내면서 웬 보약은 그렇게 자꾸 지어 보내는지. 신접살림 집에서 한약 냄새가 떠날 날이 없으니……."

"형님은 시어머니 노릇도 참 별나게도 하세요. 오랜만에 가셨으면 편안하게 앉아서 효도나 받을 것이지 웬 냄새는 그리 맡고 다니셨을까."

숙모들은 이렇게 엄마의 신경과민 탓으로 돌렸지만 나는 엄마 눈은 못 속이는 무엇인가가 올케에게 일어나고 있다는 것을 막연히 느끼고 있었다. 무더운 여름방학 중이었다. 나는 너무 건강했기 때문에 여름방학이 끝나면 도저히 학교에 안 가겠다고 할 면목이 없을 것 같아 초조했다. 내 나름으로 뭔가 중대한 결단을 하고 있어야 할 것 같았지만 그게 쉽지가 않았다.

그러나 개학하기 전에 일본이 망하고 우리는 해방이 되

었다. 박적골에 일본이 망한 사실이 알려진 건 8월 15일보다 사나흘 후였다. 16일 날도 평상시와 다름없이 면사무소에 출근한 숙부가 그날도 그다음 날도 집에 안 들어오긴 했지만 그건 늘 있는 일이었다. 그때 숙부는 면 소재지 가까이에 소실을 두고 있다는 소문이었지만 숙부는 극구 부인했고 면의 일이 바쁘다는 핑계로 집에 안 들어오는 날이 많았다. 하급 관청이 정신없이 들볶일 때였으므로 숙부 말도 그럴싸했고 무엇보다도 그런 문제라면 가장 민감해야 할 숙모가 태평이었으므로 아무도 걱정하지 않았다.

패대기쳐진 문패

 우리가 일본이 망했다는 걸 안 것은 느닷없이 한 떼의 청년들이 몽둥이를 들고 우리 집으로 쳐들어오고 나서였다. 그들은 저희들끼리만 희희낙락 우쭐대면서 우지끈뚝딱 우리 집 세간이며 문짝을 때려 부수기 시작했다. 우리 마을 청년도 한두 명 섞여 있는 듯했지만 거의 모르는 얼굴들이었다.

 그러나 그 고장 토박이인 큰숙모는 거의 다 안면이 있는 듯 자네들이 별안간 환장을 했나, 도대체 이게 무슨 짓인지 영문이나 좀 알자고 몸을 사시나무 떨듯 하면서도 의젓하게 호령을 했다. 앞으로 나서진 못하고 뒤에 처졌던 박적골 청년이 잠시 피해 있는 게 좋을 듯하다면서 일본이 망하고 우리나라가 해방이 됐다는 걸 우리에게 알려 주었다. 그러니까 박적골에선 우리 집이 친일파 집으로 몰려 분풀이를 당하고 있는 것이었다.

 벌써 몇 마을째 돌고 있는 길이라고 했다. 청년들은 그렇게 이 마을 저 마을을 돌면서 세를 불렸고 자기 마을 친일파 집을 때려 부술 때는 그 마을 청년은 나서지 않고 뒤에서 구경만 했다. 몇십 년을 내리 한 우물의 물을 먹으며 경조사를 같이해 온 의리였다. 하필 그때 오빠도 개성에서 박적골에 당도했다. 세상이 헤까닥 바뀌었는데 박적골 쪽에선 아무런 소식도 없는지라 걱정도 되고 기쁨도 나누고 싶고 해서 달려온 모양이었다. 때려 부수고 있던 청년 중에는 오빠한테 반갑게 인사를 하는 이도 있었다. 그러나 아는 얼굴이 약간 머쓱해한다고 해서 끝날 일이 아니었다. 그들은 의기가 충천했고 신들린 것 같았다. 튼튼한 대문짝까지 우지끈 깨부수고 난 청년 중의 하나가 문패를 떼서 패대기를 쳤다. 내가 어려서부터 익히 봐 온 할아버지의 문패였다. 할아버지가 돌아가시고 나서도 그 문패는 여전히 붙어 있었고, 숙부도 오빠도 그 옆이나 밑에 다른 문패를 추가하지 않았다.

 나는 뭐라고 목청껏 악을 쓰며 그 청년을 향해 돌진했다. 할아버지 서책으로 그릇을 만드는 걸 볼 때는 재미만 있었는데 문패를 패대기치는 건 왜 그렇게 참을 수가 없었는지 모를 일이다. 난생 처음 보는 폭력 장면이 하나도 무섭지가 않았고 사생결단을 하다가 죽어도 좋다고 생각했다. 아마 오빠만 아니었다면 누구 한 사람 물어뜯기라도 하고 나서 기함을 하고 나자빠졌을 것이다. 그보다 훨씬 어렸을 때이긴 하지만 자신도 제어할 수 없는 성깔 때문에 기함을 한 일이 더러 있었다.

오빠가 나를 질질 끌다시피 해서 집 뒤를 돌아 뒷동산에 올랐다. 숙모와 할머니가 땅을 치며 통곡을 하고, 청년 중의 상당수는 고정하시라고 그들을 달래느라 쩔쩔매는 걸로 봐서 사람을 해칠 것 같지는 않았다. 그래도 나는 끌려가면서도 그들에게 정중하게 어른들의 안전을 부탁하는 오빠가 너무 바보 같고 어수룩해 보여서 기가 막혔다. 나는 뒷동산에 끌려가서도 오빠에게 마구 대들었다. 우리가 어째서 친일파냐? 우리는 창씨개명도 안 했지 않느냐. 똥 묻은 개가 겨 묻은 개를 나무라도 분수가 있지. 도쿠야마, 아라이, 기무라 들이 뭐가 잘났다고 감히 반남 박씨 집을 때려 부수느냐는 게 내 항변의 대강의 요지였다.

오빠는 노한 청년들이 제풀에 물러날 때까지 속수무책으로 우리 집이 망가지는 걸 바라보면서 한편 내 어깨를 다독거리며 내 생각이 옳지 않다는 걸 알아듣게 하려고 애썼다. 내가 막무가내로 내 생각만 옳다고 주장했기 때문에 오빠가 하도 여러 말을 해서 자세한 것은 생각나지 않지만, 도쿠야마, 아라이 들이 당한 건 박해요 수난이요 치욕이지만, 우리는 그동안 편안히 특혜를 누려 왔다는 요지였다. 오빠는 그게 너무도 부끄러워 얼굴을 들 수가 없다고 했다. 저렇게라도 분풀이를 당했으니까 마을 청년 보기가 좀 덜 부끄러울 것 같다고도 했다.

나는 이윽고 조용하고 비통해졌다. 오빠한테 설득을 당해서가 아니라 헛된 분노 끝에 오는 허탈감 때문에 그랬고, 상처투성이가 된 우리 집 때문에도 그러했다. 우리는 그 집을 얼마나 사랑했던가. 오빠가 내 속을 알아차렸는지 실컷 울다가 내려가자고 했다.

그날 우리 집이 당한 것은 깊은 원한이 사무친 조직적인 폭력이라기보다는 갑자기 억압이 풀리면서 억눌렸던 힘들이 그렇게 분출한 일종의 축제 행사였던 듯하다. 몇 마을을 더 돌고 나서 제풀에 진정이 되었고 망가진 문짝과 세간살이들이 다시 몸담고 살 수 있을 만큼 수습되기까지는 마을 사람들의 위로와 협조가 컸다. 청년단이니 자위대니 좌익이니 우익이니 하는 정치적인 색깔이 사람들의 심성을 혼란스럽게 하기 전의 일이다.

숙부는 소문대로 소실의 집에서 세상의 변화를 관망하다 돌아와 그 지경이 된 집안 꼴을 보고는 몇 달 전에 노무부장만 안 됐더라도 이런 일까지는 안 당했을걸 하고 말했다. 그 자리는 악명 높은 자리였지만 피할 길이 없었다고 했다. 이제 와서 돌이킬 수 없는 일을 후회나 하고 있는 숙부보다는 문짝에 못이라도 하나 쳐 주는 마을 사람들이 훨씬 더 의지가 되었다. 붓대로 먹고살던 이가 그걸 못 하게 되면 무능력자나 다름이 없었다.

박적골 집에 불화의 기운이 돌고 나쁜 일은 엎친 데 덮친다고 올케가 기어코 각혈을 했다. 오빠가 올케를 데리고 서울로 갔다. 엄마와 나는 남산동 집도 비워 둘 수가 없고, 다시 서울로 이사 갈 준비도 해야겠기에 급히 개성으로 돌아왔다. 셋방을 얻어 임시 거처를 마련했던 작은숙부네는 거칠 것이 없어 오빠 뒤미처 서울로 떠났다. 작은숙부는 장사하기 좋은 세상이 될 것 같다면서 돈 벌 희망에 부풀어 있었다.

엄마는 오빠와 올케가 황급히 떠난 남산동 집을 치우면서 말끝마다 한숨이요 눈물이었다. 세간은 그때까지도 안 들어와서 신혼살림다운 아기자기한 볼거리는 아무것도 없었다. 그럴싸해서 그런지 쫓기는 사람들이 잠시 몸을 숨겼다가 도망친 자리처럼 두서없이 어수선한 가운데 두 사람의 절박한 마음이 잡힐 듯했다. 그리고 구메구메 나오느니 그저 한약 생약 등 약 보따리였다. 한 뼘도 넘게 큰 지네 말린 것도 징그러워 죽겠는데 거기서 다시 벌레가 난 것을 수습할 때 엄마는 얼굴색이 바래면서 손을 덜덜 떨었다.

"내가 이 꼴을 보려고 아들을 길렀단 말인가."

한숨짓는 엄마를 보면서 나도 오빠를 잘 이해할 수가 없었다. 오빠는 누구보다도 올케의 병세에 대해 잘 알고 있었을 텐데 병을 고쳐 가지고 결혼을 할 생각은 안 하고 꼭 무엇에 쫓기듯이 그 병에는 가장 해롭다는 결혼 먼저 서두른 게 뭐였을까? 엄마도 나도 그 까닭은 끝내 모르고 말았지만 세상의 누가 돌연 젊음을 엄습하는 운명적이고도 무분별한 정열에 대해 안다고 할 수 있을까. 본인도 아마 숨기고 싶어서가 아니라 설명할 수가 없어서 말하지 않았을 것이다.

개성에 처음 주둔한 외국 군대는 미군이었다. 그들이 주둔할 때 구경을 나가 보고 그 자유분방한 행진에 놀랐다. 껌을 쩌덕쩌덕 씹기도 하고 여자들에게 눈도 찡긋찡긋하고 어린이를 번쩍 안아 보기도 했다. 도대체 군기라는 게 없는 군대 같았다. 한길가마다 담벼락마다 벽보가 붙기 시작한 것도 그 무렵부터였다. 자유니 민주주의니 인민이니 하는 말은 생전 처음 들어 보는 경이로운 말이었다. 친일파 매국노를 처단하자는 구호도 많았고 누구누구 절대 지지, 누구누구 결사반대라는 의사 표시도 난무했다.

올케는 서울 세브란스병원에 입원했다고 했다. 집이 팔리는 대로 빨리 서울로 올라오라는 기별이 왔다. 엄마가 한번 서울 다녀와서 더욱 서둘렀다. 올케의 친정어머니가 와서 간호를 하고 있는데 연로해서 차마 못 보겠고 우리 식군데 우리가 간호를 해야 하지 않겠느냐는 것이었다. 엄마는 오빠가 너무 올케 가까이 붙어서 애를 태우는 것도 물론 불안했을 것이다. 우리가 올케 문제에만 골몰해 있는 동안 작은숙부는 혼란기의 서울에서 마음껏 수완을 발휘하는 것 같았다. 자기는 아는 일본 사람 가옥을 한 채 접수해서 살게 됐으니 우리가 집 사는 데 보태 줄 수가 있을 것 같다면서 헐값에라도 남산동 집을 팔고 어서 올라오라고 재촉이 성화같았다. 집이 팔릴 무렵이었다.

개성에 미군이 들어온 건 삼팔선을 잘못 그어서 그렇게 된 거라면서 느닷없이 미군이 철수하고 소련군이 주둔을 했다. 미군이 진주하기 전부터도 개성엔 미군이 들어올지 소련군이 들어올지 예측을 할 수가 없을 만큼 삼팔선이 아슬아슬하게 지나가고 있다면서 과연 어느 쪽이 들어오는 게 유리할까 흥미롭게 예상도 하고 논쟁도 하는 소리를 여러 번 들었지만 삼팔선이란 추상적인 선이 현실적으로 어떤 구속력을 갖게 될지는 아무도 몰랐다. 들어올 때와는 달리 미군은 소문도 없이 사라지고 소련군이 주둔을 하자 세상이 갑자기 흉흉해졌다.

'다와이'라는 말이 유행을 하면서 시장이 다와이를 당했다, 밭의 채소도 다와이를 당했다, 여자들까지 다와이를 당했다고 난리였다. 외국 사람들은 우리나라 여자의 얼굴만 보고는 늙고 젊고를 분별 못 해 늙은 여자까지 겁탈을 한다고도 했고, 시계만 보면 빼앗아 차는지라 어떤 군인은 팔목에서부터 팔뚝까지 열 개도 넘는 시계를 차고 다닌다고도 했다.

엄마는 워낙 근심이 많아서 그러했겠지만 그런 공포 분위기에 대체로 무관심했다. 너무들 오두방정을 떤다는 식으로 말했다. 집에선 철길이 가까웠다. 철길을 타고 걸어서 북쪽에서 남으로 남으로 내려오는 사람들의 행렬이 날마다 그 수효를 더해 갔다. 아직 삼팔선 통행이 자유로울 때여서 자유를 찾아 남하하는 이북 사람도 생겨나기 전이었으니까, 징용이나 가난에 쫓겨 만주 등지에 흩어져 있던 동포들이 고향으로 돌아오는 길이었다. 소련군이 진주하고 나서는 웬 일인지 개성에서 남으로 가는 기차는 끊긴 상태여서 그렇게 걸을 수밖에 없는 거였다. 개성까지도 운수 좋으면 타고 여의치 않으면 걸어서 온 듯 모두 지치고 배고파 보였다.

철도편이 엉망이 돼 있었다. 서울 가려면 봉동역까지 걸어가서 기차를 타야 한다고 했다. 징용이나 징병으로 남편이나 아들을 빼앗긴 가족들이 철길에 나와 온종일 지나가는 사람을 살펴보기도 하고 붙들고 어디서 언제 떠나오나를 묻기도 하는 광경도 종종 볼 수 있었다. 그렇게 밀려오는 군중 속에는 일본인들도 상당수 섞여 있었다. 말을 붙였다가 일본 사람인 걸 알면 고생해 싸다고 욕을 하거나 침을 뱉는 사람도 있었다. 그러나 그때 해방된 조국으로 돌아오는 우리 동포들의 고생이 쫓겨 가는 일본 사람의 고생에 비해 조금이라도 덜한 건 아니었다. 갈피를 잡을 수 없이 혼란스러운 시기였다.

처음으로 우리말로 된 소설을 읽은 것도 그 무렵이었다. 오빠 방에 있는 책 중 우리말로 된 소설에 처음으로 호기심이 생겼다. 내 또래들이 거의 한글을 모를 때였다. 급히 배우느라 야단들이었지만 나는 벌써부터 알고 있어서 그 무렵 쏟아져 나오는 벽보나 삐라를 자유롭게 읽을 수 있다는 데 묘한 쾌감과 자부심을 느꼈다. 제 나라 글을 알고 있다는 당연한 사실에 대한 자부심이 우리 문학에 대한 최초의 관심을 불러일으켰다.

제목에 이끌려 이광수의 『사랑』을 읽고 나서 같은 작가의 『단종애사』를 읽었다. 박화성의 『백화』도 읽고, 최서해의 「탈출기」도 읽었다. 제목은 잊어버렸지만 강경애의 단편도 읽었다. 그중 『단종애사』와 강경애의 단편에 가장 큰 충격을 받았다. 『단종애사』를 읽고는 잠을 못 잤고, 강경애의 단편을 읽고는 정신적으로도 큰 충격을 받았지만 비위가 덧나 며칠 밥맛을 잃었다. 부스럼이 잔뜩 난 아이의 머리에다 약이라고 발라 주는 게 쥐를 잡아 그 가죽을 벗겨 모자처럼 머리에다 씌어 주는 거였다. 결국 나중에는 머리에서 온통 구더기가 들끓게 되는 얘기인데, 나도 살갗을 데면 당장 된장이나 발라 주는 환경에서 자랐건만도 징그럽고 끔찍해서 헛구역질이 올라왔다.

그때까지의 독서가 내가 발붙이고 사는 현실에서 붕 떠올라 공상의 세계에 몰입하는 재미였다면 새로운 독서 체험은 현실을 지긋지긋하도록 바로 보게 하는 전혀 새로운 것이었다. 『단종애사』는 소설이지만 나는 고스란히 사실로 받아들였고, 우리 역사를 좀 더 깊이 계통적으로 알고 싶다는 관심의 단서가 되었다.

그 후 학교에서 정식으로 국사를 배우게 되었고 어른이 된 후에도 개인적인 취미로 저자에 따라 사관이 다른 몇 종류의 역사책에 접할 기회가 있었지만, 그때그때 흥미 본위로 잡다하게 취한 지식은 전혀 두서가 없어 꼭 정리를 안 하고 함부로 처넣은 서랍처럼 아무짝에도 쓸모없는 그야말로 잡식에 머물러 있다. 그나마 세종 대에서 세조 대까지를 가장 확실하게 알고 있는 것처럼 느끼곤 하는데 그런 착각은 순전히 『단종애사』에 근거하고 있지 않나 싶다.

감수성과 기억력이 함께 왕성할 때 입력된 것들이 개인의 정신사에 미치는 영향이 이렇듯 결정적이라는 걸 생각할 때, 나의 그런 시기의 문화적 환경이 가정적으로나 사회적으로 너무도 척박했었다는 게 여간 억울하지가 않다. 그러나 한편 우리가 밑바닥 가난 속에서도 드물게 사랑과 이성이 조화된 환경을 유지할 수 있었던 것은 엄마 덕이었다고 깊이 감사하는 마음이 생긴 것은 강경애의 소설을 읽고 나서였다.

아침저녁 차렵이불을 끌어당겨야 할 만큼 여름이 물러나고 나서 비로소 엄마하고 나는 개성을 뜰 수가 있었다. 여전히 개성에는 소련군이 주둔하고 있어서 개성역에는 서울 가는 기차가 없었다. 서울 가려면 봉동역에 가서 타야 한다는 사람도 있고 장단까지는 가야 한다는 사람도 있었다. 다 풍문이었고 확실한 건 개성역엔 남쪽으로 가는 기차는 없다는 사실 하나뿐이었다. 봉동역까지는 이십 리였지만 장단역까지는 오십 리 길이었다. 당장 필요한 것만 해도 엄마도 나도 이고 지고 해도 모자랄 판이었지만 몇십 리 길을 걸을 각오를 해야 했으니 욕심은 금물이었다. 다행히 우리 집을 산 사람이 식구가 단출해 우리 세간을 당분간 맡아 주기로 했다. 봉동역까지 가려면 야다리를 건너야 했다.

고려가 전성을 누릴 때 멀리 아라비아 상인까지 교역을

하러 드나들어 약대(낙타)를 매 놓은 데서 그 이름이 유래했다는 야다리는 개성 사람들에게 가장 친근한 다리였다. 개성서 자란 사람치고 야다리 밑에서 주워 온 아이라는 놀림이나 꾸지람을 듣고 자라지 않은 이는 별반 없으리라. 어려서부터 워낙 울길 잘 한 까닭도 있었지만, 내가 어려서 어른들한테 가장 많이 들은 구박도 저 계집애는 야다리 밑에서 얻어 왔나 보다는 소리였다. 우리 말고도 이고 지고 야다리 쪽으로 이동하는 군중이 길을 메우고 있었다. 원래 서울 왕래가 빈번하던 고장이 그 길이 막히고 보니 그럴 수밖에 없었다. 야다리 이쪽엔 소련군이, 저쪽엔 미군이 보초를 서고 있었다.

그러나 통행을 제한하거나 검문을 하는 것은 아니었다. 흉흉한 소문 때문에 머리를 구질구질한 수건으로 가리고 고개를 푹 숙이고 가는 젊은 여자도 있었지만 겉보기에 소련군이나 미군이나 다 같이 갈색 머리에 노르스름한 눈을 하고 있었고 장난스러운 표정이었다. 야다리 한가운데도 삼팔선이라고 추정할 만한 선이 그어져 있는 것도 아니고, 하다못해 새끼줄 한 오라기 쳐 있지 않았다.

삼팔선 무서운 건 전혀 모를 때지만 군인을 괜히 무서워하는 버릇은 일제 잔재인지라, 죄진 일 없이도 가슴을 두근대며 경직된 표정으로 양국 군인 앞을 통과했다. 아무런 표지도 없었지만 사람들이 다들 봉동역에 집결해 있기에 우리도 장단역까지 갈 것 없이 거기서 기다리기로 했다. 참을

성 있게 마냥 기다렸다. 기차표 파는 데도 없어서 마음대로 철길로 나가 서 있었다.

드디어 기차가 남으로부터 왔고 우리는 일제히 달려들었다. 출입문보다 창으로 타는 사람이 더 많았다. 닫힌 창은 유리를 부수었고 이미 많은 유리창이 부서져 있었다. 엄마가 나를 들어 유리창을 통해 안으로 밀어 넣었고 누군가 안에서 끌어당겨 주었다. 나도 밖에 남은 엄마를 필사적으로 도와 안으로 끌어 들였다. 자리를 잡기를 바라지는 않았지만 기차 속은 너무도 난장판이었다. 유리창도 성한 데가 없었지만 의자도 망가지고 뒤틀린 건 연일 이런 혼잡을 견디었으니 그렇다손 치더라도, 의자를 싼 우단 헝겊을 여기저기 예리한 면도칼로 도려내어 더러운 내용물이 꾸역꾸역 페져 나오고 엉성한 골조까지 보이는 건 도무지 이해가 되지 않았다. 그 혼란 중에도 이것이 해방이냐고 비분강개하는 사람도 있었다.

기차는 아무 데서나 쉬면서 아주 오래 걸려서 서울에 도착했다. 신촌 좀 지나 서울역에 도착하기 전에 남들이 다 내리기에 우리도 내렸다. 서울역에서 내리면 혹시 표를 안 산 게 문제 될지도 모른다는 생각 때문에 더 미리 내리지 않았나 싶다.

한강로의 적산 가옥에 든 작은숙부네다 우선 짐을 풀었다. 올케언니는 다행히 많이 좋아져서 몸보신만 잘하면 된다고 병원에서 퇴원을 권유해 천안에 있는 친정에 내려가 있는 중이었다. 올케언니를 위해서라도 우리가 살 집을 결정하는 게 급했다. 숙부네는 늘 동경하던 이층집이었지만 도무지 정이 붙지 않고 바늘방석에 앉은 것처럼 불안했다. 일본 사람들이 쓰던 물건이나 가옥은 다 국가에 귀속될 적산이니 행여 돈 주고 사고팔거나 연고권을 주장하지 말고 고스란히 버리고 가도록 내버려 둬야 한다는 건 신문 사설이나 군정청의 경고문을 통해 너무도 잘 알고 있었기 때문에 거기 산다는 게 위법행위처럼 창피하고 싫었다. 오빠는 더했고 그게 작은숙부와 우리의 다른 점이었다.

그러나 대부분의 적산 가옥은 약삭빠른 사람들이 다 차지해서 그로 인해 서울의 집값이 가장 쌀 때였다. 우리는 개성 집 판 돈에다 작은숙부가 보태 준 돈을 합해 당시에도 서울서 가장 집값이 비싸다는 광화문 근처 신문로에다 집을 샀다. 엄마가 그렇게도 소원하던 문안 사람이 된 것이었다. 지대만 좋은 게 아니라 새로 지은 반들반들하고도 반듯한 고래등 같은 기와집이었다. 그때로서는 드물게 목욕탕까지 있는 집이었다. 다소 무리를 해서라도 집다운 집을 장만한 것은 올케언니와의 행복한 생활을 아직도 단념 못 하는 오빠의 새신랑다운 허영도 있었을 것 같다.

엄마는 열심히 신방을 꾸미고 며느리 올 날을 기다리고 나는 숙명고녀에 복학을 했다. 그냥 결석했다 출석한 것처럼 아무런 문제없이 받아들여졌고 출석부에도 내 이름이 그냥 남아 있었다. 여름방학 동안에 해방이 됐기 때문에 고향이 이북인 아이들 중엔 아직 안 돌아온 아이들이 많았고 그런 아이들의 자리는 계속 비워 놓고 기다리는 중이었다. 나는 그동안에 나에게 일어난 일의 부피와 세월의 부피를 착각하고 있었기 때문에 내가 겨우 한 학기 동안 결석하고 돌아왔다는 걸 믿을 수가 없었다.

달라진 건 아무것도 없었다. 일본인 교장 선생님과 선생님들이 안 보이는 건 당연했지만, 일본어를 가르치던 국어 선생님이 그냥 우리말의 국어 선생님으로 눌러앉아 있는 건 잘 이해가 안 됐다. 우리가 입학할 때 학제로는 중학교에 해당하는 기간을 고등학교라고 불렀는데 고등학교 이학년 짜리가 가갸거겨부터 배우느라 법석이었다. 선생님들한테 야단을 맞아 가면서도 어려운 의사소통은 으레 일본말이 튀어나왔고 교과서 외의 읽을거리는 거의 일본의 소설류 아니면 일본말로 된 번역물이었다.

나도 신문로 집에서 처음으로 문학 전집을 한 질 가질 수 있게 되었다. 일본 신조사에서 나온 서른여덟 권짜리 《세계 문학 전집》은 내가 갖기를 꿈꾸던 책이었다. 어느 날 오빠가 나를 위해 그걸 들여와 주었는데 물론 일본 사람이 버리고 간 헌책이었다. 일본 사람들이 헐값으로 팔거나 버리고 간 책들이 일용 잡화와 함께 길거리 노점에 범람할 때였다. 아무리 책이 흔해졌다고 해도 그 문학 전집이 내 것이 됐다는 것은 꿈만 같았다. 그러나 어디서부터 불어넣어진 생각인지 그 전집은 처음부터 끝까지 모조리 독파를 해야 된다는 사명감 같은 것을 가지고 있었기 때문에 상당히 부담스럽기도 했다. 『쿠오바디스』나 『몽테크리스토 백작』 같은 것은 깨가 쏟아지게 재미가 있었지만 『신곡』이나 『파우스트』는 그런 맹목적 사명감이 아니었더라면 도저히 못 읽겠는, 난해한 것이었다. 그러나 그렇게 억지로 읽은 걸 결코 잘했다고 생각하지는 않는다. 무슨 뜻인지 이해도 못 하고 하여튼 읽긴 읽었다고 생각했기 때문에 다시는 안 읽었고, 누가 그런 걸 좋다고 하는 소리를 들으면 정말 알고 그럴까 열등감 반 의심 반으로 받아들이니 말이다.

《세계 문학 전집》을 갖게 되고 나서 뒤미처 《톨스토이 전집》도 갖게 되었다. 역시 오빠가 헌책방에서 보고 사다 주었는데 갈색 표지의 장정이 하도 엄숙하여 도저히 읽어 낼 것 같지 않은 인상부터 받았다. 그러나 『안나 카레니나』, 『전쟁과 평화』, 『부활』 등 톨스토이의 중요한 장편들은 그 후 오랫동안에 걸쳐서이긴 하지만 여러 번 거듭해서 읽고 또 읽은 나에게 매우 중요한 문학이 되었다. 아무리 재미가 있어도 그렇고, 어려워서 잘 이해가 안 돼도 그렇고 한 번 읽은 걸 또 읽는 성질이 아닌데 그것들만이 예외였던 것은, 처음엔 어려워서 잘 이해가 안 되면서도 뭐가 있긴 있는 것 같아 또 읽다가 차츰 재미를 느끼게 되고 무엇보다도 성격 묘사의 묘미에 최초로 매료당했기 때문이라고 생각한다. 그리고 다시금 우울해진 집안 분위기도 집중적으로 독서를 할 수밖에 없는 환경적 요인이 되었다.

엄마와 오빠가 그렇게 정성을 다해 올케언니를 맞을 준비를 했음에도 불구하고 올케가 신문로 집에서 새색시 흉내라도 내 본 것은 한 달도 안 됐다. 올케 친정에선 그때까지도 세간을 보내오지 않았다. 엄마는 약간 남부끄러워하는 마음이 있으면서도 드러내 놓고 그런 눈치를 보이진 않았다. 불길한 것이긴 하지만 짚이는 게 있어서 꾹 참고 있었는데 그러길 참 잘한 일이라고 엄마는 훗날 말하곤 했다. 올케의 친정에서는 우리보다 딸의 병세를 훨씬 더 심각하게 여기고 있었고, 잘못됐을 경우 올케의 유물이 너무 많은 것도 안 좋다는 생각까지 했을지도 모른다. 올케는 다시 세브란스병원에 입원을 했고 다시는 집에 돌아오지 못했다.

 어느 날 새벽 통곡 소리에 깨어났다. 병원에서는 마음대로 울지 못하다가 대문간을 들어서자마자 통곡을 터트린 엄마와 올케의 친정어머니였다. 올케의 친정어머니는 실컷 울 자리를 찾아 사돈집까지 따라온 것이었으니 그 통곡의 처절함은 말해 무엇하랴. 나도 대강은 예상하고 있었지만 마음이 이루 말할 수 없이 아팠다. 그 나이에 어떻게 죽을 수가 있을까. 내가 몸담은 사랑이 충만한 세계가 깊이 모를 나락으로 함몰돼 가는 듯한 공포를 맛보았다.

 그들이 결혼한 지 일 년도 안 된, 해방된 이듬해 봄이었다. 그동안 오빠와 엄마는 눈물겹도록 지극한 정성을 다했다. 우리 집안에서는 오빠의 건강을 생각해서 엄마한테 어쩌자고 두 내외를 떼어 놓지 않고 모자가 같이 엎드러져 그 유난을 떠느냐고 염려도 하고 비난도 하는 소리가 높았다. 그러면 엄마는 애저녁에 못 떼어 놓고 이왕 우리 식구 된 거, 내 자식에게 할 수 있는 것과 똑같이 해 주고 싶다고 말하곤 했다. 올케도 눈을 감기 전에 그걸 엄마에게 깊이깊이 감사하고 떠났다고 한다.

엄마의 그런 면은 나도 전혀 예상 못한 새로운 면이었고, 엄마를 존경스럽고도 자랑스럽게 여길 수 있는 중요한 계기가 되었다. 그러나 한편 꽤 철난 후까지도 폐결핵을 동경하고 미화하는 버릇을 못 버린 것은 올케가 그런 유별난 사랑을 받았기 때문이 아닌가 싶다. 언제고 폐결핵을 앓는 남자와 열렬한 사랑을 해 보고 싶은 게 내가 사춘기에 꿈꾼 사랑의 예감이었다.

암중모색

 사춘기에 오빠의 열렬하고도 헌신적인 연애를 지켜봤음에도 불구하고 남자와 여자는 어떻게 사랑을 하는 것일까? 하는 문제는 나에게 꽉 잠긴 문 저쪽 암흑 속에 숨어 있는 것처럼 보였다. 특히 정상적이고 자연스러운 성性 문제에 있어서 그러했다. 그건 일찍이 홀로된 엄마 밑에서 자라 엄마 아빠가 서로 금실 좋게 지내고 동생도 태어나고 하는 걸 일상적으로 경험할 기회가 없었을 뿐 아니라, 내 앞에서 누가 조금이라도 성적인 암시가 들어 있는 소리를 하면 어린애 앞에서 무슨 소리냐고 질색을 하는 엄마의 유난스러운 순결교육 때문이기도 했다.
 그 무렵까지도 한 가족이나 다름없이 좋은 일 궂은일은 물론 물질까지도 공유해 온 두 숙부들 또한 우리 앞에서 숙모들을 대하는 태도는 데면데면하기가 이를 데 없었다. 숙부들의 그런 태도가 홀로된 형수를 위한 당시의 법도에 맞는 배려였다는 걸 알게 된 것은 어른이 된 후였지만, 아기가 태어나기 위해서는 성관계가 있어야 된다는 걸 안 건 꽤 일찍부터였다고 생각한다. 기억할 만한 사건이 있었던 건 아니고 어려서 흔히 본 짐승의 암수 관계와 조숙한 시골 동무들을 통해 자연스럽게 알아진 게 아닌가 싶다. 그럼에도 불구하고 내가 그렇게 태어났다는 건 인정하기가 싫었고 숙부들에게도 그런 생활이 있다는 건 상상도 하기가 싫었다.

나는 요새도 가끔 내가 유난히 운동신경이 둔하고 노래를 못하는 것을, 엄마가 체조나 창가를 못하는 걸 되레 자랑스러워했기 때문이라고 생각할 적이 있다. 그와 비슷한 핑계가 될지도 모르지만, 사춘기에 성적인 상상이나 심지어는 아이가 어떻게 태어나는지 알고 있다는 것조차 속으로 몹시 부끄러워하고 자책한 것은 엄마가 나를 성적으로는 마냥 어린애이길 바랐기 때문이 아닌가 싶다.

큰숙부가 소실을 두었다는 소문은 해방이 되고 나서 드디어 표면화됐다. 숙부보다 열 살이나 연상의 과부라고 했다. 면 소재지에서 박적골까지 오는 사이에 있는 외딴 마을에서 딸 하나를 데리고 혼자된 과부와 숙부가 가까워진 까닭은 이해가 되었다. 일제시대의 시골 면의 총무부장이나 노무부장은 혼자 사는 과부가 제법 의지할 만한 벼슬이어서 그쪽에서 먼저 유혹을 했으리라고 다들 생각했고, 숙모는 한술 더 떠서 그 과부를 측은하게 여기는 도량까지 보이려고 했다. 그러나 문제는 그렇게 간단하지가 않았다.

해방이 되자 숙부는 당연히 면사무소에 더 이상 나갈 수가 없는 실직자가 되었다. 그렇다고 집에서 농사를 짓기에는 마을 공동체로부터 입은 피해 의식이 너무도 컸다. 마을 사람들한테 친일파로 몰려 대대로 내려오는 집이 그 지경을 당한 후에도 숙모는 금방 그 사람들에게 집수리를 맡길 만큼 이웃 관계를 호전시켰으나 숙부는 끝내 박적골에 정을 못 붙이고 겉돌았다. 그렇다고 빤한 시골에서 그 과부한테 가 있는 것도 아니었다. 벌어 놓은 재산이 있는 것도 아니겠다 그나마 세도라고 부리던 면서기 자리도 쫓겨났겠다 과부가 더 이상 숙부를 가까이할 까닭은 없는 것처럼 보였다. 숙모도 숙부가 직업이 없어진 건 안됐지만 소실이 저절로 떨어져 나가게 된 것 때문에 속으로야 어찌 고소하게 여기는 마음이 없었겠는가.

그러나 땅도 좀 있고 돈도 쏠쏠하게 굴리던 과부는 소문이 시끄러운 시골을 떠나 개성에다 조그마한 집을 장만하고 숙부의 공공연한 소실이 되었다. 남자의 덕을 보기 위해 소실이 됐다고 생각할 때는 한껏 너그럽던 사람들이 남자를 부양하면서까지 소실이 된 데 대해서는 경악하고 분개하고 욕하느라 집안이 온통 벌집 쑤셔 놓은 것처럼 시끄러워졌다. 그 여자에게 쏟아지는 집안 내의 온갖 원색적인 욕설과 망측한 억측의 소리를 얻어들으며, 나도 은밀히 불어

나는 나의 불결한 상상력에 소스라치곤 했다.

 그러나 숨어 살기를 거부하고 과감히 자기 정체를 드러 낸 그 여자는 시일이 지나면서 점점 더 노골적으로 소실로서의 지위를 확보해 갔다. 숙부가 그 집을 떠나지 않으니 누구나 숙부를 만나려면 그 집까지 가야 했고, 그 여자는 우선 그런 까닭으로 자기 집에 들르는 사람들을 대접하기를 극진하게 해서 인심을 얻기 시작했다. 시일이 좀 지나자 할머니 생신 때 같은 큰일에는 박적골까지 나타나 물질적으로나 육체적으로나 육례를 갖춘 며느리들의 갑절은 되게 효도를 해서 할머니 마음에까지 들게 되었다. 첩며느리는 꽃방석에 앉힌다는 옛말 그르지 않은 사태가 우리 집에서 실제로 일어난 것이었다. 자연히 숙모와 할머니 사이엔 불화의 기운이 감돌았다.

 박적골 집이 이렇게 피폐해진 후에도 나는 방학 때마다 귀향을 거르지 않았다. 해방 후 미군이 들어왔다 소련군이 들어왔다 한동안 엎치락뒤치락하던 개성은 결국 삼팔선 이남으로 확정이 되어 왕래가 자유스러웠다. 할머니가 생존해 계시기 때문이기도 했지만 방학 동안을 쭉 서울서 보낸다는 건 상상도 하기 싫었다. 엄마가 따라다니는 것은 면할 수가 있었지만, 어려서부터 방학이 가까워질 때마다 가슴이 뛰놀던 버릇은 여전했다. 그건 나의 심신의 중요한 리듬이었다. 박적골이야말로 내 생기의 젖줄이었다.

 그러나 어느 틈에 고역스러운 의무가 하나 새로 생겼는

데 그건 개성역에 내리면 우선 숙부네 소실 집을 거쳐서 박적골까지 가야 되는 것이었다. 할머니도 그러길 바라셨고 그 여자에 대해선 입에 올리는 것조차 자존심 상해 하는 엄마조차 거기를 거쳐야만 숙부를 뵐 수 있으니까 별수 없지 않느냐는 식이었다. 심지어는 숙모까지도 투기와 의무를 엄연히 구별해서 자기 자식들도 가끔 그리로 보내 아버지에게 문안을 드리게 하는 모양이었다.

경우 바른 할머니를 자기편으로 만든 숙부의 소실이니만치 시집 식구에게 잘하는 게 유난스러웠다. 내가 가도 버선발로 뛰어나와 동지섣달 꽃 본 듯이 호들갑스럽게 반겼고, 뛰어난 음식 솜씨로 아첨했다. 그럴수록 나는 요사스러운 데라곤 손톱만큼도 없이 다만 진국스럽기만 한 숙모에 대한 의리를 지키기 위해서라도 그 여자에겐 쌀쌀하게 굴어야 한다고 마음을 도사려 먹곤 했다.

그러나 한편 그 여자가 싫으면서도 야릇한 호기심을 억누를 수가 없었다. 그 여자하고 같이 있을 때 숙부는 내가 아는 근엄하기만 한 숙부하고 전혀 달라 보였다. 얘기도 잘하고 농담도 잘하고 눈빛까지 달라 보였다. 그 여자 앞에서 숙부는 딴사람처럼 흐늑흐늑해 보였고 숙부는 자신이 그 꼴이 된 걸 부끄러워하기보다는 즐거워하는 것 같았다. 도대체 무슨 재주로 숙부를 저렇게 흐늑흐늑하게 길들였을까? 금실 좋은 부부의 모습을 모르고 자란 나에게 숙부와 그 여자의 깨가 쏟아지는 장면은 불결하고도 문란한 상상력을 자극했고, 그 집을 벗어난 후에도 뭔가 크게 오염된 것처럼 께적지근한 자기혐오감에 사로잡히곤 했다.

 삼학년 때던가 사학년 때였다. 기차가 장시간 연착을 했다. 해방되고 나서 열차 사정이 엉망이 된 게 몇 년 후까지도 바로잡아지지 않은 채였다. 연발착은 다반사였고 겨울에도 난방은커녕 유리창은 다 깨지고 껍데기를 벗겨 가 골조만 남은 의자에 앉아서 덜덜 떨면서 여행하기 일쑤였다. 그날의 연착은 좀 심한 편이어서 어둑어둑해서 내렸으니 혼자서 시골길 이십 리 길을 가는 건 무리였다. 그럴 때는 개성 시내에 자고 갈 만한 집이 있다는 게 여간 든든하지 않았다. 그러나 그보다는 숙부가 으레 나를 박적골까지 데려다주려니 하면서 그 여자네로 갔다. 물론 저녁을 잘 대접받고 나서였는데 숙부는 나를 데려다줄 생각을 안 했고, 그 여자도 으레 내가 자고 가려니 했기 때문에 나는 가만히 있을 수밖에 없었다.

 그 여자는 자기 딸이 혼자 자는 뒷방이 있음에도 불구하고 부득부득 나를 안방에 재우려고 했다. 그렇게 하는 게 나에 대한 극상의 대우라고 생각하는 듯했다. 나는 그 여자의 딸하고 같이 자는 것도 내키지 않았지만 그 여자하고 숙부하고 자는 방에서 같이 잠자는 데에는 거의 공포감을 느꼈다. 그건 어쩌면 강렬한 호기심일 수도 있었다. 나는 내 호기심이 수치스러웠기 때문에 되레 그 방에서 같이 자는 걸 아무렇지도 않아 하는 것처럼 꾸몄다.

내 자리를 맨 아랫목에 깔고, 조금 떨어져서 숙부와 그 여자가 한자리에 들었다. 불을 끈 후에도 나는 이불을 푹 뒤집어쓰고 깊은 잠을 위장했다. 그러나 내 촉각은 낱낱이 곤두서 있었다. 나는 생전 처음 남자와 여자가 저지르는 어떤 일을 보게 되리라는 걸 의심하지 않았다. 나는 그걸 알게 됨으로써 내가 더럽혀질 것을 두려워하면서도 알고 싶었다. 그러나 두 사람은 시시덕대며 얘기만 했다. 숙부는 주로 듣기만 하는 편이었다.

시골서 행세깨나 하는 집이 망한 내력이 그날의 화제였다. 딴걸 기다리는 마음 때문에 지루하게 듣다가 나도 서서히 그 이야기에 빨려 들게 되었다. 그 집엔 인물이 빼어나고 성미가 차갑고 도도하기로 소문난 청상과부 며느리가 있었는데, 그 며느리가 머슴하고 정을 통해 애를 낳고, 결국은 그 일이 그 집안의 패가망신을 가져온 얘기였다. 아주 복잡한 줄거리를 그 여자는 소상하고도 흥미진진하게 얘기했다. 그 여자는 맨 나중에 "그 얼음장 같은 여자가 어드렇게 그 두엄 더미만도 못한 무지랭이하고 붙어먹었을까?" 이렇게 말하고 나서 오랫동안 킬킬댔다. 그 여자는 그 대목을 어찌나 육감적으로 말했던지 나는 징그러워서 진저리가 쳐졌다.

그날 밤 그 여자와 숙부 사이엔 아무 일도 일어나지 않았다. 때로는 사춘기 소녀의 상상력이 무르익은 중년의 실생활보다 더 외설스러울 수도 있다. 나는 숙부와 그 여자가 먼저 잠든 후까지도 잠을 못 이루고 얼음장 같은 미인과 두엄더미만도 못한 무지랭이를 느닷없이 한 운명으로 떠다민 이상한 힘에 대해 전율했다. 어쩌면 그건 아직도 깜깜하기만 한 미지의 세계에서 최초로 감지한 불가사의한 정욕의 눈이 아니었을까. 나는 그날 밤 엿들은 이야기를 오랫동안 잊지 못했고 그 후 몇십 년 후 내 소설 중 가장 긴 장편 『미망』을 쓰는 데 중요한 모티브로 삼았다.

그 시기는 내적으로뿐 아니라 외적으로도 나에게 매우 힘겨운 시기였다. 가정환경도 그렇고 시국도 그랬다. 자유니 민주주의니 하는 말은 도처에 범람했지만 별안간 그 눈부신 걸 바로 보기엔 우리가 눈을 뜬 지 불과 얼마 안 돼 있었다.

학교에 자치회라는 게 생겼다. 어떻게 해서 그런 분위기가 조성됐는지 모르지만 우리는 툭하면 전교생이 강당에 모여 학생회를 했다. 바깥세상이 좌우익의 대립이 날로 치열해지면서 아무개 절대 지지, 누구누구 절대 반대라는 정치적 구호와 시위가 매일같이 교차되는 데 발을 맞춰 우리는 어떤 선생님은 친일파니까 내쫓아야 한다든가 어떤 선생님은 사임하면 안 된다든가 하는 걸 학생회에서 결정하려 들었다.

우리는 그때 자유와 민주주의라는 걸 학생에게 무한한 권리가 있는 것으로 착각했던 것 같다. 수업도 거부하고 강당에 전교생이 모여서 찬반 양쪽으로 갈라져 열띤 토론을 벌이는 날이 많았다. 해방 후 대부분의 학교 재단이 이북에 있어서 여러 가지 재정적 곤란을 겪고 있는 학교 사정은 조금도 고려 안 하고 철없이 혼란만 조성한 셈이지만 그 나름으로 우리에겐 중요한 시기였다고 생각한다.

다수결로 무엇을 결정하기 전에 격렬한 토론을 벌이곤 했는데 그때 논리적으로 말 잘하는 상급생 언니가 돋보였고, 같은 학년 중에도 자기 의견으로 남의 생각에 중대한 영향을 미치는 애도 나타났다.

새로운 교장 선생님이 오시게 되었을 때도 우리는 학생회를 했고, 어떻게 그렇게 되었는지 뚜렷한 이유도 없이 새 교장 선생님을 거부하고 전 교장 선생님을 지지해야 된다는 쪽으로 분위기가 무르익었다. 그러나 그건 우리의 권한 밖의 인사 문제였으니 새 교장 선생님은 예정대로 취임을 했다. 우리는 취임식을 거행하는 강당에 가지 않고 교실에서 버티는 걸로 끝까지 반항했다.

지금 생각해 보니 근래의 대학생 시위와 비슷한 짓을 하지 않았나 싶다. 새 교장 선생님은 노련하게 혼미한 학교 분위기를 일신시켰고 훌륭한 선생님을 여러 분 모셔 와 일제시대와는 전혀 다른 황홀한 수업을 받을 기회를 우리에게 주어 우리의 주장이 옳지 않았다는 걸 충분하게 입증했다.

학내의 혼란기는 이렇게 비교적 짧게 끝났다. 그동안 내가 학생회에서 발언 한 번 제대로 한 바가 있는 것도 아니고 그저 다수의 편에서 박수 치고 손들고 한 것이 고작이었다.

그럼에도 불구하고 그 시기가 내 성장기의 매듭처럼 회상되는 것은, 어떤 의식을 가지고 내 주위에서 일어나는 일을 바라보기 시작한 시초가 되었기 때문이다. 실상 그때 우리가 날뛴 것은 우리가 관여할 일이 아닌 학교 재단 문제일 수도, 미 군정이 밀가루나 드롭스처럼 흥청망청 쏟아부은 자유와 민주주의를 받아들이는 과정에서 필연적으로 앓은 배탈에 불과한 것일 수도 있었다.

그러나 나는 그때 그 혼란을 좌익과 우익, 진보와 반동의 대립이라는 이념적 관점으로 바라보고 이해하려 들었고, 내가 박수 치고 역성들어 줘야 할 편은 좌익이라는 생각에 망설임이 없었다. 그건 말끝마다 절대 지지 아니면 결사반대가 붙은 당시의 말버릇에서도 짐작할 수 있듯이 너나없이 어느 한쪽 이념에 붙지 않으면 불안한 해방 후의 사회상 탓도 있었지만 그중에도 하필 좌익이었다는 건 오빠의 영향이 결정적이었다.

그렇다고 오빠가 나에게 의식화 교육을 시킨 건 아니다. 오빠는 어려서부터 머리가 좋은 걸로 소문이 나 있었고 용모가 준수하고 말수가 적고 우애가 깊었다. 게다가 장손이었으니까 자연히 집안 내에서 떠받들어졌다. 이런 오빠는 나에게 큰 백이었을 뿐 아니라 무조건 추종하고 싶은 우상이었다. 여북해야 오빠의 첫사랑이 결핵을 앓았으므로 나도 결핵 환자와 사랑을 하여야겠다고 생각했겠는가.

올케가 죽은 후 오빠는 더욱 말수가 적고 우울한 성격으로 변했다. 나는 그런 것까지 멋있게 보였고, 숙부들을 위시해 속물들만 모여 있는 것 같은 우리 집안 내에서 유일하게 정신적인 높이를 가지고 있는 것처럼 보였다. 오빠의 높은 생각을 나만 이해할 수 있을 것 같은 마음과 어떤 것이든 이해하고 흉내 내고 싶은 마음이 감지한 게 오빠의 사상 빛깔이었다. 정확하게 말하면 오빠가 사들인 책이 맨 그런 책이었으므로 그중 쉬운 것만 빼다 읽어도 감화받기에 충분했다. 얄팍한 팜플렛 종류는 쉬울 뿐 아니라 사람의 마음을 선동하는 뛰어난 힘을 가지고 있었다.

지금까지도 생각나는 걸로는 프랑스에서 공산주의 운동가가 된 어떤 부두 노동자 이야기가 있다.

그는 부두에서 하역에 종사하는 평범한 노동자였는데 하루는 밀가루를 육지에다 내리는 게 아니라 바다에 갖다 버리는 일을 하게 된다. 임금을 받는 것은 마찬가지라 해도 굶주림에 허덕이는 빈민들이 무수한데 그런 일이 어떻게 있을 수 있는지 이해할 수 없어 고민한다. 그리고 마침내 그해 풍년이 들었기 때문에 밀 값이 하락하는 걸 우려한 자본가들이 그런 방법으로 곡물의 양을 감소시켜 높은 곡물가를 유지하려는 계획임을 알게 된다. 자본주의란 바로 빈민들이야 굶건 말건 이윤 추구만이 최상 목표라는 걸 깨달은 그 부두 노동자는 그때부터 자본가에게 치를 떨며 유능한 공산 혁명가로 바뀐다는 이야기가 마치 이 세상에 대한 새로운 개안처럼 찬란하게 느껴졌다.

어떻게 이렇게 단순하고도 명쾌한 진리가 있을 수가 있을까? 나는 내가 그걸 깨우친 데 기쁨을 느꼈고 그걸로 세상만사를 재는 잣대를 삼으려고 들었다. 그러나 오빠가 그런 선동적인 팜플렛만 읽는 건 아닐 터였다.

오빠는 식구들이 상처한 아픔을 다치지 않게 하려고 가만히 내버려 두는 사이에 점점 더 알 수 없는 사람으로 변해갔다. 낯선 사람들을 한 방씩 불러들여 수군수군 모임을 갖는가 하면 어디론지 우르르 몰려가기도 했다. 어떤 때는 이승만 박사나 당시의 수도청장, 치안국장 등을 격렬하고 원색적으로 비난하는 표어를 여럿이 모여 앉아 쓰다가 밤에 몰래 전봇대나 남의 집 담벼락에 붙이는 짓을 하기도 했다. 아침에 학교 가다가 그런 불온 삐라 중 오빠의 필적을 발견하고는 역시 오빠의 사상은 내 생각과 틀림이 없다고 생각했지만 기쁜 건 아니었다. 나는 오빠 정도면 당연히 거물급이어야 된다고 생각했기 때문에 겨우 그런 욕지거리나 써 가지고 밤에 몰래 풀칠을 하고 다녔을 오빠를 상상하는 건 자존심이 상했다.

그러나 그 후 얼마 안 있어 오빠는 꽤 거물급이 체포된 데이어 피해 다니는 신세가 되었다. 엄마가 울고불고 작은숙부한테 구원을 청했고, 작은숙부가 어디다 어떻게 청을 넣었는지 집에 들어와 자도 된다는 연락이 왔다. 그때부터 엄마와 오빠의 끈질긴 갈등이 시작되었다.

엄마는 원래 자식들이 좋아하는 거나 옳다고 여기는 건

무조건 따라 하는 분이었다. 내가 집에서 무심히 학교 얘기를 하다가 어떤 선생님이나 친구를 좋게 말하면 엄마도 덩달아서 좋아해서 이름까지 기억해 주었고, 반대로 누구를 욕하거나 싫어하는 눈치를 보이면 그러는 게 아니라고 타이르기는커녕 나보다 더 열렬하게 미워했다. 그런 엄마이고 보니 오빠가 하는 일에 대해서도 무조건 동의하고 싶었을 것이다.

그러나 엄마는 빨갱이 짓에 한해서는 집안 망치고 제 몸 망친다는 일관된 생각을 가지고 있었다. 엄마가 이해하는 빨갱이 짓의 초보는 이승만 박사를 반대하는 것이었던 듯하다. 그리고 거기까지는 이해하고 동조할 아량이 있다는 것을 늘 강조했다.

"나도 이승만 박사는 싫다. 그렇지만 일생을 독립운동만 한 어른이니 한번 대통령 해 먹게 눈감아 줘야지 어떡하니? 빨갱이들은 어쩌면 그렇게 의리가 없냐? 하긴 에미 애비도 몰라보고 어머니 동무, 아버지 동무 한다니까."

이런 식의 설득과 한탄에 오빠는 다만 쓸쓸하게 웃을 뿐 쓰다 달다 말이 없었다. 오죽했으면 엄마 입에서 에미를 동무라고 불러도 좋으니 말이나 좀 시원히 했으면 좋겠다는 한탄이 다 나왔을까.

그때도 빨갱이 짓 하다 붙들려 들어가면 모진 고문을 당하고 병신 되기도 십상이라는 게 거의 상식처럼 돼 있었다. 엄마는 자나 깨나 손찌검 한 번 안 하고 기른 아들이 감옥소에 들어가고 모진 고문으로 반죽음을 당하는 악몽에 시달렸다. 수상한 친구들이 드나들며 수군거리는 게 질색이었고 모든 잘못을 그 친구들 탓으로 돌리면서 그들하고 오빠를 떼어 놓기만 하면 오빠가 정신을 차리려니 믿는 것 같았다.

한번은 형사가 신문로 집에 그런 친구 중의 한 사람을 찾아온 사건을 기화로 엄마는 갑자기 그 집을 팔기로 결심을 했다. 오빠가 생활을 돌보지 않아 숙부의 도움으로 살림을 꾸릴 때라 집을 줄여 돈암동으로 이사를 했다. 마침 돈암동 전찻길가에 살림집이 딸린 큰 가게터가 하나 나왔는데 숙부가 그걸 사고 싶어 하던 중이었다. 이것저것 브로커 노릇을 하던 숙부가 세상이 조금씩 안정되는 것과 발을 맞추어 안전한 장사를 해 보려는 것 같았다.

엄마는 집을 줄이고 남은 돈을 자청해서 거기다 보태고 조금이라도 떳떳하게 생활비를 받으려고 했다. 누울 자리 보고 다리 뻗는다고 오빠가 국학대학 야간부에 입학을 했다. 숙부도 엄마도 오빠를 대학 공부 못 시킨 걸 안타까워하던 터라 주간의 좀 더 나은 대학에 가기를 권했다. 어느 정도 믿어도 될 얘긴지 모르지만 숙부는 전통 깊은 사립대학에 돈을 쓰고 자리를 다 마련해 놓은 것처럼 서둘렀다. 한창 대학 가는 일이 유행처럼 번질 때였고 우리 학교에서도 졸업이 아직 멀었는데 대학으로 가는 아이도 심심찮게 생겨났으니 그 정도는 가능한 얘기였을 것이다. 이렇듯 숙부와 엄마가 오빠의 대학 진학을 대환영했던 것은 학벌보다는 좌익 운동으로부터 발을 뺄 절호의 기회라는 생각도 없지 않았을 것이다.

그러나 오빠의 속셈은 어른들의 그런 생각과는 거리가 먼 것이었다. 해방과 함께 당연히 고조된 우리 것을 알아야겠다는 분위기에 힘입어 교양 정도를 목적으로 그 학교를 선택한 것이지 좌익 운동에서 발을 뺄 생각이 있었던 것은 전혀 아니었다. 하긴 대학의 좌익 조직이 더 막강할 때였으니까 엄마가 오빠의 대학 진학에 한 가닥 희망을 걸었던 것은 뭘 너무 몰랐기 때문이었다.

결국 우리는 돈암동 집에서도 안정을 못 하고 육이오가 날 때까지 거의 일 년에 한 번꼴로 이사를 다녀야 했다. 신문로 집에서처럼 우리 집이 불온한 모의의 아지트가 됐다고 판단되는 즉시 엄마는 치를 떨며 발작적으로 이사를 결심했고, 어떤 때는 집에 있는 세간살이를 그냥 놔둔 채 야반도주를 해서 숙부네와 합쳐서 산 적도 있다. 아마 오빠가 그들이 좋아하는 투쟁 경력이라는 걸 정직하게 쓴다면 엄마와의 투쟁 경력이 가장 찬란할 것이다.

그런 틈바구니에서 나는 어쩔 수 없이 오빠가 하는 일을 지지하고 성원하는 마음과 엄마를 딱하고 측은하게 여기는 마음을 같이 가질 수밖에 없었다. 학제가 바뀌어 사년제 여자고등학교가 육년제 여자중학교가 되었다. 중학교를 육년씩이나 다닌다는 게 지루했던지 재학 중에 시집을 가는 애도 생기고 앞서 말했듯이 대학으로 빠져나가는 애도 생겼다. 과도기여서 그랬는지 입학할 때의 약속이 사년제였기 때문인지 수단껏 대학으로 가면 그런 대로 학력을 인정해 주었다. 학년 말도 해방되던 달을 기준 삼고 구미 선진국의 본을 떠 8월 달로 변경이 된 지 오래였다.

우리 학교에도 민청民靑 조직이 있다는 걸 알게 된 것은 삼학년 때였다. 내가 어떻게 돼서 그 조직의 눈에 들고 포섭이 되었는지 모르지만 하여튼 별로 친하지 않은 아이로부터 독서회에 나와 보지 않겠느냐는 권유를 받고 나는 즉각 그 뜻을 알아차렸고 약간 떨리는 마음이었지만 주저하지 않고 응낙했다. 모임이 있는 아지트를 찾아가는 방법 등이 뭔가 비밀을 갖고 싶은 욕망을 충족시켜 주었지만 거기서 돌아가며 읽는 책이나 토론하는 주제는 나를 최초로 사로잡은 팜플렛 지식에도 못 미치는 것이었다. 나는 실망이 컸지만 나도 드디어 오빠의 동지가 됐다는 만족감은 뿌듯했다.

메이데이가 돌아왔다. 메이데이 행사를 좌익에선 남산에서, 우익에선 서울운동장에서 따로따로 편 갈라 하는데, 우리는 학교를 결석하고 남산에서 하는 메이데이 행사에 꼭 참석하라는 지령을 받았다. 학교를 결석하고까지 남산에 갈 것인가는 선뜻 결심이 서지 않았다. 엄마 때문에도 그랬지만 나는 좌익이고 우익이고를 막론하고 집회나 시위, 구호 외치는 것 따위가 싫었다. 그러나 독서회가 있을 때마다 가장 가혹한 비판의 대상이 되는 게 이런 개인주의적 경향에 대해서였기 때문에 나도 언젠가는 극복해야 할 내 약점이라고 생각하고 있었다.

 나는 드디어 학교를 빼먹고 남산으로 갔다. 노동자와 학생의 인력을 최대한으로 동원한 굉장한 집회였다. 온종일 선창자를 따라 격렬한 구호를 외쳤고 인민가요를 한도 없이 따라 불렀다. 저녁에 파김치가 돼서 귀가한 나는 엄마의 추궁을 당해 낼 수가 없어서 그 사실을 털어놓았다. 엄마의 낙담은 이루 말할 수가 없었다. 계집애가 유치장 들어가면 어떤 일을 당할지 알기나 하느냐고 어디서 얻어들은 소리인지 온갖 끔찍한 소리를 다 해서 나에게 잔뜩 겁을 주었다. 그리고 그다음 날 학교 가는 걸 한사코 말렸다. 학교에다 전화를 걸어 줄 테니 어제부터 아팠던 걸로 하고 며칠 결석을 하라는 것이었다. 나는 비겁한 일인 줄 번연히 알면서도 엄마의 애원을 뿌리치지 못했다.

 결석을 하고 뒤로 알아본 결과 메이데이 날 결석을 한 아이는 일제히 교무실로 불려 가 남산에 갔나 안 갔나 조사를 받고, 갔다 온 것이 알려지면 굉장한 꾸지람을 듣고 학부형까지 불려 가 용서를 빌어야 했던 모양이다. 딴 학교에서는 경찰에 넘기기도 했는데 다행히 우리 학교에서는 학내 문제로 온건하게 처리한 것이 그 정도였다. 아무도 내가 간 것을 고해바치지 않아 사나흘 후에 학교에 가니 아무런 문책도 없이 넘어갔다.

 그러나 나는 그 일이 두고두고 부끄러웠다. 입장을 바꿔서 생각할 때 얼마나 비겁하게 보였을까, 생각만 해도 자신이 혐오스러웠다. 메이데이 건에 대해선 선생님으로부터 아무런 의심도 안 받았을 뿐 아니라 반 친구들도 내가 그런 데 갔으려니 여기는 애가 없었다. 그건 내가 평소 너무도 고지식한 모범생이었기 때문이라고 생각되어 나는 나의 철저한 이중성에도 정나미가 떨어졌다. 그 후 민청 조직이 와해된 건지 나만 따돌렸는지 다시는 접선이 이루어지지 않았다.

가정환경이 안정되지 않아서인지 학교생활도 거의 건성으로 했다. 그 나이에 한창 관심 있어 하고 고민이나 기쁨의 원인이 되는 교우 관계에도 시들해서 그 시절 누구하고 어떻게 친했었는지도 기억에 남아 있지 않다. 책 읽기가 유일한 위안이었고 이념 서적에서 차츰 해방 후에 나온 우리 문학으로 취향을 옮겨 갔지만 내가 사 보는 게 아니고 오빠의 서가에서 뽑아다 보는 것이기 때문에 오빠의 영향력을 못 벗어난 것이었다. 오빠는 문예지도 좌익계 문학 단체인 문학가동맹에서 나오는 《문학》만 보았고 사들이는 딴 책도 선호하는 기준이 이념 편향적이었다.

그 무렵 얻어 본 신간 중 김동석金東錫이란 평론가의 수필집이었는지 평론집이었는지 분명치 않은 산문은 아직도 기억에 남는다. 문장이 어찌나 명쾌한지 머리에 쏙쏙 들어왔다. 일본말 소설에 먼저 맛 들인 감각으로 아직도 우리말로 된 책 읽기가 답답할 때였다. 그중에도 『춘향전』 해설을 둘러싸고 누구하고 논쟁을 벌인 대목은 매우 흥미가 있었고 공감이 되었다. 『춘향전』이 널리 사랑받는 생명력은 춘향의 절개에 있다는 주장을 반박하고 이몽룡이 암행어사 출두하기 전 변학도의 잔치 자리에서 쓴 시 "금준미주金樽美酒는 천인혈千人血이요 옥반가효玉盤佳肴는 만성고萬姓膏라."야말로 춘향전의 참생명이라는 논조가 그럴듯했다.

그러나 역시 오빠의 책이니만치 계급투쟁적 관점에서 쓰여진 평론집이었던 듯하다. 김동석이란 이름은 육이오동란 이후 지워진 채 다시는 만나지 못했다. 근래에 해빙기를 맞아 지워진 이름들과 그들이 남긴 작품이 거의 복원되는 걸 보고 그의 글도 있나 유심히 살펴보았지만 아직 못 만난 걸 보면 그때 내가 생각한 것만큼 대단한 평론가는 아니었을지도 모르겠다.

육이오 전까지 돈암동에서만 세 번 이사를 다녔는데 아마 삼선교 근처에 살 때가 오빠가 가장 깊숙이 좌익 운동에 투신했을 때가 아닌가 싶지만 어디까지나 추측일 뿐이다. 시대적으로도 남로당이 가장 활발하게 지하운동을 조종할 때였고 오빠의 태도도 그때는 도무지 우리 식구 같지가 않을 정도로 정신이 완전히 딴 데 사로잡혀 있었다. 밤에 누가 찾아오면 도망갈 길까지 마련해 놓고 있었다.

그 집엔 부엌에 뒷문이 있었는데 뒷문 밖은 옆집과의 사잇담이 있는 좁은 골목이었다. 겨우 사람 하나 비비고 나갈 만한 골목은 그 끝이 길로 면한 높은 벽돌담이었고, 반대로 가면 딴 집 뒤꼍을 여러 번 통과해, 정당한 길로 가면 한참 걸릴 우리 집과는 반대쪽 동네에 다다르게 돼 있었다. 오빠가 도망을 간다면 그 길을 택할 게 뻔해 가끔 엄마는 여러 집의 뒤꼍이 연결된 그 어두운 미로에 혹시 장애물은 없나 살펴보곤 했다. 그리고 "이 집에 이 길이 없었으면 어쩔 뻔했누." 하면서 대견해했다. 오빠를 위해선 어쩌면 상당히 유리한 집이었음에도 불구하고 일 년도 안 돼서 별안간 뜬 것은, 다행이랄까 오빠 때문만이 아니었다.

그 집은 방이 우리 식구 수효보다 많아 넷이나 되었다. 돈도 아쉽고 해서 문간방을 세를 주면서 엄마는 오빠 때문에 상당히 신경을 썼다. 그러나 고르고 골라 세를 준 사람이 지내고 보니 오빠를 닮은 사람이었다. 별로 살기가 어려워 보이지도 않으면서 바깥 남자는 직업이 없었고 시일이 지나자 그 방에서 수상한 사람들이 모여 모의를 한다는 걸 알게 되었다. 즉각 엄마는 그 집도 빨갱이 집이라는 걸 알아차렸다. 그 무렵 오빠가 우리 집을 아지트로 제공하는 일은 없어졌는데 교대로 문간방이 아지트가 되었으니 엄마는 기가 막힐 수밖에 없었다. 오빠하고는 전혀 관계없는 일이었지만 엄마는 집터 탓까지 하면서 한탄을 금치 못했다.

그러나 동병상련 같은 마음도 있어서 내보낼 생각은 안 한 것 같다. 엄마는 그 집 걱정까지 떠맡아서 불안해했다. 그리고 얼마 안 있다 경찰이 우리 집을 에워싸고 그 남자를 잡아갔다. 그때 놀란 엄마는 마치 시골서 염병이 돌 때, 그 병으로 온 식구가 몰사한 집을 마을 사람들이 태워 없애듯이 발작적으로 우리 집을 버리고 숙부네로 들어갔다. 집이 팔릴 때까지 그 집엔 그 남자의 식구들이 남아 있기로 했다. 그 남자에겐 아내와 남매가 딸려 있었다.

그 전날 밤의 평화

 돈암교 가까운 전찻길가에 가게터가 딸린 숙부네는 안채도 넓어서 양쪽 집을 합쳐 봐야 다섯 명에 불과한 식구가 지내는 데 불편함이 없었다. 나는 독방까지 쓸 수가 있었다. 거기 사는 동안 오빠의 혼담이 무르익었다. 오빠를 지하운동에서 손 떼게 할 수 있는 하나의 방편으로 그 전부터도 집안 내에선 엄마가 아들의 재혼을 서두르지 않는다고 말이 많았었다. 엄마라고 왜 그런 생각이 없었을까만 누구보다도 아들에 대해서 잘 알고 있었기 때문에 안 먹혀들어 갈 일은 하지 않았을 뿐이었다.

 선보는 것조차 한 번도 말을 안 들어주던 오빠가 연줄연줄로 세 겹의 사돈쯤 되는 규수를 친척 집에서 우연히 본 후, 그 색시라면 어떻겠느냐고 누가 한번 지나가는 말 삼아 물어본 걸 솔깃하게 받아들인 모양이었다. 오빠가 나더러 한번 봐 달라고 했다. 그렇지만 선을 보이고 있다는 눈치를 보이지 말라는 어려운 부탁이어서 규수가 들고 나는 시간에 그 집 근처에 잠복해 있다가 얼핏 볼 수가 있었다. 참 구차스러운 방법이었지만 나는 오빠가 나한테 먼저 보라고 한 게 어찌나 기쁘던지 대단한 사명감을 가지고 했다. 예쁘진 않았지만 지적인 인상이었고 전체적으로 여자답다기보다는 늠름해 보였다. 나는 내가 본 인상을 그대로 말했고 오빠는 여간 만족스러워하지 않았다.

삼선교 집에 남아 있던 문간방 식구들도 시골의 시가로 내려가서 집을 비워 놓으니까 팔리는 게 더디다고 근심들을 했다. 그래도 그 집이 팔리고 새로 돈암동 종점 쪽으로 이사할 동안이 오빠가 그 여자하고 충분히 교제할 수 있는 기간이 되었다. 우리는 다시 숙부네를 나와 이사하면서 새 식구를 맞아들였다.

중학교 오학년이 되면서 반을 문과, 이과, 가사과로 나누었다. 입학할 때도 세 반을 뽑았기 때문에 각각 한 반씩이었다. 나는 그다지 심각하게 생각해 보지 않고 문과를 택했다. 습관적인 독서 버릇 때문에 문과를 가장 편하게 여겼을 뿐 시인이나 소설가가 되려는 생각이 있었던 것은 아니다. 그 방면에 소질이 있다고 자타가 인정하는 애들도 더러 있었다. 예전 학제 같으면 졸업하고 전문학교 갈 때였으니까 웬만큼은 싹수가 보일 때였다. 그러나 나는 아니었다. 되레 문학소녀적인 기질이 두드러지는 애를 보면 나는 절대로 될 수 없을 것 같은 이질감을 느꼈다.

　문과 담임은 새로 부임해 온 박노갑朴魯甲 선생님이 되었는데 소설가라고 했다. 소설은 많이 읽었지만 소설가의 실물을 보는 건 처음이었다. 마침 그때 우리 집에서 구독하고 있는 일간신문에 그분의 소설이 연재되고 있어서 정말 소설가는 소설가로구나 싶어 약간 흥분까지 되었다. 오빠의 서가를 뒤져 문학가동맹 기관지인 《문학》에도 그분 단편이 실린 걸 보고 그분의 빛깔을 알아 버린 것 같은 친밀감과 연민까지 느낀 것도 유별난 오빠를 둔 덕이었다. 그때만 해도 대학 입시를 위한 준비 교육은 전혀 없어서 문과에선 꽤 여러 시간을 문학이니 창작이니 하는 시간에 할애하고 있었다. 그분이 국어뿐 아니라 그런 시간까지 담당을 했다.

　그 무렵에 그분의 『40년』이라는 장편도 출간이 되었다. 가능한 한 그런 것들을 열심히 찾아 읽었지만, 그분의 작품으로부터 영향받은 바는 그리 크지 않았다고 생각한다. 참 재미가 없다고 생각하며 억지로 읽은 데 불과했다. 그러나 창작 시간의 그분의 문장 지도는 매우 엄격했고 나도 소질이 있을지도 모른다는 자신감을 갖게 해 주었다. 그분이 가장 싫어하는 것은 '아아!'니 '오오!'니 하는 투의 감탄사가 많이 들어가는 감상 과잉의 문장이었다. 그걸 어찌나 싫어하는지 그분이 그런 글을 야단칠 때는 그분 살갗에 닭살이 돋고 있을지도 모른다고 옆에서 느낄 정도였다. 당연히 남의 느낌이나 표현을 빌려다 써먹은 미사여구도 질색을 했다. 사실 그때까지만 해도 센티한 미사여구를 적절하게 구사하면 다들 그걸 문학에 소질이 있다고 말했고, 그런 재간이 있는 애를 문학소녀라고 불러 왔기 때문에 선생의 그런 문장 지도법은 파격적이었다.

그러나 나는 문학소녀에 대한 열등감을 극복할 수가 있었고, 나도 소질이 있을 것 같은 자기 발견의 계기가 되었다. 처음으로 좋아하는 선생님을 갖게 되었다. 그분은 눈이 맑고 크고 엄격한 인상이었지만 웃으면 금방 그 엄격함이 허물어지면서 어린애 같은 표정이 되었다. 겨울엔 주로 두루마기를 입고 다녔는데 좋은 감이 아니라 옥양목에 검정 물감을 들인 검소한 것이었다. 한문도 가르쳤는데 흥에 겨워 한시를 낭랑한 목소리로 읊을 적에는 그 검정 두루마기가 참 잘 어울렸다.

문과에는 문학이나 예능 방면으로 가고 싶어 하는 애들 말고도 공부는 대강 하고 놀고 싶어 하는 애도 많이 모여서 분위기가 참 자유스럽고 재미있었다. 책상의 배치를 가운데는 둘씩 짝을 지어 앉히고 양쪽 창가에는 짝 없이 외줄로 앉혔는데 나는 운동장 쪽 창가에 짝 없이 앉게 되었다. 자연히 앞뒤로 친하게 되었는데 훗날 나보다 훨씬 먼저 등단해 문명을 날린 한말숙, 서울음대 교수가 된 이경숙, 나, 그리고 소설도 썼지만 번역을 더 많이 한 김종숙이 앞뒤로 나란히 앉아서 죽이 잘 맞아 수업 시간에 못된 장난도 많이 했다.

  누가 하나 읽을 만한 소설책을 가져오면 수업 시간에도 교과서는 건성으로 펴 놓고 그것만 읽다가 선생님이 무얼 시키면 딴청을 해 웃음거리가 되기도 하고 그때그때 떠오른 기발한 생각을 쪽지에 적어 돌리고 회답을 받는 데 시간 가는 줄 모르기도 했다. 한말숙이가 자기 집에 있는 《아쿠타카와芥川 전집》을 한 권 한 권 빼 와 돌려 읽으며 굉장히 흥분을 했었는데 뭘 왜 그렇게 좋아했는지는 조금도 생각나지 않는다.

  김종숙이는 그때 자기 집이 종로서관을 했다. 지금의 종로서적의 전신이 바로 그 애네 집 거였다. 개한테서 그 무렵의 순수 문예지인 《문예》도 빌려 보고 신간 서적도 빌려 보았다. 지금처럼 신간이 많이 나올 때도 아니었건만 종로서관에 들를 때마다 그 많은 책이 다 그 애 거만 같아서 여간 부럽지가 않았다. 또 그때마다 그 애 할아버지가 매장 한가운데서 감시꾼 노릇을 하고 서 계신 게 왜 그렇게 신경이 쓰였는지, 지금 돌이켜 보니 훔칠 기회를 엿봤는지도 모르겠단 생각이 든다. 그때도 종로서관 하면 서울에서 제일 큰 책방이었는데도 온 집안이 총동원이 돼서 팔기도 하고 경리도 보고 감시도 하는 가족 경영 체제였다.

  겉으로는 착실한 모범생처럼 굴면서 싫어하는 수업 시간에 딴짓하는 버릇 말고 또 하나의 고약한 장기는 학생 입장 불가의 영화관 출입하기였다. 돈암동의 동도극장은 프로가

갈릴 때마다 놓치지 않고 가는 단골이었다. 숙부네 가게가 바로 동도극장에서 비스듬히 건너편에 있었는데 가게 유리창이나 벽에다 극장 포스터를 붙이는 대가로 표를 주고 갔다. 숙부는 그걸 나한테 넘겨주기도 하고 같이 가자고 꾀기도 했다. 동도극장이 단골이란 건 엄마에게도 반 친구들에게도 비밀이었지만, 따로 친구들하고도 곧잘 극장 출입을 했다. 어둠 속에서 교복의 흰 깃은 단박 눈에 띄게 돼 있어서 날쌔게 안으로 구겨 넣고 시치미 떼고 앉았다고 누가 학생인 걸 모를까마는 세상을 감쪽같이 속여 먹은 것 같은 쾌감을 맛보곤 했다.

한번은 김종숙하고 수업을 빼먹고 화신 오층에 있는 영화관엘 갔다. 선생님이 안 나오시거나 사정이 생기면 그 시간은 결과라고 예고가 되는데 두 시간 내리 결과인 날이었다. 마침 보고 싶은 영화가 화신 영화관에 들어와 있다고 해서 그 시간에 갔다 오자는 데 둘의 마음이 일치했다. 예감이 웅성대는 신비한 어둠 속으로 은근슬쩍 숨어들어 가 흰 깃을 안으로 구겨 넣고 앉았노라면 언제나 가슴이 뛰어놓게 마련이지만 수업을 빼먹고 그러고 있는 맛은 더욱 진진했다.

그런데 그날따라 왜 그렇게 정전이 자주 되는지 재미있을 만하면 화면이 꺼지고 사방에서 휘파람 소리가 나곤 했다. 해방되고 나서 북쪽으로부터의 송전이 끊기고 극도로 나빠졌던 전기 사정이 조금 나아졌다는 게 그 모양이었다. 늘 당하는 일이 그날은 좀 심했다. 여북해야 극장 측에서 무대에다 촛불을 켜 놓고 가수를 불러다 가극 비슷한 짓을 다 시키면서 관객을 달래려 들었다. 우리는 그래도 끈질기게 기다려 하여튼 영화를 한 바퀴 다 보고 나서야 극장을 물러났다. 둘 다 시계도 없어 시간 가는 줄 몰랐지만 설마 밖이 벌써 어두워 가리라고는 상상도 못 했다.

서둘러 학교로 돌아갔다. 지척인데도 뛰는 가슴 때문에 헐레벌떡 당도한 교실엔 아무도 없었다. 깨끗이 청소까지 끝난 교실엔 두 사람의 책가방만이 나란히 책상 위에 놓여져 있었다. 그리고 칠판엔 돌아오는 대로 곧 교무실로 오라는 담임 선생님의 엄명과 함께 우리 두 사람의 이름이 적혀 있었다. 교무실로 부랴부랴 내려갔으나 선생님들도 다 퇴근한 후였다. 수업 시간에 영화관에 간 배짱은 온데간데없어지고 그날 안으로 담임 선생님을 못 만나고 집으로 가면 잠이 안 올 것 같았다. 그런 고지식함은 김종숙도 마찬가지여서 숙직 선생님을 찾아갔다. 어떻게든지 선생님 댁을 알고 싶어 하는 우리를 위해 숙직 선생님이 교사들의 신상 카드철을 꺼내다가 보여 주었다. 거기에는 자택의 주소뿐 아니라 약도까지 그려져 있었다.

나는 그때 처음으로 박노갑 선생님이 현저동에 산다는 걸 알았다. 가슴이 뭉클하면서 말할 수 없는 친애감을 느꼈다. 숙직 선생님도 현저동에 대해 뭘 좀 아는지 이런 약도 가지고 찾을 수 있는 동네가 아니라고 했다. 그러나 나는 약도를 보면서 벌써 대강 짐작이 갔다. 찾을 자신이 있었지만 종숙이한테는 그런 내색을 안 하고 그냥 가 보자고만 했다. 왠지 그 동네에 대해 아는 척하기가 싫었다. 수치감 같은 것 하고는 달랐다. 찾기가 생각처럼 쉽지 않을지도 모른다는 걱정도 없지 않았다. 전차가 다닐 때라 영천까지는 쉽게 갔지만 집 찾는 덴 과연 오래 걸렸다. 그동안 많이 변해 있었고 밤이라 가뜩이나 복잡한 골목이 더 꼬여 보였다. 나는 종숙이한테 생전 처음 와 보는 동네처럼 굴면서 혹시 그 애가 그 동네를 흉볼까 봐 조마조마했다.

선생님 댁을 찾았을 때는 꽤 늦은 시간이었는데도 아직 안 들어오셨다고 했다. 선생님 댁은 아주 조그만 일각대문 집이어서 대문 밖에서도 그 구차한 살림 형편이 다 들여다보였다. 사모님한테 찾아온 뜻을 전하면서 선생님을 존경하는 마음이 더욱 간절해지는 걸 느꼈다. 그날 엄마한테는 늦게 온 걸 야단맞았지만 다음 날 아침 교무실로 선생님을 찾아갔을 때는 뭘 그까짓 일로 집까지 찾아왔었느냐고 관대하게 넘어갔다. 그러나 나는 그 후 선생님과 나 사이에 특별한 관계가 성립된 것처럼 느꼈고 그건 현저동을 공유한 데서 오는 연대감이었다.

조카가 생겼다. 오빠에게 아들이 생겨난 것이다. 손이 귀한 집안에서 그건 대단한 경사였다. 작은숙부는 친손자가 태어난 것 이상으로 좋아서 어쩔 줄을 몰라 했다. 올케언니가 복덩이라고 칭찬이 자자했다. 첫아들을 낳았다고 해서만이 아니었다. 올케언니가 들어온 후 줄창 집안을 억누르던 그 전전긍긍한 불안감이 많이 가셨는데 그건 오빠가 지하운동에서 손을 뗐기 때문이 아니라 올케가 엄마처럼 법석을 떨거나 극성을 부리지 않고 현명하게 대처했기 때문이라는 걸 누구나 알 수 있었다.

올케는 오빠가 하는 운동을 전폭적으로 지지하는 입장을 취하면서도 한편 오빠가 잊고 지내는 가장으로서의 의무를 일깨우기를 게을리하지 않았다. 밥도 안 굶어 보고 쌀 중한 걸 알 수 없는 것과 마찬가지로 노동으로 밥 벌어 본 경험도 없이 어떻게 노동자를 위할 줄 알겠느냐는 소리도 힘 안 들이고 툭툭 잘했다. 언니의 화법은 특이했다. 옆에서 듣는 사람 속까지 시원하게 해 주면서도 오빠의 자존심을 긁는 신랄함이 없이 다만 구수했다. 오빠가 언니를 보고 첫눈에 마음에 들어 한 것도 아마 이성 간의 직감으로 그런 소질을 감지했기 때문이 아닐까 싶다. 그때가 마침 오빠에게 얼마나 충고와 위안이 필요한 시기였던가도 알 것 같았다.

오빠는 조직으로부터 멀어졌을 뿐 아니라 보도연맹까지 든 눈치였다. 그리고 구파발 지나 고양군 신도면에 있는 고양중학교 국어 선생으로 취직을 했다. 취직을 하기 위해 보도연맹에 들었는지 취직하고 나서 들었는지 그 전후 관계는 분명치 않다. 그러나 심리적이었든 실제적이었든 간에 그 두 가지는 서로 맞물려 있었다고 생각된다.

마침 남한만의 단독선거로 대한민국이 수립되고 나서 일 년을 바라볼 무렵이었다. 좌익을 탄압하는 정도가 아니라

근절을 신생독립국가의 기본 방침으로 삼고 있었다. 골수 공산주의자는 삼팔선을 넘어 월북을 하거나 체포되어 감옥살이를 할 수밖에 없었고, 오빠처럼 이상주의적인 얼치기 빨갱이에겐 보도연맹이라는 퇴로가 마련되어 있었다. 오빠가 회유에 의해서 거기 들게 되었는지 강압에 의해서 그렇게 되었는지는 모르지만 아무튼 집안 식구하고 의논하고 결정한 건 아니기 때문에 우리가 그걸 안 건 오빠의 술주정을 통해서였다.

비록 취중일망정 오빠는 전에 없이 유치하고 졸렬하게 굴었다. 엉엉 소리 내어 울면서 마치 엄마 때문에 좌익 운동에서 발을 빼고 엄마 보란 듯이 보도연맹에도 가입한 것처럼 모든 것을 엄마 탓으로 돌렸다. 엄마는 이렇게 온갖 주접을 다 떨다 잠든 아들을 슬픈 눈빛으로 바라보면서 "생전 안 하던 술 처먹고 우는 버릇을 왜 했을꼬."라는 말밖에 안 했다. 아들이 자는 머리맡도 지나가 본 적이 없는 엄마로서는 그 정도만 해도 큰 욕을 한 셈이겠지만 내가 보기에는 본인보다도 엄마가 더 전향의 후유증 같은 걸 두려워하고 있는 것처럼 보였다.

그 후에도 엄마는 두고두고 오빠 몰래 그 일을 심란해했다. 오빠가 하는 일을 그만두게 하려고 집요하게 극성을 떨 때하고는 딴판으로 문득문득 후회하는 기색이랄까 미련 같은 눈치까지 보인 적도 있었다. 자식의 안전을 위해 법에서 금하는 불온한 사상을 두려워하면서도, 자식이 위험을 무릅쓰고 하는 일이니만치 뭔가 위대한 일이라고 믿고 싶은, 가장 우리 엄마다운 이중성이었을까? 아니면 엄마도 임의로 할 수 없는 불길한 예감 때문이었을까?

하여튼 엄마의 태도는 뜻밖이었다. 나는 이런 엄마를 보고 당시의 유행어를 빌려 우리 엄마야말로 수박 빨갱이였다고 버릇없이 놀려 먹곤 했지만 엄마는 꽤 오래도록 남몰래 외롭게 전향의 후유증을 앓았다. 그런 엄마가 내가 보기에는 오빠가 하는 일을 쌍지팡이를 들고 말릴 때보다 더 지겨웠다. 모성애도 이념 투쟁의 영향을 받으면 이렇게 악몽이 되고 만다. 다시는 생각하기도 싫은 더러운 시대였다.

오빠가 취직한 중학교가 있는 시골은 지금은 전철도 통하는 서울 시내가 됐지만 40년대 말의 교통 사정으로 매일 통근은 무리였다. 학교 근처에서 하숙을 하면서 집에는 일주일에 한 번 자전거로 토요일 오후에 왔다가 월요일 새벽에 떠났다. 그때 그 학교는 농업학교가 아니었는데도 딸린 논밭이 꽤 있어서 월급날이면 현금과 함께 한 달 양식으로 충분한 쌀을 주었다. 월급날이면 오빠는 쌀자루를 자랑스럽게 자전거 꽁무니에 싣고 왔다. 덤으로 감자나 고구마가 딸려 있을 적도 있었다. 생활비 중에서 양식 값이 차지하는 비율이 높을 때라 살림이 단박 안정되기 시작했고, 생활인으로 떳떳해진 오빠는 차츰 어두운 그림자를 씻고 평범한 가장으로서의 관록이 붙어 갔다.

토요일 날 귀가하면 오빠는 허둥대며 목욕탕 먼저 다녀

왔다. 우리가 올케를 맞으면서 이사 간 집은 신안탕이라는 목욕탕 바로 뒷집이었다. 그러나 목욕탕이 가까워서라기보다는 멀리 구파발서부터 서울 장안 먼지를 다 뒤집어쓰고 온 몸으로 아기를 안을 수 없다는, 유별난 자식 사랑 때문에 그렇게 목욕을 급하게 구는 거였다. 그러고는 헐렁하고 편한 옷으로 갈아입고 아기하고 놀기 시작하고, 올케언니는 부엌에서 지글지글 고소한 기름 냄새를 풍기며 음식을 만들었다. 오빠는 아기에게 깊이깊이 매혹당해 정신이 없었고, 올케는 이런 부자의 모습에 황홀한 눈길을 보냈다. 나는 그런 세 식구의 모습에 소외감 비슷한 걸 느꼈지만 심술이 날 정도는 아니었다.

나 역시 오래간만에 돌아온 우리 집안의 평화가 기분 좋았다. 마치 쾌적할 정도로 데워진 물에 몸이 반쯤 잠긴 것처럼 나른하게 퍼지는 듯한 기쁨을 맛보곤 했다. 엄마만이 계속해서 좀 이상했다. 가장 다행스러워해야 할 엄마가 그렇지 않았다. 아직도 무슨 발작처럼 오빠가 이미 청산한 것에 대한 미련을 나타낼 적이 있었다. 오빠가 타 온 쌀을 뒤주에 부으면서도 어두운 얼굴로 "목구멍이 포도청이지." 하면서 한숨을 쉬곤 했다. 마치 오빠에게 딸린 가족의 생계 걱정만 안 시켰어도 전향을 안 했을걸 하고 아쉬워하는 투였다. 오빠의 술주정이 가시가 되어 계속 따끔거리는 걸까, 아니면 해방 후 처음으로 맛보는 가족끼리의 평화와 자립이 너무도 대견해 뭔가를 막연히 두려워하고 있는 것일까. 엄마 스스로도 그걸 느끼는 듯 가끔 나한테까지 오빠의 정당성을 확인하고 싶어 했다.

"야, 말이야 바른대로 말이지, 요새야말로 느이 오래비가 공산당질 바로 하는 것 아니냐? 한 달 내내 뼛골 빠지게 뇌동해서 처자식 밥 안 굶기면 그게 공산당이지 더 어떻게 공산당질을 잘하냐 잘하길."

그럴 때 엄마는 나한테 말하는 게 아니라 오빠의 전향을 지켜보고 있는 어떤 음산한 시선을 향해 변명을 하고 있는 게 아닌가 싶게 열성스럽고도 조금은 비굴하게 굴었다. 엄마가 노동을 뇌동, 노동자를 뇌동자라고 부를 때의 발음은 특이했다. 엄마는 흠잡을 나위 없이 고운 표준말을 쓰는 분인데도 오빠가 좌익 운동을 하고부터 그 발음만은 그렇게 귀에 거슬리게 했으니까, 그건 말투라기보다는 의도적인 거였다. 그래서 남로당을 말할 때도 꼭꼭 뇌동당이라고 '뇌' 소리에다 듣기 싫게 오금을 박았다.

그러나 엄마가 오빠의 사상에 기를 쓰고 간섭한 것은 단지 그게 위법이기 때문이었지 공산주의나 공산당에 대해서 뭘 알아서가 아니었던 듯하다. 공산주의에 대한 엄마의 단순 소박한 지식은 오히려 상당히 호의적인 거였다. 엄마가 오빠보다 더 전향에 대해 떳떳하지 못해 한 것도 그런 섣부른 호의하고 무관하지 않았고, 그래서 엄마에겐 전향을 전적으로 변절과 동일시하는 경향이 있었다. 엄마는 아들이 쫓겨 다니는 위법자인 것도 견딜 수가 없었지만 변절자라는 것은 더욱 꺼림칙했을 것이다. 엄마가 발작적으로 이사를 다닌 것도 어떡하든 변절자라는 낙인만은 찍히지 않고 그쪽 조직과의 접선을 끊게 해 보려는 엄마 나름의 약은 꾀였을 뿐 범법을 두려워하는 것만큼 공산주의를 싫어하는 것은 아니었다.

변절 얘기가 나오니까 생각나는 게 있다. 그로부터 사십 년이 지난 근래의 일이지만 엄마는 돌아가시기 전의 몇 년간을 다친 다리 때문에 바깥출입을 못 하고 집 안에서만 지내야 했다. 독실한 불교 신자셨지만 절에도 못 다니고 텔레비전하고 독서가 유일한 낙이어서 우리 집에 와 계실 동안은 책이 많은 걸 좋아하셨다. 내가 가톨릭에 입교하고 나서는 쉽게 풀이한 성경 이야기나 신앙에 도움이 될 만한 명상집 같은 것도 즐겨 읽으셨다. 읽고 나서는 참 좋더라고 칭찬도 하고 머리맡에 두고 되풀이해서 읽으시는 책도 있는지라 한번은 개종을 하시는 게 어떻겠느냐고 여쭤본 적이 있다. 나뿐 아니라 손자 손부가 다 가톨릭에 입교한 지 오래고 그때마다 한 번도 반대하신 적이 없는 엄마였기 때문에 나의 이런 권고는 되레 때늦은 감이 있었다.

그러나 엄마는 의외로 안색에 단박 불쾌한 빛을 드러내면서 나를 꾸짖으셨다. 자기가 삼십에 과부가 됐을망정 누구한테도 장차 일부종사를 어찌할까 싶은 걱정이나 의심은 물론 동정도 받아 본 적이 없거늘 딸자식한테 별 해괴망측한 소리를 다 듣는다는 진노였다. 나는 개종과 일부종사의 엉뚱한 비유 때문에 그만 웃음이 복받치고 말았지만 곧 입을 다물었고, 불현듯 생각하고 싶지 않은 옛날 일이 생각났다. 그 옛날 오빠가 어렵게 획득한 오붓하고 화평한 가정의 단란에 음흉하게 잠복해 있다가 시도 때도 없이 우리를 불편하게 하던 것도 바로 저런 자랑스럽고도 유구한 정조 관념의 뿌리였구나 하고.

그러고 나서 다시는 엄마의 개종을 권할 엄두를 낸 적이 없건만 엄마 또한 그 후 다시는 내 앞에서 기독교 계통의 책을 보는 모습을 보이지 않았다. 불교를 믿으면서 예수교 책에 흥미를 갖는 게 자식한테 처신을 잃는 짓이라고 생각하시는 게 뻔했다. 참으로 지겨운 엄마였다. 그러나 육친이란 싫어하는 면을 더 닮게 마련인가. 엄마가 자식한테일수록 처신을 잃는 짓을 극도로 경계했듯이 나 또한 엄마에게 처신을 잃지 않으려고 얼마나 안간힘을 썼던가. 내가 엄마한테 가장 처신을 잃는 일이라고 생각한 것은 내가 쓴 책을 엄마가 읽는 일이었다.

그래서 나는 엄마가 우리 집에 오시기 전에 제일 먼저 준비하는 게 내 책을 서가 제일 높은 층에다 책등이 안 보이도록 반대로 꽂아 놓는 일이었다. 엄마 또한 내 서재에 들어와 이것저것 읽을 만한 책을 고르시면서 어쩌다 한 번쯤은 "네가 책을 여러 권 썼다는데 다 어딨냐?"라고 물을 법도 하건만 전혀 안 그러셨다. 그렇다고 엄마가 다른 경로를 통해 내 책을 읽었을지도 모른다는 느낌을 받은 적이 아주 없는 것도 아니었건만, 나는 어머니 생전에 한 번도 정식으로 내 책을 헌정한 적이 없다. 노출증 환자처럼 세상 사람들에게 다 까발려 보일 수 있는 내 치부를 엄마에게만은 보이기 싫었다는 게 말이 될지 모르겠다.

그러나 내가 쓴 걸 어떡하든지 엄마 눈에 안 띄게 하려는 단속이 신문 연재를 할 때만은 여의치 않았다. 그럴 때는 서로 모르는 척하는 게 수였고, 우리 모녀는 약속 없이도 그런 눈치는 잘 통했다. 한번은 동아일보가에 연재가 끝나고 나서 어떤 잡지사에서 나하고 우리 엄마하고 같이 인터뷰를 하겠다고 졸랐다. 고사하다가 그 기자하고는 너무 박절하게 굴 수만도 없는 사이여서 우선 엄마에게 먼저 양해를 구해 보라고 발뺌을 했다. 쉽지는 않았지만 허락이 떨어졌다고 했다. 그때 친정집은 화곡동이어서 내가 기자하고 같이 화곡동으로 갔다.

엄마는 처음 당하는 인터뷰건만 썩 잘 받아넘기셔서 나는 속으로 여간 자랑스럽지 않았다. 인터뷰 마무리 단계에서 기자가 따님이 쓰는 신문 연재소설을 혹시 읽으셨냐는 질문을 했다.

"우리도 그 신문을 보니까요."

엄마는 즉시 도도하게 표정을 가다듬으면서 결코 소설 때문에 그 신문을 본 건 아니라는 것부터 강조했다. 나는 역시 엄마답다고 속으로 쓴웃음을 지었다. 기자는 그 소설을 읽은 소감을 물었다. 순간 나도 모르게 심장이 죄어들었다.

비평가한테 무슨 소리를 들어도 그다지 기분이 좋아질 줄도 나빠질 줄도 모르는 강심장을 타고난 내가 말이다. 다음 엄마 입에서 떨어진 소리는 싸늘하고도 간략했다.

"원, 그것도 소설이라고 썼는지."

나의 죄어들었던 심장이 펴지면서 얼굴이 모닥불을 담아 부은 것처럼 달아올랐다. 그 후에도 엄마의 그 차가운 평은 문득문득 나에게 상처가 되었다. 그럴 때마다 나는 결코 남에게 상처가 되는 말만은 삼가리라고 다짐하는 것으로 엄마에 대한 앙심을 달랬다.

한참 옆길로 샌 얘기를 다시 돈암동, 목욕탕 뒷골목 집에서 살던 시절로 되돌려야겠다.

내가 보기에는 엄마가 가끔 보이는 신경 불안 증세는 터무니없는 거였다. 불안해할 건 아무것도 없었다. 오빠는 비로소 제 곬을 찾은 거였다. 오빠에게도 현저동 시절이 깊은 인상을 남겼으리라는 건 이해가 되었다. 오빠는 현저동 출신이라는 티를 내고 싶어 했고 그들에게 진 빚이 있는 것처럼 여기고 싶어 했다. 그들 편에 서야겠다는 순진한 정의감 때문에 쉽사리 공산주의 사상에 공감할 수 있었겠지만 행동을 하기엔 너무도 허약하고 사치스러운 마음을 가지고 있었다. 오빠는 현저동 사람들이 콩깻묵도 실컷 못 먹고 죽을 쑤어 먹을 때 동생의 입학 축하로 양식을 사 먹이려 들었고, 폐를 앓는 애인을 특실에 입원시켰다. 하물며 눈에 넣어도 아프지 않을 것 같은 자기 자식에게 어찌 안정을 주고 싶지 않았겠는가. 그가 몸담았던 조직에서 소시민 근성이라고 매도하는 안정일망정.

나는 이렇게 엄마뿐 아니라 오빠의 심정의 변화까지도 손금 보듯이 빤히 들여다보는 것처럼 느꼈다. 세상 경험은 없이 한창 건방지기만 할 나이였다. 오빠가 전향을 하고 우리 집안의 평화가 돌아온 것은 내가 중학교 육학년 때, 지금으로 치면 고3 때였으니까.

1950년, 나는 열아홉 살에서 스무 살이 되었고, 황금 같은 고3 시절은 그해에 한해서 9개월밖에 안 됐다. 3월 말에 학년을 끝내고 4월에 학기 초이던 일제시대의 학제가 해방이 된 8월을 기준으로 구미의 제도처럼 8월에 학년을 끝내고 9월에 새 학기를 시작하도록 바꾼 것이 49년까지 통용됐었다. 그걸 원래대로 3월 학기 말로 환원시키기 위한 과도 조치로 50년도에는 학기를 3개월 단축해서 5월로 하기로 했는데 그때 마침 졸업반이어서 5월 졸업을 하게 된 것이었다. 아마 우리나라에 신식 교육제도가 들어오고 학제라는 게 생기고 나서 5월 졸업은 우리가 유일한 경우였을 것이다. 그것이 얼마나 큰 행운이었던가는 엄동설한에 들어 있는 입시와, 꼭 을씨년스러운 늦추위가 끼는 요즈음 입학과 졸업을 볼 때마다 느끼곤 한다.

그해 5월은 유난히 아름다웠다. 그때는 지금처럼 시도 때도 없이 아무 꽃이나 피어나는 시대가 아니었다. 오직 5월만이 잎도 꽃처럼 피어날 때였고, 라일락과 모란과 장미와

등꽃의 계절이었다. 교정에 꽃 내음이 그득했고 벌들이 윙윙댔다. 나는 국민학교와 중학교를 합친 도합 십이 년간의 교육 기간 중 처음으로 우등상이라는 걸 받으면서 졸업을 했다. 엄마는 물론 오빠, 올케, 숙부, 숙모가 다 졸업식에 참석해 축하를 해 주었고 나는 속으로 기고만장했다. 서울대 문리대 국문과에 거뜬히 합격한 뒤였다. 지금의 인문대와 자연대를 합쳐서 그때는 문리대라고 했는데, 실용적인 것을 선호하는 풍조는 전쟁 후에 생겨났고 그때까지만 해도 일제 잔재랄까, 순수 학문을 숭상하는 기풍이 승할 때라 문리대는 '대학의 대학'이라고 자처하며 기고만장할 때였다.

힘 안 들이고 합격을 하고 보니 머리가 붕 뜨는 것처럼 교만을 억제할 수가 없었다. 그때만 해도 여학교에선 대학에 지원하는 비율이 높지 않아서였는지 입시를 위한 수업이라는 게 따로 없었다. 모의고사를 두어 번 본 것 빼고는 각자 알아서 하도록 내버려 두었다. 내가 알아서 한 수험 공부는 종로서관 집 딸인 김종숙한테 예상 문제집을 빌려 본 것이 전부였다. 꽤 두꺼운 문제집이었는데 아마 지질이 형편없는 갱지여서 더욱 부피가 나갔을 것이다. 나 말고도 뒤에 기다리는 아이가 있어서 사나흘 집중적으로 보았다. 마치 소설책 돌리듯이 돌리고 난 책을 그 후에 다시 책방에 갖다 팔았는지 어쨌는지 그 뒷일까지는 모르지만, 아무튼 마음씨 좋은 친구 덕으로 그 책을 한 권 떼고 나니까 배운 것이 정리가 된 기분이었다. 그때 우리 집 형편이 그런 책이 필요하다면 못 사 줄 형편은 아니었는데도 안 사 달란 것은 시험공부 안 하는 것처럼 굴다가 쓰윽 합격해 보이겠다는 유치한 허영심 때문이었을 것이다.

입학시험은 4월 말경이었는데, 그때가 또한 문리대 근처가 가장 아름다운 계절이었다. 지금은 마로니에공원으로 변하고 개천도 복개되었지만 그때는 동숭동 초입부터 이화동까지 길게 대학천이 흐르고 대학천을 향해 개나리가 눈부시게 늘어져 있고, 마당에선 벚꽃이 어지럽게 흩날리고, 마로니에가 움트고 있었다. 전차가 유일한 교통수단인 시절이라 입학원서 낼 때나 시험 칠 때나 문리대 정문을 빠져나오면 곧장 길을 건너 의대 정문을 지나 대학병원 정문으로 해서 원남동으로 나가 전차를 탔다. 의대와 대학병원이 연결된 길이 또 그렇게 좋을 수가 없었다.

스무 살에 꿀 수 있는 온갖 황홀한 꿈 때문에 그 길이 그렇게 좋았는지, 그 길의 나무와 꽃과 풀과 훈풍이 그렇게 가슴을 울렁거리게 했는지, 그 길은 단순한 자연의 아름다움이라고만은 볼 수 없는 매혹으로 가득 차 있었다.

그렇다, 그 계절에 나를 매혹시킨 것은 자유에의 예감이었다. 중학생에서 대학생이 된다는 것도 온갖 금기로부터의 해방을 의미했지만 나는 엄마로부터의 자유까지를 이미 예비해 놓고 있었다. 시집이나 가면 또 모를까, 처녀 시절에 엄마로부터 해방될 수 있다는 것을 어찌 꿈이나 꿔 봤을까. 아니 꿈도 안 꿔 봤다는 건 거짓말이다. 그건 내 꿈 속의 꿈,

가장 내밀한 욕망이었다. 그것이 현실이 되어 바로 목전에 예비돼 있었다. 그 엄청난 자유를 어떻게 쓸 것인가, 악용, 선용, 남용, 절제 아무거나 다 매혹적이었다. 앞으로는 모든 것을 그것과 더불어 공모하리라. 그 꿈이야말로 장미와 라일락과 모란을 피게 하는 5월의 햇빛보다 더 찬란했다.

엄마로부터 놓여날 수 있는 가능성은 어느 날 갑자기 왔다. 50년 봄, 언제나처럼 시골 학교에서 주말에 자전거로 돌아온 오빠가 좀 과장되게 피곤해했다. 그때 올케는 두 번째 아이가 생겼는지 입덧이 한창이었다. 연년생을 낳을 모양이었다. 아무리 손이 귀한 집안이라 해도 돌 안에 들어선 아우는 엄마에게도 아기에게도 다 같이 못할 노릇이었다. 가장이 시골 학교 선생이 됐다고 온 식구가 마음을 합해 행복해하던 때가 엊그저께건만 벌써 식구가 느는 것 외엔 아무런 변화도 기대할 수 없는 따분한 생활에 지친 기미를 우리는 서로 감추지 못했다. 그날 저녁상을 받고 나서 오빠가 지나가는 말처럼 운을 떼었다.

"학교 사택이 한 채 날 것 같아요. 우리 집보다 널찍하고 텃밭까지 딸려 있어서 소일거리도 될 것 같긴 한데."

그러면서 흐린 말끝을 엄마가 잽싸게 낚아챘다.

"우리가 들고 싶으면 들 수도 있단 말이지? 그 사택인지 관사에."

옆에서 나는 오빠가 사택이라고 말한 걸 관사라고 부르고 싶어 하는 엄마 때문에 웃음이 났지만 현실성이 있으리라고는 생각하지 않았다.

"그럼은요. 곧 비는데 신청자가 없으니까요. 교장이 오늘 저에게 의향을 물어보길래 그냥 해 본 소리예요. 잊어버리세요."

"가자, 우리."

"예?"

너무도 간단하고 단호한 결정에 식구들이 다들 숟갈질을 멈추고 엄마의 입만 쳐다보았다.

"하숙 밥을 삼 년만 먹으면 뼛속이 다 빈다더니 삼 년은커녕 반년 만에 벌써 애비 꼴이 못쓰게 돼 은근히 애가 닳던 참이다. 에미도 그렇지, 젊은 내외가 그게 할 노릇이냐."

"그렇지만 어머니, 쟤는 어떡허구요?"

오빠가 나를 턱으로 가리키며 말했다.

"대학교만 붙고 나면 작은집에서 다니도록 하지 뭐. 서로 좋아할걸, 아마."

엄마가 숙부네하고 의논도 하기 전에 서로 좋아할 거라고 단정을 할 만큼 작은숙부, 숙모는 나를 친딸처럼 사랑했고 나 역시 그들을 따랐다. 아들이고 딸이고 낳아 본 적도 없는 작은숙부는 한때 시골 형님의 딸을 데려다 길러 보려고 한 적이 있었다. 큰숙부는 일남 삼녀를 두고 있었다. 그러나 일 년 남짓 갖은 정성을 들였음에도 불구하고 저의 엄마와 시골을 못 잊어 해 결국은 돌려보내야만 했다. 그때의 상심을 바로 이웃에서 지켜보았는지라 나라도 잘해 드리려고 애썼고, 그분들 역시 너밖에 없다는 식으로 나에게 정을 쏟았었다. 그러나 장차 작은집에서 학교를 다니게 될지도 모른다는 걸 알았을 때 속으로 뛸 듯이 기뻤던 것은 숙질간의 그런 유별난 관계하곤 무관했다. 엄마로부터 벗어날 수 있다는 것에 대해서만 생각했다. 그것만으로 충분했다.

숙부네는 내 방까지 있었다. 한때 우리 식구가 다 들어가 살 때도 나한테 따로 독방을 주었는데 우리 집에선 아직도 엄마하고 한방을 쓰고 있었다. 남아도는 방이 하나 있는데도 장작 값을 아끼느라 비워 놓았고 여름에라도 그 방을 혼자 쓰고 싶었지만 엄마가 섭섭해할 것 같아 먼저 말을 못 꺼냈다. 같은 이유로 내가 가족으로부터 떨어져 나가게 된 걸 얼마나 기뻐하고 있다는 걸 엄마한테 들키지 않으려고 나는 매우 조심조심했다. 그러니까 아무리 잘해 줘도 작은집을 내 가족으로 여기진 않았었나 보다. 대학 합격과 자유는 내가 쥔 양손의 떡이었지만 결코 하나만 먹을 수는 없도록 돼 있었다. 차선이라고는 없는 선택 때문에 얼마 남지 않은 시험 날짜까지 아슬아슬하게 긴장을 유지할 수가 있었다.

엄마는 그 말이 나자마자 우리가 이사 갈 집을 가 보고 싶어 했다. 그날은 나도 엄마하고 동행을 했는데 전차로 영천 종점까지 가서 거기서 구파발까지 가는 시외버스를 탔다. 시외버스를 기다리는 동안도 오래 걸렸거니와 구파발에서 고양중학까지 걸어 들어가는 거리도 만만치가 않았다. 봄 가뭄이 계속되고 있어 황톳길은 풀썩풀썩 먼지가 심하게 났다. 나는 단박 촌스럽게 변한 내 검정 운동화를 내려다보면서 오빠에게 형언할 수 없는 연민을 느꼈다. 그 집은 이미 비어 있는 거나 마찬가지였다. 신병으로 학교를 그만두게 된 선생님의 세간만 일부 남아 있을 뿐 아무도 살고 있지 않았다. 썩 좋은 인상은 아니었는데도 엄마는 집은 보는 둥 마는 둥 먼저 텃밭으로 들어갔다.

한참이나 밭고랑에 쭈그리고 앉았기에 나는 엄마가 거기서 오줌을 누는 줄 알고 일부러 딴 데를 보았다. 한참 있다가 돌아다보았더니 어린애처럼 흙을 주무르고 있었다. 나하고 시선이 마주치자 감자꽃처럼 초라하고 계면쩍게 웃으면서 중얼거렸다.

"난 하루라도 빨리 여기 살고 싶구나. 땅이 어쩌면 이렇게 거냐? 세상에 이 좋은 땅을 이대로 놀리다니."

햇볕이 졸리도록 따스운 봄날이었다. 딴 밭에서는 푸성귀들이 파릇파릇 돋아나고 있는데 그 밭만은 놀고 있었다. 나는 주말마다 그 밭에다 고추, 상추, 오이, 호박, 참깨, 들깨, 온갖 푸성귀를 심고, 그 너울대는 초록의 한가운데서 김을 매고 있을 엄마를 향해 손을 번쩍 들고 달음박질해 귀가할 내 장차의 모습을 상상하고 가슴이 울렁거렸다. 텃밭이 거기 있음으로써 그건 귀가가 아니라 귀향이 될 터였다. 다시 귀향을 할 수가 있을 것 같은 예감은 자유의 예감 못지않게 감동스러웠다. 새로운 고향은 앞으로 내가 누리게 될 자유와 기막힌 균형이 될 수 있으리라.

그 전날 밤의 평화

마침 그 무렵 우리는 박적골 고향을 잃으려 하고 있었다. 해방이 되고 나서 집을 겉돌기 시작한 큰숙부는 그 후에도 박적골이 영 뜨악한지 개성 시내에 있는 소실 집에만 틀어박혀 있어 집안 형편이 눈에 띄게 기울고 있었다. 게다가 아이들 교육 문제도 있고 해서 오빠와 작은숙부는 이참에 아주 고향을 뜨게 해서 서울서 새 출발을 시키도록 뜻을 모아 이미 구체적인 데까지 일이 진행되고 있었다.

내가 대학에 합격하자마자 엄마는 돈암동 집을 복덕방에 전세로 내놓았다. 그리고 분주하게 이사 준비를 했다. 오빠는 여름방학에 하고 싶어 했으나 엄마는 여름엔 밭에서 따온 상추쌈으로 점심을 먹지 않으면 큰일 날 것처럼 서둘러 댔다. 꼭 무엇에 쫓기는 사람 같았다. 이사만 한다면 무슨 발작처럼 생기가 나는 것도 여전했다.

"엄마는 이사가 취민가 봐."

이젠 쫓길 것도 없건만 안정된 지 일 년 남짓해서 다시 이삿짐을 싸고 싶어 하는 엄마를 나는 이렇게 빈정댔다. 오로지 이사에만 정신이 팔려서 나를 작은집에 떼어 놓게 된 것에 대해선 조금도 신경을 안 쓰는 엄마가 다소 야속했는지도 모르겠다. 그러면 엄마는 스르르 풀이 죽으면서 아득한 표정으로

"자고로 죽을 수에 이사한단다."

하고 한숨을 쉬었다.

엄마는 아직도 쫓기고 있었다. 엄마는 좌익 조직으로부

터 헛되게 도망을 다녔듯이 이번엔 전향한 후환으로부터의 도피를 시도하고 있었다. 나는 엄마가 전전긍긍하는 것을 전혀 터무니없는 일종의 신경 불안 증세라고 생각했기 때문에 이번 이사야말로 가장 성공적인 치료가 되리라고 생각했다. 엄마에게도 나에게도 새롭게 전개될 생활에 대한 예감에 충만한 특별히 아름다운 5월이었다. 그러나 하필 1950년의 5월이었다. 남달리 명철한 엄마도 환멸을 예비하지 않고 마냥 마음을 부풀린다는 게 얼마나 어리석은 일이라는 걸 미처 모르고 있었다. 그해 6월이 다가오고 있었다.

찬란한 예감

 5월이 학년 말이었으니 당연히 6월 초에 새 학년이 시작되었다. 그러나 문리대는 그해에 무슨 사정이 있었는지 중순경에 입학식을 했다. 자연히 강의도 며칠 못 듣고 25일이 되었다. 집은 그동안에 전세를 들 만한 마땅한 사람이 생겨서 계약하고 중도금까지 받아 놓은 상태였다. 작은집의 내 방도 도배를 새로 했고, 학교 사택도 언제든지 이사할 수 있도록 대강의 수리와 도배를 끝마치고 엄마가 받아 놓은 손 없는 날만 기다리는 중이었다. 언제나처럼 주말에 돌아온 오빠와 나는 서로 나눠 가질 책을 분류했다.
 인민군이 삼팔선 전역에 걸쳐 남침을 시도했다는 뉴스를 듣긴 했지만 전에도 삼팔선에선 충돌이 잦았고 그때마다 국군이 잘 물리쳐 왔기 때문에 그저 그런가 보다 했다. 설사

전하고는 다른 전면전이 된다고 해도 우리가 시골로 들어가기 전에 무슨 일이 있으리라고는 꿈에도 생각하지 못했다. 겪은 지 얼마 안 되는 이차대전의 경험에 미루어 다분히 이기적인 생각이었지만, 전쟁이 날수록 시골로 가길 참 잘했다고 야비다리를 피우면서 살 수 있을지언정 후회할 까닭이 없었다. 그때까지 이승만 정부가 장담해 온, 만약 전쟁이 나면 파죽지세로 밀고 올라가 점심은 평양에서 저녁은 압록강에서 먹으리라는 선전을 그대로 믿은 건 아니라 해도 세뇌 효과는 무시 못했다. 최악의 경우라 해도 다만 몇 발자국이라도 삼팔선 이북에서 밀었다 당겼다 하는 장기전이 되려니 했다.

다음 날 오빠는 새벽같이 학교로 출근했고, 나는 동숭동 문리대로 등교했다. 등교하면서 가로수를 꺾어서 철모와 군용차를 시퍼렇게 위장하고 미아리고개 쪽으로 이동하는 국군을 보고 비로소 섬뜩한 전쟁의 현장감을 느꼈으나 남들이 하는 대로 씩씩하게 박수도 치고 만세도 불렀다. 오전 강의가 끝나고 누군가가 양주동 선생님 강의를 도강하러 가자고 했다. 도강이란 말도 대학생이 된 기분을 쾌적하게 자극했지만, 유명한 학자의 실물을 본다는 건 더욱 신나는 일이었다. 도강은 아니었지만 입학하고 얼마 안 있다 들은 가람 이병기 선생님의 강의 시간에도 그렇게 설레었는데 역시 유명한 분을 직접 뵙는다는 게 자랑스러웠을 뿐 그분의 학문이나 업적에 대해 뭘 좀 알고 있는 건 아니었다.

고명한 학자나 명사가 지금처럼 대중 앞에 모습이나 목소리를 드러낼 기회가 없이 문자 그대로 상아탑에 갇혀 있을 때였다. 그러나 그분들을 구경한다는 것만으로도 가히 도취할 만한 대학생의 특권이었다. 그때도 양주동 선생님의 인기는 대단해서 강의실은 입추의 여지가 없었다. 맨 뒤에 끼어 서서 해학과 유식을 폭포수처럼 토해 내며 강단을 자유자재로 누비는 선생님의 강의에 황홀한 눈길을 보냈는데, 간간이 강의실 유리창이 들들들 울릴 만큼 포 소리가 가까워질 적이 있었다. 작달막하지만 몸매가 다부진 그분이 그 소리에 조금도 동요하지 않고 강의를 계속하는 게 그렇게 멋있어 보일 수가 없었다.

그러나 하학 길은 아침과 좀 달랐다. 여전히 미아리고개 쪽으로 군대가 이동하는 걸 볼 수 있었지만 용감해 보이기보다는 비장해 보였고 환송하는 시민의 태도 또한 불안하고 어설퍼 보였다. 그날 밤새도록 엄마가 구시렁대면서 이럴 때는 식구가 같이 있어야 하는 건데 하는 소리를 하고 또 했다. 나도 오빠가 걱정되긴 마찬가지여서 더욱 엄마가 그러는 게 듣기 싫었고, 진작 독방을 갖지 못한 게 짜증스러웠다.

다음 날 아침에는 포 소리가 미아리고개 너머에서 쏘는 것처럼 가까이 들렸다. 그러나 긴급 뉴스는 국군이 인민군을 거의 다 섬멸한 것처럼 말하면서 국민들은 안심하고 생업에 종사하기를 당부했다. 그러면 그렇지 하고 학교로 향했다. 미아리고개로 뻗은 돈암동 전찻길로 달구지에 가재

도구를 실은 피난민이 꾸역꾸역 넘어오고 있었다. 겁에 질린 그들에게 시민들이 뭔가를 물어보려는 걸 순경이 말리는 광경도 눈에 띄었다. 그래도 이 사람 저 사람의 입을 통해 그들이 의정부에서 피난 오는 길이라는 걸 알 수가 있었다. 피난민을 눈으로 보고서야 덜컥 겁이 났지만, 설마 순수한 양민은 아니겠지, 아마 지레 겁을 먹은 악덕 지주거나 좌익 탄압에 앞장섰던 경찰 가족쯤 될지도 모른다고 스스로를 위로했다. 꿈에도 인민군이 쳐들어오는 걸 바라지는 않았지만 나의 그런 견해는 다분히 좌경 사상에서 영향받은 바가 없지 않았다.

학교에서는 강의 없이 여학생에게 귀가 조치가 취해졌고, 남학생들은 따로 학도호국단 명의로 북진 통일을 다짐하는 궐기대회를 여는 것 같았다. 나는 호국단 간부들이 목청껏 결의문을 읽고 구호를 선창하는 걸 옆에서 잠시 지켜보았지만 거의 위로가 되지 못했다.

귓갓길은 시시각각으로 촉박한 전운이 감돌고 있었고, 간단없는 포 소리에 행인들은 무작정 우왕좌왕하고 있는 것처럼 보였다. 오빠 일이 갑자기 걱정되어 집을 향해 뛰었다. 그동안 오빠가 돌아와 있기를 간절히 바랐으나 엄마가 문밖에서 서성이고 있는 걸 보니 아직 소식이 없는 것 같았다. 엄마는 나를 보자 "어서 피난을 가얄 텐데."라고 혼잣말을 중얼거렸다. 절박하다 못해 멍해진 엄마의 시선이 기분 나빴다. 부엌에선 올케가 솥뚜껑을 뒤집어 놓고 쌀을 볶고 있었다. 너무 일찍 아우를 보느라 삐쩍 마른 녀석이 칭얼대는데도 모르는 척하고 임신한 지 여덟 달이 꽉 찬 올케가 어깨로 숨을 쉬면서 커다란 나무 주걱으로 누릇누릇해진 쌀을 하염없이 젓고 있는 걸 보자 나는 벌컥 화가 났다.

"언니, 지금 뭐 하고 있는 거예요?"

"보면 몰라요? 미숫가루 만들고 있잖아요."

언니는 나보다 더 화가 난 목소리로 불만스럽게 대꾸했다. 마루 끝에 한눈에 엄마의 솜씨라는 걸 알게 하는 광목 배낭이 불룩하게 나자빠져 있었다. 엄마가 시켜서 마지못해 하는 노릇이라는 게 뻔하건만도 나는 올케의 손에서 나무 주걱을 빼앗으며 물었다.

"그 몸으로 피난을 갈 작정이유?"

"어떡해요? 내쫓으시면 가는 척이라도 해야죠. 그나저나 오빠가 와야지 내쫓기든지 말든지 하죠."

엄청난 굉음이 들리고 이어서 산봉우리가 하나 무너져 내리는 것 같은 여운에 집의 분합문 유리가 들들들 오래도록 공명했다. 엄마가 대문간에서 뛰어들어 오면서 어서 미숫가루를 담으라고 자루를 벌렸다.

"아직 빻지도 않았잖아요?"

"빻을 새가 어딨냐? 한 움큼씩 집어 먹으려면 안 빻은 게 나아."

엄마가 우리가 성의 없이 볶아 갈색으로 탄 쌀을 야단도 치지 않고 하도 급하게 자루에다 처넣기에 오빠가 저만치

오는 걸 보고 뛰어들어 온 줄 알았다. 올케도 곧 내쫓길 줄 알고 울상을 짓고 있었다. 나는 엄마에게 오빠만 피난시키자고 간곡히 부탁했다.

"그게 뭐 그렇게 급하냐? 느이 오래비도 안 왔는데."

엄마도 얼떨결에 부린 자신의 경망이 어처구니없는지 낭패스럽게 웃으며 다시 대문간으로 나갔다.

그날 밤 오빠는 돌아오지 않았다. 숙부네 가게에는 전화가 있는데도 아무런 연락이 없었다. 물론 숙부 쪽에서도 온종일 학교와 통화를 시도했지만 허사였다. 밤늦게 숙부네가 우리 집으로 피난을 왔다. 미아리고개로 통하는 대로변보다는 아늑한 주택가가 안전하게 느껴진 까닭도 있고, 여럿이 뭉쳐 있으면 서로 의지가 돼 덜 무서울 듯싶어서였다.

그러나 큰집 작은집까지 뭉쳐 있을수록 오빠의 빈자리는 더욱 크게 느껴졌다. 포탄이 서울 하늘을 가르고 있는 걸 느끼고부터 우리는 방 속에서 솜이불을 뒤집어쓰고 꼼짝을 못 했다. 대포나 폭탄 파편이 솜은 잘 못 뚫는다는 일제 말기에 얻어들은 어설픈 지식 때문에 땀을 흘리면서도 그러고 있었던 것이다. 숙부는 솜이불 속에서도 열심히 라디오를 들었다. 그리고 위로가 될 만한 뉴스가 나오면 즉시 우리에게 전해 주곤 했다.

그 밤을 견디는 태도가 삼촌하고 엄마하고 그렇게 대조적일 수가 없었다. 엄마는 우리가 무슨 소리를 해도 솜이불을 뒤집어쓰지도 않았고 방에도 들어오지 않았다. 안마당과 대문 밖을 서성이면서 꼬박 밖에서 그 밤을 보냈다. 바깥 동정을 살피는 것도 이젠 오빠를 기다려서가 아니라 지나가는 사람이나 동네 사람들의 동정에서 뭔가를 알아내려는 것 같았다. 허둥지둥 피난 나가는 사람들이 줄을 잇더니 지금은 좀 뜸해졌다든가, 가면 어디로 갈 거냐고 나갔다가 되돌아오는 사람도 있더라는 얘기를 방 안에 있는 식구들에게 전해 주었다. 바깥에 인적이 아주 끊어지고부터는 마루 끝에 꼼짝 않고 앉아서 포탄이 쌔앵 공기를 가르는 소리와 명중해서 폭발하는 소리를 가지고 마치 전문가처럼 자신의 추측을 우리에게 보고해서 동의를 구하려 했고 엄마의 보고와 숙부의 보고는 번번이 상반됐다.

우리는 두 사람이 말하는 전황을 다 믿지 못했고 위로받지도 못했다. 현실과 이데올로기의 싸움 구경처럼 황당할 뿐이었다. 낮엔 그렇게 허둥대던 엄마가 너무 침착하고 담대하게 구는 것도 어쩐지 보기가 싫었다. 새벽녘에 전쟁의 소음이 한결 가라앉자 숙부는 이제 좀 마음이 놓인다는 듯이 우리더러 한숨 자자며 말했다.

"그러면 그렇지. 대통령이 수도 서울은 꼬옥 사수한다고 국민한테 철석같이 약속을 했으니까."

이러면서 하품을 늘어지게 하는 숙부를 엄마는 딱하다는 듯이 바라보면서 말했다.

"서방님도 참, 그 늙은이 말을 어떻게 믿어요?"

날이 밝자 숙부와 숙모는 오늘은 상점을 열 수 있을 것 같다며 집으로 떠났다. 우리도 다들 밖이 조용해진 걸 전쟁이 진정된 것과 같이 생각했기 때문에 붙들지 않았다. 그러나 얼마 안 있어 헐레벌떡 되돌아온 숙부는 몹시 얼뜬 목소리로 밤사이에 세상이 바뀐 걸 알려 주었다. 엄마의 안색이 하얗게 변했다. "어쩔꼬, 이를 어쩔꼬." 헛소리처럼 탄식하는 엄마의 손을 잡으니 가늘게 떨리고 있었다. 숙부는 그런 엄마가 잘 이해가 안 되는 모양이었다. 싱글대며 농담을 다 했다.

"아, 형수님이야 무슨 걱정이유. 툭하면 겁 없이 이승만 박사 욕도 잘하시더니만 잘됐지 뭐 그래요."

그리고 우리한테도 빨리 나가 보라고 했다. 길가에 인민군을 환영하는 인파가 적지 않다고 했다. 엄마가 굳은 표정으로 못 나가게 했다. 대통령이 남긴 목소리를 곧이곧대로 믿던 숙부는 이미 바람 부는 대로 살 각오가 돼 있는 반면 같은 대통령을 그렇게 못마땅해하던 엄마는 되레 새 세상에 심한 낯가림을 하고 있었다. 오빠 때문에 그러는 줄은 알지만 좀 지나친 것 같았다. 전향한 게 투쟁 경력에 흠이 되긴 하겠지만 설마 정상을 참작해 주겠지 하는 치사한 생각을 난 하고 있었다.

그때 나는 정말로 더럽고 치사했다. 나는 바뀐 세상에 대해 숙부처럼 바람 부는 대로 살지, 정도가 아니라 좀 더 적극적이고 희망적이었다. 그리고 그 희망은 오빠의 투쟁 경력과 까마득히 잊고 지내던 나의 일시적인 동조를 상기함으로써 더욱 생생해졌다. 나는 오빠의 투쟁 경력에 대해서만 생각했고 엄마는 그의 전향에 대해서만 생각했다. 그리고 엄마가 두려워하는 것은 전향에 대한 보복이 아니라 전향에서 또 한 번 전향하게 될지도 모르는 사태였다.

엄마는 혼자 나가서 세상이 바뀐 걸 확인하고 들어와서는 숫제 안암천이 흐르는 개천가 큰길까지 나가 오빠를 기다렸다. 개천가에선 성북경찰서 뒤뜰이 곧바로 바라보였다. 인민군이 경찰서를 접수하고 벌써 반동을 잡아들이는 것 같다고 엄마가 치를 떨며 말했다. 오빠를 눈이 빠지게 기다리다 들어온 엄마는 눈에 정기가 하나도 없이 흐릿하게 풀려 보였다. 오빠에게 그런 일이 일어나지는 않을 테니 걱정 말라고, 오빠는 인제부터 뜻을 펴고 살 수 있을 거라고, 나는 엄마를 위로했다. 그건 나의 희망 사항이기도 했다.

"그게 어디 사람이 할 짓이냐?"

엄마는 딸을 노골적으로 능멸하는 투로 말했다. 또 그놈의 정조 관념인가. 정말로 어째 볼 수 없는 엄마였다. 하늘의 해와 달처럼 명명백백하고도 오직 두 개밖에 없는 이데올로기 말고 따로 신봉할 게 있는 엄마가 우스꽝스러워 보였다. 그러나 얼마 안 있다 나타난 오빠보다 더 우스꽝스럽지는 않았을 것이다. 엄마는 아마 오빠를 바뀐 세상으로부터 감쪽같이 감춰 둘 요량으로 그렇게 기다렸을 것이다. 아예 집엔 들이지 않고 숙부네나 외가로 빼돌릴 생각을 했을지도 모르겠다. 하필 오빠는 기다리다 지친 엄마가 잠시 집에 들어온 사이에 돌아왔다. 그건 마치 분꽃이나 나팔꽃 봉오리가, 지키고 있던 어린이가 잠시 한눈을 팔고 있는 사이에 피는 것처럼이나 자연스러운 일이기도 했다.

그러나 오빠는 일생일대의 부자연스러운 모습으로 귀가했다. 설사 엄마의 계획대로 지키고 있던 길목에서 만났다고 해도 사태는 조금도 달라지지 않았을 것이다. 오빠는 거의 한 트럭분은 됨 직한 죄수들을 거느리고 들어왔다. 죄수라고 했지만 머리를 빡빡 깎고 죄수복을 입고 있어서 그렇게 부르는 것이지, 그들의 표정은 훈장을 주렁주렁 단 개선장군보다 더 당당하고 위엄과 영광에 넘치고 있었다. 그들에 비해 평상복을 입은 오빠가 되레 자기가 지금 무엇을 하고 있는지 하나도 이해 못 하는 사람처럼 맹하니 무표정했다. 그들 중 하나가 댓돌 아래서 역시 표정이 바랜 채 우두망찰하고 서 있는 엄마를 사뿐히 안아 올려 좌정을 시키고 큰절을 하자 모두 따라 했다. 엄마도 그제야 그를 알아보고 그의 손을 잡고 그간의 고생을 위로했지만 한번 바랜 핏기는 돌아오지 않았다.

엄마한테 먼저 큰절을 올린 이는 우리가 삼선교 집에서 살 때 문간방에 세 들어 살다가 바로 우리 집에서 잡혀간 바로 그 사내였다. 오빠도 그때는 조직 생활을 할 때였기 때문에 비록 횡적인 관련은 없지만 서로 정체를 간파하고 있었다고 한다. 그가 체포된 후 남은 가족에게 우리가 그다지 야박하게 굴지 않은 걸 아내한테 듣고 옥중에서도 늘 감사하고 있었다고 했다.

28일 아침 서울에 입성한 인민군대는 제일 먼저 갇힌 사상범들을 해방시켰고, 갈아입을 옷도 없었겠지만 있다고 해도 안 갈아입을 만큼 죄수복 자체가 혁명 투사의 자랑스러운 표지가 된 그들은 그대로 트럭에 올라타 시내를 누비며 군중의 환호에 답하는 일방, 군중의 열광을 유도했을 것이다.

오빠의 학교가 있는 시골에선 비교적 조용하게 세상이 바뀌었다고 한다. 포 소리도 그다지 크게 들리지 않아 설마 했는데 아침에 면소와 주재소에 인공기가 게양된 걸 누가 일러 주면서 서울서는 큰 전투가 벌어졌다고 해서 부랴부랴 서울로 오다가 그 트럭을 만난 거였다. 일러 준 사람이 친절하게도 오빠에게 붉은 리본을 단 밀짚모자도 씌워 주고 자전거에도 붉은 헝겊을 매달아 줘서 오빠는 그게 계면쩍어 도중에 떼었다 붙였다 했다니 그의 소심함을 짐작할 만했다.

그렇게 이쪽에도 저쪽에도 자신이 없는 오빠니만치 혁명 투사들이 탄 트럭을 보고도 못 본 척도 못 하고 열광도 못 하고 어정쩡하게 바라보았을 것이다. 트럭이 오빠 곁으로 바싹 다가오는 것 같아 비실비실 피하려는데 누가 손을 내밀더라고 했다. 트럭에 탄 사람과 행인들의 열렬한 악수와 포옹을 이미 무수히 목격한 오빠는 수줍게 손을 내밀었을 것이다. 순간 오빠는 "이럴 수가, 동지를 이렇게 만날 수가."

하는 감격스러운 소리와 함께 붕 떠서 트럭 위의 사람이 되고 말았다. '내 자전거' 하고 아끼던 자전거 한 번 불러 볼 새가 없었다. 그리고 한나절을 지칠 줄 모르는 흥분의 도가니 속에 쌀의 뉘처럼 어설프게 끼어 있다가 마지못해 그들을 달고 귀가한 것이었다.

곧 우리 집 좁다란 마루가 그 트럭 위가 되었다. 엄마하고 올케하고 나는 부엌에서 밥을 짓고 찌개도 끓이고 지짐질도 했다. 동네 반찬 가게에서 두부는 목판째, 술은 짝으로 들여왔다. 그들은 먹고 마시고 지치지도 않고 인민가요를 불러 댔다. 조그만 집이 떠나갈 듯했다. 지붕에서 기왓장이 다 들썩들썩하는 것 같았다. 활짝 열어젖힌 대문 밖에는 동네 사람들이 몰려들어 큰 구경거리가 난 것처럼 안을 기웃댔다. 얼이 반 넘게 빠진 엄마는 다리를 후들대며 실수를 연발했다. 접시를 깨트리고 소금과 설탕을 구별 못 했다. 가끔 이마를 짚으면서 "이게 무슨 징졸꼬?"라고 뇌까렸다. 그렇다, 그들은 엄마에게 죄수도 아니고 혁명 투사도 아니고 다만 징조徵兆였다.

그런 와중에도 엄마는 올케나 나에게 될 수 있는 대로 음식 시중을 안 시키고 손수 하려 들었다. 그들에게 음식을 나를 때마다 "세상에 집에서 얼마나 기다릴 텐데……." 하면서 안타까운 표정을 짓는 걸 잊지 않았다. 그래서 그랬던지 다들 그날 밤 늦게 뿔뿔이 헤어졌다.

다음 날 우리 집에 전세 들기로 한 사람이 계약금과 중도금을 찾으러 왔다. 우리도 하룻밤 새에 그 계약이 무효가 됐다는 데 이의가 없었으므로 선뜻 내주었다. 엄마는 다락에 올라가 한참을 어딘지 쑤석거리고 나서 그 돈을 가지고 내려왔다. 그러고는 "쓰고 싶은 데가 참 많았는데 조금이라도 헐어 썼더라면 무슨 망신일꼬." 하면서 부끄러운 듯이 웃었다.

나는 불현듯 텃밭 사이에서 감자꽃처럼 웃던 엄마 생각이 나면서 가슴이 깊이 아렸다. 최근의 일이라기보다는 진행 중이던 일이었건만 중턱이 잘리고 나니 먼먼 옛날 일 같았다. 이 땅에 당장 지상의 낙원이 온다고 해도 우리 엄마가 꾼, 아기자기한 백 평 텃밭의 꿈과 바꾸고 싶지 않다는 반혁명적인 생각이 들었다. 엄마는 끝전까지 받으면 그 모갯돈으로 숙부네 장사에 투자해 이자를 받고, 텃밭을 가꾸어 푸성귀는 안 사 먹고, 그래서 우리가 자꾸자꾸 부자가 될 생각에 부풀어 있었다.

수의를 입은 혁명가들이 우리 집에서 대대적인 축제를 벌이고 난 후 동네 사람들이 우리를 대하는 태도가 달라졌다. 거물급을 미처 모르고 지낸 걸 송구스러워하는 것처럼 굽실대며 두려워하는 기색이 역력했다. 엄마가 걱정한 것과는 일이 정반대로 돌아가고 있었지만 바늘방석에 앉은 것처럼 불안하긴 차라리 걱정하던 일이 일어난 것보다 더 했다. 물론 속사정까지 정반대로 돌아가고 있는 건 아니었다. 하나둘 오빠의 옛 동지들이 찾아오기 시작했고 오빠의 우유부단한 태도에 접한 그들은 당에 속죄할 기회를 놓치고 있다고 은근히 비난도 하고 회유도 했다. 그럴 때마다 오빠는 몸담고 있던 학교로 돌아가 진짜 노동자 농민의 아들들을 혁명적으로 교육시키는 것이 자기가 할 수 있는 당을 위하는 일일 것 같다고 발뺌을 했다.

그 한 트럭의 징조들 때문에 용의주도하게 세운 계획을 실천할 기회를 놓치고 난 엄마는 실의에 빠져 그저 하루하루를 살얼음 밟듯이 조심조심 지냈다. 엄마는 무엇보다도 우리를 거물 취급 하려는 동네 사람들 때문에 늘 전전긍긍했다. 한 골목 안에 대문 열어 놓고 서로 무관하게 드나들던 사이였다. 특히 손자를 본 노인네들은 골목 안 장맛을 집집마다 분별할 수 있을 만큼 마실이 잦았다. 업힌 아기는 어디든지 가야만 안 보채는 건, 예나 지금이나 그리고 내 집 새끼나 남의 집 새끼나 마찬가지였다. 그렇게 흉허물 없이 지내던 이웃하고 식량 걱정도 같이 할 수 없다는 건 못할 노릇이었다. 그들이 죽 먹을 때 우리도 죽 먹고 그들이 뒤주 밑을 긁을 때 우리도 그런다는 걸 그들은 믿어 주지 않았다. 동네 사람들이 어우러져 뚝섬으로 열무를 사러 갈 때도 우리는 쏙 빼놨다.

재앙은 우리 집에만 그치지 않았다. 장사꾼에겐 안정된 사회보다 뒤숭숭하거나 헤까닥헤까닥 잘 바뀌는 사회가 더 유리하다는 숙부의 생각이 이번엔 들어맞지 않았다. 상점은 곧 문을 닫았다. 전찻길로 면한 쪽이 넓어서 반은 세를 주었는데 그 집도 마찬가지였다. 텅 빈 상점 안이 빈 창고처럼 보였던지 우마차에다 무슨 장비인지 가득 실은 한 떼의 인민군들이 거기다 말을 매 놓고 싶어 했다. 어느 영이라 거스르겠는가.

숙모 말에 의하면 인민군 중에서도 높은 보위군관들이라고 했다. 그들은 말만 했을 뿐 아니라 숙식을 다 숙부네서 해결하려 들었다. 숙모가 인민군 밥데기가 된 것이다. 처음에는 이게 웬 재앙인가 싶었지만 식량난이 혹심해지면서부터 두 식구 밥걱정은 안 하게 된 걸 다행스럽게 여기게 되었다. 밥뿐 아니라 반찬 걱정도 안 했다. 소를 통째로 잡아다가 각을 떠서 딴 부대하고 나누긴 했지만 한 이틀 약비나게 고기로만 배를 불린 적도 있다고 했다. 냉장고가 있을 때가 아니었으니 그럴 수밖에 없었을 것이다.

그럴 때는 누린내가 온 동네로 퍼져 비록 시켜서 하는 일이지만 큰 죄를 짓는 것 같았다고도 했다. 소 잡았을 때 훗날 장사 밑천으로 숨겨 두었던 술이 들통나 그날로 바닥이 났다고도 했다. 숙부네 장사의 주 종목은 주류 도매였다. 빼앗긴 술에 대한 보상이나 삼시 밥 해 대는 수고비는 조금도 바랄 수 없는 상황이었는데도 세 끼를 흰밥으로 배 불릴 수 있다는 건 굉장한 행운이었다.

그러나 숙모는 그런 호강을 혼자서만 하고 나눌 수가 없는 게 미안해서 어쩔 줄을 몰라 했다. 동네 사람 앞에서 얼굴을 못 든다고 했다. 하다못해 누룽지라도 좀 나눠 먹고 싶은데 먹을 것에 관한 한 감시가 하도 철통같아 도저히 엄두를 못 냈다. 친척이 좀 드나드는 것까지 뭐라지는 않는다지만 숙모가 그들 몰래 밥 한 그릇이라도 먹일 기회를 엿볼 것이 뻔해 우리 쪽에서 발길을 끊고 살았다. 먹는 것에 츱츱한 걸 가장 좋지 못한 일로 교육받아 온 우리는 남에게 그런 혐의를 받는다고 상상하는 것만으로도 소름이 끼쳤다. 그래서 그 정도의 숙부네 소식도 어쩌다 밤늦게 마실을 오는 숙모를 통해서였다. 온종일 부엌에서 사는 숙모는 몸에 음식 냄새가 배 있었지만 누룽지 조각 한 쪽 가지고 나오진 못했다. 바라지도 않건만 숙모는 그게 미안한지 우리 집에 들어서자마자 변명부터 했다.

"그것들이 의심할까 봐 내가 먼저 그것들 코앞에다 대고 치마를 이렇게 훌훌 털어 보이고 나왔단다."

그러면서 다시 한번 고쟁이가 보이도록 치마를 펄렁거려 보였다. 우리 식구가 극도로 허기가 지고부터는 숙모는 그런 밤마실조차 삼갔다.

8월 초에 오빠가 드디어 시골 중학교로 돌아갔다. 지하로 숨을 기회도 놓치고 당에 속죄할 기회도 놓치고 마냥 어정쩡한 무소속 상태로 지낼 수 있는 세상이 아니었다. 청년 장년 할 것 없이 길에서도 의용군으로 잡아들일 때였다. 오빠가 겉보기에 한유롭게 시국을 관망하고 지낼 수 있었던 것도, 인민위원회로 변한 동회 사람들이나 한 골목에 사는 인민반장 쪽에서도 오빠가 거물급인가 아닌가 관망하고 있었기 때문인지도 몰랐다. 엄마는 그런 상태에서 느끼는 어떤 위기의식과 이웃으로부터의 따돌림으로 늘 우두망찰한 표정을 짓고 있을 뿐, 이래라저래라 자기 의견을 말하지 않았다. 최초의 계획이 어긋나고부터 자기 판단력에 자신을 잃은 엄마는 소심하고 과묵해졌다. 그 줏대는 어디 갔는지 숫제 자기 의견 같은 건 없는 사람처럼 굴었다.

오빠는 아마 월급은 못 줘도 쌀 배급은 준다는, 출근 공작 나온 동료 교사의 말에 가장 끌렸을 것이다. 내달이 올케의 해산달이었다. 흰쌀 몇 움큼을 남겨 놓으려고 엄마는 손자 베갯속에 든 좁쌀을 다 꺼내서 멀건 우거지죽에다 보탰다. 그 동료 교사는 다음번에는 오빠의 신임장까지 해 가지고 와 통행의 안전을 보장해 주었다. 그렇게 해서 출근한 오빠는 불과 사흘 만에 의용군으로 붙들려 갔다. 붙들려 가는 것도 모르고 있었는데 밤중에 누가 숙부네 집 유리창을 두드려서 나가 보니 오빠가 서 있고 뒤에는 총 든 인민군이 두 사람이나 따라왔더라고 했다.

미아리고개로 통하는 전찻길가에 있는 숙부네 집에선 야밤에 군대나 민간인이 이동하는 소리를 늘 들을 수가 있었다. 오빠도 북으로 끌려가면서 인솔하는 인민군에게 잠시 양해를 구해 가족에게 소식이라도 전하고자 들렀던 것이다. 겨우 그 말만 전하고 다시 끌려가는 조카를 그냥 보내서는 안 된다는 생각 하나로 숙부하고 숙모는 속옷 바람으로 무작정 미아리고개 마루까지 따라갔다가 인솔자가 총대로 밀어내는 바람에 놓쳤다고 했다. 길가로 물러나 바라보니 어둠을 틈타 끌려가는 장정들의 행렬이 가도 가도 끝이 없어 다소 위로가 되더라고도 했다. 숙모는 그 행렬을 끝까지 보고 나서 곧장 우리 집으로 달려와서 일러 주는 건데도 우린 잘 믿기지가 않아 어리벙벙했다. 날이 밝으니 더욱 숙모가 헛것을 보고 나서 헛소리를 지껄이고 갔으려니 하는 생각밖에 안 들었다. 엄마는 날이 밝기가 무섭게 진상을 알아보기 위해 구파발로 떠날 채비를 하면서 나도 같이 가자고 했다.

국도는 특히 폭격이 심했다. 그래서 군대고 민간인이고 밤에 이동하는 것 같았다. 몇 번이나 공습을 만나 밭이나 논으로 뛰어들어 포복해 있다가 다시 걷곤 했다. 오빠가 의용군에 나간 건 틀림이 없었다. 중등 교사 재교육을 실시할 테니 한 학교에서 꼭 몇 명씩은 의무적으로 내보내야 한다는 상부 지시가 있어서 그렇게 출근 공작에 열을 올린 거였다. 재교육을 청운국민학교에서 받다가 곧장 전원이 의용군으로 지원하게 된 것이다. 그렇다고 누굴 원망할 수도 없었다. 우리 집에 출근 공작을 왔던 교사도 같이 끌려갔다니까 그도 속았을 뿐, 그에게 속은 것도 아니었다. 탓을 하려면 순진한 시골 인심이나 탓할까, 우리를 속여 먹고 있는 것은 그보다 훨씬 조직적인 힘이었다.

들판에 고추잠자리가 평화로이 날고, 시냇가 미루나무에 선 쓰르라미가 자지러지게 울고, 우리의 텃밭은 아직도 주인을 못 만났는지 쇠비름에 뒤덮여 있었다. 우리 모녀는 허름하게 늙은 노교사 한 분이 지키고 있는 교무실 창으로 이런 것들을 내다보면서, 심한 허기증 때문인지 전쟁의 근심과 공포가 꿈결같이 아찔하게 멀어져 가는 걸 느꼈다. 노교사가 자기보다 더 늙은 소사하고 같이 창고로 가서 쌀가마에서 쌀을 퍼 내주었다. 우리는 감지덕지 그걸 받았다. 엄마는 이고 난 지고 와서 그날 저녁은 그걸로 배부르게 쌀밥을 지어 먹었다. 엄마는 오빠가 첫 월급과 쌀을 타 왔을 때 별로 기뻐하지 않고 목구멍이 포도청이라고 한탄을 했었다. 엄마는 그 소리를 왜 그렇게 미리 했을까. 되레 그날 저녁엔 암말도 안 했다. 그러나 그 식사야말로 목구멍이 포도청이었다.

나는 진즉부터 학교에 나가고 있었다. 오빠와는 달리 바뀐 세상에 서슴없이 공감했다. 그들이 이승만 정부 욕하는 데 공감했고, 노동자 농민에 대한 약속에 공감했다. 거의 잊고 지내던 팜플렛을 보고 맛본 공산주의에 대한 최초의 감동과 매혹까지 생생하게 되살아나 그들의 승승장구에 박수갈채를 보내고 싶었고, 한때 민청 조직에 들어 있었다는 걸 대단한 투쟁 경력처럼 자부하고 싶은 생각까지 들었다. 게다가 입학한 지 얼마 안 되는 대학에 대한 애착도 무시 못 했다. 나는 바뀐 세상에 참여하고 싶었고, 내가 속할 만한 데는 대학밖에 없었다. 등교해 보니 문리대 건물은 인민군이 차지하고, 연건동에 있는 수의과대학에서 등록을 받는 걸로 돼 있었다.

아마 7월 중순쯤 돼서였을 것이다. 마음은 급했지만 뒤숭숭한 집안 사정 때문에 등교 시기는 좀 늦었다. 자신도 임의로 할 수 없는 불안감에 짓눌려 어떤 경우에도 잘하던 우스갯소리까지 잊어버린 엄마는 내가 등교를 하든 말든 관심도 없었다. 그래도 내 딴엔 용기 있는 등교였는데 학생 수도 민청 간부를 빼면 과마다 한두 명으로 셀 정도밖에 안 됐다. 그 소수의 주요 과제는 등교 공작이라는 거였다. 학교에 비치된 신상 카드를 한 사람 앞에 몇 장씩 나눠 주면서 약도대로 집을 찾아가 등교를 권하라고 했다. 나중에 안 일이지만 그렇게 해서 학생을 긁어모아 의용군으로 내보낸 적이 벌써 몇 번 있었다고 했다. 오빠가 당한 것과 똑같은 수법이었다. 그런 수법이라는 걸 모를 때도 나는 그 짓은 안 했다. 집 찾는 데는 워낙 소질도 없었거니와 대학생에게 학교를 나와라 말아라 권한다는 게 암만 해도 말이 안 됐다. 당하는 쪽보다 내 자존심에 관한 문제였다.

그런 일 말고도 매일매일 말 안 되는 일만 시켰다. 문리대생 중 반동분자 명단을 복사하는 건데 누가 작성했는지 모를 명단을 왜 그렇게 자꾸 복사해야 하는지 알 수가 없었다. 그 명단 맨 처음에 나오는 이름은 나중에 국회의원을 지낸 손도심 씨였다. 아마 그때 정치과에 재학 중이었을 것이다. 학습 시간이라는 것도 있긴 했다. 그러나 교수를 본 적은 한 번도 없었다. 끝끝내 교수는 그림자도 보지 못했다.

학교의 주인은 민청이었다. 민주학생동맹다운 민주적인 학습 방법은 소련공산당이나 신문의 전면을 차지한 김일성 수령의 교시를 돌아가면서 읽고 예찬하고 열광하는 일이었다. 우러나오지 않는 예찬과 열광처럼 사람을 지치게 하는 일도 없었다. 몸에서 서서히 생기가 증발해 가고 있다는 걸 현저하게 느꼈다. 같은 교시를 읽고 또 읽으면서도 처음과 다름없는 고조된 열광을 유지해야 했고 새로 나오는 교시 또한 그 소리가 그 소린데도 열광에다 새로운 불을 지펴야 했다. 그게 어떻게 가능한가? 가능했다면 그건 틀림없이 가짜였을 것이다. 가짜를 좋아하는 수령은 얼마나 멍텅구리일까. 이런 생각이라도 하지 않으면 할 짓이 못 되었다.

나는 체질적으로 예습을 싫어했다. 고교 시절에도 시험 때 복습은 어쩔 수 없이 하지만 예습은 하지 않았다. 집중력도 산만했다. 싫어하는 과목 시간에는 수업은 한 귀로 듣고 한 귀로 흘리며 소설책을 읽는 못된 버릇이 있었고, 좋아하는 과목도 예습 없이 간간이 딴생각도 좀 하면서 듣길 좋아했다. 그래도 꼭 알아야 할 새로운 지식은 그런 방심의 시간을 느닷없이 갓 잡아 올린 생선처럼 싱싱하게 요동치게 하는 법이다. 괜히 예습 따위를 해서 그 시간을 한물간 생선 같은 복습의 시간으로 만들기가 싫었다. 그러니까 정말 싫어하는 건 예습이 아니라 복습인지도 몰랐다.

민청 학습은 소학생도 알아들을 뻔한 소리의 무한한 복습이었다. 저절로 지쳐 떨어져 물 간 생선이 될 수밖에 없었고 나중엔 스스로를 박제가 돼 버린 것처럼 느꼈다. 여북해야 민청 간부나 동무라고 부른 남학생 중엔 잘생긴 남자도 있었을 법한데 어깨를 맞대고 학습도 하고 툭하면 악수도 잘했건만 한 번도 야릇한 느낌을 받은 적이 없다.

그건 결코 연애 감정을 뜻하는 게 아니다. 이성 간에만 있는 것이면서도 연애 감정 이전의 이끌림이 남자와 여자가 섞여서 하는 일 가운데는 반드시 있는 법이다. 그 남자와 여자가 남매나 부녀나 모자간이라 해도 말이다. 생기라 해도 좋고, 윤기나 부드러움이라 해도 좋은 그런 정서 때문에 남자와 여자가 더불어 하는 일 가운데는 따로따로 하는 일에서는 맛볼 수 없는 잔재미가 있는 법이다. 어떻게 된 게 그것까지 말라 버린 느낌이었다. 아니, 그건 느낌이 아니라 실제였다. 황폐의 극치였다.

나는 전쟁 중 생리가 멎어 버렸고, 비슷한 경험을 했단 소리를 나중에 여러 번 들었는데, 대개는 영양부족 탓으로 돌리는 듯했다. 물론 영양부족이 가장 큰 원인이겠지만 심리적 중성화 현상의 영향도 있지 않았을까. 여북해야 그 무렵 나는 북조선이 과연 노동자의 낙원일까를 의심하는 것보다는 북조선에서는 남자와 여자가 어떻게 인구를 증가시킬까를 궁금해하는 게 훨씬 재미있었다. 나는 그 와중에도 재미있고 싶었다. 나는 오빠가 의용군에 붙들려 간 걸 기화로 학교에 나가는 걸 그만두었다. 오빠 때문이라고 말하진 않겠다. 그냥 지쳐 나자빠진 거였다. 수정이 안 된 열매처럼 말라비틀어져 떨어진 거나 마찬가지였다. 따져 보면 얼마 안 되는 동안인데 그때도 그랬고, 훗날 돌이켜 볼 때도 그렇고, 그동안이 인민군 치하의 석 달 동안보다도 훨씬 더 길게 느껴진다.

엄마는 매일 밤 장독대에다 정안수를 떠 놓고 치성을 드렸다. 달빛이라도 휘영청하거나 비는 동안이 유난히 오래 걸릴 때는 엄마가 꼭 무당 같았다. 오빠가 인민군이 됐다면 인민군대가 이기길 바라야겠지만 유난히 극성스러워진 폭격과 간단없는 박격포탄 소리를 들으면 그 반대의 기대로 가슴이 울렁이곤 했다. 남쪽에서 들리는 포 소리가 함포사격 소리라는 걸 안 것은 무슨 질긴 인연인지 삼선교 집에서 잡혀간 혁명가 아내의 방문을 통해서였다.

6월 28일 우리 집에서 그렇게 뻑적지근한 축제를 치르고 간 그 남자는 그 후 다시는 소식이 없었다. 오빠는 그에 관해 아무 말도 하지 않았지만 엄마는 한두 번 그 남자가 거물이었을까 송사리였을까 하고 궁금해하는 소리를 한 적이 있었다. 그의 아내의 방문으로 그 남자가 그 후 지금까지 인천시 인민위원회 부위원장으로 있다는 걸 알 수가 있었다. 그 정도면 거물이라고 생각했다. 그러나 그 여자는 매우 초라하고 초췌해 보였고, 겁에 질린 듯한 남매를 대동하고 있었다. 그 여자를 통해서 인천시가 밤낮없는 집중적인 함포사격으로 거의 초토화돼 가고 있다는 걸 알았고 인천시를 포기할 날이 멀지 않았다는 소리도 들었다. 가족을 먼저 북으로 피난시키고 당 고위 간부만 끝까지 남아 있으라는 지령이 내려졌다는 것이었다.

그러니까 그 여자는 북으로 가는 길에 들른 건데, 도대체 우리 집이 저네들한테 뭐관데 빨랑빨랑 제 갈 길이나 갈 것이지 들렀을까, 나는 이런 야박한 생각에 짜증부터 났다. 그러나 엄마는 잠자리랑 먹을 거랑 극진히 해서 돌려보냈다. 다음 날 새벽, 부디 가는 곳마다 귀인을 만나 고생 덜 하고 평양에 도착하라는 덕담까지 길게 늘어놓으면서 그들을 배웅하는 엄마를 보고 나는 화가 나서 엄마의 비위를 긁을 소리를 한마디하고 말았다.

"그 사람이 다시 세도 잡을 줄 알구요? 틀렸어요."

엄마는 화를 낼 줄 알았는데 즉각 생생하게 떠오른 표정은 부정을 탄 것처럼 공구恐懼하고 꺼리는 기색이었다.

"듣기 싫다. 조 조 방정맞은 놈의 주둥이. 내가 귀인 노릇 하지 않고 느이 오래비가 어떻게 귀인을 만나길 바라냐, 바라길."

나는 그만 심한 부끄러움을 느꼈다.

우리 동네만 남겨 놓고 온 천지가 불바다가 됐다 싶게 시내 쪽 하늘에 화광이 충천하고 폭격과 포격이 잠시의 숨 돌릴 새도 주지 않고 도시를 짓이기는 날 아침에 하필 올케는 산기가 있었다. 첫 손자 볼 때 난산이었던 걸 본 엄마는 혼자 당하기가 겁이 났던지 나한테 빨리 숙모를 좀 불러오라고 했다. 나도 얼떨결에 밖으로 뛰쳐나오긴 했지만 보통 걸음으로 십 분이 채 안 걸리는 숙모네를 한 시간 가까이 걸려서도 도달하지 못하고 집으로 돌아오고 말았다.

거리엔 인적이 끊기고 무기들만이 산지사방에서 그리고 공중에서 태산이라도 무너트릴 것처럼 포효하면서 맹렬한 살의를 내뿜고 있었다. 지상에서 움직이는 것만 봤다 하면 병아리를 발견한 매처럼 곧장 땅을 향해 내리꽂히는 비행기의 기총소사 때문에 추녀 끝과 가로수 밑만을 골라 이동하느라 그렇게 오래 걸렸건만 거의 다 가서 돌아오고 만 것은 전찻길을 건널 방도가 없었기 때문이었다.

그동안에 올케는 순산을 해서 아기를 뉘어 놓고 조용히 울고 있었고, 엄마는 첫국밥을 짓고 있었다. 또 아들이었다. 배 속에서 못 얻어먹어서 그런지 고구마만 한 얼굴에 보이는 건 이마의 굵은 주름뿐이었다. 너무 작아서 산고도 없이 쑥 빠져나오더라고 했다.

며칠 안 있어 세상이 다시 바뀌었다. 석 달 동안에 청년들은 씨가 마른 줄 알았는데 어디서 그렇게 감쪽같이 숨어 있었는지 머리칼이 길길이 자라고 얼굴이 백지장같이 센 젊은이들이 쏟아져 나와 서로 얼싸안고 또는 개선한 국군을 붙들고 미친 듯이 환호하고 춤췄다. 그 기나긴 날들을 어떻게 숨어서 견딜 수가 있었을까. 인내력이나 가족들의 보호만으로 가능한 일이 아닐 터였다. 우리만 바보 같았다.

그러나 그동안 끌려가고 죽임을 당한 수효가 속속 드러남에 따라 그 엄청남과 잔혹함 또한 하늘 무서운 것이었다.

살아남은 자는 제각기 구사일생이나 간발의 차이를 안 거친 이가 없었으니, 천명이 아닌 이 또한 없었다. 누구나 한번 사선을 넘고 나면 담대해지고 뭔가 보람 있는 일에 몸 바치고 싶은 의욕이 충만해지는 법이다. 복수의 정열이 그들을 살기충천하게 했다. 게다가 아직도 전쟁 중이었다. 죽이지 않으면 죽게 돼 있는 전쟁을 동족끼리 한다는 것은 끔찍한 일이었다. 적敵은 피부색이나 언어가 다른 이민족이 아니라 그냥 공산당이었다. 국군과 함께 적의 수중에서 우리를 구해 준 유엔군도 고마웠지만 독립된 정부가 있음으로써 그런 도움을 받을 수가 있었으니 나라 있음이야말로 얼마나 감격스러운 일인지 몰랐다. 내남없이 애국심이 가슴에서 목구멍까지 벅차올랐다.

그러나 애국은 곧 반공이었다. 애국과 반공은 손바닥의 앞뒤처럼 따로 성립될 수 없는 것으로 되어 있었다. 애국하고 싶은 마음들이 급해 많은 단체들이 생겨났고 무슨무슨 청년단이니 자위대니 하는 애국 단체가 하는 일도 주로 빨갱이 족치기였다. 정부와 경찰, 군인, 헌병 등 치안을 유지할 수 있는 기관이 다 환도했지만 그들의 주 업무도 공산 분자를 색출하는 일이었다. 계엄령하였다. 적 치하에서 부역한 빨갱이들을 유치장이 미어지게 잡아들였고 즉결 처분도 성행했다. 빨갱이 목숨이 사람 목숨과 같을 수 없었다. 저기 빨갱이가 간다는 뒷손가락질 한 번으로 그 자리에서 총을 맞고 즉사한 사례도 있었다.

워낙 저지르고 간 일이 엄청났으므로 뒷손가락질해 주고 싶은 사람도 많았으리라. 고발과 밀고가 창궐했다. 고발당할까 봐 미리 고발하는 수도 있었다. 천장 속에 숨어서 목숨을 부지했다고 해도 누군가가 먹을 걸 디밀어 주었으니까 연명이 가능했을 것이다. 그의 아내나 어머니가 여맹에 나가 열성분자보다 더 열렬히 수령을 찬양하고 목청을 드높여 인민가요를 불렀을 수도 있는 일이었다.

 이렇듯 서울에 남아 있던 사람에겐 정도의 차이는 있을망정 일단은 부역의 혐의를 걸 수 있는 여지가 있게 마련이었다. 비록 그들이야말로 서울을 사수하겠다는 정부의 말을 액면 그대로 믿은 순수한 양민이었다고 해도 말이다. 정상은 참작되지 않았다. 부역에 대해 한 점 부끄러움도 없이 결백하다고 주장하기 위해서는 한강 다리를 건너 피난을 갔다 왔다는 게 제일이었다. 그래서 자랑스러운 반공주의자 내에서도 도강파渡江派라는 특권계급이 생겨났다. 시민들은 안심하고 생업에 종사하라고 꾀어 놓고 떠난 사람들 같지 않게 안하무인이었다. 어쩌면 자기 잘못에 대한 자격지심 때문에 선수를 치느라고 그렇게 위세를 부리는지도 몰랐다. 그렇지 않고서야 친일파의 정상은 그렇게도 잘 참작해 주던, 그야말로 성은이 하해와 같던 정부가 부역에는 그다지도 지엄할 수가 없는 노릇이었다.

 우리 가족에게 참아 내기 힘든 가혹한 고통의 시기가 닥쳐왔다. 그건 우리 집안의 일이면서 나 혼자 겪어 내야 하는 일이기도 했다. 동네 사람들은 여전히 우리 집을 거물 빨갱이라고 여기고 싶어 했다. 수복이 되고 나서 밖에 나간 엄마를 보고 옆집 사람이 질겁을 하더라는 것이었다. 우리가 북으로 안 가고 남아 있다는 건 놀라운 일일 뿐 아니라 기분 나쁜 일이었을 것이다. 기분 나쁜 정도가 아니라 시한폭탄을 옆에 끼고 사는 것처럼 무섭고 불안했을지도 모른다. 무슨 짓을 해서가 아니라 우리의 존재 자체가 사회불안 요소였다. 제거당해야 마땅했다.

동네 사람의 고발에 의해 우리는 가택수색을 당했다. 가족이 월북하지 않은 걸 보면 그 거물도 어디 숨어 있을 거라고 고해바친 듯했다. 의용군 중 자원은 거의 없다시피 했고, 군인이나 경찰의 형제 중에도 의용군으로 끌려간 사람이 많았기 때문에 그건 그다지 죄가 되지 않았다.

우리는 오빠가 의용군 나갔다는 걸 그들에게 믿게 하려고 호소하고 애원하고 울고 빌었다. 올케는 산모고 엄마는 늙어 내가 대표로 연행되어 온갖 수모를 다 당했지만 구속당하지는 않았다. 유치장이 넘칠 때였고, 빨갱이 다루는 전문가의 눈엔 별것 아니게 보였던 것 같다. 그만한 사람을 만난 것도 행운이었다. 어떤 일에고 전문가보다 비전문가가 더 무서운 법이지만 사람 잡는 일에서는 더했다.

일은 그것으로 끝나지 않고 그 후 나는 끊임없이 끌려 다녀야 했다. 고발이 그렇게 잇달았는지 저희끼리 나 하나를 가지고 서로 조리돌리는 건지 그 내막은 알 도리가 없고, 또 궁금해할 경황조차 없었다. 별의별 청년 단체들이 다 나를 보자고 했다. 그들은 나를 빨갱이 년이라고 불렀다. 빨갱이고 빨갱이 년이고 간에 그 물만 들었다 하면 사람도 아니었다. 사람이 아니기 때문에 영장이고 나발이고 인권을 주장할 수도 없었다. 빨갱이를 색출하고 혼내 줄 수 있는 기관은 수도 없이 난립돼 있었고, 이웃이 계속 우리를 수상쩍게 여기는 한 난 그들의 밥이었다. 그들은 나를 함부로 욕하고 위협하고 비웃었다. 그러나 그들의 눈빛에 비하면 그 정도는 인권침해도 아무것도 아니었다.

그들은 마치 나를 짐승이나 벌레처럼 바라다보았다. 나는 그들이 원하는 대로 돼 주었다. 벌레처럼 기었다. 정말로 그들에겐 징그러운 벌레를 가지고도 오락거리를 삼을 수 있는 어린애 같은 단순성이 있었다. 다행히 그들은 빨갱이를 너무도 혐오했기 때문에 빨갱이의 몸을 가지고 희롱할 생각은 안 했다. 나는 내가 너무 귀족적으로 자란 걸 다 원망했다. 잘 먹고 잘 입고 떠받들어졌다는 소리가 아니라 수모에 길들여질 기회 없이 커 왔다는 뜻이다.

나는 밤마다 벌레가 됐던 시간들을 내 기억 속에서 지우려고 고개를 미친 듯이 흔들며 몸부림쳤다. 그러다가도 문득 그들이 나를 벌레로 기억하는데 나만 기억상실증에 걸린다면 그야말로 정말 벌레가 되는 일이 아닐까 하는 공포감 때문에 어떡하든지 망각을 물리쳐야 한다는 정신이 들곤 했다.

그럼에도 불구하고 잊어버린 부분이 더 많다고 생각한다. 여러 군데서 개별적으로 당한 일들이 한 묶음으로 단순화돼 남아 있고, 구체적인 사건들을 추상적으로밖에 생각해 낼 수가 없다. 그건 몸으로 벌레처럼 기었을 뿐 아니라 정신적으로도 폭력에 굴복당했다는 증거겠지만 어쩌랴, 그렇게 생겨 먹은 게 보통 사람이 안 미치고 견딜 수 있는 정신력의 한계인 것을.

숙부네의 몰락에 비하면 내가 당한 건 약과였다. 그만한 사람을 만난 것도 엄마가 아직도 정안수 떠 놓고 희구하는 귀인을 만난 거나 다름없었다. 숙부네는 시월 중순까지 아무 일도 없었다. 말똥 냄새를 닦아 내고 장사를 새로 시작할 준비를 서둘고 있었다. 걱정이 있다면 우리 집 걱정이었다. 우리 일만 생각하면 일이 손에 안 잡혀 뭔 일이 안 된다고 했다. 오빠가 끌려가면서 숙부네 들렀을 때, 뒤따라온 인민군에게 얼른 금반지라도 빼 주고 흥정했더라면 빼돌릴 수 있지 않았을까 하는 후회를 하고 또 했다. 인민군에게는 뇌물이 안 통하는 건 줄 알았는데 뇌물을 써서 안 될 일을 되게 만든 경험을 어디서 얻어듣고 만날 그걸 분해하다가 숙모하고 다투기까지 한 모양이었다. 금반지 같은 건 남자가 생각하기 전에 여자가 먼저 생각이 미쳤어야 하지 않느냐는 숙부의 생트집 때문이었다.

그런 숙부네가 역시 동네 사람들한테 고발을 당했다. 정치보위부 앞잡이가 되어 호의호식했다는 치명적인 제보에 의해서였다. 숙부하고 숙모하고 따로따로 연행됐는데 처음엔 숙모가 즉결 처분을 당했다고 했다. 그쪽 동네 사람 중 숙모하고 친했던 사람이 일러 주면서 성신여중 뒷산으로 여럿이 함께 끌려가는 걸 봤고 연이어 여러 발의 총소리를 들었다고 했다. 그러니 어서 가서 시체라도 거두라는 거였다. 우리 말고도 그 사람이 일러 주어 시체를 찾은 사람이 있고, 식구가 끌려간 후 소식이 없자 행여나 해서 그 산으로 시체 더미를 뒤지러 오는 사람도 많다고 했다.

그러나 우리는 의리 없게도 거기를 직접 가 보지 않았다. 마침 우리가 가택수색이네 연행이네 하도 경황이 없을 때이기도 했고, 집안 내에 사형당할 만한 빨갱이가 또 있다는 게 알려지면 또 무슨 꼴을 당할까 싶은 두려움 때문이기도 했다. 황망 중에 숙모의 친정어머니한테 알렸다. 사돈 마님이 미친 듯이 달려와 남은 시체를 일일이 확인해 봤는데 없더라고 했다.

나중에 숙모한테 들어서 안 일이지만 즉결 처분을 단행한 군 장교가 여자가 무슨 죽을죄까지 지었을까 싶은 마음이 들었는지 여자들만 따로 세워 두었다가 경찰서로 넘겼다고 했다. 숙모는 그 후 재판까지 받고 일사후퇴 못 미쳐 집행유예로 풀려났다. 그동안 친정어머니가 지성껏 옥바라지를 했고 우린 아무 도움도 되지 못했다.

처음부터 경찰로 붙들려 간 숙부는 재판에서 사형을 언도받았다. 그 사실을 출옥하는 사람 편에 숙부가 보낸 편지를 통해 알았을 정도로 우리는 숙부에게 옥바라지도 제대로 할 형편이 못 됐다. 숙부의 편지는 내가 왜 사형을 당해야 하는지 모르겠다, 변호사라도 대서 나를 좀 살려 달라는 거였다. 어쩌면 우리에게는 힘이나 백이 돼 줄 만한 친척이 그렇게도 없었던지 우리 집안이 무 밑동 잘라 놓은 것처럼 고적하고 보잘것없는 처지라는 걸 그때처럼 절감한 적도 없었다.

부역한 죄수가 하도 많을 때라 솜옷 한 번 차입하는 데도 온종일이 걸렸다. 마침 오래 형무관 생활을 한 친척이 있어 그 정도의 편의는 봐주길 기대하고 청을 해 봤는데 어림도 없더라는 것이었다. 말단 공무원이 부역자하고 상종하기를 꺼릴 수밖에 없는 세상이란 걸 알면서도 치가 떨리게 야속했었다. 될 수 있는 대로 이른 새벽에 줄을 서려고 엄마는 예전에 현저동에서 각별하게 지내던 집을 다 찾아가 염치없이 하룻밤을 드새곤 했는데 그럴 때마다 따뜻한 위로와 대접을 받았다며 없는 사람이 훨씬 인정스럽더라고 했다.

그나마의 옥바라지나마 못 하게 된 사이에 숙부는 처형을 당했다. 실은 언제 처형을 당했는지 그 날짜도 모른다. 숙부의 편지 한 장 외엔 아무런 연락도 없었고, 사형을 집행했으니 시체를 인수해 가란 통고 같은 것도 물론 받은 바 없다. 사형을 당했다는 어떤 증거도 없지만, 곧 일사후퇴가 있었고, 그 후 숙부의 존재나 이름은 어디에서도 찾아볼 수 없게 되었으니 후퇴 전의 제반 상황으로 미루어 집단적으로 처형됐을 것이다. 빨갱이 목숨은 파리 목숨만도 못했고, 빨갱이 가족 또한 벌레나 다름없었다.

옥바라지고 뭐고 경황이 없이 된 시초는 시민증에서 시작된다. 보통 사람도 양민임을 입증하는 증명서가 있어야 자유롭게 나다닐 수 있는 제도가 9·28 수복 후에 비로소 생겼는데 그때는 그걸 시민증이라고 했다. 나중에야 대한민국 국민이면 다 받을 수가 있었지만 그 제도가 처음 생긴 때가 때이니만치 양민과 잠복해 있는 적색분자를 구별하려는 목적성이 강했다. 따라서 아무에게나 발급해 주는 게 아니라 엄격한 심사를 거쳤다.

심사도 받기 전에 문제가 생겼다. 반장은 시민증 발급 신청 서류를 집집마다 나누어 주면서 우리 집만 쏙 빼놓았다. 그건 밀고를 당할 때보다 더 큰 충격이었다. 시민증이 없으면 죽으라는 소리나 마찬가지라고 여길 만큼 그게 사람 노릇 할 수 있는 기본 요건이 될 때였다. 반쯤 등신이 된 것처럼 모든 환난을 말없이 견디던 엄마도 땅을 치며 탄식을 했다.

"세상에 이럴 수가, 해도 너무하는구나. 서로 고사떡 나누고 비단 치마 무명 치마 안 가리고 서로 손주새끼 오줌똥 받았거늘. 어찌 이럴 수가."

이사 오던 사람마다 팥죽 쒀서 나누고, 고사떡 돌리고, 그러고는 이내 내 집 네 집 없이 마실 다니며 남의 손자 오줌똥도 더러운 줄 모르고 지낸 사이란 걸 엄마는 이렇게 넋두

리했다. 아니꼬운 걸 무릅쓰고 심사를 해서 시민증을 발급 받고 못 받고는 우리 일이고 신청서라도 줄 수 없느냐고 했더니 마침 한 장이 모자라서 우리를 빼놓았으니 동회에 가서 말해 보라고 했다. 반장 하다 인민반장 하다 다시 반장 하는 위인한테까지도 이런 구박을 받아야만 했다. 신청서 한 장 받는 데까지 동회 직원한테 굽실대며 예비 심사를 받았지만 정작 본심은 우리를 모르는 기관에서 나와서 했기 때문에 엄마하고 올케는 무난히 시민증을 교부받을 수가 있었다. 나는 학생이니까 학교에 가서 학생 등록증을 받아 오라는 것이었다.

산 넘어 산이었다. 대학을 다시 다니게 될 것 같지도 않았거니와 공산 치하에서 학교에 나간 것은 명백한 부역이기 때문에 나는 처벌이 무서워 학교 앞엔 얼씬도 못 하고 있는 중이었다. 대학마다 학도호국단 감찰부에서 학생을 심사하는데 학교에 따라서는 가혹 행위도 한다는 소리를 전해 듣고 있었다. 각 기관마다 심사가 유행이었고 심사 과정에서 별의별 일이 다 있었다. 두려웠지만 시민증이 없다는 것은 죽은 목숨이나 마찬가지였기 때문에 어떤 수모나 폭력도 견딜 각오를 단단히 하고 학교에 나갔다.

이번엔 유엔군이 문리대를 쓰고 있어서 대학 업무는 동숭동 교수 관사에서 한다고 했다. 등교해서 등록 서류를 작성하는 걸 옆에서 보고 벌써 내가 누구라는 걸 알고 수군댈 만큼 나는 이미 부역한 학생 명단에 올라 있었다. 그런 형편이니 그날로 등록증을 받을 수는 없었지만 며칠 걸려 최종적으로 감찰부장이 심문을 하고 훈계를 하고 학생등록증을 발급해 주었다.

천신만고 끝에 발급받은 등록증을 제시하니 시민증도 쉽게 나왔다. 지금까지도 그때 문리대에서 받은 심사에 대해서는 고마운 마음을 간직하고 있는데 그건 시민증을 받는 데 도움이 됐기 때문만이 아니라 처음으로 인간 대우를 받을 수 있었기 때문이다. 부역의 혐의와 인간 대접의 양립은 두고두고 고마웠고, 결과적으로 인간에 대한 최종적인 믿음만은 잃지 않게 도와주었다.

내가 그런 혐의를 받고 있기 때문에 더욱 그렇게 느꼈겠지만 부역자 숙청이 한창일 때는 제일 무서운 게 사람이어서 사회가 온통 흉흉한 공포 분위기였다. 단박 압록강까지 밀고 올라갈 만큼 승승장구할 때 승자가 과연 그렇게까지 모질게 굴 필요가 있었을까. 승리의 시간은 있어도 관용의 시간은 있어선 안 되는 게 이데올로기 싸움의 특성인 것 같다.

애국 단체는 또 왜 그렇게 많이 생겨났던지, 그들이 내건 구호와 성명으로 거리거리의 벽마다 도배를 하다시피 했는데 하나같이 공산당의 만행을 규탄하고 적색분자를 남김없이 색출해 이참에 씨를 말려야 한다는 격렬하고도 호전적인 것들이었다. 한번은 그런 벽보 가운데 '자유주의 만세'라고만 쓴 초라한 벽보를 보고 이상한 느낌에 사로잡힌 적이 있다. 한참 심신이 황폐할 때였는데 그걸 보자 무릎이 꺾일 만큼 힘이 빠졌다. 이런 수모와 단련을 받으면서도 북쪽에서 설사 최고의 부귀와 영화를 준대도 바꾸고 싶지 않은 건 저것 때문이었을까? 수모와 단련 끝에 감옥살이가 기다리고 있다고 해도 이 땅을 택할 만큼 이 땅에 더 있는 자유는 과연 무엇인가? 그래, 참 국가원수를 광신하지 않을 자유가 있었지. 나는 쓸쓸하게 자조했지만, 한편 그 정도의 자유도 태산만 한 희망이었다.

북진 통일을 눈앞에 두고 중공군의 개입으로 다시 우리가 밀리기 시작했다. 이번엔 안심하고 생업에 종사하라는 거짓말을 안 하고 작전상 후퇴를 할 수도 있음을 미리미리 비쳤다. 여름에 놀란 가슴들이 있는지라 돈 있고 권세 있는 사람은 일찌거니 피난을 서두르고 없는 사람들도 설마설마 하면서도 피난 짐을 싸 놓고 있었다. 하루도 정안수 떠 놓고 치성을 드리지 않은 날이 없는 엄마와 올케의 실망과 비탄은 이루 말할 수가 없었다. 집안이 하루도 편할 날이 없는 가운데서도 그들을 버텨 준 것은 희망이었다.

국군이 빠른 속도로 북진하는 동안 탈출하거나 일부러 낙오한 의용군들이 귀환하는 일이 많았다. 엄마는 길에서라도 거지꼴을 한 청년을 만나면 혹시 의용군 갔다 오지 않느냐고 물었고 그렇다고 하면 반색을 하고 집으로 데리고 들어와 뭐든지 대접해 가며 이것저것 묻고 싶어 했다. 남의 일을 내 일같이 기뻐하고 감탄도 하는 사이에 우리에게도 그 같은 기쁨이 있었으면, 하는 희망에 확신이 생기는 듯했다. 끼니때마다 오빠의 밥을 제일 먼저 퍼 놓았고, 바람이 대문을 흔드는 소리에도 생기를 섬광처럼 내뿜으며 뛰쳐나가곤 했다. 내 아들이 미처 도망쳐 나오기 전에 후퇴를 해 버리면 그의 운명은 어떻게 되란 말인가. 엄마는 상상력 속에서도 아들을 죽일 수가 없었으므로 계속 인민군으로 남겨 둘 수밖에 없었다.

작전상 후퇴가 서울보다 훨씬 남쪽까지 이를 게 거의 확실시되고 있었다. 첫추위가 몰아치는 가운데 서울 인구가 반 이상 줄자 엄마는 중대한 결심을 했다. 딸의 운명을 분리시키기로.

"너 혼자라도 피난을 가야 한다."

실은 나도 그럴 작정이었지만 막상 엄마의 입에서 그 말이 떨어지자 설움이 북받쳤다. 그건 나만 빼놓고 엄마와 올케와 조카들은 오빠와 운명을 같이해야 된다는 뜻도 되었다. 인민군이 된 오빠는 잘 상상이 안 됐지만, 인민군이 된 오빠와 운명을 같이하겠다는 게 무슨 뜻인지는 분명했다. 작전상 후퇴라니까 곧 다시 서울이 수복되어 집으로 돌아올 수 있다 해도 다들 떠나고 집은 비어 있으리라. 혼자서 피난은 갈 수 있다 해도 영이별을 할 각오는 쉽지 않았다. 엄마는 이미 그런 각오까지도 굳힌 듯 구메구메 껴 주었던 혼숫감 같은 것까지 다 꺼내 내 피난 짐을 챙기면서 연방 "너라도 좋은 세상 살아야지." 하는 소리를 되풀이했다.

내가 떠나기 전에 오빠가 돌아왔다. 아아, 오빠가 돌아온 것이다. 거지 중에도 상거지 꼴이었지만 인민군이 안 돼서 돌아왔으니 금의환향이 부럽지 않았다. 그러나 곧 오빠의 귀향은 우리에게 설상가상이 되었다. 이게 꿈인가 생신가 붙들고 울고불고 웃은 것도 잠시, 우리는 너무도 달라진 오빠의 태도에 가슴이 덜컥 내려앉지 않으면 안 되었다.

어떻게 그 몸으로 전선을 돌파하고 먼 길을 걸어 집까지 돌아올 수 있었을까 믿기지 않을 만큼 몸이 못쓰게 된 건 약과였다. 집에 돌아왔는데도 조금도 기쁜 기색이 없었다. 자기가 없는 동안에 태어난 아들을 보고도 안아 보려고도 하지 않았다. 도대체 무슨 생각을 하는 건지, 그렇다고 무표정한 것하고도 달랐다. 시선은 잠시도 가만히 있지 못하고 불안하게 흔들리고, 작은 소리에도 유난스럽게 놀랐다. 잔뜩 겁을 먹은 표정은 무슨 소리를 해도 바뀌지 않았다. 따뜻한 음식과 잠자리도 그를 안정시키진 못했다. 밤에는 바람 소리, 쥐 부스럭대는 소리에도 놀라 한참을 못 잤다. 어디를 어떻게 무슨 꼴을 당하며 왔기에 그 꼴이 되었을까. 죽기를 무릅쓰고 사선을 넘은 무용담도 있으련만 말하지 않았다. 그런 흔적도 안 보였다. 오빠는 심한 피해망상을 앓고 있었다.

기가 막힌 엄마는 울부짖다시피 그동안에 숙부네서 일어난 얘기와 우리가 겪은 고초를 쏟아 놓으면서 정신 차리라고 하소연했다. 엄마로서는 오빠의 닫힌 마음을 두드리려는 충격요법이었겠지만 오히려 피해망상만 가중시키는 결과가 되었다. 어서 피난을 가자고 서둘기 시작했다. 제풀에 놀라 머리 먼저 아무 데나 쑤셔 박고 덜덜 떠는 증세까지 새로 생겨났다. "어서 가자. 인민군 들어오면 난 죽어. 응 어서 가자." 모든 사람들이 떠나고 있다는 급박한 분위기만은 정상인보다 더 예민하게 느끼는 듯했다. 안절부절못했다. 온 집안 식구가 더불어 악몽을 꾸고 있는 것 같았다.

나만 떠날 계획은 자동으로 취소되었다. 아직은 가족의 운명과 분리될 때가 안 된 모양이었다. 그렇지 않고서야 이다지도 공교롭게 꼬일 수가 없었다. 오빠가 서둘지 않더라도 우리도 어서 피난을 떠나고 싶었다. 피난을 못 가고 서울에 남아 있게 된다고 해도 이제 북쪽에 붙는 최악의 상상은 할 필요가 없어졌지만, 수복된 후에 또 어떤 일을 당할지는 생각만 해도 모골이 송연해졌다. 서울을 사수하겠다고 속여 놓고 도망갔다 와서도 그렇게 으스대던 사람들이, 한 사람도 남김없이 피난을 가라고 미리미리 한강에 가교까지 설치해 놓고 내모는데도 안 가고 남아 있던 사람들을 어떻게 취급할지는 불을 보듯 뻔했다. 어서 떠나고 싶었다. 미치게 떠나고 싶었다.

그러나 오빠가 한강 다리 건너는 데는 문제가 많았다. 또 그놈의 시민증이 문제였다. 피난민 중에 간첩이 섞여 있을까 봐 도처에서 검문이 심했다. 후퇴를 앞두고 시민증을 발급한 것도 바로 그런 까닭이었다. 의용군 갔다 도망쳐 온 사람을 빨갱이로 몰지는 않는다 해도 시민증을 발급받으려면 까다로운 심사를 거쳐야 했다. 오빠가 그걸 견딜 수 있을 것 같지 않았다. 본인도 그건 싫다고 했다. 그러면서도 시민증은 빨리 내 달라고 졸랐다.

"어쩌면 나 시민증 하나 그냥 좀 내다 줄 빽도 없냐 우린."

이런 소리까지 부끄러움 없이 했다. 어쩜 우리 오빠가 저렇게까지 비굴해질 수 있을까. 피해망상의 결과겠지만 비굴은 피해망상보다 더 꼴 보기 싫었다. 안 보고 싶었다. 그러나 다시 묶인 한 운명의 줄을 끊을 가망은 없었다.

오빠의 성화에 올케가 생각해 낸 게 다시 시골 학교였다. 교사들의 소박한 사람됨과 시골에서의 교사에 대한 존경심은 기대해 볼 만했다. 올케가 먼저 가서 의논하니 기꺼이 협조해 주겠다고 해서 오빠를 설득해 그곳으로 데리고 갔다. 거기 머물면서 시민증 대신 도민증을 발급받을 수가 있었다. 거기도 거의 다 피난을 떠나고 몇 사람 안 남은 동료 교사와 동네 사람들의 소박한 위로와 도민증을 손에 쥔 안도감으로 오빠가 약간의 소강상태를 보인 사이에 올케도 집으로 돌아와 피난 갈 채비를 했다.

피난을 하도 벼르고 부러워했기 때문에 도무지 고생길이란 생각이 안 들었다. 강 건너, 산 넘고, 들 지나 우리도 마침내 피난을 가게 됐다는 게 꿈같이 그저 즐겁기만 했다. 연년생 두 아이를 어떻게 건사해야 얼어 죽이지 않을 것이며, 무엇을 어느 만큼 어떻게 가지고 가야 우리 식구가 굶어 죽지 않을 것인가, 하는 현실적인 문제가 조금도 걱정이 안 됐다. 사실 그런 현실적인 짐은 몽땅 내 몫인데도 한강 다리만 건너면 모든 문제를 떠맡고 안식을 줄 사람이 기다리고 있는 것처럼 마음이 덮어놓고 부풀었다. 피난 짐을 피크닉 준비처럼 쌀 수는 없건만 그랬다. 우리는 피난 갈 자격도 없었다. 나뿐 아니라 우리 식구는 마음속 깊이에 피난을 못 갈지도 모른다는 생각을 묻어 두고 있었다. 그건 적중했다.

최악의 소식이 왔다. 그 무렵 국도 주변의 들판은 밤이면 후퇴하는 유엔군과 국군들의 야영장으로 변하곤 했는데 큰 건물도 마찬가지였을 것이다. 나중에는 국민방위군과 합쳐졌지만 당시에는 청년방위군이라는 게 있었는데 국군과는 어떻게 다른지 모르지만 아무튼 무장도 하고 그 학교에 주둔하게 되었고, 숙직실에 머물던 오빠는 따뜻한 구들목을 찾는 장교와 같이 자게 된 모양이었다. 그런데 아침나절 총기를 분해해 점검하던 사병이 잘못해서 총알이 나간 게 오빠의 다리를 관통했다는 것이었다.

급보를 받고 달려갔을 때 오빠는 구파발의 아직 피난을 못 가고 남아 있던 조그만 병원에 방치돼 있었고 부대는 이동한 뒤였다. 진상을 더 자세히 알아도 소용없는 일이었지만 오빠는 우리가 전해 들은 거 이상을 말하려 들지 않았다. 다량의 출혈로 창백해진 오빠는 되레 평온해 보였다. 초로의 의사는 친절했지만 그 집도 피난 갈 채비를 하고 있었다. 생명에는 지장이 없지만 덧나면 골치 아프다고 앞으로 계속해야 할 치료법을 일러 주었다. 치료법이래야 간단한 최소한의 것이었다. 의사가 시범으로 관통한 총구멍에서 피 묻은 심을 빼고, 소독한 심을 서리서리 한없이 집어넣는 것을 옆에서 지켜보면서 나는 그 구멍이 지옥으로 통하는 나락만큼이나 어둡고 깊게 느껴졌고, 그 안으로 하염없이 빨려 들어가는 듯한 공포감을 맛보았다.

오빠는 비명 한 번 안 지르고 희미하게 웃기까지 했다. 희망을 잃은 평온함이 처절해 보였다. 심으로 쓸 가제와 붕대, 소독약, 연고 등 있는 대로 우리에게 다 주고 의사도 가족과 함께 피난을 떠나고 동네가 텅 비었다. 우리가 남의 병원을 독차지한 지 사나흘 만에 마지막 후퇴령이 내렸다. 이른바 일사후퇴였다. 거의 다 떠난 줄 알았는데 행여나 하고 관망하던 사람들이 한꺼번에 쏟아져 나와 국도를 질주하는 소리와 낮게 뜬 헬리콥터에서 마이크에 대고 피난을 독려하는 소리가 어우러져 조그만 병원을 들썩들썩 흔드는 것 같았다. 실상 집보다 우리 마음은 더 심하게 흔들리고 있었다. 엄마가 먼저 우리의 동요를 대변했다.

"떠나자, 죽는 한이 있어도 가는 데까지 가다가 죽자. 저렇게 내모는데 안 가고 있어 봐라. 나중에 우릴 얼마나 못살게 굴겠니? 그 꼴을 또 당하느니 죽는 게 낫다."

병원 뒤뜰에 부실하지만 손수레가 하나 남아 있는 걸 봐두고 있었다. 차를 얻어 탈 수 있는 건 소수의 혜택받은 사람들이고, 그런 사람들은 다 진즉 떴고, 나중판에는 널빤지에다 바퀴만 달아 손수레를 만들어서 아이나 긴요한 짐을 싣는 게 유행처럼 돼 있었다. 십중팔구는 부실해서 버리고 떠났을 손수레에다 오빠를 실었다. 엄마하고 올케는 아이를 하나씩 업고 보따리를 이고 들었으니 손수레는 내 몫이었다. 내 짐은 천근이었다. 마지막 후퇴의 대열에 무작정 뛰어들긴 했지만 우리는 점점 뒤처졌고 겨우 무악재를 넘고 나서 나는 지쳐서 나자빠졌다. 날이 어둑어둑해지고 있었다.

"조금만 더 가자. 으응 조금만 더."

엄마가 무자비하게 다그쳤다.

"한강 다리가 어떻게 조금만 더야."

나는 쌓이고 쌓인 분노로 당장 폭발할 것 같았다.

"피난도 팔자에 있어야 가지 아무나 가는 게 아닌가 보다. 그러니 피난 가는 척이라도 해 보자꾸나. 저 동네에 아는 집이 있으니 거기 머물렀다가 세상이 또 한 번 바뀌어 사람들이 돌아올 무렵 우리도 피난 갔다 오는 것처럼 우리 동네로 돌아가자꾸나. 그 수밖에 없다."

엄마는 줄창 그런 계략을 짜고 있었던 듯 차분하고 조리 있게 말하며 거기서 바라보이는 동네를 가리켰다. 우리가 가짜 피난지로 정한 동네는 현저동이었다. 다시 현저동이라니. 그러나 이상하게 마음이 가라앉으면서 한 발자국도 못 움직일 것 같던 팔다리에 새로운 힘이 솟았다. 층층다리를 통하지 않고 올라갈 수 있는 길은 좀 돌게 돼 있었지만 손수레 때문에 그 길을 택했다. 마지막 피난민이 드문드문 맹수에 놀란 토끼처럼 화들짝 뛰어내리는 길을 거슬러 우리는 숨 가쁘게 새로운 피난처에 도착했다.

엄마가 점찍어 놓은 집은 숙부네 옥바라지할 때도 신세 진 일이 있는 바로 그 집이었다. 그 집도 피난을 떠나고 집이 잠겨 있었다. 그러나 허술한 집일수록 자물쇠도 허술한 법이어서 우리는 힘을 합해 아예 문고리를 낚아챘다. 방금 떠난 것처럼 아랫목에 온기가 남아 있었고, 윗목엔 먹다 남은 밥상이 그냥 헤벌어져 있었다. 총각김치의 이빨 자국이 선명했다. 우리는 먼저 양식이 있을 만한 데를 뒤졌다.

우리가 가진 양식은 너무 적었고 어느 세상에서나 목구멍은 포도청이었으므로 우리는 우리가 하는 짓에 조금도 양심의 가책을 느끼지 않았다. 쌀은 없고 잡곡 한 움큼과 밀가루가 반 자루가량 남아 있었다. 저녁은 새로 짓지 않고 남기고 간 찬밥으로 때웠다. 군불도 뜨끈뜨끈하게 지폈다. 더 나쁜 일이 일어날 건덕지가 없을 지경까지 몰렸을 때의 평화로움 안에서 우리는 깊은 숙면에 빠졌다.

새날이 밝았다. 오빠가 오래간만에 잘 잤노라고 기지개를 폈다. 나는 앞으로 후퇴한 정부가 수복될 때 생각만 하고, 당장 당면한 또 바뀐 세상엔 어떻게 대처해야 살아남을 수 있을 것인가에 대해선 대책 없는 식구들이 답답하고 짐스러웠다. 오빠를 손수레에서 내려놨다고 해서 내 짐이 가벼워진 건 아니었다. 나는 바뀐 세상의 눈치를 보려고 조심스럽게 문밖으로 나갔다.

 지대가 높아 동네가 한눈에 내려다보였다. 혁명가들을 해방시키고 숙부를 사형시킨 형무소도 곧장 바라다보였다. 천지에 인기척이라곤 없었다. 마치 차고 푸른 비수가 등골을 살짝 긋는 것처럼 소름이 쫙 끼쳤다. 그건 천지에 사람 없음에 대한 공포감이었고 세상에 나서 처음 느껴 보는 전혀 새로운 느낌이었다. 독립문까지 뻔히 보이는 한길에도 골목길에도 집집마다에도 아무도 없었다. 연기가 오르는 집이 어쩌면 한 집도 없단 말인가. 형무소에 인공기라도 꽂혀 있다면 오히려 덜 무서울 것 같았다. 이 큰 도시에 우리만 남아 있다. 이 거대한 공허를 보는 것도 나 혼자뿐이고 앞으로 닥칠 미지의 사태를 보는 것도 우리뿐이라니, 어떻게 그게 가능한가. 차라리 우리도 감쪽같이 소멸할 방법이 있다면 그러고 싶었다.

 그때 문득 막다른 골목까지 쫓긴 도망자가 획 돌아서는 것처럼 찰나적으로 사고의 전환이 왔다. 나만 보았다는 데 무슨 뜻이 있을 것 같았다. 우리만 여기 남기까지 얼마나 많은 고약한 우연이 엎치고 덮쳤던가. 그래, 나 홀로 보았다면 반드시 그걸 증언할 책무가 있을 것이다. 그거야말로 고약한 우연에 대한 정당한 복수다. 증언할 게 어찌 이 거대한 공허뿐이랴. 벌레의 시간도 증언해야지. 그래야 난 벌레를 벗어날 수가 있다.

 그건 앞으로 언젠가 글을 쓸 것 같은 예감이었다. 그 예감이 공포를 몰아냈다. 조금밖에 없는 식량도 걱정이 안 됐다. 다닥다닥 붙은 빈집들이 식량으로 보였다. 집집마다 설마 밀가루 몇 줌, 보리쌀 한두 됫박쯤 없을라구. 나는 벌써 빈집을 털 계획까지 세워 놓고 있었기 때문에 목구멍이 포도청도 겁나지 않았다.

—『그 산이 정말 거기 있었을까』로 이어집니다.

작품 해설

기억과 묘사

김윤식(서울대 명예교수, 문학평론가)

'순전히 기억만으로'의 전략

 '행복한 예술가의 초상'이라는 이름의 『박완서 문학앨범』이 『그 많던 싱아는 누가 다 먹었을까』(1992)와 더불어 나왔을 때, 문득 다음처럼 속으로 중얼거린 독자가 있었다면 어떠할까. '이 작가가 드디어 자서전까지 쓰는 것일까. 이러면 안 되는데…….'라고. 어째서 '이러면 안 되는데…….'였을까. 이 점을 조금 말해 보고자 함이 이 글이 겨냥한 곳입니다.

 혹시 제가 조금 지나친 표현을 하고 있을까요. 그렇지 않음은 이들 책 첫 장만 열면 금방 드러납니다.

> 이런 글을 소설이라고 불러도 되는 건지 모르겠다. 순전
> 히 기억력에만 의지해서 써 보았다. (『그 많던 싱아는 누가 다
> 먹었을까』, 작가의 말)

작가가 이 글을 소설이라 생각하고 쓴 것일까,라고 먼저 물을 수 있지 않겠는가. 물론 소설이라 생각하고 썼겠지요. 책 표지에도 '박완서 장편소설'이라 명기되어 있기 때문. 『나목』(1970) 이래 지금까지 수많은 장·단편을 써 온 작가가 이제 새삼스레 '이런 글을 소설이라고 불러도 되는 건지 모르겠다'라고 흡사 남의 말 하듯 해 놓고 있음은 웬 까닭일까. 심상치 않은 곡절이 이 말 속에 있음이 틀림없으리라 믿는 독자들이 필시 있고, 있어도 많고, 그중의 하나로 저도 낄 수 있을 터입니다. 환갑·진갑도 지냈고, 소설질(이청준 씨의 용어)하기에 도가 텄다고 해도 결코 지나치지 않을 이 마당에 작가의 이러한 발언 속엔 대체 어떤 전략이 감추어져 있을까.

지금껏 자기가 해 온 소설질과 이번의 소설이 분명 다르다는 사실을 표 나게 드러내는 방식으로 박완서 씨가 내세운 것이 바로 기억력입니다. '순전히 기억력에만 의지해서'라는 표현 속에는 강음부가 겹으로 둘려 있음이 판명됩니다. '순전히'라는 부사가 그 하나. 그것만으로도 거의 절대적인 그 무엇을 단호히 말했을 터인데 '-만'이라 함으로써 빈틈을 남겨 놓지 않았습니다. 이런 목소리가 어째서 낯설

까. 소설이란 기억력에 의해서 쓰는 것이라고 주장해 온 작가가 바로 박씨 아니었던가. 내 소설에 한 번도 거짓말을 쓴 바 없다고 알게 모르게 외쳐 온 작가가 박씨 아니었던가. 그럼에도 새삼 이런 목소리를 내고 있음이란 필시 그만한 곡절이 없을 수 없을 터. 작가 박씨는 물론 이렇게 겸손하게 말해 놓았습니다.

> (A) 쓰다 보니까 소설이나 수필 속에서 한두 번씩 우려먹지 않은 경험이 거의 없었다. 그러나 그때그때의 쓰임새에 따라 소설적인 윤색을 거치지 않은 경험 또한 없었으므로, 이번에는 있는 재료만 가지고 거기 맞춰 집을 짓듯이 기억을 꾸미거나 다듬는 짓을 최대한으로 억제한 글짓기를 해 보았다. (B) 그러나 소설이라는 집의 규모와 균형을 위해선 기억의 더미로부터 취사선택이 불가피했고, 지워진 기억과 기억 사이를 자연스럽게 이어 주기 위해서는 상상력으로 연결 고리를 만들어 주지 않으면 안 되었다. (위의 글)

이 문단의 참뜻이 (A)에 있음이 분명하지 않습니까. (B)란 한갓 변명이나 토를 단 수준이지요. 전과는 다른 글쓰기를 하겠다는 것의 표명이 (A)라면 (B)란 상식의 드러냄일 터입니다. 이 상식적 수준부터 살펴볼까요.

어느 날 소설가인 카렐 차페크(체코 작가)에게 그대는 어째서 시를 쓰지 않는가고 묻자 그의 대답이 이러했습니다.

'자기 자신의 일을 지껄이는 것이 아주 싫어서'라고. 자기 자신에 대해서, 그러니까 차페크, 카프카, 브로흐 등에겐 참된 전기란 없다는 것입니다. 포크너는 이런 식으로 말해 놓았군요. '나는 인간으로서는 역사로부터 말살당한 자이고 싶다'라고. 작품으로만 남겠다는 뜻이겠지요. 소설가란 자기 생활이라는 집을 때려 부숴, 그 돌 조각으로써 소설이라는 집을 세우는 족속이라고 쿤데라라는, 키치kitsch스런 것으로 한몫 본 체코 출신의 작가도 거들고 있군요.

자기 생활이라는 집을 쳐부수고 그 돌 조각으로 만든 새로운 집이 소설이라는 비유는 어느 소설가에게나 해당되는 일종의 상식일 터입니다. 그러니까 (A)를 내세운 작가 박완서는 지금 이러한 상식에서 벗어난 글쓰기를 하겠다는 뜻으로 읽히는 것입니다. 생활이란 이름의 집을 헐어 그 파편으로 새로운 집짓기를 일삼는 것이 소설가이며 그러한 일이 소설질이라면 이번의 글쓰기는 그런 것이 아니다, 그러니까 별스런 글쓰기이고 별난 소설이 되는 것이다, 하고 말해 놓은 것입니다. 이를 두고 '순전히 기억력에만 의지해서' 쓰는 글이며, 따라서 종래의 소설관으로 볼 때 소설이 아닐 수도 있다는 것으로 요약되는 이런 작가의 결심 앞에 누구나 일단 귀 기울일 만하지 않겠는가.

시간과의 경쟁

새삼, 소설이란 무엇이겠는가, 이런 물음을 이 기회에 조금 정리해 둘 필요가 없을까요. 허구적인 글쓰기를 두고 흔히 픽션이라 하지 않습니까. 이 픽션 속에는 ① 로맨스(이야기), ② 고백, ③ 해부(아나토미), ④ 소설 등이 포함될 터입니다. 브론테의 『폭풍의 언덕』이 이야기라면 루소의 『참회록』은 고백 범주에 들 터이고, 볼테르의 『캉디드』라든가 스위프트의 『걸리버 여행기』란 해부에, 그리고 제인 오스틴의 『오만과 편견』, 필딩의 『톰 존스』 등이 소설 범주에 들 터입니다. 이런 분류란 프라이란 학자의 것(『비평의 해부』)이지만, 썩 그럴 법한 곳이 있습니다.

그 한 가지는, 픽션 속에 드는 이러한 네 가지 범주가 시대에 따라 한쪽이 우세하기도 쇠퇴하기도 하지만 픽션 자체 내의 변화이기에 픽션 자체에는 증감이 없다는 생각이 그것. 어떤 땐 SF 같은 로맨스가 성행하기도 할 터이지요. 가령 '무슨 비결'이라든가 '무슨 보감' 같은 것의 성행이 그러한 것인지도 모릅니다. 다른 하나는, 위의 네 가지 범주 중 어느 것도 순종으로 존재하기 어렵다는 점. 가령, 『주홍글씨』는 소설과 로맨스의 결합이며, 『트리스트럼 샌디』는 소설과 아나토미의, 『백경』은 로맨스와 아나토미의, 『돈키호테』는 로맨스·아나토미·소설의, 프루스트의 『잃어버린 시간을 찾아서』는 소설·고백·아나토미의 결합이라는 것입니다.

프라이의 이러한 분류가 썩 잡스럽고 또 어수선한 것은 사실이나, 요컨대 소설이 픽션의 한 범주에 속한다는 점만은 지적된 셈 아닙니까. 그 소설의 오늘날의 꼴이란 어떠한가. 아무 데나 소설이란 말을 갖다 붙여, '소설 뭐뭐' 하는 정도의, 그렇게 천해 자빠진 것이 소설일까. 그렇다면 그런 천덕꾸러기인 소설에 평생을 매단 소설가라든가 그들이 만든 물건을 사서 읽는 독자의 존재야말로 참담한 현상이라 할 수 없을까. 이렇게 생각해 본 사람이라면 아마도 소설의 순종 혈통이 무엇인가를 알아보고자 하지 않겠는가. 만일 그렇다면 제법 해 볼 만한 것이 아닐까. 또한 그 혈통이 지금에도 순수히 살아 있는 것일까로 관심이 뻗어 가지 않겠는가.

소설의 순종 혈통 찾기, 이에 대해서는 여러 가지 길이 있습니다. 그중의 하나를 조금 소개하면 어떠할까.

우리가 갈 수 있고 가야만 할 앞길을 하늘의 별이 지도의 몫을 해 주는 시대란 얼마나 행복했던가. 세계란 넓고 아득하나 흡사 자기 집 안과 같이 낯익었는데, 영혼 속에 타오르는 불꽃이 창공의 별빛과 본질적으로 동일했기 때문. 인류가 이러한 시대를 겪어 왔다는 전제를 승인할 때 비로소 서사시의 세계가 성립되었던 것입니다. 이를 두고 선험적인 고향이라 부르는 것. 서사시의 주인공에게 그를 둘러싼 세계란 조금도 낯설지 않았는데, 자아와 세계가 완전히 일치

할 수 있었으니 현상이 본질이고 본질이 현상이었던 까닭. 이를 두고 신이 사람과 더불어 지상에서 어깨동무를 하고 있었다고 말하지 않았을까. 이러한 세계를 서사시적 공간이라 부르는 것, 거기엔 본질적인 것das Wesentliche만이 알몸으로 노출되어 있었다고 말해집니다.

이 본질적인 것이 조금씩 망가지기 시작하는 계기를 인류사가 겪어야 했는데 근대의 등장이 그것. 근대(자본주의)가 시작되자 신이 지상을 떠났고, 따라서 지상은 돌연 낯설고 황폐해지기 시작했던 것입니다. 시간이 침투한 까닭이지요. 본질적인 것이란 순금에 비유될 수 있는데, 시간의 부식 작용에서 스스로 막내는 물질인 까닭. 그러나 잘 따져 보면 시간이 삶의 본질적인 것과 동격의 경쟁자로 등장한 형국이 근대였던 것입니다. 소설이란 서사시의 적자인지는 모르지만, 시간을 또 다른 본질적인 요소로 가짐으로써 가능했던 것이지요. 시간이 삶의 본질적인 것과 같은 자격으로 등장한 것입니다. 신이 있었던 자리를 시간이 덩그렇게 차지한 형국이었던 것. 소설을 두고 루카치는 '선험적 고향 상실의 형식'이라 불렀던 것이지요. 그의 『소설의 이론』(1916)에는 이렇게 정식화되어 있어 인상적입니다. '본질은 반드시 찾아야 되는데 동시에 절대로 찾아지지 않는다'는 것을 소재로 하는 소설에서만 비로소 시간은 형식과 더불어 주어지는 것(『소설의 이론』, 루흐트한트판, 108쪽)이라고. 저는 이 대목을 자주 인용하고 그 의미를 음미하곤 하는

데, 왜냐면 선험적 고향 상실의 형식으로서의 소설의 발생 근거, 그러니까 헤겔적인 의미의 시민사회의 서사시로서의 소설에 대한 설명으로서는 썩 뚜렷한 것으로 보이기 때문입니다.

근대, 그러니까 시민사회란 온통 훼손된 가치 속에 놓인 것이지요. 교환가치(상품을 위한 시장가치)의 등장으로 말미암아 본질적 가치(사용가치)가 위기에 놓인 장면이 시민사회로 규정되는 것입니다. 자본주의의 시작이 이것 아닙니까. 세계는 돌연 낯설어지기 시작한 것이라 비유되는 것이지요. 소설의 주인공은 서사시의 저 당당한 주인공(영웅이라 부르지 않았던가.)과는 달리 한갓 문제아 problematische Individuum 에 지나지 않지요. 문제아란 무엇이겠는가. 가정에서, 사회에서 수용할 수 없을 만큼 뒤틀린 사람이 아니겠는가. 그는 가출할 것입니다. 가정으로부터, 학교로부터, 사회로부터 도주할 것입니다. 그 자신의 영혼을 찾기 위해 그는 길을 떠나야 하는 것. 소설의 주인공은 '나는 나를 찾아 떠난다. I go to prove my soul.'라는 명제에 들려 있는 자를 가리킴인 것. 자기 자신을 찾아 떠난 그는 과연 성공할까.

그 해답은 물론 부정적입니다. 그를 둘러싼 세계가 이미 교환가치(훼손된 가치)로 오염되어 있는 만큼 그는 반드시 실패하게 되어 있는 것. 그야말로 나를 찾겠다는 비장한 각오로 가정을, 학교를, 사회를 등지고 세계 속으로 뛰어들었던 우리의 영웅(문제아)은 막판에 가서 '아닌데, 아니야. 이게 아닌데!'라는 절망적인 울음을 터트리게 마련이지요. 이것이 이른바 소설적 결말이지요. 악마의 개입 또는 소설적 아이러니라 부르는 것이지요. 『돈키호테』의 결말, 『카라마조프의 형제들』의 결말이 모두 이러한 형국이 아니었던가.

지금껏 저는 '선험적 고향 상실의 형식'으로서의 소설의 전개 과정을 조금 언급한 셈 아닙니까. 서사시와는 달리 소설이란 서사시 속에 '시간'이 침투했다는 것, 이 시간이 모든 것(본래적인 것)을 부식시키고 마침내 망치는 결과를 가져왔다는 것, 그러니까 문제란 시간에 있었음을 지금껏 강조해 온 셈입니다. 그렇다면 과연 시간이란 무엇이겠는가. 본질적인 것을 서서히, 그리하여 마침내 송두리째 망가트리는 시간이란 어떻게 규정되는가.

이 물음에 벤야민이 민첩합니다. 서사시에서의 무시간성이 소설에서는 시간의 개입으로 말미암아 '창조적 기억'으로 정립된다는 것입니다. 물론 서사시에도 촌충 같은 단세포의 시간이야 있지요. 서사시에서의 기억(시간)이란 한갓 '순간적 기억'이어서 진정한 기억 축에 들 수 없습니다. 진정한 기억이란, 그러니까 창조적 기억이란 시간의 개입으로만 가능한 것. 자기 영혼 찾기란 자아와 세계, 내면성과 외부 세계라는 이른바 이원성의 초극에 다름 아닌 것. 영혼의 불꽃과 창공의 별빛의 동질성에 이르기인 것. 이러한 것에 도달할 때 비로소 문제아는 문제아임을 버리고 마르크스가 그토록 골머리를 앓은 희랍인 모양의 정상아로서의 의미 획득이 가능했을 터이지요. 내면성과 외부 세계라는 이 이원성(근대 시민사회의 모든 괴로움의 원인)을 초극하는 방식이란 무엇인가. 이원성을 극복하는 길이란 단지 '주관성'에 의해서만 가능한 것입니다. 이원성이 지양될 수 있는 것은 '단지 그 주관이 자기 자신의 삶의 통일성을 기억 속에서 응축되고 있는 지나간 삶의 흐름 속에서 인식하게 될 때뿐'이라는 것입니다.

실상 이 한마디에 이르기 위해 저는 지금껏 말해 온 것이지요. 이원성의 통일이 주관 속에서만 가능하다는 것, 그 주관을 보장한 것이 창조적 기억, 벤야민의 용어로는 기억을 도와주는 회상Eingedenken이라는 것입니다. 서사시에서의 기억이란 소설에서는 회상으로 강화되는 것. 서사시에서의 기억이 순간적 기억이라면 소설에서의 그것은 지속적이자 절대적이라는 것. 외부와 내부, 본질적인 것과 부수적인 것의 통일(서사시적 세계)이란 근대 시민사회 속에서는 절대로 불가능하게 되어 버렸다는 것. 그럼에도 그것을 찾아 헤매는 문제아가 겨우 도달할 수 있는 곳이란 오직 자기의 '기억' 속에서인 것. 그것이 소설이라는 것입니다.

여기까지 이르면 작가 박완서가 '순전히 기억력에만 의지해서' 『그 많던 싱아…』를 쓰겠다고 새삼 공언한 것이 무엇을 가리킴인가라는 물음에 한 가지 해답이 뚜렷하게 드러나지 않았을까. 소설의 가장 본질적인 영역에 접근하겠다는 결의가 아니고 새삼 무엇이겠는가. 기억의 도움을 받는 회상의 형식, 이것만이 소설의 순수 혈통이라는 것. 주관·객관의 자기 속에서의 통일이 가능한 영역이야말로 소설이 서고 머물 수 있는 장소라는 것. 무슨 손재주라든가 꾸며서 만들기를 떠나 본질적인 소설의 장소에 들어가겠다는 결의로 쓴 것이 『그 많던 싱아…』이기에 이는 소설 중에서도 진짜 소설이라는 작가 박씨의 확고한 의지 표명이라 할 수 없을까. 이 의지 표명이 어찌 자화상이라는 속된 표현을 용납하랴. 소설과 기억, 이것만큼 본질적인 것은 없었던 것입니다.

상상력으로서의 기억

지금껏 저는 헤겔의 제자인 루카치, 벤야민 또는 근대 시민사회의 사고방식을 문제 삼고, 시민사회의 서사시라 규정되는 소설의 순종 혈통을 살펴 왔습니다. 요약하건대 시간의 개입으로 말미암아 모든 산통이 깨졌다는 것, 곧 외부와 내면의 이원성의 성립이 초래되었다는 것, 이를 초극하는 길이 기억의 지속성, 곧 회상이었던 것. 미국의 어떤 작가가 이 점에 썩 민감했는데, 조금 엿보고자 합니다.

여기 죽어 가는 작가 한 사람이 있습니다. 그는 작가이기에 맹렬히, 그러니까 폭풍처럼(최수철의 용어) 소설을 써야 했던 것. 불행히도 그는 그렇게 하지 못하고 작가로서 써야 할 재능을 술, 계집, 놀이에 탕진했고, 그 대가로 지금 죽음을 맞고 있지 않겠는가. 그는 그가 장차 쓰고자 하는 기억들(소재)에 대해 이런저런 것을 머릿속에 입력시키지 않았겠는가. '전쟁 뒤 우리들은 블랙 포레스토에서 송어 낚시장을 빌린 일이 있었는데 그곳으로 가는 일은 두 갈래가 있었다. 그 하나는……'이라고. '또 하나의 길은 숲 변두리까지 험한 언덕길을 올라서……'라고. 이렇게 상세히 기억을 더듬던 그는 돌연 목소리를 바꾸어 이렇게 말합니다.

> 여기까지는 받아쓰게 할 수 있겠지만, 콩트르 스카르프 광장에 대한 일은 받아쓰게 할 수 없을 것이다. 그곳에선 꽃 장수들이 길에서 꽃에 물감을 들이고 있었다. 버스가 출발하는 부근의 포도 위에는 그 물감이 흐르고 있었다. 노인과 여자들은 포도주와 포도즙을 짜고 난 찌꺼기로 만든 값싼 술을 마시고 언제나 얼근히 취해 있었고……. (어니스트 헤밍웨이, 「킬리만자로의 눈」)

미국 작가인 주인공 해리는 작가로서의 자기의 임무에 충실치 않고 재능을 탕진하며 부자인 과부를 얻어 호의호식하다가, 다시 작가로 되돌아가고자 했을 때 그의 앞에는 죽음이 가로막고 있었던 것. 그야 어쨌든 요컨대 소설 주인공인 해리라는 작가는 '남에게 받아쓰게 할 수 있는 기억'과 '절대로 그럴 수 없는 기억'을 준별하고 있습니다. 남에게 받아쓰게 할 수 있는 기억이란 작가 아니어도 가능한 것이 아니겠는가. 남에게는 받아쓰게 할 수 없는 기억, 그것만이 소설임을 작가 헤밍웨이가 말해 놓았던 것이 아니겠는가. 이 점에서 그는 헤겔, 루카치, 벤야민, 그러니까 시민사회의 적자들과 같은 혈통이라 할 수 없겠는가.

지금껏 저는 소설의 순수 혈통을 찾고자 애써 온 형국입니다. 남에게 받아쓰게 할 수 없는 기억, 그러한 회상의 형식이야말로 소설의 적자이자 순종이라는 사실이 이로써 조금 드러나지 않았을까. 이에 대해 보충 설명을 조금 더 해야 될까요.

(A) 활짝 열린 방문으로, 툇마루 앞 마당에서 풍구를 돌리고 있는 할머니가 보였다. 저녁 지을 불을 피우고 있는 것이다. 한 손으로는 풍구질을 하면서, 불이 잘 피지를 않는지 할머니는 연신 화덕 밑 불구멍에 얼굴을 대고 푸우푸우 입으로 바람을 불어넣었다. 하얗게 파인 사원 재가 화덕 위로 날았다. 햇빛 때문에 불티는 보이지 않았다.

노랑눈아, 된장 한 숟갈 퍼 오고 고추도 몇 개 따 와라.

매운 연기와 흘러내리는 땀으로 눈물을 질금거리며, 할머니가 소리쳤다.

된장 항아리 아구리에 덮은 호박잎에는 구더기가 하얗게 올라와 있었다. (오정희, 『유년의 뜰』, 1981, 14~15쪽)

(B) 방으로 들어와서 문자 이모가 만두 싼 부대 종이를 풀어 놓자, 방 귀퉁이에 쪼그리고 앉아 졸던 길수의 초점 안 맞는 눈이 금세 생기를 띠었다. 길수는 따스한 기가 남은 말랑한 만두 앞으로 재빨리 다가왔다. 만두는 눈어림으로 열대여섯 개는 되었고 얼른 계산해 보니 내 몫으로 네 개 차지는 될 것 같았다.

"길남아, 정지에 가서 간장 종재기 가꼬 온나."

어머니가 말했다. 심부름시킬 사람이 나밖에 없기도 했지만 음식을 앞에 두고 내가 꼭 심부름을 해야 한다는 데 부아가 났다. 부엌으로 나가 서둘러 간장 종지를 가져오니 아니나 다를까, 이미 셋이 만두 한 개씩을 베어 먹고 있었다. (김원일, 『마당 깊은 집』, 106쪽)

(A), (B) 어느 것이든, 남에게 받아쓰게 할 수 있는 대목일까. 결코 그런 것일 수 없지요. 이 사실의 승인이야말로 이들 소설이 순종 혈통에 해당됨을 가리킴인 것. 이 경우 기억이란 거의 절대적인 것입니다. 60년대의 김승옥의 『환상수첩』(1962) 이래 70년대, 80년대를 향한 우리 소설의 순종이 이러한 회고의 형식이 아니었던가. 김현이 주도한 《문학과 지성》이라는 계간지의 방향성이란 실상 이러한 소설의 순종 혈통 지키기에 다름 아니었던 것. 이러한 순종의 혈통이 80년대 중반에 이르면 여지없이 흔들렸고, 『난장이가 쏘아올린 작은 공』(1976)에서부터 심각한 도전에 직면했으

며, 최수철〈무정부주의자 시리즈〉에 이르면 수습할 수 없는 국면에 닿지 않았던가. 잇달아 소설 아닌 이야기 범주(삼국지류 또는 역사와 관련된 황당무계한 이야기 계보)의 맹렬한 분출과 아울러, SF스런 것이라든가 포스트모던스런 베끼기, 장르 해체론의 것들이 기승을 부리는 90년대가 시작되었던 것입니다. '참담해라, 90년대여!'라는 말이 절로 입 속에서 튀어나오는 분도 있겠지요. 저 역시 그러한 인종의 하나입니다. 컴퓨터라는 괴물의 도움을 받아 입력된 문자들이 흡사 무슨 작가의 자질인 듯한 착각을 일으키는 유행병 속에 이대로 속수무책인 채 놓여도 되는 것일까.

여기까지 물어본 사람이라면, 작가 박완서가 어째서 이 시대의 거인인가를 조금은 알아차릴 수 있지 않을까. 동시에 어째서 작가 오정희가 「파로호」(1989) 이래 침묵하고 있는가에 대한 간접적인 해답도 되지 않겠는가.

기억의 도움을 입은 회고의 형식으로 나아가기, 그것만이 순종 소설이라 함은 이로써 자명해졌을 터입니다. 근대 시민사회란 자아와 세계, 내면성과 외부라는 것의 구분, 곧 이원론을 성립시킨 것. 그 때문에 시민사회(자본주의)란 본래적 가치와 시장가치(교환가치)의 갈등 속에 놓여 있어 인간 영혼은 찢김에서 벗어날 수 없는 것. 이 분열을 초극하는 방식으로서의, 그러니까 정신적 영위로서의 소설이 존재 가치를 얻기 위해서는, 오직 기억 속에서 이 분열을 통일해 보이는 것(주관 속에서 가능한 일)밖에 없었지요. 이 점에서 볼 때 작가 박완서는 거인이었던 것. '순전히 기억만으로' 글쓰기에 나아가겠다는 것, 그것이『그 많던 싱아…』라면, 이 작품은 읽어 보나마나 저 온갖 SF스런 글쓰기, 베끼기 글쓰기, 황당무계스런 역사물 따위에 대한 정면 도전이라 할 수 없을까.

'순전히 기억력에만' 의존하는 글쓰기란 헤겔, 루카치, 벤야민의 계보, 그러니까 이성 중심주의에 기반을 둔 시민사회의 가치 수호의 정통파가 아니겠는가. 지금이 어느 시대인데 시민사회의 욕망의 분출 운운하는가라고 등 뒤에서 누군가가 입을 비죽댈지도 모르겠습니다. 그 사람의 생각도 어느 수준에서는 맞고 아마도 대세인지도 모르지요. 포스트모던한 상황에 좋든 궂든 놓여져 버린 우리의 현실이니까. 그러니까 바로 이 점에서 작가 박완서는 거인이 아닐 수 없는 것. 그는 소설의 순종 혈통의 보유자인 까닭. '순전히 기억력에만' 의존한 글쓰기를 이 험난하고 음험한 시대에서 감행하겠다고 공언하고 있는 것입니다. 그렇다면 이 시점에서 기억이란 무엇이겠는가. 상상력의 다른 이름이 아니었던가.

묘사로서의 기억

작가 박완서의 글쓰기 전략이란 이 점에서 완벽했다 할

수 없을까. '행복한 예술가의 초상'으로서의 『박완서 문학앨범』에서 그는 자기의 지난날의 삶 전체를 객관적으로 요약하고자 했습니다. 그러나 이러한 객관화란 허구 중에서도 허구인 것. 어째서 그러한가. 다른 사람에게 베껴 쓰기를 부탁할 수 있는 수준인 까닭. 거기 실린 사진이란 남이 찍어 준 것이 아닙니까. 맏딸 원숙이 쓸 수도 있는 것 아닙니까. 박완서론이란 비평가들이 멋대로 쓸 수 있는 것 아닙니까. 그는 다만 '나에게 소설이란 무엇인가'라는 짤막한 글만 쓰면 그만이었던 것이지요. 물론 이렇게 패악쳐 볼 수도 있겠지요. '내가 삼킨 죽음은 여전히 내 내부의 한가운데 가로걸려 체증처럼 신경통처럼 내 일상을 훼방 놓았다.'(128쪽)라고. 그러나 정말 그는 이렇게 말하면 족하였던 것.

> 아직도 비록 신분증은 못 얻어 가졌지만 '나는 소설가다'라는 자각 하나로 제아무리 강한 세도가나 내로라하는 잘난 사람 앞에서도 힘 안 들이고 기죽을 거 없이 당당할 수 있고, 제아무리 보잘것없는 밑바닥 못난이들하고 어울려도 내가 한 치도 더 잘난 것 없으니 이 아니 유쾌한가. (『박완서 문학앨범』, 143쪽)

그렇지만 소설이라 부르는 『그 많던 싱아…』의 경우엔 사정이 전혀 다릅니다. 소설이니까. 소설이니만큼 굉장한 것이 따로 있을까. 물론 없지요. 그것은 절대로 남으로 하여금 받아쓰게 할 수 없는 것. 스스로, 직접 써야 하는 것. 그만이 쓸 수 있는 것. '쓰고 싶은 것'을 쓰는 것은 소설일 수 없습니다. 소설이란 '오직 쓸 수 있는 것'만을 쓰는 것이지요. 작가 박완서가 이 사실을 환갑·진갑 지난 이 시점에서 비로소 확인해 놓았기에 『그 많던 싱아…』가 소설인 것이지요. 소설이란, 그러니까 소설가란 그 어느 잘난 사람보다 꿀릴 것 없는 자격이고, 그 어느 못난이보다 못난 자격인 것. 천하 제왕도 이에 어찌 감히 맞설 수 있겠는가.

매우 부끄럽게도 이 '행복한 예술가의 초상'의 『박완서 문학앨범』 속에는 제가 연출가로 한 장면 등장하지 않겠는가. 박씨의 맏딸 원숙의 기억이 그것.

> 1975년 내가 대학 4학년 때는 서울대학이 관악 캠퍼스로 이전된 첫해라서 새 건물엔 시멘트 냄새도 채 가시지 않았고 잔디엔 뿌리도 내리지 않았다. 전공 선택으로 한국문학 비평 강의가 있었는데, 김윤식 선생님의 강의였다. (…) 첫 강의에 어머니 이름이 들먹여졌는데, 일본문학과의 영향에 대한 내용이었다. (…) 그 시간이 끝나자 나는 김윤식 선생님을 따라갔다. 그분은 차갑고 쉽게 접근할 수 없는 분위기를 풍겼기에 용건이 있어도 말을 붙이는 학생이 거의 없었다.
>
> "저 선생님, 제가 바로 박완서 씨의 딸입니다. 저의 어머니가 바로 선생님이 오늘 강의하신 박완서구요."
>
> 나는 떠듬떠듬 말을 이으며 따라갔다. 김윤식 선생님의 얼

굴엔 놀라움과 반가움이 같이 지나가는 듯했다.

    김윤식 선생님은 뒤에 그런 말씀을 하셨다. 내가 연구실로 찾아온 최초의 여학생이었다고. (『박완서 문학 앨범』, 49쪽)

    제가 이를 굳이 인용함은 다름이 아닙니다. 기억의 기묘함에 관해서입니다. 제 기억으로는, 당시의 신인 박완서의 작품 중 단편 「카메라와 워커」(《한국문학》, 1975. 2월호)가 감동적이었고, 이를 강의실에서 조금 이야기했던 것입니다. 그런데 박씨의 맏딸 원숙 씨의 기억에 의하면 그런 작품 따위란 없고, 엉뚱하게도 일본문학에 관련되어 있지 않겠는가. 이 점에 관해서는 작가 박씨도 굳이 탓하지 않을 듯합니다. 스스로 '기억이라는 것도 결국은 각자의 상상력일 따름'(작가의 말)이라고 말해 놓고 있으니까. 그렇지만 기억의 도움으로 가능한 회고 형식이야말로 진짜 순종 소설의 혈통이라는 사실에는 조금도 변함이 없습니다. 왜냐면 기억만이 묘사를 가능케 하기 때문입니다. 박완서야말로 이 점에서 순종이며, 이를 위협하는 온갖 포스트모던한 상황에 맞선다는 의미에서 거인이지요. 그 근거란 오직 묘사에 있습니다.

    어째서 그러한가. 기억에 의한 글쓰기, 더구나 '순전히 기억력에만' 의존하는 글쓰기란 소설밖에 없다는 것. 그것의 철저한, 구경적 형식으로 제출된 것이 『그 많던 싱아…』인 것입니다. 그러하기에 이 작품은 순종 혈통 지키기의 첫 번

이자 마지막 보루가 아닐 수 없습니다. 이를 박씨가 『박완서 문학앨범』과 나란히 제시해 놓았음이란 의미심장한 대목이자 음미의 상황이 아닐 수 없습니다.

다시 한번 조금 우직한 물음을 던지고 싶습니다. 오직 기억에 의한 글쓰기, 기억의 지속에 의한 글쓰기란 그 목표가 어디일까. 『그 많던 싱아…』 속에 그 해답이 온전히 들어 있습니다.

이 작품은 「야성의 시기」에서, 「찬란한 예감」에 걸친 내용을 담고 있지 않습니까. 이를 요약하면, 「야성의 시기」에서 「패대기쳐진 문패」까지란 실상 작가 박씨와 어머니에 관련된 것, 「암중모색」에서 「찬란한 예감」까지가 오빠에 관련된 것입니다.

만일 이 작가의 전 작품을 골똘히 읽어 온 독자라면 『그 많던 싱아…』라는, 전대미문의 '기억력에만' '순전히' 의존한 이 작품은 이 작가가 조심스럽게 써 온 「엄마의 말뚝」(4)임을 알아차릴 수 있겠지요. 말뚝(1)이 박적골에서 서울로 와 바느질품팔이로 현저동에 머문 기숙(己宿) 여사의 몸부림이라면, 말뚝(2)가 그다음의 이야기고, 말뚝(3)은 기숙 여사의 죽음을 다룬 것 아닙니까. 말뚝(1)은 제5회 이상문학상 수상작이었던 것. 이른바 '천의무봉'으로 비유된 박완서의 창작 기법이 유감없이 발휘되었는데, 그 본질이 기억에 의한 순종 소설 형식에 있었던 것이지요. 다시 그 의미, 곧 '천의무봉'이란 은유를 들먹여 본들 결과는 똑같지 않겠는가.

기억에 의한 회고의 글쓰기가 그것.

　이 대목에서 저도 결정적인 말을 한 번 해 두어도 되지 않을까. 자기의 기억에 의해 타인의 발언을 기록할 경우, 작가라면 필연적으로 '묘사'한다는 것이 그것. 기억에 의한 회상이란 그러니까 묘사를 가리킴인 것. 문학, 특히 소설의 육체란 무엇인가. 철학과도 시(단편)와도 다른 소설의 특질이란 묘사에 있지 않았던가. 그 대단한 묘사라는 것의 정체를 묻는다면 누가 뭐라 대답해야 적당할까.『그 많던 싱아…』는 아무나 쓸 수 있는 '문학 앨범'과는 나란히 가면서도 결정적으로 다른 점을 안고 있는데, '남에게 받아쓰게 할 수 없음'이 그것. 기억에 의한 것만이 묘사의 대상일 수 있다는 것을 보여 주기 위해 '기억력에만' '순전히' 의존한 글쓰기로『그 많던 싱아…』가 씌어졌던 것. 중요한 것은 이 '기억'만의 것, 묘사의 것을 아무나 베껴 쓰게 할 수 있는 '문학 앨범'과 동시에 제시해 놓은 점입니다. 그것이 어째서 그토록 대단한 일일까. 싱아란 무엇인가에 대한 해답이 이에 대한 대답일 수 있지 않겠는가. 이 작품에서 '싱아'라는 제목이 세 번 반복됩니다.

　(A) 나는 불현듯 싱아 생각이 났다. 우리 시골에선 싱아도 달개비만큼이나 흔한 풀이었다. 산기슭이나 길가 아무 데나 있었다. 그 줄기에는 마디가 있고, 찔레꽃 필 무렵 줄기가 가장 살이 오르고 연했다. 발그스름한 줄기를 꺾어서 겉껍질을

길이로 벗겨 내고 속살을 먹으면 새콤달콤했다. 입 안에 군침이 돌게 신맛이, 아카시아꽃으로 상한 비위를 가라앉히는 데는 그만일 것 같았다. (89쪽)

(B) 가끔 나는 손을 놓고 우리 시골의 그 많던 싱아는 누가 다 먹었을까? 하염없이 생각하곤 했다. 말수 적은 오빠도 내 향수를 알아차리고는 여름방학이 며칠 안 남았다는 걸 손가락으로 헤아려 보여 주곤 했다. (105쪽)

(C) 마침내 개성역이었다. 엄마는 여름 교복을 산뜻하게 차려입은 아들과 물방울무늬 내리닫이로 양장을 한 딸을 자랑스럽게 앞세우고 역에 내렸다. (…) 고향 산천은 온통 푸르고 싱그러웠다. 고개를 넘고 들꽃을 꺾고 개울물에 땀을 닦으며 여름내 서울을 못 벗어날 서울 아이들은 참 불쌍하다고 생각했다. 들판의 싱아도 여전히 지천이었지만 이미 쇠서 먹을 만하지는 않았다. (111~112쪽)

이 작품 속에서 싱아를 묘사한 대목으로는 (A), (B), (C)가 선명합니다. 이로써 족하지 않았겠는가. 박적골(개성)에서 과부인 기숙 여사가 아들딸을 거느리고 바느질품팔이로 서울에 정착, 필사적으로 뿌리를 내리는 과정을 (A), (B), (C)로 드러낸 것입니다. 서울 변두리, 가장 가난한 동네인 서대문 현저동에 엄마는 첫 말뚝을 박지 않았던가. 그 딸은 혼자서 사직공원의 황량한 아카시아 길을 매일 걸어 매동학교에 다니지 않았던가. 그 딸은 때때로 현저동의 가난한 아이들(문득 저는 아마도 현저동 출신인 듯한 작가 김용성 씨의 『도둑 일기』를 떠올리고 그 작품이 우리 비평계의 주목을 받지 못함을 한탄하거니와)이 점심 허기를 때우기 위해 지천으로 핀 아카시아꽃을 따 먹고, 그것의 허전함에 당황하는 장면을 떠올립니다. 싱아가 그 모든 것을 융화할 수 있었는데, 참으로 불행하게도 싱아는 박완서, 그러니까 박적골 출신에게만 현실감이었던 것이지요. (B)에서 그 싱아는 일종의 향수로 기억 속에 정착되었고, (C)에서는 그 싱아가 이미 회억 속으로 잠적되었던 것.

바로 이 (A), (B), (C)로 표상되는 싱아(기억의 대상)가 소설을 가능케 한 원동력이었던 것. 싱아(기억)로 말미암아 작가는 필연적으로 묘사를 할 수 있었던 것입니다. 묘사를 떠나면 소설이란 성립되지 않는 것입니다.

이 점에서 박씨의 이 작품이 소설의 순종 혈통이라는 움직일 수 없는 증거가 되는 것입니다.

환상적 기억, 황홀한 장면

『그 많던 싱아…』의 존재 방식이 이로써 조금 드러났다면, 그러니까 소설의 순종 혈통임을 증명한 것이라면, 제 글은 여기서 끝나도 좋습니다. 더구나 쓰고 싶은 대로 무한정 쓸 수도 없기에 특히 그러합니다. 그렇지만 저는 분량을 한정함에 대해 조금 오기가 남는다고나 할까, 조금 미흡한 점이 있습니다. 적어도 저는 이를 쓰기 위해 두 권의 책을 한 주일에 걸쳐 읽지 않았던가. 작가 박씨는 주의 깊게도 문학 앨범을 '행복한 예술가의 초상'이라 하여, 맏딸내미라든가 비평가들에게 송두리째 맡겨 놓고 중요한 대목에서는 저만 쏙 빠져 버리지 않았던가. 그는 다만 『그 많던 싱아…』로써 스스로의 힘겨움, 아픔을 고백하고 있었던 것. 명색이 비평가인 저로서는 그 양쪽에 다 반응하지 않을 수 없습니다. 제자리가 패배자의 것임은 이로써 분명해진 셈 아닙니까. 그러하기에 저는 지금 어떤 말을 해도 상관없는 처지를 확보한 셈이지요. 패배자란, 원래 비평가란 자유로운 자리에 설 수 있는 법이니까.

『그 많던 싱아…』는 감동적입니다. 그 첫 번째가 그러니까 저에게는 「엄마의 말뚝」(4)에 해당된다는 것. 작가 박씨는 결코 (4)라는 번호의 작품을 남기지 않았습니다. 제가 그 (4)의 번호를 헌정하고자 하는 것입니다. 부주의하게도 「꿈꾸는 인큐베이터」(제38회 현대문학상 수상작, 1993)를 두고 저는 「엄마의 말뚝」(4)가 아닐까라고 했지만, 정말은 이는 제 (5)에 해당되는 것이겠지요. 요약하겠습니다. 작가 박완서의 문학이란, 그러니까 『그 많던 싱아…』로 요약되는 그의 대표작이란 엄마인 기숙 여사와의 대결이라는 것, 말을 바꾸면 『그 많던 싱아…』란 「엄마의 말뚝」(4)니까 이 시리즈와 분리시키면 '전혀' 무의미한 것. 모녀 대결 의식이야말로 이 작품의 긴장력이자 박완서 문학의 긴장력의 근원에 해당되는 것입니다. 작가 박완서는 이 점을 전력을 기울여 주장해 왔고, 심지어 이 주장이 그의 생존의 모양으로 보이는 것입니다.

여기까지가 박완서 문학, 곧 '부처님 근처'의 진상이지요. 이와 똑같은 비중으로 작가 박씨의 은폐된 의미가 글쓰기의 기원을 이루었던 것. 열 살 위이며 그녀가 숭배했던, 그러나 우유부단한 성격인 그녀의 오빠가 그것. 이 오빠에 대한 의미를 적어도 제한 없지만 엄격한 현실적 통제 속에서 그는 '묘사'하고자 했던 것입니다. 이로써 인간 박완서가 과연 자기해방에까지 나아갔는지 아닌지는 알 길 없지만 참으로 이는 소중한 장면이 아닐 수 없는데, 왜냐면 한 인간의 죽음의 '삼킴'은 그것이 공적인 해석 없이는 영영 구제될 수 없다는 신념에 관련되기 때문입니다. 이를 두고 작가는 '벌레'라는 메타포를 사용합니다. 6·25란 이 작가에겐 인간적으로 벌레였던 것. 벌레란 무엇인가, 인간이 아닌 것 아니겠는가. 그런데 그 오빠로 말미암은 벌레 의식의 주어짐이란 어쩌면 개인적이자 역사적 상황이 아니겠는가. 그렇다 하더라도 이에 대해 누가 감히 작가 박씨가 조금 불투명하다든가 역사의 몫과 개인의 몫을 혼동한다라고 하겠는가.

그때 문득 막다른 골목까지 쫓긴 도망자가 획 돌아서는 것처럼 찰나적으로 사고의 전환이 왔다. 나만 보았다는 데 무슨 뜻이 있을 것 같았다. 우리만 여기 남기까지 얼마나 많은 고약한 우연이 엎치고 덮쳤던가. 그래, 나 홀로 보았다면 반드시 그걸 증언할 책무가 있을 것이다. 그거야말로 고약한 우연에 대한 정당한 복수다. 증언할 게 어찌 이 거대한 공허뿐이랴. 벌레의 시간도 증언해야지. (308쪽)

공산주의에 물든 오빠로 말미암아 집안이 풍비박산된 6·25의 와중에서 오빠가 죽고, 조카아들 둘만 달랑 건져 낸 인간 박완서와 그의 모친 기숙 여사의 삶의 방식에서 (A) 역사의 의미와 (B) 벌레의 의미가 각각 따로 놀았던 것. (A)란 거창한 분단 문제에 연결되는 것일지 모르나, (B)란 단연 개인의 것. 그 원한이란 벌레로 표상되는 것. 문학이란 이 역사의식과 벌레 의식 한가운데서만 겨우 서식하는 생물이었던 것.

이렇게 말해 놓고 보니, 그러니까 「엄마의 말뚝」(4)를 설정하고 나니 제가 조금 부끄러워집니다. 『그 많던 싱아…』를 읽으면서 촘촘히 메모해 둔 노트를 이 글에서 단 한 번도 써먹지 못한 아쉬움과 안타까움이 그것. 이 소설은 모녀의 대결 의식으로 일관된 것이며 긴장력의 근거도 이 대결 의식에 수렴되는 것. 그 대결의 매개항이 외아들이며 우유부단한 성격을 가진 오빠였던 것. 그 오빠라는 자의 우유부단

성이란 일제 말기에 결혼하기, 결핵병의 애인을 병원 입원시키기 등으로 표상되었던 것. 좌우간 이 오빠라는 참으로 제어하기 어려운 변수(인간사의 핵심)에 대한 논의란 별로 중요한 것이 아닙니다. 문제는 엄마인 기숙 여사와 인간 박완서의 대결에 있었던 것.

이 대결에서 하나의 심리적 메커니즘이 만들어지는데, 바로 이것이 『나목』 이래 작가 박완서의 창작 방법론이었던 것입니다. 부끄러움의 근거 묻기가 그것. 자존심의 근거 묻기가 그것. 곧 미리 핑계 만들기, 합리화하기가 그것.

> 엄마가 자식한테일수록 처신을 잃는 짓을 극도로 경계했듯이 나 또한 엄마에게 처신을 잃지 않으려고 얼마나 안간힘을 썼던가. 내가 엄마한테 가장 처신을 잃는 일이라고 생각한 것은 내가 쓴 책을 엄마가 읽는 일이었다. (252쪽)

결정적 대목이 아닐 것인가. 인간이자 작가 박완서에 앞서 그 엄마 기숙 여사의, 좌익에 기울어졌다가 우익으로 전향하여 처자를 거느린 일상인으로서의 외아들에 대한 인간적이자 가족적이며 또한 역사적이자 상황적인 문제에 대한 안타까움의 다른 형식이 딸 박완서에게도 어김없이 적용된 형국이 아닐 것인가. 이 점에서 보면 인간 박완서이자 작가 박완서는 엄마 기숙 여사에게 여지없이 패배한 것이며 어느 모로 보나 하수下手라 할 것입니다. 그러나 작가이자 인간 박완서가 '벌레'의 체험을 가졌다는 사실로 말미암아 그는 모든 것의 윗자리에 놓이는 존재가 아닐 것인가. '벌레의 시간'을 증언하기, 바로 이것이 박완서의 글쓰기의 기원에 해당되는 것. 그러기에 『그 많던 싱아…』는 그야말로 미완성이며 쓰다 만 형국이라 할 수 없을까.

이 책의 출판 광고를 신문에서 읽고 저는 '속곳까지 벗는 것일까?' 하고 속으로 생각했습니다. '그렇지 않다. 읽어 보라.'는 소리가 어디선가 들려왔음을 저는 기억합니다. 그 절박성이 어떠하다는 것은 여기 새삼 말할 필요가 있을까.

이렇게 말해 놓고 보니 너무 딱딱하여 민망스럽습니다. 제게 조금의 틈을 주신다면 한 가지 우스개를 덧붙이고 싶습니다. 작가는 매동국민학교를 거쳐 숙명여학교에 들어갔다 하고, 경기여고에 못 간 이유를 이리저리 변명하고 있습니다. 국어(일본어)·산수 등의 성적은 9점이나 음악·미술·체조 등이 7점이었다는 것을 여러 번 반복하고 있습니다. 통신부 똑바로 보는 법 말입니다. 그러나 이러한 지적은 한갓 수사학이 아니었을까. 적어도 체육만은 여학생 적에도 상당한 점수가 아니었을까. 제가 이런 의문을 갖는 것은 그럴 만한 곡절이 있기 때문. 두 차례에 걸쳐 이 작가와 함께 길을 걸어 본 경험이 제겐 있습니다. 작가 박씨는 참으로 건각이었고, 몇 살이나 아래인 제가 따르지 못하는 체력을 지녔던 것입니다. 지금 안 일이지만, 현저동에서 매동국민학교 6년간의 통학에 다져진 체력이 아니었던가. 그러니까 그가 여학교 체조 성적이 신통하지 않을 이치가 없지 않겠는가. 저는 아직 소설가 박완서의 창가 솜씨를 들은 바 없기에 뭐라 말할 수 없습니다. 그 자신이 최하점인 6점이었다고 적어 놓았지만 별로 신빙성이 없다고 지금도 저는 믿고 있습니다.

『그 많던 싱아…』를 읽으며 제게 제일 인상적인 장면이 박적골의 유년기이고, 그중에서도 할아버지와의 관계이고, 그중에서도 제1장「야성의 시기」이며, 그중에서도 시골 '뒷간'의 거의 환상적이자 황홀한 기억입니다. 기억이란 묘사를 가리킴인 것. 이를 두고 박완서 문학의 절창이라 하면 조금 과장일까. 작가 스스로 서울 출신의 불세출의 작가 이상의 시골 아이 똥 누기 놀이에 대한 비판(「권태」)을 여지없이 비판하고 있는 것입니다. 이상과 박완서, 두 거인이 이 똥 누기 대목에서 마주 서 있는 형국입니다. 장관이라 하면 과장일까.

작가 박완서가 기억을 깡그리 탕진했을까. 아닙니다. 그는 다만『그 많던 싱아…』에 대한 한 가지 기억을 회고하고 있을 뿐, 그 기억에 알맞은 '묘사'를 해 보였을 뿐인데, 그것도 시골 '뒷간'의 묘사에 국한되었던 것.

정작 그가 해야 할 '벌레'의 기억과 그 묘사는 아직 운도 떼 놓지 않은 형국입니다. 그 때문에 저는 기다릴 이유가 생긴 터이지요.「꿈꾸는 인큐베이터」가 나왔고 또 그다음이 나올 터이기에. 기숙 여사가 죽고 없는 이 세상에서도 그는 결코 자유로울 수 없는 터이기에.

―《현대문학》, 1993, 5월호

지금 다시 박완서를 읽으며

싱아 없는 세계에서 비로소
– 증언으로서의 글쓰기, 어떤 출사표에 관하여

정이현(소설가)

1

문학을 깊이 사랑하는 사람이라면 누구나 처음으로 문학에 매혹당한 순간이 있을 것이다. 나에게 그 순간은 박완서 선생의 소설을 처음 접한 때였다. 열두세 살 무렵이었다. 어머니의 책꽂이에 1981년 이상문학상 수상작품집이 꽂혀 있었다. 거기 맨 앞에 실린 소설이 수상작인 단편 「엄마의 말뚝 2」였다. 계절도, 시간도 잊었지만 마루 창문으로 햇빛이 쏟아져 들어오던 것만은 기억하고 있다. 마룻바닥에 길게 엎드려 책을 펼쳤다. 세로쓰기 판이었으므로 한 줄 한 줄 손톱으로 그어 가며 읽어 내려가야 했다. 그날 어떤 이유로 어머니의 책꽂이를 훑어보았는지, 그중 한 권을 뽑아 펼칠 마음을 먹었는지, 그것이 왜 하필 그 책이었는지는 알 수 없다. 삶에는 종종 설명할 수 없는 일들이 일어나고 한참의 시간이 흐른 후에야 우리는 그 일이 생애 전체에 미친 영향에 대해 겨우 짐작해 볼 수 있을 따름이다.

당연하게도, 그때 나는 그 소설을 제대로 이해하지 못했다. 내용의 절반도 파악하지 못했을 것이다. 신기한 것은 그럼에도 완독을 포기하지 않았다는 사실이다. 포기하려는 마음조차 먹지 않았다. 그저 홀린 듯이 눈 속에 글자들을 담았다는 것 말고는 달리 설명할 말이 없다. 어떤 글은 머리로는 해석하지 못해도 눈으로 받아들일 수 있다는 것을 알았다. 마음을 요동치게 만들 수 있음을 알았다. 문학이기에, 문학이어서 그것이 가능하다는 것도.

무엇보다 강렬하게 기억에 남은 장면이 있다. 6·25 당시, 집에 숨어 있던 오빠가 인민군에게 총격을 당하는 부분이다. 인민군이 오빠를 의심하며 '당장 목숨이 끊어지지 않게' 하체를 겨냥하여 총을 쏜다. 그 총격 자체도 참혹했지만 그보다 더 충격적이었던 것은 이 모든 과정을 어머니와 여동생이 바로 옆에서 똑똑히 지켜보고 있다는 것이었다. 여동생인 '나'는 이렇게 말한다.

> 오빠의 총상은 다 치명상이 아니었는데도 며칠 만에 운명했다. 출혈이 심한 데다 적절한 치료를 받을 수 없었기 때문이다. 그 며칠 동안에도 오빠의 실어증은 회복되지 않았다.

그 며칠 동안의 낭자한 유혈과 하늘에 맺힌 원한을 어찌 잊으랴. 그러나 덮어 둘 순 있었다. 나는 남자를 만나 사랑을 하고 자식을 낳아 또 사랑하는 걸로, 어머니는 손자를 거두어 기르며 부처님께 귀의하는 걸로. (「엄마의 말뚝 2」, 이상문학상 수상작품집, 문학사상사, 1981, 41쪽)

'그러나'라는 접속사 뒤에 배치된 문장을 몇 번이고 반복해 읽었다. '덮어 둘 순 있었다. 있었다. 있었다……' 거듭할수록 그 말은 자꾸 '없었다.'로 바뀌어 들렸다. 슬퍼졌다. 이유 모를 감정이었다. 이상한 일은 그 뒤에 생겼다. 똑같은 세상이 다르게 보이기 시작한 것이다. 저녁 밥상에 오른 두부조림과 고등어구이 접시가 왠지 비뚜름해 보였다. 밥상 앞에 옹기종기 모여 앉은 식구들의 어깨도 조금 기울어져 보였다. 어떤 감정은 각도의 문제다. 세상의 모든 사물에는 감정이 깃들어 있으며 그 감정들은 제각각의 기울기로 존재한다는 것을 문학이 아니면 어디서 어떻게 배울 수 있었을까. 나에게는 그 첫 스승이 박완서 선생의 소설이다. 수많은 독자들 역시 그러리라고 생각한다.

그때의 이상문학상 수상작품집을 간혹 꺼내어 보곤 한다. 낡은 겉표지에 '81'이라는 숫자가 새삼스럽다. 동명의 연작소설 3부작 중 2부에 해당하는 이 작품은 1981년에 발표되었다(「엄마의 말뚝 1」은 1980년, 「엄마의 말뚝 3」은 1991년에 각각 발표). 실제의 비극을 문학적으로 형상화하기까지

30여 년이 걸린 셈이다. 박완서 선생의 등단은 1970년이었고, 등단작 『나목』 또한 자전소설이다.

흔히들 '작가 박완서'에 대해 늦깎이라고 말한다. 1970년 『나목』이 《여성동아》 장편 공모에 당선되었을 때, 당선자가 아이 다섯을 키우는 마흔 살 전업주부라는 사실이 큰 화제가 되었으며 그것은 그 후 오랫동안 박완서 선생의 작가로서의 정체성을 설명하는 데에 중요한 수식이 되었다. 『나목』 또한 자전적 소설로, 선생이 실제로 1951년 즈음 미군 부대 피엑스의 초상화 코너에서 박수근 화백과 같이 근무한 적 있다는 일화는 널리 알려져 있다. 그러나 그 작품이 원래 잡지 《신동아》의 논픽션 공모에 응모할 목적으로 구상되었다는 사실은 상대적으로 덜 주목받았다.

> 그(박수근 화백)가 어떻게 살아왔다는 걸 증언하고 싶었다. (「나에게 소설은 무엇인가」, 『박완서 문학앨범』, 웅진출판, 1992, 138쪽)

증언이라는 단어가 가슴에 꽂힌다. 증언은 무엇인가. 그것은 고백과 어떻게 다른가. 고백은 마음 깊이 감추었거나 숨겨 두었던 것을 솔직하게 밝히는 것이다. 고백이 자연인의 것이라면 증언은 법원 등 공적 제도의 영역에서 이루어지는 행위를 포함한다. 증언은 개인적 이익을 목적으로 하지 않는다. 사회적 책임을 가지고, 내가 알고 있는 사실을 공식적으로 알리겠다는 선언이다. 그러기 위해서는 증거가 필요하다. 그래서 법정의 증언자로 나서면 먼저 선서를 하게 된다. '양심을 걸고' 하는 선서는 지금부터 내 입술을 통해 나오는 언어가 진실을 담보하고 있다는 하나의 증명일 것이다. 소설가는 소설로 기억을 증명하는 자이다.

> 나만 보았다는 데 무슨 뜻이 있을 것 같았다. 우리만 여기 남기까지 얼마나 많은 고약한 우연이 엎치고 덮쳤던가. 그래, 나 홀로 보았다면 반드시 그걸 증언할 책무가 있을 것이다. 그거야말로 고약한 우연에 대한 정당한 복수다. (308쪽)

> 이런 험악한 일들을 견디게 했던 것은 내가 이걸 잊어버리지 말고 기억했다가 언젠가는 글로 표현하리라 하는 생각이었죠. 이게 바로 내 식의 복수심이 아니었던가 싶어요. 약자로서 대항할 방법이 없잖아요. (박완서-박혜경 대담, 『우리가 참 아끼던 사람』, 달, 2016, 191쪽)

실제로 겪었던 특수한 경험을 창작의 원료로 사용해 문학작품으로 만들기 위해서는 여러 가지가 필요하다. 그중에서도 가장 중요한 두 가지는 '시차'와 '거리'일 것이다. 결국 원체험으로부터 멀리 떨어져서 자신이 겪은 일을 객관적으로 바라볼 수 있어야 한다는 뜻이다. 탈피 혹은 승화라고 불러도 좋을 이 과정은 문학적 보편성을 얻기 위해 필수

불가결한 절차다. 작가 이전의 자연인 박완서에게 6·25부터 등단까지 20여 년의 '비어 보이는' 시간은 어쩌면 그런 지난한 여정이 아니었을까 싶다. 가슴 깊은 곳의 구체적인 기억들을 꾹꾹 밟아 다져 가는 시간. 그 기억이 고백의 말을 넘어 마침내 증언의 형식으로 발화할 수 있도록 인내하는 시간. 그 시간을 통과하는 동안 '나만'의 상처가 '우리 모두'의 상처로 확장되고 재인식되었을 것이라고 생각한다.

내 상처에서 아직도 피가 흐르고 있는 이상 그 피로 뭔가를 써야 할 것 같다. 상처가 아물까 봐 일 삼아 쥐어뜯어 가면서라도 뭔가를 쓸 수 있는 싱싱한 피를 흐르게 해야 할 것 같다. 왜냐하면 그건 내 개인적인 상처가 아니라 우리 모두의 무참히 토막 난 상처이기 때문이다. (『박완서 문학앨범』, 140쪽)

장편 『그 많던 싱아는 누가 다 먹었을까』는 그 박완서 식(式) 증언 문학의 정수다.

2

어떤 문장은 처음 듣는 순간 영원히 기억하게 된다. '그 많던 싱아는 누가 다 먹었을까'라는 제목을 들었을 때 나는 이보다 더 좋은 성장소설의 제목은 앞으로도 없으리라 감탄했다. 그러면서도 싱아가 무엇인지는 몰랐다. 싱아가 풀의 이름이라는 걸 나중에 책을 읽으면서 알게 되었다. 식물대백과사전을 찾아보니 한국과 중국에서 흔히 볼 수 있는 '마디풀과의 여러해살이풀'이라고 나와 있었다. 어린 대는 신맛이 나는데, 생으로 먹기도 한다는 설명이었다. 그러나 아무리 열심히 찾아봐도 싱아가 손에 잡힐 듯 그려지지 않는 것은 마찬가지였다. 1980년대 서울에서 유년기를 보냈던 나는 싱아로 추정되는 식물을 지근거리에서 본 기억이 없다. 주변에 물어봐도 거의 비슷한 대답이 돌아왔다.

후배 하나는, 싱아는 본 적 없다면서도 엉뚱하게 과자 이야기를 늘어놓았다. 초등학교 다닐 적 문방구에서 팔던, 분홍색 색소를 입혀 만든 다디단 과자가 너무도 그리운데 구할 방법이 없다고 했다. 그 과자의 이름은 물론 싱아가 아니겠지만 누군가에게는 바로 그것이 '싱아'일지도 모른다는 생각이 들었다. 싱아라는 단어는 어느새, 한때는 흔했으나 이제는 흔적도 없이 사라져버린 어떤 것, 더듬더듬 기억으로 복원해낼 수밖에 없는 한 시절을 형상화한 상징물이 된 게 아닌가. 이 책이 1992년 출간된 이래, 시간의 두께를 뚫고서 여전히 독자들의 큰 사랑을 받고 있는 까닭이 바로 여기 있다고 믿는다. 우리들 각자로 하여금 '그 많던 ○○는 어디로 갔을까' 탄식하게 하는 이 소설의 존재는 그 자체로 소중한 한국 문학의 자산이다.

만일 이 작가의 전 작품을 골똘히 읽어 온 독자라면 『그 많던 싱아…』라는, 전대미문의 '기억력에만' '순전히' 의존한 이 작품은 이 작가가 조심스럽게 써 온 「엄마의 말뚝」(4)임을 알아차릴 수 있겠지요. 말뚝(1)이 박적골에서 서울로 와 바느질품팔이로 현저동에 머문 기숙 여사의 몸부림이라면, 말뚝(2)가 그다음의 이야기고, 말뚝(3)은 기숙 여사의 죽음을 다룬 것 아닙니까. (…) 작가 박씨는 결코 (4)라는 번호의 작품을 남기지 않았습니다. 제가 그 (4)의 번호를 헌정하고자 하는 것입니다. (김윤식, 「작품 해설: 기억과 묘사」, 『그 많던 싱아…』, 329~333쪽)

김윤식 평론가의 분석처럼 『그 많던 싱아…』는 「엄마의 말뚝」 연작을 장편으로 확장시킨 작품으로 읽을 수 있다. 작가에게 그 시절의 기억을 소설로 온전히 복원하는 것이 필생의 과제였음을 짐작케 한다. 아주 짧게 요약하자면 이 소설은 화자인 어린 소녀 '나'가 교육열 높은 어머니 손에 이끌려 고향인 개성 근처 박적골을 떠나 서울의 문밖 동네 현저동으로 이주해 성장하는 이야기를 담고 있다. '야성의 시기'라는 소제목이 붙은 소설의 1장에서 중점적으로 묘사되는 박적골은 평화롭고 안온한 마을이다. '넓은 벌 한가운데 개울이 흐르는' 그곳은 '거의 흉년이 들지 않는' 곳으로 '넓은 농지는 다 우리 마을 사람들 소유'이며 '땅을 독차지한 집도 땅을 못 가진 집도 없는' '일 년 먹을 양식 걱정은 안

해도 될' 고장이다. '부자와 가난뱅이가 따로 있다는 걸' 알 수도 없고 알 필요도 없던 곳이다. 실제로 그랬는지, 미취학 아동의 눈에 비친 모습이 그러했는지는 모를 일이지만 '나'에게 아름답고 따뜻한 본향으로 남은 공간이다. 무엇보다 그곳은 할아버지의 질서로 이루어진 세계다. 할아버지는 '다 속여도 뼈다귀만은 못 속인다'는 양반으로서의 뿌리 깊은 선민의식을 가진 한편 여자들을 위해 바깥 세계에서 '덕국 물감'을 사다 주고 일찍 부친을 여읜 어린 손녀를 각별히 귀애하고 연민하는 분이다.

엄마는 할아버지의 그 익숙한 세계로부터 '나'를 빼내 낯선 서울로 데려갈 계획을 세운다. 소학교부터 서울에서 교육받아야 한다는 것은 엄마의 생각일 뿐 '나'의 자발적 의지가 아니다. 서울로 가는 기차를 타기 위해 송도 시내로 들어가는 길, 농바위 고개 정상에 선 채 아이는 태어나서 처음으로 도시의 풍경을 보게 된다. 발아래로 펼쳐진 도시를 내려다보는 장면의 서술이 압도적이다.

> 발아래 생전 처음 보는 풍경이 펼쳐졌다. (…) 나는 탄성을 질렀다. 은빛으로 빛나는 아름다운 도시였다. (…) 사람이 저렇게도 살 수 있는 거로구나, 나는 벌린 입을 못 다물고 그 인공적인 정연함과 정결함에 오직 황홀한 눈길을 보냈다.
> (48~49쪽)

> 네모난 건물 한 귀퉁이에서 눈부신 불덩이 같은 게 이글
> 거리는 게 내 눈을 쏘았다. 여태껏 내가 본 어떤 빛하고도 달
> 랐다. 불길이 치솟지는 않았지만 불길보다 더 강렬한 빛이
> 었다. 나는 두려워하면서 엄마에게 매달렸다. 엄마는 바보처
> 럼 굴지 말라고, 저건 유리창에 햇빛이 비친 거라고 말했다.
> (49쪽)

농바위 위는 '전혀 이질적인 두 세계의 경계'에 해당한다. 그 경계에서 '나'는 황홀감과 불안감이라는 양가적 감정을 함께 느낀다. 유리 너머로는 상대를 또렷하게 볼 수 있지만, 손을 뻗어 상대를 직접 만질 수는 없다. 그것을 밀접한 소외라고 부를 수 있을까. 아이는 그 근대적 결정체인 유리창이 만들어 낸 광경을 동경하면서도 두려워한다. 도시의 세계에 강하게 이끌리면서도 한편으론 얼른 도망치고 싶은 충동에 시달리는 화자의 모순적 심리는, 박적골/현저동의 두 공간에 대한 대비와 함께 서사 전체에 걸쳐 나타난다. 엄마가 데려간 곳은 실 같은 골목을 한참 꼬불대며 오르고 오른 곳의 초가집, 그 집에서도 문간방이다. 조악한 반닫이뿐인 서울의 초라한 방에서 아이는 '잃어버린 낙원의 한 장면처럼' 고향 집의 우아하고 조화롭던 가구들을 떠올린다. 처음 느끼는, 갑작스런 전락의 감각이다.

> 조리풀을 뜯을 때마다 습관적으로 먹을 만한 풀을 찾았지

만, 선바위 주위 척박한 땅에는 모질고 억센 잡풀밖에 자라지 않았다. 가끔 나는 손을 놓고 우리 시골의 그 많던 싱아는 누가 다 먹었을까? 하염없이 생각하곤 했다. (105쪽)

고향 뒷산에 지천으로 널려 있던 싱아가 서울 인왕산에는 보이지 않는다. 그런데 흥미로운 지점이 있다. 화자가 그 '많은' 싱아가 아니라 '많던'이라는 과거형을 사용한다는 점이다. 자신이 거기 있지 않을 뿐, 고향 뒷산에는 여전히 싱아가 널려 있을 텐데, '나'는 왜 그게 없을 거라고, 이미 누군가가 심지어 '다' 먹어 버렸을 거라고 규정하고 있는 걸까? 서울이라는 거대한 불모의 세계 한 끄트머리移植에 막 이식된 소녀는 낯선 바위산 속에서 미래에 대한 어떤 징후를 느꼈는지도 모른다. 앞으로 닥칠 삶의 어떤 비밀을 예감한 것인지도 모르겠다. 싱아는 신경 쓰지 않아도 고향 뒷산에서 그저 아무 때나 만날 수 있는 풀이다. 순리대로 자연스럽게 사는 평화로운 삶의 질서를 의미한다. 그곳에서 '나'는 자연 만물과 일가친척들과 하나의 운명체로, 아와 피아를 구분하지 않는 유년기를 보냈다. 고향은 거기 그대로 남아 있으나 '나'는 이미 다른 균열의 세계로 옮겨 왔으므로 더 이상 '그때 그곳'에 완벽히 속할 수 없게 되었다. '싱아'와 '누구' 사이에 이제 내가 낄 자리는 없다고 '나'는 생각하는 것 같다. 어쩌면 변한(할) 것은 고향이 아니라, 싱아가 아니라, '나'다.

> 고향 산천은 온통 푸르고 싱그러웠다. (…) 들판의 싱아
> 도 여전히 지천이었지만 이미 쇠서 먹을 만하지는 않았다.
> (112쪽)

잠시 귀향한 '나'의 눈에 이미 쇠어 보이는 게 싱아만은 아니다.

> 마을 사람들보다 더 배웠다 자부하고, 툭하면 마을 사람들
> 을 상것들이라고 무시하고 싶어 하는 할아버지의 양반 의식
> 이란 것도 실은 얼마나 비루한 것이었던지, 자손이 총독부고
> 면사무소고 그저 관청에 취직한 것만 대견해하셨다. 내 나라
> 야 어느 지경에 가 있든지 간에 땅 파먹는 것보다는 붓대 놀
> 려 먹고사는 걸 더 낫게 치고, 이왕 붓대를 놀리려면 관청에
> 서 놀리는 걸 더 높이 여긴 걸 보면, 양반 의식 중에서 선비
> 정신은 빼 버리고 아전 근성같이 고약한 것만 남아난 게 우
> 리 집안의 소위 근지가 아니었나 싶다. (125~126쪽)

'나'는 이렇게 객관적이고 가차 없는 시선으로 세상을 바라보고 언어화하는 존재가 되어 간다. 그 냉철한 잣대는 사랑하는 혈육에게도 공평하게 미친다. 낙원으로만 여기던 박적골의 세계도, 민족의식 같은 것은 전혀 염두에 두지 않은 채 자식의 안위와 안정만을 기원하는 어머니의 세계도 '나'에게 완전한 소속감을 주지 못한다. 아이는 자신의 근원

인 할아버지와 엄마를 동시에 부끄러워하고 또 연민하면서 성장해 간다. 혼란 속에서 제3의 세계를 찾아 나아간다. 그것은 자신이 만들어 가야만 하는 '나의 세계'다.

> 그런 곳이 있으리라고는 꿈도 못 꿔 본 별천지였다. (…) 못다 읽은 책을 그냥 놓고 와야 하는 심정은 내 혼을 거기다 반 넘게 남겨 놓고 오는 것과 같았다. (…) 미칠 것 같다고 해도 과장이 아니었다. (…) 우리는 몹시 흥분해서 서로가 읽은 책 얘기를 주고받았고 다음 공일에도 또 가자고 약속했다. (156쪽)

새로 만난 세계에는, 도서관과 책과 친구가 있다. 그 시절의 모든 것이다.

3

> 그날 이후 공일 날마다 도서관에 가서 책 한 권씩 읽는 건 내 어린 날의 찬란한 빛이 되었고, 복순이와 나는 더욱 단짝이 되었다. (…) 책을 읽는 재미는 어쩌면 책 속에 있지 않고 책 밖에 있었다. 책을 읽다가 문득 창밖의 하늘이나 녹음을 보면 줄창 봐 온 범상한 그것들하곤 전혀 다르게 보였다. 나는 사물의 그러한 낯섦에 황홀한 희열을 느꼈다. (156~157쪽)

'책을 읽다가 문득'. 「엄마의 말뚝」을 읽고 난 내게도 찾아왔던 그 마법의 순간이다. 좀 전까지 지루하기만 하던 세상을 단번에 달리 보게끔 만드는 문학의 힘은 얼마나 놀랍고 위대한지. 나도, 당신도, 『그 많던 싱아…』의 소녀 '완서'도 그 순간의 황홀감을 알고 있다. 우리는 유구한 역사를 가진 비밀결사체의 일원이다. 『그 많던 싱아…』는 그렇게, 상실한 '싱아'의 대체물을 찾아 헤매다 스스로 그 길을 발견한 소녀의 성장기가 된다.

일반적으로 성장소설은 '유년기에서 소년기를 거쳐 성인의 세계로 입문하는 한 인물이 겪는 내적 갈등과 정신적 성장, 자신을 둘러싸고 있는 세계에 대한 각성의 과정을 주로 담고 있는 작품들'[1]로 정의된다. '자아의 미숙함을 딛고 일어서 자신의 고유한 존재 가치와 세계의 의미를 깨닫게 되는 것으로 끝을 맺는다'[2]는 것이 일반적이다. 이 서사의 정점에는 필연적으로 '통과의례' '성장 제의' 등으로 불리는 의식이 배치된다. 인물은 경험 제의를 통과한 후에, 비로소 지금까지와는 다른 성인의 세계로 진입했다는 암묵적 동의를 얻는다.

그런데 클라이맥스에서 소설은 갑자기 방향을 튼다. 내면적 갈등과 외부의 시련을 통과하여 어른의 세계로 진입

---

1   한용환, 『소설학 사전』, 문예출판사, 1999, 251쪽.

2   같은 책, 252쪽.

한다는 성장 서사의 패턴을 따를 수 없게 된 것이다. '나'가 스무 살이 되고 대학의 국문과에 갓 입학하자마자 전쟁이 일어났기 때문이다. 1950년 6월 이후 모든 것이 파괴되었다. 설레며 진입을 앞두고 있던 공간은 산산조각 나고 갈기갈기 찢어져 이미 흔적조차 남지 않았다. 이전의 어떤 법도 질서도 윤리도 약속도 유효하지 않다. 오직 살아남기 위해서만 산다는 표현은 비유가 아니라 진실이 되었다. 미처 어떤 준비도 하지 못한 상태로 '나'는 그 처참한 혼돈 속에 내던져진다. 다리 부상을 입은 오빠를 손수레에 실어 끌고 가면서 '내 짐은 천근이었다'고 하는 진술이 의미심장하다. 이제 내가 어깨에 짊어지고 가야 하는 것은, 젖먹이 조카들까지 포함된 가족의 생존 그 자체. 가족은 피난을 떠나지도 못하고 텅 빈 폐허의 도시에 남겨진다.

전쟁 중에도 새날은 밝는다. 동이 튼 아침, 숨어든 현저동 산동네에서 인기척 없는 아래 세상을 내려다보는 장면으로 소설은 끝난다. 어렸던 화자가 처음 박적골을 떠나오던 길, 휘황한 송도 시내를 내려다보면서 감탄하던 장면이 연상되는 구도다. 그러나 그때와는 모든 것이 완전히 달라졌다. 너무 빠른 동안 너무 많은 일을 겪었다. '나'는 더 이상 고향과 싱아에 대해서 한 마디도 하지 않지만 독자들은 이미 알고 있다. 그곳에서 너무 멀리 왔음을. 고향은 이제 어디에도 없고, 싱아는 누군가에게 다 '먹힌' 것이 분명하다. 그러나 싱아의 세계가 영원히 사라졌다고 인정하는 것이 곧 체념은 아닐 것이다. 그럴 리가 없다.

> 이 거대한 공허를 보는 것도 나 혼자뿐이고 앞으로 닥칠 미지의 사태를 보는 것도 우리뿐이라니, (…) 증언할 게 어찌 이 거대한 공허뿐이랴. 벌레의 시간도 증언해야지. 그래야 난 벌레를 벗어날 수가 있다. 그건 앞으로 언젠가 글을 쓸 것 같은 예감이었다. 그 예감이 공포를 몰아냈다. (308~309쪽)

홀로 목격한 자의 책무는 증언하는 것이다. '나'의 기억을 글로 남겨 후대에 전하는 것이다. 마지막 장의 소제목은 '찬란한 예감'이다. 그토록 처절한 현실 속에서 감히 찬란하다는 표현을 쓸 수 있는 건 예감이기 때문일 것이다. 새삼 인간은 무엇인가를 생각한다. 누구도 쉽게 정의 내릴 수 없겠지만 두 가지만은 확실하다. 하나, 인간은 벌레가 아니다. 그리고 또 하나, 인간은 희망을 가질 수 있다. 찬란한 예감이 글을 쓸 것 같은 예감이라서 정말로 다행이라고 나는 되뇐다. 그리하여 우리가 박완서라는 작가를 가질 수 있었으니.

또 하나의 절창 『그 산이 정말 거기 있었을까』로 이어지는 이 여성 작가의 증언이 2020년대의 독자들에게도 새롭게 발견되고 더욱 깊이 읽히기를 바란다.

그 많던 싱아는 누가 다 먹었을까

초판 1쇄 발행 1992년 10월 15일
재판 1쇄 발행 1995년 1월 5일
삼판 1쇄 발행 2005년 9월 14일
사판 1쇄 발행 2019년 6월 4일
오판 1쇄 발행 2021년 1월 22일
육판 1쇄 발행 2025년 8월 18일
육판 4쇄 발행 2025년 11월 28일

지은이 박완서

발행인 윤승현　**단행본사업본부장** 신동해
편집장 정다이
디자인 퍼머넌트 잉크　**마케팅** 최혜진 강효경
홍보 반여진　**제작** 정석훈

브랜드 웅진지식하우스　**주소** 경기도 파주시 회동길 20
문의전화 031-956-7362(편집) 031-956-7088(마케팅)

홈페이지 www.wjbooks.co.kr
인스타그램 www.instagram.com/woongjin_readers
페이스북 www.facebook.com/woongjinreaders
블로그 blog.naver.com/wj_booking

발행처 (주)웅진씽크빅
출판신고 1980년 3월 29일 제406-2007-000046호

ⓒ 박완서, 1992
ISBN 978-89-01-29690-6 (03810)

웅진지식하우스는 (주)웅진씽크빅 단행본사업본부의 브랜드입니다.
이 책은 저작권법에 따라 보호받는 저작물이므로 무단전재와 무단복제를 금지하며, 이 책 내용의 전부 또는 일부를 이용하려면 반드시 저작권자와 (주)웅진씽크빅의 서면 동의를 받아야 합니다.

○ 책값은 뒤표지에 있습니다.
○ 잘못된 책은 구입하신 곳에서 바꾸어 드립니다.